수호지 지도

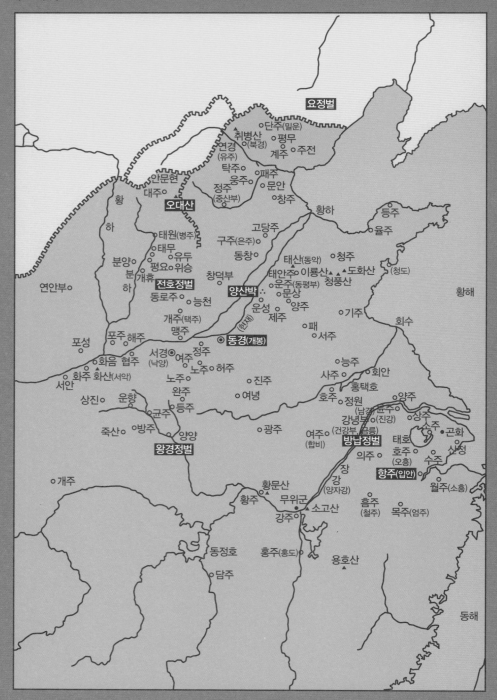

수호지 3

천우신조 편

수호지 3
천우신조 편

초판	1쇄 발행 2021년 10월 15일

지은이 시내암
평역 김팔봉
펴낸이 한승수
펴낸곳 문예춘추사

편집 이상실
디자인 이유진, 심지유
마케팅 박건원, 김지윤

등록번호 제300-1994-16
등록일자 1994년 1월 24일
주소 서울시 마포구 동교로27길 53 지남빌딩 309호
전화 02-338-0084
팩스 02-338-0087
블로그 moonchusa.blog.me
E-mail moonchusa@naver.com

ISBN 978-89-7604-479-2 04820
978-89-7604-476-1 (세트)

수호지
제3권 | 차례

일러두기

1. 이 책은 팔봉 김기진 선생이 『성군(星群)』이라는 제목으로 1955년 12월부터 〈동아일보〉에 연재한 작품으로, 1984년 어문각에서 『수호지(水滸誌)』라는 제목으로 바꿔 출간한 초판본을 38년 만에 재출간한 작품이다.

2. 이 책은 수호지의 판본 중 가장 편수가 많은, 164회(전편 124회, 후편 40회)짜리 『수상 오재자 전후합각 수호전서(繡像 五才子 前後合刻 水滸全書)』라는 작품을 판본으로 했다.

3. 가능한 한 원본에 맞게 편집했으나 최신 표준어 맞춤법에 맞게 고쳤고, 지명이나 인명은 일부 수정하여 독자들이 읽기 편하게 했다.

4. 한자 표기는 정오正誤에 상관없이 원본을 따랐으나 동일 인물이나 지명의 상반된 표기가 있는 경우에는 올바른 한자를 찾아 표기했다.

5. 이 책의 지도는 내용에 맞게 새로 제작한 것이다.

서강월사

송강을 압송해온 공인들이 부아(府衙)에 들어가서 공문을 올리고 송강을 청하(廳下)에 굴복시키자, 채구지부(蔡九知府)는 한번 송강을 내려다보고,

"어찌하여 목에 씌운 칼에 봉피(封皮)가 없느냐?"

하고 묻는다.

"데리고 오는 동안에 비를 맞았기 때문에 그리되었사옵니다."

공인들은 이같이 아뢰었다.

"그렇겠다."

지부는 더 의심하지 않고 좌우를 돌아보고 속히 문서를 적어 죄인을 성 밖에 있는 노성 영내(牢城 營內)로 압송시키라고 분부를 내린다.

강주부의 공인은 제주부로부터 압송해온 두 명 공인과 함께 공문을 휴대하고서 송강을 데리고 부아로부터 나와 노성으로 향했다. 길을 걸어오다가 송강은 공인들을 데리고 술집에 들어가서 술을 대접하고 돈을 석 냥씩 그들에게 선사했다.

노성 영내에 도착한 후 제주부에서 온 공인들은 회문(回文)을 받아가지고 제주로 돌아가고, 강주 부아에서 온 공인은 부아로 돌아갔다.

송강은 영내에 들어와서 우선 여러 사람의 인정을 사두어야겠으므

로, 차발(差撥)한테는 열 냥, 관영(管營)한테는 스무 냥을 진상하고, 그 외에 영내에서 일을 보는 사람과 심부름하는 군인(軍人)에 이르기까지 모조리 얼마씩 돈을 집어주었다. 이렇게 돈을 준 까닭에 영내에서는 누구라 한 사람도 송강을 밉게 보지 않았다.

조금 있다가 송강은 점시청(點視廳)으로 끌려갔다.

돈 스무 냥을 진상받은 관영이 청상에 좌정하고 있다가 송강을 내려다보며 정중하게 호령한다.

"새로 들어온 죄인 송강은 듣거라! 선조 태조 무덕 황제(武德皇帝)의 성지(聖旨)대로 새로 들어온 죄수에게는 누구나 먼저 살위봉을 백 대 맞기로 되었으니 그리 알렷다! 여봐라, 어서 형구(刑具)를 갖추어 죄인을 쳐라!"

이때 송강이 아뢰었다.

"소인이 노상에서 감기가 들어 지금까지 몸이 쾌차되지 못했사옵니다."

송강이 말을 마치자, 관영은 그 말을 기다리고나 있었던 것처럼,

"오오, 안색이 누렇고 살이 쭉 빠진 게, 아무래도 몸에 병이 있나 보다. 그럼 살위봉은 후일로 미루어라!"

이렇게 말하고서 다시 좌우를 돌아보고,

"저자가 본래 현리 출신이라니까 본영 초사방(抄事房)에서 초사(抄事)를 맡아보도록 하여라."

이같이 분부를 내렸다.

송강은 관영에게 허리를 굽혀 사례하고 단신방(單身房)으로 물러나와 보따리를 집어들고 초사방으로 들어갔다.

그는 우선 술과 고기를 사다가 모든 죄인을 먹이고, 그리고 때때로 차발과 패두(牌頭)를 청하여다 술을 대접할 뿐 아니라, 관영한테도 가끔 예물을 보냈다.

옛날부터 일러오기를 '인정(人情)은 차고 더운 것을 가리고, 체면은 지위의 고하(高下)를 따른다' 했다. 송강의 몸에서 돈과 재물이 떨어지지 않는 한 아무도 그를 밉다고 할 사람이 없다.

어느 날 송강이 거처하는 초사방에서 차발이 술대접을 받다가 이야기 끝에 한마디 하는 것이었다.

"송압사, 내가 그간 여러 번 말씀했는데도 어찌해서 절급(節級)한테는 여태까지 상례전(常例錢)을 안 보내시오? 압사가 여기 온 지도 벌써 열흘이 지났는데… 내일이라도 절급이 여기 오신다면 일이 거북하지 않겠소?"

송강이 대답한다.

"괜찮소! 저 줄 돈이 어디 있소? 차발께서 쓰시겠다면 내가 얼마든지 드리겠소마는… 절급한테는 내가 피천 한 푼 보낼 까닭 없소."

"원, 이 양반 보게… 절급이 어떤 분인 줄 알고 이러시오? 그러다간 욕을 보지…."

"상관없소. 내가 알아서 처리할 테니까 염려 마시오."

이렇게 수작하고 있을 때 패두가 들어와서 하는 말이, 방금 절급이 나와서 청상에 앉아 있는데, 새로 들어온 죄수가 상례전을 바치지 않는다고 펄펄 뛰면서 곧 잡아들이라 한다고 이야기한다.

차발은 패두의 이야기를 듣고 자리에서 벌떡 일어나면서,

"그러기에 내가 말하지 않았소? 괜스레 고집을 부려 나까지 처지를 곤란하게 만들었다니까!"

라고 한다.

송강은 도리어 웃으면서,

"너무 염려 마시오. 절급한테는 내가 혼자 가서 만나볼 테니까, 아무 염려 말고 일간 또 술이나 마시러 오시구려."

이같이 말하고 차발을 보낸 후, 그는 천천히 초사방으로부터 나와 점

시청으로 갔다.

이때 절급은 마루 위에 교의를 내어놓고 앉아 있다가 패두가 송강을 데리고 들어오는 것을 보더니, 큰소리로 묻는 것이었다.

"새로 들어온 죄인이 누군고?"

패두가 송강을 가리키면서 아뢴다.

"이 사람입니다."

대답을 듣고, 절급은 소리를 높여 호령한다.

"네 이놈! 누구를 믿고 감히 나한테 상례전을 바치지 않느냐?"

그러나 송강은 겁내지도 않고 대꾸하는 것이었다.

"상례전이란 본래부터 인정으로 주고받는 돈이 아니겠소? 그런데 억지로 남의 재물을 빼앗으려고 하니, 노형이 대체 뭐란 말이오?"

이 소리를 듣고 양쪽에 늘어선 영리(營吏)들은 모두 손에 땀을 쥐었고, 절급은 숨통이 터질 만큼 화가 치밀어올라 손을 부들부들 떨면서 어쩔 줄을 몰라 하다가,

"이놈아, 무어라고 했니? 이놈이 감히 내게다 대고 이런 법이 있나! 여봐라, 저놈을 어서 형틀에 올려놓고 신곤(訊棍) 백 대를 때려라!"

라고 분부를 내렸다. 그러나 좌우에 있던 영리들은 절급의 명령이 떨어지자 모두 달아나버렸다. 그들은 모두가 송강한테서 돈도 받아 썼고 술도 얻어먹고 사이가 자별한 터이라 차마 매질을 할 수 없는 까닭이다.

이 꼴을 당하고서 절급은 더욱 노기가 충천하여 친히 육모방망이를 집어들고 송강 앞으로 왔다.

송강이 얼른 한마디 한다.

"내게 무슨 죄가 있다고 절급이 나를 때리려는 거요?"

"이놈아, 무슨 죄가 있느냐고? 내 앞에서 기침을 한 번만 해도 죄가 되는 줄 알아라!"

"아주 대단하시군! 그래 그게 죄가 된다기로서니 죽을죄는 아니지

않소?"

"뭐라고? 죽을죄가 아니면 그래 내가 너 하나쯤 못 죽일 줄 아느냐?"

송강이 픽 웃고 나서 말했다.

"내가 상례전 좀 안 바쳤다고 죽어야 한다면 양산박에 있는 오학구(嗚學究)하고 왕래하는 사람은 어떻게 허누!"

절급이 이 말을 듣더니 손에 쥐고 있던 방망이를 땅에 떨어뜨리면서 황급히 묻는다.

"너 지금 뭐라고 말했니?"

"양산박의 오학구하고 내통하는 사람 얘기를 했소."

절급은 이 말을 듣고 확실히 낭패하는 기색을 보이며 묻는다.

"대관절 네가 누구고 그 얘기는 어디서 나온 얘기냐?"

송강은 한번 빙그레 웃은 다음에 말한다.

"나는 산동 운성현 사는 송강이란 사람이오."

이 말을 듣자, 절급은 깜짝 놀라 황망히 손을 들어 송강에게 읍(揖)하고서,

"그럼 형장께서 바로 산동의 급시우 송공명 아니십니까? 이곳은 조용히 말씀드릴 처소가 못 되므로 인사도 차리지 못합니다. 저하고 같이 성내로 들어가십시다."

라고 공손히 청한다.

"좋소이다. 그럼 잠깐만 기다려주시지요."

송강은 이렇게 승낙하고 초사방으로 들어와 보따리 속에서 오용(嗚用)의 편지와 돈을 조금 꺼내서 품속에 넣고 나와서 절급과 함께 성내로 들어갔다.

두 사람은 큰길가에 있는 술집 위층으로 올라가서 자리를 잡고 앉았다. 그때, 절급은 자리에 앉으면서 묻는 것이었다.

"형장(兄丈)! 그런데 오학구를 어디서 만나셨나요?"

송강은 아무 말 없이 품속에서 오용의 편지를 내주었다. 절급은 그것을 받아 읽고 나더니, 얼른 자리에서 일어나 송강에게 정중히 절을 한다.

송강은 황망히 답례하면서,

"조금 전엔 너무 무례한 말을 해서 대단히 미안합니다."

라고 하니까 절급은 솔직하게 이야기한다.

"저는 처음에 송가(宋哥)라는 죄인이 새로 들어온다고만 들었지, 누가 오는지 몰랐었죠. 그런데 그전부터 새로 들어오는 죄인은 으레 돈 닷 냥을 저한테 보내왔거든요. 그런데 이번엔 열흘이 지나도록 돈을 안 보내기에 오늘은 마침 한가해서 일부러 나왔던 것인데… 참말, 형님이신 줄은 몰랐습니다. 아까 영내에서 형님한테 함부로 지껄인 걸랑은 제발 용서해주십시오!"

"원, 천만의 말씀! 나도 여기 와서 꼭 한 번 존안(尊顔)을 뵈오려 했으나 노형이 어디 계신지 알 수도 없고, 또 성내에 들어갈 기회도 없고 하기에 아무쪼록 노형이 찾아오도록 하여 한번 만나보고 싶었소이다. 가끔 차발이 노형 말씀을 했어도 나는 일부러 돈을 안 보냈지요. 닷 냥 돈을 바치지 아니해야만 노형이 찾아오실 것 같아서 그랬던 것인데, 오늘 이렇게 만나게 되어 참으로 기쁘외다. 평생소원을 이룬 것 같군요!"

대체 송강이 이같이 만나보고 싶어 하던 절급은 누군가? 그는 다른 사람 아니라, 그전에 송강이 양산박에 갔을 때 군사(軍師) 오학구가 송강에게 천거했던 '강주양원(江州兩院) 압로절급(押牢節級) 대원장 대종(戴院長 戴宗)'이라는 사람이다. 그런데 이 대원장은 남이 도저히 흉내를 내지 못하는 도술을 가졌으니, 긴급군정(緊急軍情)의 문서를 가지고 그것을 빨리 전할 때 그가 갑마(甲馬) 두 개를 양쪽 넓적다리에 붙이고 신행법(神行法)의 주문을 외우기만 하면 하루에 5백 리를 갈 수 있고, 만약 '갑마' 4개를 넓적다리에 붙이는 때에는 하루에 능히 8백 리를 가는 까닭으로 사람들은 모두 그를 신행태보(神行太保) 대종이라 부르는 터이다.

송강과 대종 두 사람은 술집 위층 한 구석방 안에서 지금 서로 술을 권하면서 이야기가 그치지 않는다. 뜻이 서로 맞으니까 일면(一面)이 여구(如舊)하다. 그래 송강은 그동안 자기가 사귄 허다한 호걸들의 인물됨을 이야기하고, 대종은 자기가 오학구와 서로 내왕하는 일을 이야기하느라고 수작이 한창 무르익어가는 판인데, 뜻밖에 아래층에서 왁자지껄하는 소리가 들리더니, 층계를 쿵쾅거리며 올라오는 발소리와 함께 그 집 더부살이가 방 안으로 뛰어들어와서 대종을 보고 호소한다.

"원장어른! 좀 내려가 봐주십쇼. 그 양반이 원장어른이나 어려워하지, 다른 사람은 누가 뭐라든지 말을 듣지 않으니까요."

"대관절 지금 떠들고 야료를 하는 게 누구냐?"

"원장어른하고 늘 함께 다니시는 철우(鐵牛) 이대가(李大哥)시죠. 그 양반이 저희 주인보고 돈 안 꾸어준다고 저러신답니다."

대종이 껄껄 웃으면서,

"원 참 그 사람, 할 수 없군! 그럼 형님, 잠깐만 앉아 계십쇼. 제가 내려가서 데리고 올라오겠습니다."

하고 일어나서 하인과 함께 아래로 내려가더니, 조금 있다가 사나이 하나를 데리고 올라오는데, 얼굴은 시꺼멓고 눈은 부리부리하게 생긴 늠름한 장사다.

송강은 한 번 보고 놀랍게 생각하면서 대종에게 물었다.

"원장! 이분이 대체 뉘 댁이시오?"

대종이 송강에게 이 사나이를 소개한다.

"이 사람은 제 수하에 노자(牢子)로 있는 기주(沂洲) 기수현(沂水縣) 백장촌(百丈村) 태생 흑선풍(黑旋風) 이규(李逵)랍니다. 사람을 때려죽이고 도망해서 피해다니다가 이곳 강주로 들어왔는데, 그 뒤에 나라에서 대사령이 내려 무사하게 됐는데도 고향에 돌아가지 않고 그대로 여기서 지낸답니다. 이 사람이 좀 술버릇이 나빠서 모두들 좋아하지 않지요. 그런데 이 사람이 양손에 도끼 두 자루를 잘 휘두르며, 또 권술·봉술도 대단히 잘한답니다."

이때, 이규는 아까부터 송강의 얼굴만 물끄러미 바라보고 있다가, 대종의 말이 끝나자 즉시 대종을 보고 묻는다.

"형님, 저 까무잡잡한 친구가 누구요?"

대종이 송강을 보고 웃으면서 말한다.

"형님, 좀 보십쇼! 이 사람은 이렇게 인사 예절을 도무지 모르는 위인이랍니다!"

그러자 이규가,

"형님은 괜스레 남의 허물만 들추슈? 내가 어째서 인사 예절을 모른단 말이오?"

라고 하자, 대종이 이에 대꾸한다.

"여보게! 그럼 자네가 그렇지 않단 말인가? 저 어른이 누구시오? 하고 물으면 될 것을 저 까무잡잡한 친구가 누구요? 하니, 그게 인사란 말인가?"

대종은 이렇게 타이르고 다시 이규를 보고 말을 계속한다.

"저 어른이 뉘시냐 하면, 자네가 항상 꼭 한 번 찾아가서 뵙겠다고 하던 바로 그 어른이시라네!"

"아니 그럼 저이가 산동의 급시우 흑송강(黑宋江)이시란 말이오?"

"허어 그래도 또 그러는군! 점잖은 어른의 함자에다 흑자(黑字)는 왜 갖다 붙이나? 사람이 인사를 차릴 줄 알아야지! 어서 절하고 뵙게!"

"정말 저이가 송공명이라면 내가 절하고 뵙겠지만 혹시 다른 사람 가지고 형님이 날 조롱하는 거나 아닌가요?"

이때 송강이 앞으로 나서면서,

"이 사람이 바로 산동의 흑송강이오."

하고 한마디 하니까 이규는 한 번 손바닥을 딱 치고 나서,

"진작 그렇다고 말씀해야지! 대종 형님도 아시지만 제가 얼마나 형님을 뵙고 싶어 했는지 모릅니다. 자아 그럼 이 아우의 절을 받으십시오."

이같이 말을 마치고는 곧 무릎을 꿇고 공손히 절을 했다.

송강이 황망히 답례를 하고 그에게 자리를 내어주어 자기 옆에 앉게 한 후 술잔을 권하니까, 이규가 말한다.

"이거 어디 성가시게 조그만 잔으로 여러 번 마시겠습니까! 큰 사발로 주십쇼."

송강은 즉시 큰 그릇을 가져오게 하여 한 사발 가득 술을 부어주고서 물었다.

"아까는 뭣 때문에 아래서 화를 그렇게 내셨소?"

이규가 대답한다.

"급하게 쓸 데가 있어 돈 열 냥만 돌려달라고… 조금 있다가 갚겠다고 그랬더니, 경을 칠 주인놈이 꿔주지를 않습디다그려. 이런 괘씸한 놈이 어디 있겠어요. 그래 이놈의 집을 기둥뿌리째 뽑아버리려고 하는 판인데, 이 형님이 불러서 그냥 올라왔습니다."

"뭐, 그만 일을 가지고 그러신단 말이오. 열 냥 돈은 내가 드리리다."

송강이 이렇게 말하고 열 냥 은전을 꺼내주니까 이규는 사양하지 않고 얼른 받으면서,

"그럼 두 분 형님, 앉아 계십시오. 내 잠깐 가서 볼일 보고 곧 올게요."

라고 한마디를 남기고 대종이 붙들 사이도 없이, 쿵쾅거리며 충계를 뛰어내려가버렸다.

대종은 입맛을 쩍쩍 다시면서 말한다.

"형님, 돈은 주시지 말 걸 그러셨습니다."

"왜 그러우?"

"저 사람이 직(直)하기는 하지요마는, 술이 너무 과하고 또 노름을 좋

아하지요. 제가 급한 용처가 무에 있겠습니까? 노름 밑천이 없어서 그렇죠. 허둥지둥 나가는 꼴이 십중팔구 노름판으로 가는 모양인데, 요행히 따기나 하면 형님 돈을 갖다 갚겠지만, 만약 잃는 때엔 제가 무슨 수로 그 돈을 갚겠습니까?"

"그 돈을 내가 도로 받으려고 준 게 아니니까 노름을 해서 잃어버린대도 상관없소. 자아, 우리 술이나 몇 잔 더 먹고, 성 밖에 나가서 좀 거닙시다."

"참말, 형님을 모시고 나가서 강경치를 구경시켜드려야겠습니다."

"내가 여기 온 지 열흘이 넘었어도 구경을 못 했으니… 어디 구경이나 해봅시다."

송강과 대종은 이같이 이야기하면서 술을 몇 잔 더 마시고 있었다.

이때 이규는 송강한테서 돈을 받아 밖으로 나와서 길을 걸어가며 생각했다.

'송강 형님이 과연 소문에 듣던 바와 같이 무던하신 양반이로구나! 언제 나하고 알았다고 돈을 열 냥씩이나 덜컥 내어주누? 내가 술을 사드려야겠는데… 요새는 재수가 없어 노름에 지기만 하니… 제기랄 이돈을 가지고 또 한 번 걸어보자. 설마하니 오늘도 잃을라고….'

이규는 이같이 작정하고 성 밖으로 나가서 소장을(小張乙)네 집 노름판으로 갔다. 그는 들어서는 길로 노름판에다 돈을 탁 내던지고서 말했다.

"자, 나도 한몫 끼세. 물주가 누군가?"

소장을이 대답한다.

"물주는 날세."

이규는 앞으로 나앉으면서,

"자아, 난 닷 냥 갔네!"

하고 돈을 댔다. 그러나 이규는 재수가 없었다. 주사위가 방바닥에 데구루루 한 번 구르자, 이규의 돈 닷 냥은 고스란히 물주의 손으로 들어가버렸다.

"제기랄… 여기다 또 닷 냥 걸었네!"

"거기다 걸면 또 잃으시우."

"이건 뭐, 장마다 망둥인 줄 아나? 이번엔 내 걸세! 어서 흔들기나 하게."

이규가 이번엔 틀림없이 제가 이길 줄로 믿었었는데, 또 어긋났다. 그래서 남은 돈 닷 냥도 물주에게 빼앗기고 말았다.

눈 깜박할 사이에 잃은 돈을 생각하니 허무하기 짝이 없다. 이규는 소장을에게 사정을 했다.

"여보게, 이 돈이 실상 말이지 남의 돈일세."

"누구 돈이든 한번 걸었다가 잃었으면 그만이지 다시 무슨 말이오!"

"그렇게 말하면 내가 할 말이 없네. 그럼 내 도로 달라지는 않을 테니, 그 돈을 꾸어주게. 내일 꼭 갚을 테니까."

"그게 어디 당한 수작이유? 옛부터 일러오는 말이 있지 않소. 노름판에선 부자도 없다고!"

이규는 대뜸 소매를 걷어올리며 소리쳤다.

"너, 내 돈 도로 줄 테냐, 안 줄 테냐?"

"이대가! 이거 왜 이러슈? 노름판 경우는 잘 아는 이가 오늘은 생떼를 쓰는 거요?"

이규는 더 말하기도 싫다는 듯이 다짜고짜로 제 돈 열 냥에다 남의 돈 여남은 냥까지 합쳐서, 판돈을 몽땅 걸어 주머니 속에 집어넣은 후 눈을 부릅뜨고,

"딴 때 같으면 경우도 차리겠다마는, 오늘은 그럴 사정이 있어 경우를 못 차리겠으니 그리들 알아라!"

이같이 호령하고 그냥 밖으로 나가려 했다. 그러나 노름판에서 이 같은 행동을 그냥 두고 볼 이치가 없다. 소장을 비롯해서 십여 명이 일

제히 일어나서 이규를 붙잡고 돈을 도로 뺏으려 든다.

그러자 이규는 이놈 치고, 저놈 치고, 한 주먹에 한 놈씩 때려눕힌 뒤에 밖으로 뛰어나왔다.

이때, 문간에서 문을 지키고 있던 자가 그를 보고,

"이대가! 어딜 가슈?"

하고 앞을 딱 가로막는다.

이규는 못 들은 체하고 그자를 한쪽으로 밀어붙이고 문을 열어젖힌 후 그냥 길거리로 뛰어나가 달음질친다.

주먹에 얻어터져서 쓰러졌던 무리들이 이때 문간까지 뛰어나와,

"이대가! 이게 무슨 짓이오? 판돈을 몽땅 가지고 달아나는 법이 어디 있소!"

모두들 문간에 서서 이렇게 소리만 지를 뿐, 한 사람도 이규를 쫓아가서 붙잡으려 들지는 못했다.

이규는 대꾸도 않고 그냥 달아났다.

그가 이같이 달아나는 중인데, 누군지 한 사람이 뒤를 쫓아와서 그의 팔을 움켜쥐고 잡아채면서,

"아니, 이게 무슨 짓이야! 남의 돈을 집어가지고 달아나다니."

하고 꾸짖는다.

"이놈아! 네가 무슨 참견이냐?"

이규는 소리치고 획 돌아다보고서 놀랐다.

자기를 붙드는 사람은 다른 사람이 아니라 바로 대원장 대종이요, 그 뒤에는 송강이 서 있는 게 아닌가.

이규는 무안해서 얼굴을 바로 들지 못하면서도 변명한다.

"형님, 제 말씀을 좀 들어주십쇼. 누가 노름판 경우를 모릅니까? 하지만 오늘은 저 형님이 주신 돈을 몽땅 잃었구려. 약주 한 잔 대접도 못하게 됐으니, 이 노릇을 어떡합니까. 그래서 당장 사정이 딱해서 어쩔

수 없이 그랬다우."

이 말을 곁에서 듣고 있던 송강이 껄껄 웃으면서 부드럽게 말한다.

"돈을 쓸 일이 있거든 나한테 말을 할 거지, 그래서야 되나. 그 돈을 도로 돌려보냅시다. 자아, 이리 내놓구려."

이규는 아무 소리 못 하고 주머니를 톡톡 털어서 돈을 내놓으니까, 송강은 그 돈을 받아 소장을을 자기 앞으로 불렀다.

"일이 미안하게 되었소마는, 행여 어찌 생각하지 말고 이 돈을 받으시오."

그러나 소장을은 한참 망설인 후, 이규한테서 자기가 딴 열 냥은 안 가져가면서,

"판돈만 가져가겠습니다. 그 돈 열 냥은 이대가가 저한테 잃으신 돈입니다마는, 그것 때문에 혐의를 품으시면 어떡합니까. 저는 못 받겠습니다."

"혐의를 품다니, 그게 무슨 말이오? 그런 말 하지 말고 어서 받아주슈."

라고 송강은 말하고서 열 냥 돈을 기어코 소장을의 손에 쥐어주려 하건만, 그는 막무가내로 듣지 않는다.

송강은 이때 그를 보고 한마디 물었다.

"혹시 이분이 누구한테 행패를 부린 일은 없소?"

"주먹에 맞아 얻어터진 사람이 서넛 있긴 하죠만, 뭐 그리 대단친 않습니다."

"그럼 좋은 수가 있소. 이 돈 열 냥을 가지고 가, 그 사람들 약값이나 하도록 허슈!"

송강이 소장을의 손에 기어코 돈 열 냥을 쥐어주고 나서,

"자아, 우리는 이대가하고 어디 가서 술이나 또 한 잔 먹읍시다."

라고 말하고 대종을 돌아다보았다.

"그럼, 요 앞 강변가에 있는 비파정(琵琶亭)으로 가실까요? 그게 바로 당조(唐朝)에 유명했던 백낙천(白樂天)의 고적입니다."

대종의 말대로 그들 세 사람은 비파정을 찾아갔다.

그들은 정자 위에 올라가서 한쪽 탁자 앞에 자리 잡고 앉아서 주보를 불러 채소와 과일과 생선과 술을 청했다. 조금 있다 배반(杯盤)이 나오는데 술은 강주에서 유명한 옥호춘(玉壺春)이다. 송강이 잔을 들고 강산을 한번 둘러 살피니 경치가 비상히 좋다.

구름 밖으로 멀리 보이는 높은 산은 푸르다 못해 검고, 강변에 흐르는 물은 은빛으로 빛나는데, 물 위엔 갈매기 떼가 날아다니고, 고요한 포구에는 어선이 두어 척 떠 있다. 앞에 보이는 자소봉(紫霄峰)은 하늘까지 닿은 듯한데, 비파정은 반이나 강물 위로 나앉았으니, 사방이 광활해 보이고 팔면이 영롱하다.

이때 세 사람이 술잔을 들자, 이규는 주보를 붙들고 잔소리를 한다.

"여보게, 사발이나 대접을 좀 갖다주게. 갑갑하게 요런 잔으로 어떻게 술을 먹는단 말인가?"

그러자 대종이 불쾌한 낯빛으로 나무란다.

"아무 걸로나 먹으면 됐지, 무슨 잔소리를 하는 거야!"

"그 뭐 어려운 일이라고 그러오. 각기 저 좋을 대로 하는 게지."

송강은 대종을 제지하고 주보에게 분부하여 큰 그릇을 가져오게 하니까 이규는 싱글벙글 웃으면서,

"역시 송강 형님이 다르시군. 아우 성미를 잘 알아주시거든!"

하고, 큰 사발로 연해 6, 7배나 기울인다.

송강은 술이 얼근히 취해지자 어랄탕(魚辣湯) 생각이 나서 대종을 보고 물었다.

"여기 먹을 만한 생선이 있을까?"

대종이 웃으면서 대답한다.

"저기 좀 내다보십쇼. 강 위에 떠 있는 게 모두 고기잡이 배인데, 형님 잡수실 생선이 없겠습니까? 이 고장은 본시 쌀과 생선으로 유명한 곳이랍니다."

그는 이렇게 말하고서 즉시 주보를 불러 삼분가랄 점홍백어탕(三分加辣 點紅白魚湯)을 주문했다.

주문한 지 오래지 않아 주보가 탕 세 그릇을 탁자 위에 갖다놓는데, 우선 그릇부터 아름다운 그릇이다.

"미식(美食)이 불여미기(不如美器)라더니, 이 집의 그릇이 참 훌륭하구나!"

송강은 이같이 말하고 대종과 함께 술잔을 들었다. 그러나 이규는 손을 그릇 속에 넣어 생선을 그냥 집어 들고서 가시도 발라내지 않고 대가리째 씹어먹는다.

송강은 그 꼴이 우스워서 입가에 떠오르는 웃음을 참지 못하면서 국물만 두어 번 떠먹어보고는 숟가락을 내려놓았다.

그러자 대종이 말한다.

"형님, 생선이 좀 상한 것 같잖아요?"

"글쎄, 그다지 성한 생선은 아닌 것 같군."

"아무래도 상한 것 같습니다. 형님, 잡숫지 마십쇼."

두 사람의 수작을 듣고 이규는,

"형님네들 안 잡수시려거든 나를 주십쇼."

하고, 그릇 속에 있는 생선을 손으로 움켜내느라고 온통 탁자 위에 국물을 흘리면서 야단법석이다.

대종은 다시 주보를 보고 물었다.

"성한 생선 없나? 지금 건 조금 상한 것 같은데… 싱싱한 놈으로 다시 한 그릇 잘 끓여오게나그려."

주보가 손을 비비면서 말한다.

"바른대로 말씀이지 그게 어제 들여온 생선이어서 썩 성치가 못하답니다. 고깃배들이 저렇게 오늘 들어왔건만, 거간 주인이 여태 나오질 않아서 그냥 있으니, 성한 놈이 어디 있어야 합죠."

이 말을 듣더니 이규가 벌떡 일어나면서,

"그럼 내가 나가서 펄펄 뛰는 놈을 두 마리만 구해다가 형님네들 잡숫게 하죠."

하고 내려가는 것을,

"자네는 앉아 있게! 이 사람더러 구해오라면 될 거 아닌가?"

하고 대종이 붙들어 앉히려 했으나, 이규는 듣지 않고 그대로 밖으로 나가버린다.

"원 내, 저 사람은 어딜 가든지 저 모양이니… 제가 저 사람 불러온 게 아마 잘못했나 봅니다."

"별말씀을 다 하시는구려. 난 저 사람이 저렇게 천진난만한 게, 되레 좋은 점이라고 취하고 싶네."

이규가 나간 뒤에 두 사람은 이 같은 말을 해가며 비파정 위에서 술잔을 기울였다.

이때 이규가 강변에 나와보니 8, 90척의 고깃배가 강가의 녹양수(綠揚樹) 아래 한일자로 나란히 매여 있는데, 배 위의 어부들 중 어떤 자는 배 꽁무니에 가서 번듯이 드러누워 잠을 자는 자도 있고, 혹은 뱃머리에 쪼그리고 앉아서 그물을 얽어매는 자도 있고, 혹은 물속에 들어가서 멱을 감는 자도 있다.

시절은 5월 중순 무렵인지라 멱도 감을 때다. 해는 이미 기울어 서산을 넘으려 한다.

이규는 배가 매여 있는 곳으로 가까이 가서 소리를 질렀다.

"여보! 펄펄 뛰는 생선 두 마리만 삽시다."

어부가 대답한다.

"주인이 안 나오기 때문에 못 판다오. 저기 보구려. 장수들도 모두 저기 저러고 앉아서 주인을 기다리지 않소?"

"언제 그놈의 주인이 나오기를 기다린담! 그러지 말고 어서 두 마리만 파슈!"

"개시(開市)를 하려면 소지(燒紙)나 해야지! 소지도 않고 팔기만 하라우?"

몇 번을 청해보아도 어부들이 듣지 않으니까, 이규는 더 청하지 않고 그대로 배 안으로 뛰어들어갔다.

원래 큰 강 위에 다니는 고깃배들은 배의 고물에다 큰 구멍을 뚫어서 강물이 맘대로 드나들게 하고, 그곳을 대울타리로 막아놓고 고기를 산채로 가둬두는 것이다. 그런 까닭으로 특히 이곳 강주 고기는 성하고 좋다는 것이다.

그런데 이규는 이 같은 묘리를 알지 못했다. 그는 어부들이 붙잡는 것을 뿌리치고 대울타리부터 잡아 젖혔다. 그러자 배 안에 들어 있던 고기떼는 고물 구멍으로 빠져서 모조리 강 속으로 흘러버렸다.

"어쿠나!"

"저런 미친놈 봤나!"

어부들이 깜짝 놀라 이렇게 소리를 지르는데도 이규는 그래도 모르고 또 옆 배로 뛰어들어가서, 역시 고물에 둘러 있는 대울타리에 손을 댄다. 이 꼴을 보자 어부 7, 80명은 일제히 배 안으로 달려들어 이규를 둘러싸고 삿대로 치려 한다.

이규는 화를 버럭 내고서 웃통을 훌떡 벗어부치고는, 앞으로 달려든 어부들에게서 눈 깜짝할 사이에 삿대를 대여섯 개나 빼앗아, 파 대가리를 끊어버리듯이 한 번에 뎅겅 분질러버린다. 이 모양을 보고 깜짝 놀란 어부들은 허둥지둥 자기들 배로 돌아가서 매어놓았던 밧줄을 끌러놓고는 사방으로 좍 흩어졌다.

이규는 분풀이를 할 상대들이 없어지자 배에서 뛰어내려 강변에 쭈
그리고 앉아 있는 생선 장수들한테 달려들어 손에 쥐고 있던 부러진 삿
대로 함부로 그들을 때렸다. 장수들은 '에구머니!' 소리를 지르며 제각
기 짐을 찾아 달아나는 판인데, 이때 한 사나이가 저쪽 길에서 이쪽을
바라보고 달음질해온다.

생선 장수들은 그를 보더니 일제히 그 앞으로 내달으며 호소했다.

"주인어른, 이제 오십니까?"

"여보십쇼. 저놈이 아무나 마구 때립니다!"

"저놈이 뱃사람들을 모두 쫓아내고, 공연히 야료를 부립니다!"

장수들이 제각기 한마디씩 이렇게 이르니까, 그 사나이는 걸음을 멈
추고 서서 이규의 아래위를 훑어보며 씹어뱉듯이 한마디 한다.

"이 자식이 어디서 빌어먹던 강아진데, 여기가 어딘 줄 알고 와서 이
러는 거야?"

이규가 이 소리를 듣고 그 사람을 바라보니, 키는 6척 5, 6촌쯤 될 것
같고 나이는 서른두셋쯤 되어 보이고 아래위 수염이 새까만데, 머리에
는 청사(靑紗)로 만든 만자건(萬字巾)을 썼고, 몸에는 백포삼(白布衫)을
입었고, 허리엔 견탑박(絹搭膊) 두르고, 다리엔 청백뇨각(靑白裊脚) 치고,
발에는 다이마혜(多耳麻鞋) 신고, 손에는 큰 저울을 하나 들고 있다.

이 사람이 곧 어부와 생선 장수들이 기다리고 있던 거간 주인이다.

거간 주인은 들고 있던 저울을 옆에 섰는 장수한테 맡기고 나서, 이
규 앞으로 다가서며,

"이놈아! 어째서 사람을 함부로 치는 거냐?"

하고 소리를 버럭 지른다.

이규는 대꾸도 않고, 다짜고짜 삿대를 들어서 그 사나이를 치려 했
다. 그러나 그 순간 그 사나이가 날쌔게 이규의 손에서 삿대를 뺏어 던
지자, 이번엔 이규가 그 사나이의 머리를 움켜쥐었다. 그러자 그 사나이

는 이규의 허리를 덥석 끌어안고서 딴 다리를 걸어서 이규를 쓰러뜨리려고 했다.

그러나 이규는 꿈쩍도 않으므로 그 사나이는 허리를 잡고 있던 손을 놓고, 주먹으로 이규의 복장을 사정없이 쥐어박았다.

그랬건만 이규는 역시 아무렇지도 않은 듯 꿈쩍도 않는다. 그 사나이도 기운깨나 쓰는 모양인데, 원체 이규의 황소 같은 기운에는 당해내지 못하는 모양이다.

그러자 그 사나이는 이번엔 발을 번쩍 들어 이규의 정강이를 걷어차려고 했는데, 그 순간 이규가 그 사나이의 팔을 잡아 앞으로 홱 낚아 젖히자 그 사나이는 쿵! 하고 땅바닥에 푹 거꾸러진다.

이규는 그만 그 사나이를 깔고 앉아서 주먹으로 등때기를 북 치듯이 마구 친다. 이규가 한창 이렇게 그 사나이를 패주고 있을 때, 누군지 그의 뒤에 와서,

"아서! 아서! 이게 무슨 짓이야."

하고, 그의 어깨를 붙잡는 사람이 있다.

이규가 돌아다보니 송강과 대종이다. 그는 때리던 손을 놓고 일어났다. 그러자 자빠졌던 그 사나이는 그냥 일어나더니 어디론지 연기처럼 사라져버리고 만다.

이때 대종이 이규를 붙들고 책망했다.

"내가 뭐라던가? 나오지 말라고 안 그랬나? 가는 곳마다 남하고 시비나 하고! 그렇게 사람을 주먹으로 치다가 살인을 하고서 옥살이를 꼭 해야겠는가?"

이렇게 꾸짖는 것을 옆에서 송강이 말리면서,

"길에서 이러지 말고… 자아, 어서 옷이나 찾아 입고, 다시 가서 술이나 먹세."

라고 했다. 그래서 이규는 벗어던졌던 베옷을 집어들고 두 사람의 뒤

를 따랐다.

그들 세 사람이 다시 비파정을 향하여 걸음을 불과 십여 보(步) 갔을까 말았을까, 별안간 등 뒤에서 누군지 커다란 소리로,

"이 자식 깜둥아! 이리 와서 나하고 한번 해보자. 빌어먹을 놈의 자식!"

하고 욕설을 퍼붓는다.

이규가 돌아다보니 아까 얻어맞던 그 사나이가 발가벗은 몸에 잠방이 하나만 걸치고 삿대를 손에 쥐고 혼자서 배 위에 서서 자기를 보고 욕을 하는데 온몸이 눈같이 희다.

그 사나이는 이규가 돌아다보는 것을 보고 또 욕설을 퍼붓는다.

"이놈! 천참만륙(千斬萬戮)할 놈아! 내가 너를 무서워한다면 대장부가 아니다. 네가 지금 날 보고서 도망가는 게냐?"

이규는 화가 벼락같이 나서, 들고 있던 베옷을 팽개쳐버리고 강가로 달려가서,

"이놈의 자식, 어서 이리 내려오너라!"

하고 고함을 질렀다.

그 사나이는 삿대질을 하여 배를 강가에 붙이더니, 금시에 삿대를 고쳐 들고서 한 번 휘둘러 이규의 앞정강이를 후려갈겼다.

이규는 화가 머리끝까지 솟아올라 전후 생각 없이 배 위로 뛰어올랐다. 그러자 그 사나이가 삿대를 물속에 처박고서 한 번 힘을 쓰자 배는 쏜살같이 강 복판으로 나가버린다.

이규의 분을 돋우어 물 위로 끌고 가려는 그 사나이의 꾀에 넘어간 셈이다.

이규도 헤엄을 칠 줄 알기는 하지만, 그다지 신통치는 못한 까닭으로 그는 은근히 겁을 집어먹고 있는데, 그 사나이는 삿대를 내려놓더니 곧 이규 앞으로 다가서면서,

"이놈아, 어디 한번 해보자!"

하고, 그의 팔을 덥석 쥐어잡고,

"너 이놈, 매는 나중에 맞고 물맛을 먼저 봐라!"

한마디 하더니, 한쪽 발을 들었다가 쿵 하고 뱃전을 구르니까, 배는 뒤집혀버리고 두 사람은 서로 부둥켜안은 채 텀벙 물속으로 떨어져버렸다.

송강과 대종은 이때 강변으로 달려와서 이 모양을 목도했다.

"저 노릇을 어떡합니까?"

"이거 큰일 났구려!"

두 사람은 손에 땀을 쥐고 있는데, 벌써 강변에는 어느 사이에 구경꾼이 3, 4백 명이나 모여들어서 제각기 한마디씩 한다.

"저놈 깜둥이란 놈, 경을 단단히 치는군."

"깜둥이가 이제야 임자를 만난 셈이지."

"배가 터지도록 물을 잘 먹겠다."

이런 소리를 들으면서 송강과 대종이 강변에서 바라보노라니까, 그 사나이가 이규를 껴안고서 물 위로 나왔다, 물속으로 들어갔다… 연속해서 자맥질을 재미나게 하는 모양인데, 그 대신 이규는 죽을 곤경을 치르고 있는 것이다.

강물 가운데서 하나는 전신이 숯검정같이 검고, 하나는 눈처럼 흰 두 사람이 서로 껴안고 한 번 물 위로 솟았다가 한 번 물속으로 들어갔다가 하는 광경은 아무 상관 없는 사람들한테는 참으로 재미있는 구경거리가 아닐 수 없다.

강변 버드나무 그늘 밑에서 이 광경을 구경하고 있는 3, 4백 명의 구경꾼들로서는 돈을 내고도 좀처럼 구경할 수 없는 구경거리겠지만, 황소같이 힘세고 사납던 이규가 물속에 잠겼다 솟았다 하기를 수십 번 하더니 그만 축 늘어져서 다 죽게 된 꼴을 멀리서 바라보고 있는 송강과 대종 두 사람한테는 구경거리가 아니라, 이제는 잠시를 더 두고 보고만 있을 수 없는 시급한 상황이었다.

대종은 안타까운 심정으로 사람들을 둘러보며 물었다.

"여보 장사꾼들! 대체 저 흰 사람이 누구요?"

어떤 사람이 대답한다.

"여기 거간 주인 장순(張順)이란 사람입니다."

장순이란 말을 듣고 송강은 문득 생각이 나서,

"그럼 바로 낭리백도(浪裏白跳)란 별명을 가진 사람 아니오?"

하고 물으니까 모두들,

"네, 저 사람이 바로 '낭리백도' 장군이랍니다."

하고 대답한다.

송강은 대종을 돌아다보고 말했다.

"내가 바로 저 장순의 형 장횡(張橫)의 편지를 가지고 왔는데…."

대종은 이 말을 듣더니 즉시 강 가운데를 향해서 큰소리로 외쳤다.

"여보 장이가(張二哥)! 우리는 당신 백씨한테서 부탁을 받고 온 사람이오. 그리고 그 시꺼먼 사람은 우리가 잘 아는 사람이오. 그만 용서해주고 어서 이리 나오시오."

이 소리를 들은 장순이 강물 위에서 언덕을 바라보니, 다른 사람 아니라 대종 원장인지라, 그는 곧 이규를 놓고 강가로 헤엄쳐 나왔다.

"원장어른, 이 꼴을 하고 뵈어서 황송합니다."

"여보! 제발 내 낯을 봐서 저기 저 친구를 어서 구해내주시오!"

장순은 다시 물속으로 뛰어들어가서 물 위에 떴다 잠겼다 하는… 다 죽어가는 이규의 한쪽 팔을 덥석 잡더니, 일어선 채 바로 땅 위를 걸어오듯 헤엄쳐온다.

구경꾼들이 모두 다 박수갈채한다.

이같이 해서 강변으로 올라오게 된 이규는 그냥 모래사장에 엎어져

물을 토했다. 이렇게 이규가 먹은 물을 몽땅 토해놓는 것을 기다리다가 대종은 장순을 돌아다보고 말했다.

"자아, 우리 함께 비파정으로 가서 이야기나 합시다."

장순과 이규는 옷을 찾아 입고, 네 사람은 함께 비파정으로 갔다. 네 사람이 각기 자리를 잡고 좌정하자 대종은 장순을 보고 묻는다.

"나를 전부터 아셨소?"

"제가 원장어른을 모르겠습니까? 길이 없어서 여태까지 인사는 못 드렸습니다마는…."

이 말을 듣고 대종은 이규를 가리키며 물었다.

"그럼 저 사람도 누군 줄 짐작하시오?"

"제가 왜 이대가를 모르겠습니까? 역시 아직까지 인사한 일은 없지요마는…."

이때 이규가 한마디 한다.

"네가 나한테 물을 잔뜩 먹였으니까 속이 시원하겠다."

"당신은 그럼 나를 죽도록 때려줬으니까, 아주 속이 답답하겠구려?"

대종이 이들 두 사람을 번갈아 보면서,

"한바탕 쌈을 잘 했으니, 앞으론 정말 형제같이 의좋게 지내시오!"

타이르듯이 말하니까, 이규와 장순은 서로 얼굴을 바라보면서,

"이제부터 노상에서 나를 만나거든 조심하게!"

"앞으로 물에서 나를 보거든, 정신 바짝 차리시오…."

라고 한마디씩 서로 주고받는다. 그래서 네 사람은 함께 웃었다.

웃고 난 다음에 대종은 송강을 가리키며 장순에게 묻는다.

"이 어른이 누구신지 아시겠소?"

장순은 송강의 얼굴을 다시 한 번 쳐다보고서,

"도무지 뵈온 적이 없는데요… 누구십니까?"

하고 대답한다. 그러자 이규가 크게 말한다.

"이 사람아! 저 형님이 바로 흑송강(黑宋江)이셔!"

"아니, 그럼 산동의 급시우, 운성현의 송압사 그 어른이시란 말이오?"

"바로 맞았소! 이 어른이 송공명 형님이시네."

대종이 이렇게 말하니까 장순은 그 자리에서 넙죽 절을 하고,

"선성은 오래전부터 듣자왔더니… 천행으로 오늘 이 자리에서 만나뵙니다. 그런데 여기는 어떻게 내려오셨습니까?"

라고 묻는다.

송강은 지난 이야기를 대충 한 후, 이번 오는 길에 심양강에서 그의 형 장횡을 만나 편지 부탁을 받아서 온 일을 말한 다음, 오늘 대종과 이규와 함께 비파정에 와서 술을 마시다가 싱싱한 생선을 먹고 싶은 생각이 나서 그만 큰 소동을 일으키고 말았다고 일장 설화를 했다.

이야기를 듣고 나자 장순은,

"그럼 제가 나가서 생선을 몇 마리 가지고 오겠습니다."

하고 강으로 나가더니, 조금 있다가 커다란 금빛 나는 잉어 네 마리를 버들가지에 꿰어 들고 돌아온다.

"웬걸 이렇게 많이 가져왔소? 한 마리만 해도 넉넉한 걸…."

"예서 못다 잡수시면 행관(行館)에 갖고 가셔서 반찬이라도 하시지요."

장순은 이렇게 말한 후 잉어를 주보에게 주었다. 그러자 대종은 주보를 보고, 두 마리는 그냥 둬두고, 한 마리는 어랄탕을 만들고 한 마리는 회를 만들어 오라고 분부했다.

이리해서 그들은 잉어회와 어랄탕과 채소를 안주로 옥호춘의 향기로운 술을 마시며 천하 호걸들에 관한 이야기를 주고받고 있을 때, 나이 17, 8세 되어 보이는 처녀가 얇은 사의(紗衣)를 입은 채 정자 위로 올라오더니, 그들 앞에 와서 공손히 예를 하고서 노래를 부르기 시작한다.

이때 이규는 이 세상에 대한 불평으로 울분한 생각과 옛날의 영웅호걸들 생각이 나서 송강과 함께 이야기를 더 하고 싶었는데 뜻밖에 창녀(唱女)가 들어와서 이야기를 방해하는 까닭에 화가 와락 치밀었는지라, 그는 벌떡 일어나서 두 손가락으로 창녀의 이마빼기를 떠다밀며,

"야! 저리로 나가거라!"

소리를 질렀다. 그러자 창녀는 깩! 소리를 지르면서 나가자빠져버린다. 송강·대종·장순 등 세 사람은 깜짝 놀라 모두 일어섰다. 이같이 네 사람이 일어서서 자빠진 창녀를 들여다보니, 창녀는 기절해버린 것이 아닌가.

"이게 무슨 짓이야! 어째서 함부로 손을 대는 거야?"

대종이 이규를 꾸짖으니까 이규는,

"내가 뭐 이 애를 때렸나요? 손가락으로 조금 떠다밀었는데, 제가 자빠졌지요."

하고 변명한다.

대종은 급히 냉수를 한입 잔뜩 물고서 창녀의 얼굴에다 뿜었다. 그리고 사지를 주무르니까 조금 있다가 창녀는 정신을 차린다. 이마빼기 허물이 벗겨져서 조그만 상처가 생겼다. 그들은 술집 주인을 불러 창녀를 데리고 온 사람을 불러들이라 했다.

조금 있다가 주인이 창녀의 모친을 데리고 왔다.

송강은 노파를 보고 물었다.

"노인은 성이 누구시오?"

노파가 공손히 대답한다.

"예, 제 성은 송(宋)가올시다. 이 애 이름은 옥련(玉蓮)이구요. 서울서 살다가 지내기 어려워 오래전부터 이리로 내려와서 날마다 이곳 비파정에 나와서 노래를 팔아 간신히 입에 풀칠하는 처지랍니다. 저 양반께서 어쩌다 실수하셨는지 모르지만, 저 애가 얼굴을 다쳤으니 이 노릇을

어쩝니까! 아무래도 관가에 가서 호소해야 할까 봅니다."

이 말을 듣고 송강이 말했다.

"그럴 거 없이 나를 따라서 오오. 내 영내(營內)에 들어가서 20냥 돈을 줄 테니까 그걸 가지고 약이나 쓰고 나중에 시집이나 보내시오. 이런 데서 노래 파는 짓도 그만두는 게 좋겠소."

노파는 뜻밖에 송강이 큰돈을 준다는 바람에 너무도 고마워서,

"참말 그래 주신다면 얼마나 고맙겠습니까! 그저 감사 감사합니다."

하고 절을 하는 것이었다.

대종은 옆에서 이 모양을 보고 송강으로 하여금 큰 손해를 보게 한 이규가 원망스러워서 한마디 했다.

"그러게 보란 말야. 가만히 있었다면 형님한테 손해는 안 보였지!"

"내가 언제 넘어뜨렸나? 제가 자빠졌지! 그러지 말고 저 색시더러 내 이마빡을 백 번만 때리라고 해요!"

이규가 이런 소리를 하자, 송강과 그 외의 모든 사람이 웃음을 터뜨렸다.

한바탕 웃고 난 뒤에 장순이 주보를 불러서 술값을 치르려 하자, 송강은 그것을 자기가 치르겠다고 서로 양보하지 아니한다. 대종이 권하는 바람에 급기야 송강이 양보하고 술값은 장순이 회계했다. 그리고 두 마리의 잉어는 대종과 이규가 한 마리씩 들고, 창녀의 모친 송씨 노파를 데리고 비파정을 내려와 영내로 가서 송강이 거처하는 초사방으로 들어갔다.

송강은 방에 들어와서 먼저 돈 20냥을 꺼내어 노파에게 주니까 노파는 고맙다고 몇 번이나 인사하고 돌아갔다. 해는 이미 서산에 넘어갔고 세상은 어둡기 시작한다.

송강은 보따리 속에서 장횡의 편지를 꺼내서 장순에게 주었다. 장순이 감사의 인사를 올리고서 돌아가자, 송강은 또 50냥 은전을 꺼내더

니 그것을 이규한테 주고서 용돈으로 쓰라고 부탁했다. 이규와 대종은 인사를 하고서 성내로 돌아갔다. 그들이 모두 돌아간 후 송강은 금잉어 한 마리를 관영한테 선사로 보내고 나머지 한 마리는 그 밤으로 요리를 만들어 혼자서 죄다 먹어버렸다.

그런데 아마도 그는 과식을 했던지 밤중 4경 때부터 배창자가 쥐어 뜯는 것처럼 아파서 잠을 못 잘 만큼 보채다가 날이 샐 무렵부터 설사를 시작하더니, 뒷간에 드나들기를 20여 차례나 하고 보니 눈앞이 핑핑 돌아가고 정신이 혼몽하여 그만 자리 위에 쓰러져버렸다.

그런데 송강이 이곳에 오던 날부터 관영 이하로 모든 공인들한테 인심을 사두었던 까닭으로 영리(營吏)들은 그를 위하여 미음도 쑤어오고… 물도 데워오고… 극진히 간호해주는 것이었다.

이튿날 장순이가 또 금잉어 두 마리를 들고 찾아왔다. 저의 형 장횡의 편지를 갖다주었다고 사례를 온 모양이다. 그러나 그가 초사방에 들어와 보니 송강은 헬쑥해서 자리에 누워 있고 여러 사람들이 방 안에서 그를 간호하고 있는 광경을 보더니 단박에 알아차리고 송강에게 말했다.

"생선 좀 잡숫고서 욕을 보시는군요. 의원을 청해올까요?"

송강은 드러누운 채,

"과식을 해서 탈이 난 것이니까 뭐 의원까지 청할 건 없고, 약국에 가서 지사육화탕(止瀉六和湯) 한 첩만 지어다 주구려."

라고 한 후, 그가 가지고 온 금잉어 한 마리는 왕관영(王管營)에게 보내고, 또 한 마리는 조차발(趙差撥)한테 보내달라고 부탁하는 것이었다. 장순은 금잉어를 들고 나가 보낼 데에 보내고 나서, 약국에 들러 약을 지어온 후, 한동안 송강 곁에서 시중을 든 다음, 저녁때에야 돌아갔다.

그다음 날엔 대종과 이규가 술과 안주를 장만해가지고 왔다가 뜻밖에도 송강이 배탈이 나서 드러누워 있는 모양을 보고 하는 수 없으니까 술은 저희들끼리 먹고, 늦도록 앉아서 이야기하다가 돌아갔다.

송강은 그 후 5, 6일이 지나서야 자리에서 일어났다. 혹시 대종이가 찾아올까 싶어서 마음속으로 은근히 기다렸으나 대종은 오지 아니했다. 그날 하루를 그냥 보내고 이튿날 조반을 일찍 치르고 나서 약간 돈을 품속에 집어넣고는 영내를 나와 성안으로 들어갔다.

성내에 들어와서 송강은 길 가는 사람들을 붙들고 대원장의 집을 물었다. 그러나 대원장은 본래 처자가 없는 사람이어서 성황묘(城隍廟) 옆에 있는 관음암(觀音庵)에 혼자 유숙하고 있다고 그 사람은 일러준다.

그러나 찾아가 보니, 방문은 밖으로 잠겨 있고 주인은 없다. 송강은 그러면 이규나 찾아볼까 생각하고 그의 집을 물어보니 모두들 하는 말이,

"그 사람이 무슨 집이 있나요? 그저 노성 영내에서 지내기는 하지만, 여기 가서 며칠 묵고, 저기 가서도 며칠 묵고 하니까, 종적을 아는 사람은 없지요."

라고 하는 것이었다.

송강은 다시 장순을 만나보려고 그의 집을 물어보았다. 그랬더니, 장순의 집은 성 밖에 멀리 떨어져 있는 촌에 있고, 고깃배나 들어와야 강으로 나오는데, 성안에는 어쩌다가 노름이나 하러 들어온다는 것이었다.

송강은 그만 단념해버리고 성 밖으로 걸어 나왔다.

성 밖에서 강을 내다보는 경치는 희한하게 좋다. 좌우의 경치를 구경하면서 천천히 걸어오다가 커다란 술집에 다다르니, 기다란 깃대에다 푸른 헝겊으로 만든 깃발을 달았는데, '심양강정고(潯陽江正庫)'라는 글자가 쓰여 있다.

송강이 눈을 들어 술집 처마를 쳐다보니, 커다란 패액(牌額)에 '심양루(潯陽樓)'라는 글자 석 자가 있는데, 이 글씨는 소동파(蘇東坡)의 필적이 분명하다.

송강은 속으로 생각했다.

'내가 운성현에 있을 때부터 강주 심양루가 유명하다는 말만 들었는

데, 바로 여기가 심양루로구나. 동행이 없는 게 한이다마는, 내 어찌 그 대로 지나갈 수 있으랴!"

그는 루(摟) 앞으로 갔다. 누문(樓門)의 두 기둥에 한 쌍 주련(柱聯)이 붙어 있으니, 무어라 했느냐 하면 '세간무비주(世間無比酒), 천하유명루(天下有名樓)'라 했다.

송강은 곧 다락 위로 올라가서 한편 각자(閣子)에 자리를 잡고 난간에 기대어서 루 안을 둘러보니 과연 건축이 훌륭하게 잘된 주루(酒樓)다.

기둥마다 채색 그림이 화려하고, 처마 끝에 걸린 발은 햇빛을 가렸는데, 그 아래로 빙 둘러서 나지막한 난간이 있고, 난간의 한 칸 한 칸마다 창문이 있으니, 그 창문마다 또한 가늘게 짠 발이 걸려 있다. 눈 아래 보이는 것은 잔잔히 흐르는 강물이요, 저 건너 구름 밖에는 산 그림자가 아련하다. 송강이 경치에 취해서 가만히 앉아 있자니까, 주보가 올라와서 묻는다.

"관인(官人)께서는 누구 손님을 기다리시나요, 혹은 혼자서 소견(消遣)하러 올라오셨나요?"

"응, 혼자서 그냥 나왔네. 술하고 안주를 갖다주게. 생선은 그만두고…."

주보가 내려가더니, 조금 있다가 커다란 쟁반을 두 손으로 받들고 올라오는데 남교풍월미주(藍橋風月美酒) 한 병과 채소·과일에다가 비양(肥羊)·눈계(嫩鷄)·양아(釀鴉)·정육(精肉) 등속을 먹음직하게 담았고, 그리고 그릇은 모두가 주홍반설(朱紅盤碟)이다.

송강은 그것을 보고 기분이 좋았다.

'효찬(肴饌)이 정제(整齊)하고 기명(器皿)이 청초하니 참으로 강주는 좋은 곳이로다. 내 비록 죄를 짓고서 귀양은 왔다마는, 도리어 진산진수(眞山眞水)를 구경하니 그나마 다행이 아니냐. 우리 고을 운성현에도 명산 고적이 더러 있긴 하지만, 경치가 어디 여기만 한가!'

이런 생각을 하며 송강은 혼자서 난간을 의지하여 한 잔 또 한 잔 마시다가 어느덧 저도 모르게 술에 크게 취했다.

'내가 본래 산동 태생으로 운성서 자라나서 강호(江湖) 호한(好漢)들과 추축하여 부질없이 허명(虛名)은 얻었으나, 나이 30이 넘도록 공명(功名)을 못 이루고 도리어 이곳으로 귀양 온 신세가 되었으니, 가향(家鄕)의 노친과 형제를 어느 날에나 다시 만난단 말인고….'

그는 이같이 자기 신세를 생각하다가 저도 모르는 사이에 눈물을 주르르 흘렸다.

난간을 의지하여 이런 생각 저런 생각 하다가 일만 가지 회포를 한 수(首)의 글로 표현하고 싶어서, 송강은 눈물을 씻고 주보를 불러 붓과 벼루를 가져오게 한 후 자리에서 일어나 희게 분칠한 벽을 쳐다보니, 벽 위에는 선인(先人)들의 글이 많이 적혀 있다.

'어디 나도 한 수 적어보자. 혹시 후일에 나도 영달(榮達)하여 그때 와서 본다면, 그도 또한 흥취 있는 일일 게다!'

그는 소매를 걷어올린 후, 큰 붓에 먹을 듬뿍 찍어 벽 위에다 '서강월사(西江月詞)'를 쓰기 시작했다.

어렸을 때 벌써 경사(經史)를 배웠고,
장성한 후 벌써 권모(權謀)를 알았네.
사나운 범이 험상궂은 언덕에 누워 있듯,
발톱과 이빨을 감추고 욕을 참았네.
불행히 볼따구니에 자자(刺字)를 받아가지고
강주(江州)로 귀양은 왔으나,
후일 만약에 원수를 갚는다면
피는 심양강구를 붉게 하리라.

이같이 쓰고 나서 송강은 뒤로 물러서서 한 번 읽어본 후 껄껄 웃고, 술을 따라 연거푸 서너 잔이나 마신 다음 다시 붓을 들고서 절구(絕句) 한 수(首)를 또 써놓는다.

　　마음은 산동(山東)에 있고
　　몸은 오(嗚)에 있네.
　　강해(江海)로 떠돌면서
　　부질없이 한숨만 짓누나.
　　만약 내가 뜻을 이루면
　　한번 웃어보리라, 황소(黃巢)가 대장부 아니더라고.

　송강은 이렇게 쓰고 나서 끝에다 '운성 송강 작(鄆城 宋江 作)'이라고 서명을 한 후, 붓을 던지고 자리로 돌아와서 다시 잔을 들고 술을 마시니, 이제는 정말 취하여 몸을 가누지 못하겠다. 그는 주보를 불러서 술값을 치르고 행하(行下)를 톡톡히 낸 다음, 다락에서 간신히 내려와 이리 비틀 저리 비틀해가며 요행히 넘어지지 않고 영내까지 돌아오자, 자기 방문을 열어붙이고는 옷 입은 채 침상 위에 쓰러져서 이튿날 새벽까지 세상모르고 잤다.

　그가 잠이 깬 것은 5경 때였지만, 바로 어제 저녁때 그가 심양루 위에서 바람벽 위에다 노래를 써놓은 일은 전혀 기억하지 못했다. 그리고 다만 술탈이 나서 그만 하루 종일 자리에서 일어나지 못했다.

　그런데 이곳 강주 심양강 건너편에 성(城)이 하나 있으니, 이름이 무위군(無爲軍)이다.

　이 무위군에 재간통판(在間通判)으로 있는 사람이 있으니 그의 성은 황(黃)이요, 이름은 문병(文炳)이다.

　이 황문병은 어려서 경서(經書)를 배우기는 했으나, 소견이 좁은 데다가 성질이 간사해서 권세 있는 자에게 아첨이나 잘하고, 유능하거나 어진 사람한테는 투기하고, 저보다 잘난 사람을 해치려 하고, 저만 못한 사람은 함부로 농락하는 위인인 고로, 그를 아는 사람들은 황봉자(黃蜂刺)라고 별명을 지어 부르는 터이다.

이자는 강주지부(江州知府)로 채구(蔡九)가 도임했을 때, 그가 채태사(蔡太師)의 아홉째 아들인 것을 알고 있었던 고로 즉시 찾아가서 인사를 올리고, 그 후로는 때때로 찾아가서 아첨을 다하는데, 제 깐에는 혹시나 덕을 보아 다시 벼슬자리나 얻을까 하는 생각으로 그러는 것이었다.

이날, 송강이 술탈이 나서 자리에서 일어나지 못하던 날, 황문병은 집에서 별로 할 일이 없어, 또 채구지부나 찾아볼까 생각하고 하인을 데리고 나와서 지부한테 드릴 몇 가지 예물을 장만한 다음, 자기 집 쾌선(快船) 한 척을 타고서 강을 건너 즉시 부내로 들어갔다.

그러나 부내에 들어와 보니 공연(公宴)이 벌어져 있으므로, 그는 감히 안으로 들어가지 못하고 강변으로 나왔다. 그는 도로 배를 타고서 제 집으로 돌아갈까 하다가, 마침 날은 더운데 배를 매어둔 곳이 바로 심양루 아래인 고로,

'에라! 오래간만에 누에 올라가서, 서퇴(署退)나 하고 돌아가자….'

이렇게 생각하고, 그는 홀로 누상으로 올라갔다. 그는 난간에 의지하여 한참 동안 소풍을 한 다음, 벽 위에 쓰여 있는 여러 사람의 글과 시를 두루 읽어보다가, 송강이 써놓은 서강월사와 절구를 읽어보고는 깜짝 놀랐다.

송강의 구사일생

'이게 반시(反詩)가 아닌가? 대관절 누가 이걸 써놓았을까?'

황문병은 속으로 이같이 뇌까리고서 다시 살펴보니, '운성 송강 작',
이같이 다섯 글자를 써놓은 것이 눈에 보인다.

그는 처음부터 다시 한 번 '서강월사'를 읽어본다.

> 어렸을 때 벌써 경사를 배웠고,
> 장성한 후 벌써 권모를 알았네.

"흥! 이 사람이 아주 자부하는 마음이 강하군!"

그리고 또 그다음을 읽어본다.

> 사나운 범이 험상궂은 언덕에 누워 있듯,
> 발톱과 이빨을 감추고 욕을 참았네.

황문병은 여기서 고개를 갸우뚱하고 중얼거렸다.

"아마도 이 사람이 제 분수를 모르는 놈인가 보다."

불행히 볼따구니에 자자를 받아가지고
강주로 귀양은 왔으나,

"이걸 보면 이자가 죄를 짓고 이곳 강주로 귀양 온 자가 분명한데."

후일 만약에 원수를 갚는다면
피는 심양강구를 붉게 하리라.

"대체 이놈이 누구한테 무슨 원수를 갚겠다는 거야? 귀양살이 온 주
제에 무얼 어떻게 한다는 거야?"
황문병은 또 그다음에 적힌 시(詩)를 읽어본다.

마음은 산동에 있고
몸은 오(嗚)에 있네.
강해로 떠돌면서
부질없이 한숨만 짓누나.

황문병은 여기까지 읽어보고서 고개를 끄덕끄덕하며,
"그래 여기까지는 별로 탈 잡을 게 없다."
하고, 다시 그다음을 읽었다.

만약 내가 뜻을 이루면
한번 웃어보리라, 황소가 대장부 아니더라고.

황문병은 다 읽고서 고개를 설레설레 흔들었다.
"이놈 보아라, 제가 황소(黃巢)보다 잘났다고 하는 걸 보니, 이놈이 바

로 역적질을 할 놈이 아닌가?"

그리고 그는 끝머리에 적힌 '운성 송강 작'이라는 다섯 글자를 보고,

"운성현 송강이라… 송강이라… 가만있자, 내가 전일 어디서 듣던 이름 같은데… 생각이 안 나는군."

이렇게 혼잣말을 하다가 즉시 손뼉을 쳐, 주보를 불러서 물어본다.

"이 두 편 시사(詩詞)는 누가 써놓은 것인가?"

주보가 대답한다.

"어제 웬 사람이 혼자서 올라와 술 한 병을 죄다 먹고는 취해서 저것을 써놓고 가더군요."

"그런데 그 사람이 어떻게 생긴 사람이던가?"

"얼굴 빛깔이 검고 키는 자그마한데, 몸집은 똥똥하더군요. 그리고 뺨에 금인(金印)이 있는 것을 보니까, 아마 이곳 노성영 안에서 귀양살이하는 사람인 것 같아요."

황문병은 고개를 끄덕이고서 종이와 필묵을 가져오게 한 후, 그 시사(詩詞)와 '운성 송강 작'이라는 다섯 글자까지 모조리 베껴 넣은 다음, 주보를 보고 벽에 있는 글을 긁어버리지 말라고 당부하고 아래로 내려왔다.

그는 그날 밤을 배 속에서 쉬고서 이튿날 아침 일찌감치 조반을 지어 먹은 후, 하인을 데리고 부중(府中)으로 들어갔다. 마침 지부(知府)가 퇴당(退堂)하여 아내(衙內)에 있었다.

황문병이 아문 밖에서 사람을 시켜 안으로 연통케 하니, 조금 있다가 채구지부가 그를 후당으로 불러들인다.

황문병은 들어가서 인사를 드린 후 예물을 바치고 말했다.

"소인이 어제 성내에 들어왔었습니다마는 공연(公宴)이 있으신 고로 감히 들어오지 못하고, 오늘서야 들어와 뵙는 터입니다."

"통판(通判)은 내 심복인데, 그냥 들어왔어도 좋았을 걸 그랬소. 내가 알았더라면 맞아들이도록 했을 텐데 미안하구려."

이때 좌우에 있던 집사들이 차를 올린다. 황문병은 차를 마시고 다시 입을 열었다.

"상공(相公)께 감히 여쭙니다마는, 그간 존부 태사은상(尊父太師恩相)께서 사람을 보내오신 일이 없으십니까?"

"일전에 바로 하서(下書)가 있었다오."

"경사(京師)에 무슨 새 소식이나 없습니까?"

"가친께서 하서에 말씀하시기를, 근자에 태사원 사천감(太史院司天監)이 위에 아뢰는데, 밤에 천상(天象)을 살피니까 강성(罡星)이 오초(嗚楚)에 조림(照臨)하니 이는 필시 그 지방에서 장난하는 자가 있음이외다 했으니, 네가 이를 체찰(體察)하여 초제(剿除)하라고 분부하셨다오. 그리고 요즈음 서울 아이들 사이에 요언(謠言)이 돌고 있는데 그 요언은,

　　　모국인가목(耗國因家木)
　　　도병점수공(刀兵點水工)
　　　종횡삼십육(縱橫三十六)
　　　파란재산동(播亂在山東)

이런 것이니, 그리 알고서 부디 지방을 견수(堅守)하라고 분부하셨다오."

이 같은 이야기를 들은 황문병은 한참 동안 고개를 갸우뚱하고 무엇을 생각하더니 얼굴을 쳐들고 웃으면서,

"상공께 말씀이지 참 일이 우연한 일이 아니올시다."

하고 소매 속에서 종이 한 장을 꺼내놓는다. 그것은 말할 것도 없이 심양루 벽에서 베껴온 송강의 시사(詩詞)다.

"상공, 이걸 좀 보십시오."

채구지부는 종이를 받아 읽어보더니 황문병을 바라보며 묻는다.

"이게 반시(反詩)로구려. 그런데 통판은 어디서 이런 것을 베껴오셨소?"

"소인이 어제 심양루에 올라갔다가 벽에 이런 것을 써놓았기에 베껴온 것입니다."

"그래, 이게 누가 지은 것인가?"

"거기 써 있지 않습니까? '운성 송강 작'이라고 하지 않았어요?"

"송강… 송강… 이 사람이 대체 누구요?"

"그놈이 분명히 제 말을 적어놨습니다. '불행히 볼따구니에 자자를 받아가지고 강주로 귀양은 왔으나' 이랬으니까, 이놈은 강주로 귀양 와서 지금 노성영에 있는 자가 아니겠습니까?"

"그렇다면 그까짓 죄수놈이 무얼 하겠소!"

그러나 황문병은 소견이 다르다.

"상공께서 그같이 우습게 아셔서는 안 될 것입니다. 아까 말씀하신 서울 아이들 간에 돌고 있다는 요언이, 아무래도 이자를 지목하는 요언 같습니다."

"요언이 이자를 지목한 거라니, 어째서 그렇단 말이오?"

"자아, 보십시오. 요언에 '모국인가목'이라 했지요. 나라가 어지러워지는 것은 가목(家木)에 인해서 그렇게 된다. '가목'이란 관머리 아래 나무목(木)을 한 것을 가리키는 말이니 곧 '송(宋)'자가 아닙니까? 그리고 둘째 구절 '도병점수공'에서, 난리를 일으키는 놈은 삼수변에 장인공(工) 곧 물강(江)자라 했으니, 그자가 바로 송강이란 자인 것을 알겠는데요… 바로 그 송강이란 자가 반시를 심양루에다 써놓았으니, 이게 모두다 천수(天數)지 뭣이겠습니까?"

지부는 다시 묻는다.

"그럼 '종횡삼십육'하고 '파란재산동'이란 무슨 뜻인가?"

"그것은 글쎄요… 육육년(六六年) 혹은 육육수(六六数)를 가리킨 말이 아닐까요? 파란재산동이란 운성현이 바로 산동지방 아닙니까? 하여튼

사구(四句)가 전부 송강이란 자에게 들어맞았다고 생각합니다."

"그렇다 치고, 그럼 그런 자가 지금 이 강주성 안에 과연 있을까?"

"소인이 어제 심양루에서 주보를 불러 물어봤더니 그자가 바로 그저께 와서 반시(反詩)를 써놓고 갔다고 그러더군요. 무어 어려울 것 없지요. 지금이라도 노성영의 문책(文册)을 들여오라 하시어 그 문책을 보시면 단박 송강이란 자가 있는지 없는지, 아실 게 아닙니까?"

"참 통판 말씀이 유리하오."

채구지부는 곧 아전에게 분부하여 노성영의 문책을 들여오라 했다. 조금 있다가 문책을 들여오자 그는 친히 책을 펴놓고서 검사해보니, 과연 지난 5월에 새로 들어온 죄수 가운데 '운성현 송강'이란 자가 있다. 황문병이 옆에서 책을 들여다보다가 그것을 보고 말한다.

"거기 있군요. 이자가 바로 운성현 송강이 아닙니까? 곧 잡아들이셔서 사실(查實)해보십시오."

"그래야겠소."

지부는 이렇게 말하고 즉시 일어나 공청으로 나아가 양원 압로절급을 불러들이게 했다.

대종이 청하에 대령하자 지부는 그에게 영을 내렸다.

"네가 지금 공인(公人)을 데리고 노성영으로 나가서 심양루에서 반시를 읊은 범인, 운성현 송강이란 놈을 잡아오너라. 시각을 지체하지 말렸다!"

영을 받은 대종은 가슴이 덜컥 내려앉을 만큼 놀랐으나, 즉시 긴대답을 하고서 지부 앞을 물러나왔다.

대종은 옥졸 십여 명을 불러 각기 집으로 가서 창봉을 가지고 자기가 거처하고 있는 관음암 옆 성황묘 안으로 모이라고 부탁한 다음, 그는 신행법(神行法)을 써서 노성영 안으로 들어가서 바로 초사방 문을 열어보았다.

아무것도 모르는 송강은 반색하면서 대종을 맞아들이며 말한다.

"그저께는 어딜 갔었소? 내가 모처럼 찾아갔다가 만나지 못하고 혼자서 심양루에 가서는 술을 먹고 돌아왔는데, 아마 그날 술이 좀 과했던 모양이지? 오늘까지 머리가 띵하구먼."

대종은 묻는다.

"형님, 그날 심양루 벽에다 대관절 무슨 글을 써놓으셨던가요?"

"취중에 장난으로 쓴 것이니까 어떻게 그걸 외우겠소. 그런데 그건 왜 묻는 거요?"

"형님, 큰일 났습니다! 우리 지부가 바로 지금 부르기에 들어가니까, 절더러 곧 공인을 데리고 노성영으로 가서, 심양루 벽 위에다 반시를 적어놓은 범인, 운성현 송강을 잡아들이라는군요. 그래 공인들을 성황묘 안으로 모이라 일러놓고 저는 바로 형님한테로 왔답니다. 이 일을 대체 어찌하면 좋겠습니까?"

송강은 소스라치게 놀라면서,

"이 노릇을 어쩌나! 이번엔 영락없이 내가 죽는가 보구려!"

하고 어쩔 줄을 몰라 한다.

대종은 한참 생각하다가 입을 연다.

"형님, 이렇게나 해봅시다. 저는 여기서 더 지체할 수 없는 사정이니까 곧 성황묘로 가서 공인들을 데리고 형님을 잡으러 다시 나올 터이니, 형님은 머리 풀어헤치고 땅에 뒹굴며 미친 사람 흉내를 내십시오. 그러면 제가 어떻게 잘되도록 일을 꾸며보지요."

말을 마치고서 대종은 총총히 성내로 돌아갔다.

그가 성황묘 안으로 오니까 옥졸들은 벌써 죄다 와 있는데 제각기 손에는 창과 몽둥이를 하나씩 들었다. 대종은 그들을 거느리고 바로 노성영으로 들어와서, 짐짓 큰소리로 외치는 것이었다.

"새로 들어온 죄수 송강이 어떤 놈이냐?"

패두(牌頭)가 이 소리를 듣고 뛰어나와 대종보다 앞서서 초사방으로 갔다. 따라가 보니까, 송강은 머리를 풀어헤치고 거름 구덩이에 가 쓰러져서 무엇이라고 연해 중얼대고 있다가 대종과 옥졸들이 오는 것을 보고는,

"이놈들, 대관절 너희는 뭣하는 놈들이냐?"

하고 소리를 버럭 지른다.

대종은 옥졸들을 돌아다보며 크게 호령한다.

"네 저놈을 잡아내라!"

이 소리를 듣자 송강은 우뚝 일어나 앉더니 하늘을 쳐다보고 무슨 소린지 알 수 없는 소리를 함부로 지껄인다.

"이놈들아! 나는 옥황상제의 사위님이시다. 장인께서 날더러 천병(天兵) 십만(十萬)을 거느리고 내려가서 네놈들 강주 놈들을 모조리 죽이고 오라셨다. 선봉은 염라대왕이요, 후군은 오도장군(五道將軍)인데, 내가 가진 금인(金印)은 무게가 8백 근이다. 이놈들아, 알아들었느냐."

이 꼴을 보고 옥졸들은 저희끼리 서로 얼굴만 쳐다보며 어이가 없어한다.

"저거 미친놈 아닙니까?"

"미친놈은 잡아다 뭐합니까?"

옥졸들이 급기야 이같이 말하므로 대종은 고개를 끄덕이고,

"그래 저런 놈을 잡아다 뭘 하겠니. 도로 들어가서 우리 본 대로 아뢸 수밖에 없다."

라고 한 후, 옥졸들을 거느리고 그는 다시 주아(州衙)로 들어갔다.

채구지부는 청상에 앉아 있었다.

"송강이란 놈이 알고 보니까 미친놈입니다. 머리를 풀어헤치고, 온몸이 똥투성이가 되어, 무슨 소린지 알 수 없는 소리를 지껄이고 있는데, 제일 첫째, 그 나쁜 냄새 때문에 어쩔 수가 없어서 그냥 돌아왔습니다."

채구지부가 대종의 이 말을 듣고 마음에 괴이쩍게 생각되어 무슨 말을 하려 할 때, 병풍 뒤에서 황문병이 급히 나오면서 말한다.

"상공, 상공께서는 그 말을 곧이듣지 마십쇼! 그자가 지은 시사(詩詞)를 보든지, 또 필적을 보든지, 결단코 미친 사람이 아닙니다. 당장 급하니까 아마 흉물을 떠나봅니다. 그러니까 우선 잡아들여서 문초해보시면 진가(眞假)를 아실 것입니다."

"딴은 통판 말씀이 유리하오."

지부는 이렇게 말하고 다시 대종을 향하여 영을 내렸다.

"그놈이 미쳤거나 안 미쳤거나 너는 상관 말고 속히 잡아들여라."

이렇게 되니 어쩌는 수 없다. 대종은 옥졸들을 거느리고 다시 노성영으로 나가서 송강을 잡아가지고 돌아왔다.

"그놈을 이리로 끌어들여라!"

지부의 영이 떨어지자 옥졸들은 송강을 앞으로 끌어내어 무릎을 꿇려앉히려 했다. 그러나 송강은 두 다리를 쭈욱 뻗고 앉아서 고개를 젖히고 청상에 앉아 있는 지부를 노려보며 소리소리 지르는 것이었다.

"네가 대관절 무엇하는 놈이냐? 나로 말하면 옥황상제의 사위님이시다. 장인께서 날더러 천병 십만을 거느리고 내려가서 너희 강주 놈들을 모조리 죽이고 오라셨단 말이다. 선봉은 염라대왕이요, 후군은 오도장군인데, 내가 가진 금인의 무게가 8백여 근이다. 너희놈들이 얼른 피해야지 만일 조금이라도 지체하는 때에는 한 놈도 남지 않고 모두 몰살당할 테니 그런 줄 알아라!"

채구지부는 이 꼴을 보고 너무도 어이가 없어서 황문병을 돌아다보았다. 이때 황문병은 또 한마디 했다.

"상공! 상공께서 지금 곧 차발과 패두를 불러들여서 저놈이 애초에 여기 올 때부터 미쳤었나, 혹은 근자에 갑자기 미친 증세가 나타났나, 그걸 물어보십시오. 만일 처음부터 풍증(風症)이 있었다면 정말 실성한 놈이지만 근자에 갑자기 저러는 게라면, 저놈이 흉물을 피우고 있는 것이 분명합니다."

"딴은 통판 말씀이 유리하오."

지부는 또 황문병의 말을 옳게 여기고서 관영과 차발을 불러들였다.

지부 앞에 나온 관영과 차발은 감히 거짓말을 하지 못하고 바른대로 아뢰었다.

"이놈이 처음 왔을 때는 실성한 것 같지 않았는데, 근자에 갑자기 이런 증세가 생긴 줄로 압니다."

지부는 이 말을 듣고 대단히 노해 옥졸들에게 호령을 내렸다.

"네 저놈을 몹시 때려라!"

그러자 옥졸들이 달려들어서 송강을 형틀에 매어 달은 후 몽둥이를 골라 들고서 쉴 새 없이 내리치는데 약 50대가량 얻어맞으니까, 가죽은 찢어지고 살은 터져서 송강의 온몸은 선지피투성이가 되고 말았다. 곁에서 이 광경을 보는 대종은 마음에 끔찍하고 안타깝지만, 송강을 구해 낼 방책 또한 없다.

50번이나 내리치는 사나운 매를 맞고 견딜 수 없어서 송강은 마침내 사실대로 자백했다.

"어쩌다가 취중이라서 그 같은 반시를 쓰기는 했습니다만, 사실은 별로 주의(主意)가 있어서 그런 것은 아니오니 용서하십시오!"

채구지부는 즉시 옥졸들로 하여금 때리는 것을 멈추게 하고 송강의 초장(招狀)을 받은 후 25근짜리 사형수의 칼을 씌워서 송강을 옥에 가두게 했다.

이와 같이 송강을 사수로(死囚牢)에 가둔 다음, 채구지부는 황문병을 후당으로 인도하여 같이 들어가서 그에게 치사한다.

"오늘 통판의 조언이 없었더라면 깜빡 그놈의 꾀에 속아넘어갈 뻔했소."

그러자 황문병이 다시 나지막한 목소리로 아뢴다.

"이번 일은 사실 말씀하면 국가대사(國家大事)입니다. 한시바삐 사람을 서울로 보내시어 존부은상(尊父恩相)께 아뢰도록 하시되, 죄인을 죽이지 말고 압송하라 하시거든 곧 함거(檻車)에 실어서 올려보내시고, 만일 구태여 그럴 것 없이 중도에서 도망할 염려도 있으니까 바로 여기서 처단하라 하시거든 속히 참수호회(斬首號會)하여 화근을 덜어버리시는 게 좋겠습니다."

"딴은 통판 말씀이 유리하오. 곧 가친께 상서하리다. 그런데 통판도 영화를 좀 누려보아야 하지 않겠소?"

지부가 이같이 말하자, 황문병은 '고맙습니다' 하고 여러 번이나 사례를 하는 것이었다.

지부가 편지 한 장을 써서 도장을 찍고 나자, 황문병은 다시 묻는 것이었다.

"이번 일은 매우 중대하니까 특히 심복인(心腹人)을 시켜야겠는데 누구 마땅한 사람이 있습니까?"

"마침 그런 사람이 있소. 이 고을 양원절급에 대종이라는 사람이 있는데, 이 사람이 신행법을 쓸 줄 아는 사람이어서 하루에 8백 리 길은 예사롭게 다니는 터이니까, 내일 아침에 일찍이 떠나게 하면 넉넉잡고 열흘 안에 서울을 다녀올 거요."

"그거 참 희한한 재주를 가졌습니다그려. 그럼, 그 사람을 보내면 정말 좋겠군요."

이날 황문병은 지부한테서 술대접을 받고 그냥 거기서 그 밤을 자고 이튿날 새벽에 무위군으로 돌아갔다.

채구지부는 황문병을 보낸 후에 큰 궤짝 두 개에다 금주(金珠)·보패(寶貝)·완호물(翫好物)을 가득히 담은 후 궤짝 위에다 봉피(封皮)를 붙이고자 대종을 후당으로 불러들였다.

"여기 예물(禮物)과 일봉 가서(家書)가 있으니, 이걸 가지고 서울로 가서 태사부중(太師府中)에 드리고 오너라. 가존(家尊)께서 오는 6월 15일이 생신인데 날짜가 많이 남지 않았으니까 내가 너의 빠른 걸음을 한번 빌어보자는 게다. 아무쪼록 밤을 도와서 가되, 서울서 회서(回書)만 주시거든 즉시 돌아와야 한다. 이번 길에 잘 다녀오면, 너한테 상을 후히 주마."

대종은 긴대답을 하고 밖으로 물러나와 자기 처소에 잠깐 들른 후 즉시 감옥으로 송강을 찾아갔다.

"제가 지금 지부의 분부로 열흘 한하고 서울에 갔다 오게 됐습니다. 태사부중에는 더러 아는 사람이 있으니까, 이번에 가서 형님 일을 어떻게 주선해보도록 부탁하고 오겠습니다. 제가 이규에게 형님을 부탁하고 가겠으니 조석 염려는 하지 마십쇼."

"먼 길에 부디 무사히 다녀오오. 그리고 아우님 주선으로 이 목숨이 살 수 있다면… 그밖에 무슨 소원이 또 있겠소!"

송강이 이같이 감사하는 모양을 보고 대종은 밖으로 나와서 곧 이규를 찾아보고 제발 자기가 서울 다녀올 동안만이라도 술을 먹지 말고 때를 맞추어 송강의 조석을 들여보내라고 부탁했다.

이규는 대종의 부탁을 듣고 아주 정색하면서 굳게 약속한다.

"형님, 아무 염려 마시고 무사히 다녀오십쇼! 송강 형님 옥바라지는 정성껏 해올리겠습니다. 그리고 오늘부터 술을 끊고, 형님 돌아오시는 날까지 한 잔도 입에 대지 않으리다!"

"진정인가? 잘 생각했네. 그럼 난 안심하고 갔다 오겠네."

대종은 이규와 작별하고 자기 처소로 돌아가서 다리에 퇴병호슬(退鉼護膝) 치고, 발에 팔탑마혜(八搭麻鞋) 신고, 몸에 행황삼(杏黃衫) 입고, 허리에 선패(宣牌) 차고, 머리에 건책(巾幘) 쓰고, 편대(便帶) 속에 서신(書信)과 반전(盤纏) 넣고, 양쪽 넓적다리에 갑마(甲馬)를 한쪽에 두 개씩 네 개를 붙이고, 지부한테서 받은 궤짝 두 개를 두 손에 든 다음, 입으로 신행법의 주문을 외웠다. 그러자 대종의 몸은 나는 새같이 공중에 떠서 순식간에 성 밖으로 나와 강주를 떠나니, 그의 귀에 들리는 것은 오직 바람 소리뿐이다.

대종은 이날 아침에 강주를 떠나 7, 8백 리 길을 가서 객주에 들러 하룻밤 자고, 이튿날 일찍 조반 먹고 길을 떠나 점심때 술집에 들러서 잠깐 요기하고는 다시 저녁때까지 달렸다. 그리고 그날 밤을 또 객줏집에서 쉬고 그 이튿날은 새벽 5경에 일어나 몸단속을 하고서 길을 떠나 2, 3백 리 가고 보니 때는 벌써 사패시분이다.

날씨는 무더운 6월 초순, 대종은 땀이 흘러서 온몸이 흠뻑 젖었다. 그리고 목이 마르고 숨이 가쁘다. 그는 걸음을 멈추고 삼면(三面)을 둘러보았다. 가만히 보니 저편 수풀 속 호숫가에 술집이 하나 있다.

그는 곧 그리로 갔다. 술집에 들어가 보니 집 안이 정결하다. 그는 우선 허리에서 탑박(搭膊)을 풀어버리고, 행황삼을 벗어서 난간 위에다 걸쳐놓았다.

이때 주보가 옆으로 와서 그에게 묻는다.

"술은 얼마나 드릴까요? 고기는 양고기, 돼지고기, 쇠고기… 다 있습니다."

"술은 많이 못 하네. 밥을 좀 먹을 수 없을까?"

"술도 있고, 진지도 있고, 또 만두 분탕도 있습죠."

"그런데 내가 비린 것은 좋아하지 않네."

"그러시다면, 가료마랄 녹두부(加料麻辣漉豆腐)를 갖다드릴까요?"

"그래, 그게 좋겠네."

주보가 대답하고 안으로 들어가더니, 얼마 지나지 아니해서 두부와 채소와 술을 들고 나온다.

대종은 시장도 했지만 첫째 목이 말랐다. 그는 곧 두부를 안주해서 가져온 술을 죄다 먹고, 이제는 밥을 갖다달라고 말하려 했는데, 갑자기

머리가 어쩔하고 현기증이 나더니 하늘과 땅이 팽그르르 돌며, 그대로 그는 탁자 앞에 쓰러지고 말았다.

이때, 안으로부터 한 사나이가 나왔다. 다른 사람 아니라 이 집 주인이니, 그는 곧 양산박 호걸 가운데 한 사람인 주귀(朱貴)다.

주귀는 좌우를 돌아보고 말한다.

"저 궤짝부터 들여가거라. 그리고 저놈의 몸을 뒤져봐라."

주귀의 수하들이 궤짝은 안으로 들여가고 한편으로 대종의 몸을 뒤지니까 전대 속에서 종이에 싼 일봉 서신(書信)이 나온다.

주귀가 그것을 받아서 종이를 뜯고 보니까 봉투 한 개가 나오는데 거죽에 이렇게 쓰여 있다.

평안가신 백배봉상부친대슬하 남채덕장(平安家信 百拜奉上父親大
膝下 男蔡德章)
근봉(謹封)

주귀가 겉봉을 뜯고 편지를 꺼내서 읽어보니 이야말로 참으로 뜻밖의 일이 아닌가. '반시(反詩)를 읊은 산동의 송강이 바로 요언(謠言)과 부합되는 죄인인 고로 잡아서 지금 사수로에 가둬놓았으니, 분부 내리시는 대로 즉각 시행하겠습니다.' 하는 편지 내용이다.

주귀는 그 편지를 읽고서 너무도 놀랐는지라 입을 딱 벌리고 멍하니 서 있는데, 그동안에 수하의 무리들은 정신 잃고 쓰러진 대종을 마주잡이로 아래위에서 들고는 살인작방(殺人作房)으로 옮겨다 놓고 옷을 벗기기 시작했다.

이때 주귀가 무심코 눈을 들어 한쪽을 바라보니, 대종이 앉아 있던 자리에 탑박이 걸쳐 있는데 주홍록칠(朱紅綠漆)한 선패가 달려 있다.

주귀는 그 앞으로 가서 선패를 들고 보았다.

은으로 만든 선패에 아로새겨 있는 글자는 '강주양원 압로절급 대종 (江州兩院 押牢節級 戴宗)'의 열 자가 분명하다.

주귀는 이것을 보고 즉시 살인작방에다 대고서,

"여봐라, 아직 죽이지 말고 그냥 두어라."

라고 명령한 후, 속으로,

'전일 내가 군사 오학구한테서 듣기를, 강주에 신행태보 대종이라는 사람이 있는데 자기와 서로 교분이 두텁다고 하더니… 아마 이 사람이 아닌지 모르겠다. 만일 그렇다면, 또 이런 편지를 가지고 가서 급시우 송강을 해치려 든다는 게 도무지 말이 안 되고… 하여간 내 손에 걸리기를 잘했다! 곧 깨워서 자세한 이야기를 들어보아야겠다.'

이같이 생각하고 곧 해약(解藥)을 대종에게 먹이게 했다.

얼마 후에 대종은 눈을 뜨고 자리에서 일어나더니, 어찌된 영문인지 모르는 듯 잠시 동안 사방을 둘러보다가 문득 주귀가 봉서를 손에 들고 자기 앞에 서 있는 것을 알고는 큰소리로 외치는 게 아닌가.

"너 이놈, 참 대담도 하다… 나한테 몽한약을 먹여놓고서 태사부에 올리는 서신을 네 맘대로 뜯어보다니, 그 죄가 죽을죄인 것을 아느냐?"

그러나 주귀는 웃으면서 말한다.

"흥! 이까짓 편지 한 장이 대체 무엇이기에 그처럼 죽네 사네 한다는 거냐? 태사부에 가는 편지는 고사하고 대송황제(大宋皇帝)를 상대한대도 겁낼 내가 아니다!"

이 말을 듣고 대종은 크게 놀라 급히 물었다.

"대체 노형이 누구시오? 우리 인사나 합시다."

"나는 양산박 두령의 한 사람, 주귀라는 사람이다."

"양산박 두령이시라면 오학구 선생을 아시겠구려?"

"오학구는 우리 대채(大寨)의 군사(軍師)로서 병권(兵權)을 쥐고 있는 터인데, 어째서 내가 모르겠나?"

"그럼 내 말씀 좀 들어주시오. 나는 오학구와 교분이 두터운 사람이오!"

"그럼 노형이 우리 군사가 늘 말씀하던 강주의 신행태보 대원장이신가요?"

"네, 내가 바로 그 사람이오."

"그렇다면 내가 알 수 없는 일이 있소. 요전에 송공명 선생이 강주로 귀양 가시는 길에 우리 산채에 들르셨는데, 그때 오학구가 노형한테 편지를 보냅디다. 그런데 지금 노형은 도리어 송공명 선생을 해치려 하니, 대체 어찌된 셈이오?"

"그게 무슨 말씀이오? 내가 송공명과 결의형제 맺어 형님으로 모시는 터인데, 송공명을 해치려 들다니요! 이번에 우리 형님이 취중에 반시(反詩)를 읊은 까닭에 사수로에 갇히신 고로, 내가 내 힘으로는 어쩔 수 없어서 이번에 서울로 올라가는 길에 어떻게 주선해보려는 판인데… 그런 걸 가지고 도리어 날보고 형님을 해치려 든다니 그게 무슨 말씀이오?"

"나보고 웬 말이냐고 묻지 말고, 자아 어서 이 편지를 읽어보시오."

대종은 주귀가 내주는 채구지부의 편지를 읽어보고 깜짝 놀랐다.

"나는 도무지 이런 줄은 모르고, 편지를 전하려 들었구려!"

"하여간 나하고 산채로 올라가서 여러 두령들과 상의하여… 어떻게 좋은 방책을 강구해보기로 합시다."

주귀는 이같이 말하고서 곧 술과 음식을 갖추어 대종에게 먹인 다음, 수정(水亭) 위로 올라가더니 즉시 맞은편을 향하여 향전(響箭) 한 대를 쏘는 것이었다. 그리고 화살이 저쪽에 가서 떨어지자, 갈대숲 속에서 배 한 척이 쏜살같이 나오더니 수정 아래 와서 댄다.

주귀는 대종과 함께 그 배를 타고 금사탄으로 건너가, 그길로 바로 산채로 올라가면서 먼저 졸개로 하여금 선통케 했더니, 군사 오학구가 관(關) 아래까지 내려와서 영접한다.

"만난 지 참 오래요! 그런데 무슨 바람이 불어서 예까지 오셨소? 어서 대채로 올라갑시다."

오용은 대종을 보고 이같이 정답게 말하고 앞서서 대채로 들어갔다. 대종은 여러 사람 두령님들과 인사하기가 바쁘게 이번에 송강이 불의의 봉변을 당하게 된 전말을 자세히 이야기했다.

이야기를 듣고 나자, 조개는 크게 놀라면서 즉시 군마를 일으켜 강주로 치고 들어가서 송강을 구해내자고 주장했다. 그러나 오용이 간한다.

"그래서는 안 됩니다. 예서 강주까진 길이 먼데, 우리 군마가 동하는 때는 저희가 놀라 우리가 미처 이르기 전에 송공명의 목숨을 해칠는지도 모릅니다. 그러니까 힘으로 해선 안 되고 꾀로 해야만 할 일인데, 내가 비록 재주는 없으나 계교를 써보기로 하겠습니다."

"그럼 어디 군사의 묘계를 들어봅시다."

조개가 이렇게 말하니까, 오용은 여러 두령들을 둘러보며 천천히 계교를 말한다.

"지금 채구지부가 글을 서울로 보내놓고 태사의 회답을 기다리고 있는 중이니 우리는 장계취계(將計就計)하여 가짜 회서(回書)를 한 통 만들어서 대원장을 시켜 갖다가 전하게 하되, 범인 송강을 그곳에서 함부로 치죄하지 말고 속히 서울로 압송하라 하여 저것들이 이곳을 지날 때 우리가 내달으면 송공명을 힘 안 들이고 구할 수 있을까 합니다."

"그랬다가 만약 이곳을 지나지 않고 다른 길로 간다면 큰일 아니오."

"그야 우리가 사람을 미리 내보내서 어느 길로 가는가 알아보면 그만이죠."

"그는 그렇다 하더라도, 채태사의 필적으로 회서를 위조하기가 어디 쉬운 일이어야지! 대체 누가 그걸 쓴단 말이오?"

조개가 이렇게 묻자 오용이 대답한다.

"그것은 내가 이미 생각해두었습니다. 지금 천하에 가장 널리 행해지고 있는 자체(字體)가 소동파·황로직(黃魯直)·미원장(米元章)·채경(蔡京), 이렇게 사가(四家)의 자체입니다. 소황미채(蘇黃米蔡)를 송조사절(宋朝四絶)이라 안 합니까? 그런데 내가 아는 사람 중에 제주 태생 소양(蕭讓)이라고 있는데, 이 사람이 이 사가의 자체를 다 잘 씁니다. 그래 사람들이 그를 성수서생(聖手書生)이라 부르는 터인데, 대원장더러 수고를 좀 하라 해서 그 사람을 이리로 꾀어다가 회서를 쓰게 하면 감쪽같을 것입니다."

"그 사람을 이리로 꾀어오기는 어디 쉬운 일이오?"

"그것은 다 좋은 도리가 있죠."

"그럼 그건 그렇다 하고, 채태사 채경의 도서인기(圖書印記)는 또 어떻게 한단 말이오?"

"그것도 내가 아는 사람 가운데 한 사람 있지요. 역시 지금 제주성 안에 살고 있는데, 이름은 김대견(金大堅)이지요. 이 사람이 석비문(石碑文)도 잘 파고, 도서(圖書)·옥석(玉石)·인기(印記)도 잘 새기는 까닭에, 사람들이 그를 옥비장(玉臂匠)이라고 부른답니다. 이 사람도 역시 이리로 꾀어오도록 하지요. 그리고 이 두 사람은 앞으로도 쓸 곳이 많으니까, 아주 이번에 처자들까지 데려오게 하여 우리 처소에 입적시켰으면 좋겠습니다."

"할 수만 있다면 그렇게 하는 것이 좋다뿐이겠소!"

대개 이같이 합의를 본 후, 산채에서는 연석을 배설하고 대종을 접대했다. 그리고 이튿날 아침, 오용은 대종에게 자기의 계교를 자세히 일러준 다음, 그의 행색을 태보(太保)처럼 꾸미게 한 후 돈 2백 냥을 갖고 길을 떠나게 했다.

대종은 그길로 산에서 내려와 금사탄에서 배를 타고 육지로 건너와서 곧 '신행법'을 일으켜 제주성으로 향했다.

그의 발이 땅바닥에 붙을 사이 없이 나는 것처럼 그냥 달리니, 귓가에 들리는 것은 오직 바람 소리뿐이라, 그가 양산박을 떠난 지 두 시각만에 벌써 그는 제주성 안에 들어섰다.

그는 길거리에서 한 사람을 붙들고 성수서생(聖手書生)이라고 부르는 소양의 집을 물어보았더니 마침 아는 사람을 만났다.

"주아(州衙) 동편에 문묘(文廟)가 있는데, 소양의 집이 바로 그 문 앞이죠."

대종은 고맙다 인사하고 즉시 그리로 찾아가서, 문밖에서 헛기침을 두어 번 한 다음,

"소선생 계시오니까?"

하고 점잖게 찾았다. 마침 안으로부터 수재(秀才) 한 사람이 나와서,

"태보(太保)는 어디서 무슨 일로 오셨나요?"

하고 묻는다.

대종은 정중히 예를 하고 말했다.

"이 사람은 태안주 악묘(泰安州嶽廟)에 있는 타공태보(打供太保)입니다. 이번에 본묘(本廟)에서 오악루(五嶽樓)를 이룩하고, 석비(石碑)를 세우게 되어 지금 선생을 모시러 온 길입니다. 백은(白銀) 50냥은 사례로 약소합니다마는 그냥 받아주시고, 태안주까지 함께 가시기를 바랍니다. 받아놓은 날짜가 촉박해서 곧 떠나셔야만 하겠습니다."

소양이 문간에 나와서 그 말을 듣고 있다가 묻는다.

"생은 그저 글이나 짓고, 비면(碑面)에 글씨나 쓰고 하는 사람이니, 비를 세우신다면 각자장(刻字匠)을 또 청하셔야 하잖겠습니까?"

"그러지 않아도 옥비장(玉臂匠) 김대견을 청하여 가려고 여기 또 따로 백은 50냥을 가지고 온 길입니다. 선생이 좀 같이 가셔서 그분도 청하여 동행을 하도록 하셨으면 좋겠습니다."

소양은 쾌히 승낙하고서 두 사람이 함께 집을 나섰다.

그들이 막 묘문(廟門)을 지나가는데, 저편으로부터 걸어오는 한 사나이를 만났다.

"마침 잘됐군요. 저분이 바로 옥비장이시오."

소양은 이같이 말하고 그를 불러 대종과 인사를 시키고, 태안주 악묘까지 함께 가기를 청했다.

50냥 은자를 보고 김대견도 그 자리에서 승낙한다.

세 사람은 술집으로 들어가서 술을 몇 잔 나눈 뒤에, 날씨가 몹시 더우니 내일 새벽에 함께 떠나자고 약속하고, 대종은 소양을 따라가서 그날 밤은 그의 집에서 쉬었다.

이튿날 새벽에 김대견이 길 떠날 채비를 차리고서 그들을 찾아왔다. 두 사람도 새벽밥을 해먹고 기다리던 참이라 바로 집을 나서게 되었다.

제주성을 나와서 한 십 리가량 왔을 때 대종은,

"그럼 두 분 선생은 천천히 오시지요. 이 사람은 한 걸음 앞서 가서 시주(施主)들한테 두 분 선생이 오신다고, 곧 마중 나오도록 말씀을 해놓아야 하겠습니다."

이같이 한마디 남기고 걸음을 빨리 걸어 앞서서 떠나버렸다. 뒤에 남은 두 사람이 서로 한가한 수작을 해가면서 천천히 길을 걸었다.

이같이 걸어서 제주성으로부터 7, 8리가량 떨어진 곳에 이르렀을 때, 난데없이 호초(胡哨) 소리가 저쪽에서 일어나며 산 밑에서 4, 50명 산적 떼가 내달으니, 앞에 서 있는 괴수는 청풍산에서 '왜각호'라는 이름을 날리던 왕영(王英)이다.

왕영은 소양과 김대견을 보고,

"이놈들! 너희는 무엇하는 놈이며 어딜 가는 길이냐?"

이같이 호령하고는 졸개들을 돌아다보며 영을 내린다.

"네 어서 이 두 놈을 잡아서 간을 꺼내오너라. 안주해서 술 한 잔 먹어야겠다."

이 광경을 당하자 소양은 얼른 그 앞으로 나가서 한마디 사정을 드린다.

"저희 두 사람은 태안주 악묘로 비석을 새기러 가는 사람들이올시다. 보시다시피 보따리 속에는 헌 옷 몇 벌이 들었을 뿐이고요, 돈이라고는 한 푼도 없습니다."

왕영은 이 말을 듣고 소리를 버럭 지른다.

"이놈아! 내가 언제 네놈한테 돈을 내라고 했니? 옷을 달라고 했니? 나는 아무것도 다 소용없고, 술안주로 너희들 간만 꺼내면 그만이다!"

이 소리를 듣고 보니, 영락없이 죽는 목숨이다.

그러나 소양이나 김대견은 창술도 알고, 봉술도 아는 사람으로서 그 수단이 과히 서투르지 아니하다고 자부하는 터인지라, 죽을 때 죽더라도 고깃값이나 하자는 생각이 들었다. 그래서 두 사람은 함께 몽둥이한 개씩을 꼬나들고서 왕영에게로 달려들었다.

왕영은 칼을 휘두르며 두 사람을 겨눈다.

이렇게 세 사람이 싸우기 시작해서 6, 7합 싸웠을 때, 왕영은 두 사람을 못 당하는 듯, 몸을 빼쳐 달아났다. 소양과 김대견이 그 뒤를 쫓아가려 할 때 산 위에서 징 소리가 울리더니 왼편으로부터 송만(宋萬)이 뛰어나오고, 바른편으로부터 두천(杜遷)이가 뛰어나오고, 또 뒤에서는 정천수(鄭天壽)가 뛰어나오는데, 제각기 졸개를 30여 명씩 거느렸다.

이들 네 사람은 소양과 김대견을 꼼짝 못 하게 잡아가지고 주귀의 술집으로 데리고 들어가서 실정을 토한다.

"두 분 선생은 과히 놀라지 마십시오. 우리는 양산박 조천왕(晁天王)의 장령(將令)을 받들고 두 분을 청하여 입적시키러 내려온 사람들입니다. 자아, 어서 약주나 한잔 드십시오."

이때까지 어리둥절했던 소양이 마음을 진정하고서 말했다.

"우리 같은 사람을 산채(山寨)로 데려다가 뭣에 쓴답니까! 공연히 밥이나 없애지, 아무짝에도 못 쓸 위인들인데요."

두천이 말한다.

"우리 오군사(鳴軍師)께서 두 분 선생과 잘 아신다더군요. 그래 신행 태보 대종이란 분을 보내셔서 이처럼 두 분을 청해오기로 한 것이니, 아무 말씀 마시고 같이 가십시다."

소양과 김대견은 이 말을 듣고 서로 얼굴만 바라볼 뿐이다. 왕영의 무리는 그길로 두 사람을 안동하여 산채로 들어갔다.

조개와 오용과 그 밖의 두령들이 모두 나와서 두 사람과 인사를 한 후, 곧 연석을 베풀게 하여 두 사람을 대접하고 채태사 채경의 회서(回 書)를 위조하기 위해서 이처럼 두 사람을 청해온 뜻을 이야기하고 두 사 람의 입적을 간절히 청하는 고로, 두 사람은 도리어 오용을 붙들고 애 원하는 것이었다.

"우리 마음 같았으면 곧 입적을 해서 여러분을 모시고 함께 지내도 좋겠습니다만, 집에 두고 온 식구들을 어떡하죠? 우리가 이곳에 들어와 있는 걸 내일이라도 관가에서 알게 되면 우리 식구들은 대관절 어떻게 될 것 같습니까?"

그러나 오용은 빙그레 웃으며,

"아우님들, 과히 근심 마시오! 새벽에는 무슨 소식이 있을 거요. 자아 어서 잔이나 내시오."

하고 술만 권한다. 그래서 더 긴말을 하지 못하고 술들만 먹는데, 어 느덧 동녘이 훤히 밝아온다.

그때 졸개 한 명이 달려 들어와서,

"다들 오셨습니다."

하고 보고한다. 오용은 고개를 끄덕이고 소양과 김대견을 돌아다보며,

"아마 안에서 들으셨나 봅니다. 내려가 보십시오."

한다. 두 사람은 반신반의하고 자리에서 일어나 산을 내려 중턱에 이

르자, 아래로부터 교자가 너덧 올라오고 있는데, 가만히 보니 안에는 두 집 식구들이 타고 있는 게 아닌가.

소양과 김대견은 반갑기도 하고 어이가 없어서 어찌된 것인지 까닭을 물으니, 처자들은 대답한다.

"어제 나가신 지 얼마 안 돼서 이 사람들이 교군을 가지고 와서 하는 말이 '사랑 양반께서 지금 성 밖 객줏집에 들어 계시는데, 갑자기 병환이 나셔서 집에 기별해달라고 그러시는군요. 그래 교군을 가지고 모시러 왔습니다' 하길래 부랴부랴 나섰더니, 성 밖에 나와서는 못 내리게하여 그대로 예까지 영문도 모르고 끌려왔습니다."

일이 이미 이렇게 된 이상 다시는 어찌할 도리가 없다. 소양과 김대견은 다시 산채로 올라가서 오용과 의논한 뒤에 소양은 채경의 글씨체를 본떠서 회서를 쓰고 김대견은 또 전에 채경의 도서(圖書)·명휘(名諱)·자호(字號)를 여러 번 새겨본 일이 있다 하여 그대로 도서를 감쪽같이위조해 잠깐 동안에 일을 끝냈다.

이와 같이 채경의 회서가 감쪽같이 위조되자, 대종은 양산박 두령들과 작별하고 내려와서 즉시 배를 타고 금사탄을 건너 주귀의 술집으로들어가서 갑마(甲馬) 네 개를 꺼내어 양쪽 넓적다리에 각각 두 개씩 붙이고서 나는 듯이 강주를 향하여 떠났다.

대종이 양산박을 떠난 뒤에 조개 이하 뭇 두령들은 취의청에 모여 앉아서 술자리를 벌이고 환담하고 있었는데, 술을 마시고 있던 오용이 갑자기 무릎을 '탁' 치면서,

"아차!"

한마디 외치며 얼굴빛이 하얘지더니 어쩔 줄을 몰라 한다.

모든 두령들이 놀라서,

"아니, 왜 이러시오?"

그러니까 오용이 대답한다.

"송공명을 구하려고 애를 써서 채경의 회서를 위조는 했는데, 모처럼 한 노릇이 도리어 공명한테는 물론이거니와 대종까지도 죽을 곳에다 몰아넣은 셈이 되고 말았으니, 이 일을 장차 어찌하면 좋단 말이오?"

"왜, 어디가 잘못되었소?"

"너무 급히 일을 꾸미느라고 미처 생각을 못 하고 큰 실수를 했는데요!"

이때 소양이 말했다.

"형님, 어디 무슨 실수가 있다고 그러시오? 채태사와 똑같은 글씨체로 썼으니까 아무도 위조품으론 보지 않을 테고, 또 어구(語句)도 아무데도 잘못된 데가 없다고 생각하는데요."

김대견도,

"내가 새긴 도서도 진짜와 꼭 같이, 털끝만치나 다를 데가 없습니다. 대관절 그 편지 속의 어디가 잘못되었다는 말씀입니까?"

라고 했다. 그러자 오용은 한숨을 짓고 말했다.

"사실 말이지, 그 도서가 잘못되었다오! 우리가 쓴 도서라는 것이 바로 옥저전문(玉箸篆文)의 '한림 채경(翰林 蔡京)' 넉 자가 아니오? 이것 하나 때문에 대종까지 그만 죽을 곳에다 몰아넣었소그려."

그러나 김대견은 다시 말했다.

"제가 늘 채태사의 서함이나 문장을 보았는데, 모두 다 그런 도서던데요. 이번에 쓴 도서가 잘못되었다는 말씀은 도무지 알 수 없는 말씀인데요."

"그건 아우님이 모르니까 하는 말씀이지! 지금 강주지부 채구는 바로 채태사의 아홉째 아들 아니오? 그런데 아비가 아들한테 보내는 글에 휘자도서(諱字圖書)를 떠억 찍었으니, 이게 될 법이나 한 수작이오? 대종은 그걸 모르고 그대로 지부한테 바칠 테니, 그러면 즉석에서 발각이되어 문초를 받을 게고, 그러니까 큰일이란 말이오!"

여기까지 잠자코 듣고 있던 조개가,

"그럼, 이러고 있을 게 아니라 곧 사람을 뒤쫓아 보내서 대종을 도로 불러올려다가 다시 회서를 써줍시다그려."

"형님은 그 사람이 신행법 쓰는 것을 생각 안 하십니까? 지금쯤은 벌써 5백 리도 더 갔을 겝니다. 아무래도 이 모양으로 앉아 있을 수 없는 일이니, 어서 두 사람을 구해낼 방도를 차리십시다."

"그럼, 어떻게 했으면 좋겠소?"

조개가 묻자, 오용은 가까이 나와서 그의 귀에다 입을 대고 가만히 무어라고 속삭거리었다.

조개는 연해 고개를 끄덕인 다음에, 여러 두령들한테 명령을 내리고서 일제히 그 밤으로 산을 내려갔다.

한편, 양산박을 떠난 대종은 채구지부한테 약속한 날짜를 대어서 강주성에 들어섰다.

그는 곧 주아(州衙)로 들어가서 채태사의 회서를 올리니, 채구지부는 이 종이가 기한 안에 돌아온 것을 몹시 기뻐하며 술을 세 사발이나 내리고 묻는다.

"그래 네가 태사 대감을 뵈었더냐?"

대종이 아린다.

"소인이 이번 길에 서울서 하룻밤을 묵었을 뿐이오라, 은상(恩相) 대감은 뵈옵지 못하고 돌아왔습니다."

지부는 더 묻지 않고 회서의 봉피를 뜯고 보니, 첫머리에는 예물은 잘 받았노라 했고, 다음엔 요인 송강(妖人宋江)은 위에서 한번 보시겠다 하니 견고한 함거(檻車)에 싣고 군사들로 하여금 밤을 도와서 서울로 압송하되 중로에 사고가 발생하지 않도록 엄중히 감시하라 했고, 끝으로 황문병은 불일내로 천자(天子)께 아뢸 터이니까 미구에 좋은 자리에 부임하게 되리라고 했다.

채구지부는 이것을 읽고 대단히 기뻐하며 25냥짜리 화은(花銀) 한 덩어리를 내오라 하여 그것을 대종에게 상 주고 한편으로 아전을 불러 송강을 압송할 일을 의논했다. 대종은 상을 받아 채구지부 앞에서 물러나오자 곧 자기 처소로 돌아가서 약간의 주육을 장만해서 옥으로 송강을 보러 갔다.

이튿날, 채구지부는 아전을 불러 함거를 속히 제작하여 오늘과 내일 중에 송강을 압송해야 한다고 독촉하고 있을 때, 밖에서 군사가 들어와서 지금 무위군에서 황통판이 뵈러 왔다고 고한다.

채구지부는 즉시 황문병을 후당으로 청하여 들인 후에,

"이제 불일내로 영달(榮達)하시게 되었소이다. 기뻐하시오."

라고 했다.

황문병은 무슨 말인지 못 알아듣고 묻는다.

"상공께서는 그 웬 말씀이오니까?"

"어제 서울 갔던 사람이 돌아왔는데 가친께서 회서에 요인 송강은 곧 경사로 압송하라 하시고, 통판의 이번 공로에 대하여는 일간 천자께 상주할 터이니까 멀지 않아 고임(高任)에 지수(祗受)되리라 하셨습니다."

"존부은상 하서에 그와 같이 제 말씀을 하셨단 말씀이지요? 모두가 다 상공께서 저를 천거해주신 은덕인 줄 압니다! 그건 그렇거니와, 이번에 서울 보내셨던 사람이 참말로 신행법을 가졌나 보군요… 어쩌면 벌써 다녀올 수 있습니까?"

"통판은 아마 곧이듣지 않을 게요. 내 가친 하서를 아주 보여드리리다."

"존부은상께서 상공께 보내신 가서(家書)를 소인이 어찌 감히 보겠습니까!"

"통판이야 내 심복인데, 좀 보기로 무어 상관있겠소."

채구지부는 이같이 말하고 통인을 불러 가서를 내오라 하여 그것을 황문병에게 보이니, 그는 받아서 처음부터 끝까지 자세히 한번 읽고서는 다시 봉투를 살펴보고, 또 거기 찍힌 도서(圖書)를 찬찬히 들여다보고는 머리를 좌우로 흔들면서,

"이 봉서(封書)는 정녕코 존부은상께서 내리신 봉서가 아니올시다."

라고 한다.

"통판! 그게 무슨 말씀이오? 가친의 친수필적(親手筆跡)이 틀림없는데 통판이 무엇을 보고 그러시오?"

"소인이 감히 상공께 한 말씀 여쭈어보겠습니다. 전에도 존부은상께서 하서(下書)에 이 도서를 찍으신 일이 있으십니까?"

"전에는 쓰신 일이 없소. 그렇지만 도서란 아무 것이고 손에 잡히는 대로 쓰는 게 아니오? 아마 도서갑(圖書匣)이 마침 손 가까이 있으니까, 아무것이나 꺼내 봉피에 찍으셨나 보지."

"자꾸 말씀을 올려 황송합니다만, 소인은 그렇게 생각하지 않습니다. 상공께서는 필적과 자체를 가지고 말씀하십니다마는, 지금 천하에 널리 퍼진 소·황·미·채(蘇黃米蔡) 사가(四家)의 자체를 누구는 배워서 익히지 않았겠습니까? 더구나 이 봉피에 찍힌 도서로 말씀하면, 존부은상께서 한림학사(翰林學士)로 계셨을 때 쓰시던 것이니, 법첩문자상(法帖文字上) 어디서나 누구나 다 볼 수 있었던 것입니다. 그러나 지금은 태사(太師), 승상(丞相)으로 승진하신 터에 이 도서를 구태여 쓰실 리가 없을 것이요, 또 그뿐 아니라 부친이 자녀에게 보내는 봉서에 휘자(諱字) 도서가 당합니까? 아무래도 이것은 위조한 것이 틀림없으니, 상공께서 만일 소인의 말을 못 믿으시겠거든 당장이라도 심부름한 사람을 불러들이시어, 사실을 조사해보십시오."

"그거 쉬운 일이오! 그 사람이 한 번도 서울에 가본 일이 없는 사람이니까, 불러서 한두 마디만 물어보면 단박 진가(眞假)를 알 수 있소."

채구지부는 이같이 말하고서 즉시 황문병을 병풍 뒤에 숨게 한 후,

공인으로 하여금 대종을 불러들이게 했다.

대종이 청하(廳下)에 대령하자, 지부는 그를 청상으로 불러올려서 묻는다.

"어제는 내가 바쁜 일이 있어 자세한 이야기를 못 들었기로 오늘 다시 너한테 물어보는 것이다마는, 네가 이번 서울 갔을 때 어느 문으로 들어갔더냐?"

대종이 대답한다.

"소인이 서울에 당도했을 때는 날이 벌써 어두워진 뒤였기 때문에 그 문이 무슨 문이었던지 생각이 안 납니다."

지부는 또 묻는다.

"그럼 태사부(太師府) 문전에는 누가 너를 보러 나왔으며, 너는 그날 어디서 묵었더냐?"

"문 앞에 바로 문 지키는 사람이 있기에, 소인이 가서(家書)를 전했더니 그 사람이 받들고 안으로 들어갔다가 조금 있다 나와서 소인이 가지고 온 궤짝을 달라기에 예물 궤짝을 그 사람한테 주고 소인은 그 근처 객줏집에서 묵었습니다. 그리고 이튿날 일찍이 5경 때 나가서 문전에 사후(伺候)하고 있으려니까, 전날 그 사람이 또 나와서 회서를 내어주기에 소인은 기한 안에 못 돌아오게 될까 염려가 되어 자세한 말은 한마디도 물어보지 않고 그대로 돌아오고 말았습니다."

지부는 또 묻는다.

"그러면 내 다시 한마디 물어본다마는, 네가 만나보았다는 그 문지기가 나이는 몇 살이나 되었고, 살빛은 검더냐? 혹은 희더냐? 또 살이 찌고 키가 크더냐? 혹은 키가 작고 말랐더냐? 그리고 수염이 있더냐? 없더냐?"

"조금 전에 말씀드린 바와 같이, 소인이 문전에 이르렀을 때는 이미 날이 어둔 때였고, 이튿날 돌아올 때도 새벽 5경이었으니 미처 날이 밝기 전이오라, 두 번 다 자세히 보지를 못했사온데, 어림쳐 말씀드리자면 그 문지기의 키는 중키였고, 수염은 있었던 것 같습니다.”

대종의 말이 떨어지기가 무섭게 채구지부는 큰소리로 호령이다.

“여봐라, 이놈을 빨리 잡아 내려라!”

영이 떨어지자 좌우에서 십여 명의 옥졸들과 노자(牢子)들이 달려들어 대종을 붙들어서 섬돌 아래로 끌고 내려와서 무릎을 꿇려 앉힌다. 대종은 아뢰었다.

“소인은 아무 죄도 없습니다!”

지부가 호령한다.

“이놈, 이 죽일 놈 같으니! 본래 댁의 문지기 왕공(王公)은 수년 전에 죽었고, 지금은 그 아들이 대를 물려 맡아보고 있는데 아직 어린아이가 수염이 있다는 게 어디 당한 소리며, 더구나 문지기 따위는 부당(府堂) 안에 못 들어가는 법이고, 각처에서 서신(書信) 함첩(緘帖)이 있을 때에만 부당 안에 있는 장간판(張幹辦)을 통해서 겨우 이도관(李都管)을 만나보게 되고, 그런 연후에야 비로소 안으로 말씀이 들어가서 예물을 받아들이게 되는 것이고, 또 회서를 받자올 경우이면 적어도 사흘은 기다려야 하는 법인데, 내가 올리는 예물을 문지기 따위가 곧 되돌아 나와서 받아들여갔다니 그게 될 뻔이나 한 소리냐? 내가 어제는 창졸간에 네놈한테 속았다마는 이놈! 어서 바른대로 아뢰어라! 예물은 모두 어쨌으며 또 회서는 어디서 가져온 게냐?”

지부가 이렇게 자세하게 태사부중의 수속 절차를 집어들고 호령했건만 대종은 쉽사리 자백하려 들지 않는다.

“정말 애매합니다! 소인이 두 번 다 어둔 중에 문지기를 보았기 때문에 잘못 아뢰었을 뿐이지, 어찌 감히 상공께서 태사(太師) 대감께 올리시는 예물을 소홀히 할 까닭이 있사오며, 더구나 태사 대감의 회서를 어디 다른 데서 구할 도리가 있겠습니까?”

하고 대종이 바른대로 대지 아니하자, 지부는 더욱 노해 명했다.

"이런 죽일 놈이 천하에 또 있느냐? 여봐라, 이놈을 되게 때려라!"

옥졸과 노자들은 지부 앞에서 사정을 둘 수도 없어서 대종을 형틀에 달아매고 아프게 때리기 시작했다.

호되게 내리치는 몽둥이가 수십 차례나 몸에 떨어지니까 대종의 살 가죽은 찢어지고, 상처에서는 붉은 피가 줄줄 흘러내렸다. 대종은 이제 견디어 배길 수가 없어서 마침내 사실을 불었다.

"바른대로 아룁니다! 그 회서는 과연 위조한 것입니다."

지부는 성낸 목소리로 묻는다.

"위조한 것이라면 네 이놈, 어디서 그걸 가지고 왔느냐?"

"소인이 이번 서울 갈 때 양산박을 지나다가 산적 떼한테 붙들려서 산채로 끌려들어갔사온데, 그놈들이 처음에 소인을 죽이려고 들다가 소인 몸에서 봉서(封書)가 나오자 뜯어보더니, 예물 궤짝을 빼앗고 소인을 살려 보내려 하옵기에, 소인이 그대로는 돌아올 도리가 없사와 그놈들에게 죽여달라고 청했더니 그놈들이 그렇게 회서를 위조하여 소인한테 주고 어서 내려가라고 재촉하옵기로, 소인이 일시 죄책을 면할까 하옵는 어리석은 생각에서 감히 상공을 기만했사옵니다."

지부는 또 호령한다.

"네 이놈! 누굴 속이려 드느냐? 네가 처음부터 양산박 도둑놈들과 짜고서 내가 보내는 예물을 먹으려고 그랬던 게 아니냐? 여봐라! 이놈이 매를 덜 맞았나 보다. 어서 더 때려라!"

그러나 대종은 매를 더 맞으면서도 양산박과 미리 정을 통했다는 말은 않고, 그저 처음에 한 말만 되풀이했다.

채구지부는 구태여 더 밝히지 않아도 좋다 생각하고, 대종에게 큰 칼을 씌워 옥에 가두게 한 후, 다시 후당으로 돌아가서 황문병을 보고 사례했다.

"통판 말씀이 아니었다면, 그만 대사를 그르칠 뻔했소이다그려."

황문병은 말한다.

"그놈이 정녕코 양산박과 결연(結連)하여 모반하려던 것입니다. 만약에 속히 처단해버리시지 아니하다가는 또 후환이 있을 겝니다."

"내 생각엔 그 두 놈의 초장(招狀)을 가지고 문안(文案)을 만든 후 시조(市曹)로 내다놓고서 참수(斬首)하고 그런 연후에 표(表)를 닦아 위에 아뢸까 생각하오."

"상공 말씀이 지당합니다. 그렇게 처리하시면 첫째로는 조정에서 상공의 크나큰 공로를 기뻐하실 것이요, 둘째는 양산박 도둑들이 몰려와서 옥을 깨뜨리는 변을 면할 것 같습니다."

"그럼 나는 곧 문안을 세우고 또 위에 올리는 글에도 통판의 공로를 말씀하여… 힘써 보거(保擧)하리다."

황문병은 이날도 지부로부터 술대접을 받고, 날이 저물어서야 밖으로 물러나와 자기 집으로 돌아갔다.

그 이튿날 채구지부는 승청(昇廳)하자마자 즉시 당안공목(當案孔目)을 불러 분부를 내렸다.

"송강·대종의 공장(供狀)과 초관(招款)을 가지고 문안(文案)을 세우고, 또 범유패(犯由牌)를 써서 내일 시조에 내어다 두 놈을 참수 시행케 하오. 옛날부터 모역(謀逆)한 놈은 때를 기다리지 않고 즉시 처결하는 법이니 송강과 대종을 참수하여 빨리 후환을 없애버립시다."

이때 당안(當案)은 황공목(黃孔目)이라는 사람이니, 대종과는 교분이 두터운 사이였다. 그러나 황공목이 대종을 구해줄 뾰족한 방도는 없다. 다만 그는 며칠 동안이라도 날짜나 늦춰볼까 싶어서 지부한테 조용히 아뢰었다.

"내일은 국가의 기일(忌日)이옵고 모레는 7월 보름날이니 곧 중원절(中元節)이 아니오니까? 모두 행형(行刑)하는 날이 아니옵고… 또 글피는 국가의 경명(景命)이라 닷새 후에 행형하심이 마땅할까 하옵니다."

채구지부는 그 말이 이치에 합당하므로 그리 하라고 승낙했다. 이때, 양산박 호걸들은 아직 강주까지 오지 못하고 있었으니, 하늘이 송강과 대종 두 사람의 목숨을 구해주시느라고 황공목을 시켜서 이렇게 말을 하게 한 것인가 보다.

이날부터 엿새째 되는 날 새벽에 채구지부는 먼저 사람을 십자로구 (十字路口)에 보내서 법장(法場)을 깨끗이 소제하게 하고 조반 후에는 토병(土兵)과 회자(劊子) 5백여 명을 대로(大牢) 문전에 등대하게 했다.

사시(巳時)쯤 되었을 때 옥관(獄官)이 들어와서 지부한테 품(禀)한다. 이로써 채구지부는 친히 감참관(監斬官)으로 나서게 되는 것이다. 조금 있다 황공목이 범유패를 당상에 올리자 당청(當廳)은 종이 두 장에 각각 '참(斬)'자를 써서 커다란 멍석에다 딱 붙였다.

강주부 안의 옥졸들과 노자(牢子)·절급(節級)들이 모두 다 송강과 대종의 친한 사이였으나 일이 이미 이같이 되고 말았으니 실로 속수무책이다. 다만 한숨만 쉬고 마음속으로 가엾게 생각할 뿐이다.

이때, 대로 안에서는 송강과 대종을 잡아 일으켜 머리에 교수(膠水)를 뿌리고 머리를 빗긴 후 아리각아(鵶梨角兒)를 틀어올린 다음, 그 위에다 각각 한 송이의 홍릉자지화(紅綾子紙花)를 꽂아주고서, 두 사람을 청면성자(青面聖者)의 신안(神案) 앞으로 데리고 가서 각기 한 사발의 장휴반(長休飯)과 한 잔의 영별주(永別酒)를 주었다.

두 사람이 먹는 시늉을 하고 나자, 옥졸들은 송강을 앞세우고 대종을 뒤에 세운 후, 앞에서 끌고 뒤에서 밀며 옥문을 나섰다. 송강과 대종은 서로 얼굴을 바라보고 목이 메어 말도 못 했다.

두 사람이 머리를 숙이고 다리를 절면서 형장(刑場)으로 정해진 십자로구에 당도하자, 옥졸의 무리들은 창과 몽둥이를 들고 삥 둘러싸며, 송강은 남면(南面)하여 앉히고, 대종은 북면(北面)하여 앉힌다. 이제 감참관이 나오고 시각이 되기만 하면 참형을 시행하려는 판이다.

　이때 강주부 안에서 구경 나온 사람이 어찌 천 명이나 2천 명이겠느냐. 구름같이 모여든 군중이 모두들 눈을 크게 뜨고 범유패를 바라보니 거기엔 이같이 쓰여 있다.

　　강주부의 범인 일명 송강은 일부러 반시(反詩)를 읊고 요언을 지었으며, 양산박의 강구(强寇)들과 결연하여 통동조반(通同造反)하므로 법에 따라서 참수한다. 또 범인, 일명 대종은 송강을 위하여 사사로이 글을 전하고 양산박 강구들과 통동모반(通同謀反)했으므로 법에 의해서 참수한다. 감참관 강주지부 채모(蔡某)

　이때 채구지부는 말을 세우고 서서 참형을 집행할 시각 오시(午時)가 되기를 기다리고 있는데, 갑자기 법장(法場)의 동쪽에서 사람들이 떠들썩거린다. 바라보니 뱀을 놀리는 거지 한 떼가 구경꾼들의 틈을 비집고 자꾸만 앞으로 나오려는 것을 토병의 무리들이 떠다밀고 때리며 못 나오도록 막았으나, 거지 떼는 좀처럼 물러나지를 않는 까닭에 소동이 벌어진 것이다.

　그러자 이번에는 또 법장 서편이 왁자지껄한다. 바라보니, 길가에서 창봉을 휘두르는 재주나 보이면서 약장수 하는 무리들이 구경꾼들을 헤치고 앞으로 나오려는 것을 토병들이 막으면서,

　"이놈들아, 구경을 하려거든 거기서들 해라! 어딜 자꾸 밀고 들어오는 거냐?"

　하고 꾸짖으니까 약장수들도 지지 않고 맞서면서,

　"이놈아, 앞으로 나가서 좀 본다는데 왜 막는 거야?"

　이렇게 소리 지르며 싸우는 것이었다.

　채구지부가 이 꼴을 보고,

"그놈들 못 들어오게 해라! 세상에 저런 괘씸한 놈이 있나!"

하고 꾸짖을 때 이번에는 또 법장의 남쪽이 왁자지껄 어수선하므로 그쪽을 바라보니 막벌이 짐꾼들 한 떼가 구경꾼들 옆으로 비집고 나오려는 것을 토병들이 팔을 벌리고 막으면서,

"어딜 이렇게 짐을 지고서 함부로 들어오는 거냐?"

소리를 지르니까 짐꾼들은,

"이게 지부상공께 가는 짐이란 말이오! 왜 가지 못하게 막는 거요?"

하고, 저희도 아주 큰소리로 대항한다.

"아무리 지부상공께 가는 짐이라도 이리로는 못 가니 딴 길로 돌아가란 말야!"

토병들이 막으니까 짐꾼들은,

"그럼 할 수 없으니 여기서 구경이나 하고 가겠소."

하고, 등에 짊어졌던 짐들을 내려놓고 구경꾼들 틈에 끼어 선다.

그러자 또 이번에는 법장의 북쪽에서 와글와글 떠든다. 바라보니 한 떼의 객상패가 수레를 두 개나 밀고 사람들 틈을 헤치며 염치 좋게 앞으로 나오려 드는 게 아닌가.

토병들이 앞을 딱 막아서서 꾸짖는다.

"어딜 가려고 법장엘 마구 들어오는 거냐?"

"갈 길이 급해서 그런다오! 좀 가게 해주시오!"

"뭐? 아무리 갈 길이 급해도 이리로는 못 가! 뒷골목으로 돌아가란 말야!"

토병들이 앞을 막고 제지하니까 장사꾼들은 웃으면서,

"아따! 우리는 서울서 오는 사람인데 뒷골목을 어디로 가는지 알 수 있나요? 하는 수 없군! 여기서 기다리다가 길이 트이거든 갈 수밖에."

저희들끼리 이같이 지껄이며 수레를 내려놓고, 그 위에 올라서서 구경을 하는 것이었다.

이렇게 한창 소란할 때 법장 한가운데서,

"오시 삼각(午時三刻)이오."

하는 소리가 높이 들린다.

감참관 채구지부의 입에서 영이 떨어졌다.

"죄인의 목을 베어라!"

하고 영이 떨어지자 두 줄로 늘어섰던 도봉회자(刀棒劊子) 무리들이 송강과 대종 앞으로 가서 그의 목에서 칼을 벗기어놓자, 행형회자(行刑劊子) 두 명이 제각기 법도(法刀)를 들고 나타난다.

이때 법장 북쪽 사람들 틈에 끼어서 구경하고 있던 장사꾼 한 사람이, 품속으로부터 조그만 징을 한 개 꺼내 들고서 땅 땅 치니까, 그것을 군호로 별안간 사방에서 사람들이,

"와!"

소리를 치며 앞으로 달려나온다.

그러나 이 사람들보다 더 빠른 사람이 있었다.

아까부터 십자가에 있는 다방 누상(茶房樓上)에서 웃통을 벗어부치고 두 손에 한 개씩 커다란 도끼를 들고 있던 시꺼멓게 생긴 장정이,

"이놈들아!"

소리를 벽력같이 지르면서 몸을 날려 아래로 뛰어내리더니, 한걸음에 법장 한가운데로 달려들어 두 손으로 한 번씩 도끼를 휘저으니까, 두 명의 행형회자는 그 자리에 거꾸러지고, 그리고 그 시꺼먼 사람은 다시 감참관 채구지부 앞으로 달려드는 것이었다.

그러자 감참관 주위에 있던 토병들이 창을 꼬나잡고 앞으로 나서면서 길을 막았으나 호랑이 같은 그 형세를 당해낼 수는 없었다.

채구지부는 혼비백산해서 말을 채찍해 달아나고 법장 안이 벌컥 뒤집혔는데, 동쪽에 있던 뱀 놀리던 거지 떼는 각기 품속에서 날카로운 첨도(尖刀)를 빼어들고 나서서 토병의 무리들을 닥치는 대로 찔러버리

고, 법장의 서편에 있던 창봉 쓰는 약장수들은 아우성을 치며 일제히 내달아 토병과 옥졸의 무리들을 죽이며, 남쪽에 있던 짐꾼들은 제각기 짐짝을 들어 앞에 가로걸리는 사람은 토병이고 구경꾼이고 간에 가리지 않고 마구 치는데, 북쪽에 있던 장사꾼들은 수레 위에서 뛰어내려 수레를 끌고 앞으로 나와서 길을 가로막고, 그중 두 명이 나는 듯이 법장 가운데로 달려들어 한 사람은 송강을 등에 업고, 또 한 사람은 대종을 들쳐업고 달아난다. 그리고 그 외의 무리들은 쫓아오는 사람들을 활로 쏘기도 하고, 돌로 팔매질을 하기도 하고, 또 표창(標槍)을 쓰기도 했다.

여기서 원래 장사꾼으로 차리고 나온 일행은 조개·화영·황신·여방·곽성이요, 창봉을 쓰는 약장수 일행은 연순·유당·두천·송만이요, 막벌이 짐꾼의 일행은 주귀·왕영·정천수·석용이요, 그리고 뱀을 놀리는 거지 떼는 바로 원소이·원소오·원소칠·백승의 무리들이다.

이같이 일행 열일곱 명의 양산박 두령들이 수하 졸개 8, 90명을 거느리고 강주성으로 들어와서 이날 구경꾼 틈에 끼어 있다가 일제히 행동을 개시한 것이다.

이날 사람을 제일 많이 죽인 사람은 두 자루의 도끼를 휘두르던 시꺼먼 장정이다. 그는 토병이건 구경꾼이건, 어른이건 아이건, 도무지 상관하지 않고 닥치는 대로 도끼로 해골을 바수었다.

조개는 처음에 이 사람이 누군지를 몰랐으나, 지난번에 대종이 양산박에 왔을 때, 송강이 강주로 내려온 뒤로 '흑선풍 이규'라는 사람과 가깝게 지낸다고 말하던 것이 생각나서,

'옳거니, 저 사람이 바로 흑선풍인가 보다!'

하고 그의 앞으로 나서면서,

"여보 이 양반! 댁이 흑선풍 아니시오?"

하고 큰소리로 물었다.

그러나 그 사나이에게는 이 소리가 들리지 않는 모양이다. 그 시꺼먼

사람은 신바람이 난 듯이 이리 뛰고 저리 뛰며 닥치는 대로 사람을 찍어 넘어뜨린다. 조개는 송강과 대종을 들쳐업은 두 명의 졸개를 보고,

"너희들은 그저 저 사람, 도끼 쓰는 사람의 뒤만 따라가거라."

이같이 이르고, 다른 두령들과 함께 자기도 그 사람의 뒤를 따라 성 밖으로 나왔다. 그리고 일행의 뒷머리에서는 화영·황신·여방·곽성 등 네 사람의 두령이 떨어져 나오면서 연방 활을 쏘는 것이었다. 강주부내의 군민(軍民)들은 감히 일행의 뒤를 쫓아오지도 못한다. 그리고 앞장 서서 걸어가고 있는 시꺼먼 사람은 도망하는 놈의 뒤를 쫓아가며 춤추듯이 도끼를 휘저어 닥치는 대로 해골을 바순다. 이리해서 일행은 어느 틈엔가 강변에 이르렀다. 시꺼먼 사람의 온몸은 남의 피로 새빨개졌다.

조개 이하 양산박 두령들은 어디로 가는 줄도 모르고 그냥 시꺼먼 사람의 뒤만 따라온 것이 급기야 이곳에 이르러 보니, 큰 강물이 앞을 가로막고, 다른 데로는 갈 길이 없는지라 크게 낭패했다.

"이거 큰일 났구나! 길이 막혔으니 어찌하면 좋으냐?"

조개가 당황해서 여러 사람을 둘러보며 걱정하니까, 그 사나이는 아주 태연하게 말한다.

"걱정할 거 없소! 우선 저기 있는 묘(廟) 안에 들어가서 잠시 쉽시다."

하고 다시 앞장서서 걷는다.

조개 이하 모든 사람이 그를 따라가 보니 과연 강변에 일좌 대묘(一座大廟)가 있는데 양선문(兩扇門)이 굳게 닫혀 있다. 시꺼먼 사람이 즉시 앞으로 나서서 도끼로 문을 깨뜨리고 안으로 들어서자 모든 사람이 따라 들어갔다. 좌우에는 노송(老松) 나무가 우거져서 낮에도 햇빛이 잘 안 보이겠는데, 처마 밑에 걸린 패액(牌額)에는 '백룡신묘(白龍神廟)'라고 금자(金字)가 뚜렷하다.

졸개가 송강과 대종을 묘 안으로 업고 들어가서 비로소 내려놓으니 송강은 이때까지 정신을 잃고 있었다가 겨우 눈을 뜨고 조개 이하 여러

두령을 둘러보더니,

"형님, 이게! 꿈이나 아닌가요?"

하고 목 놓아 울음을 터뜨리는 것이다.

조개는 좋은 말로 송강을 위로하면서,

"대관절 저 시꺼먼 사람은 누구요? 도끼로 제일 많이 사람을 죽였는데…."

하고 물었다.

"혹 이름을 들으셨을 겝니다. 저 사람이 흑선풍 이규라는 사람이지요. 그간 저 사람이 나더러 옥을 깨치고 도망하라는 것을, 멀리 가도 못하고 도로 붙잡힐 것만 같아서 내가 듣지를 아니했었지요."

화영이 졸개를 보고 분부한다.

"너, 보따리에서 옷을 꺼내 이 두 어른을 갈아입으시게 해라."

이때 이규가 쌍도끼를 들고 낭하(廊下)로 나와 밖으로 뛰어나가려 하므로 송강이 급히 물었다.

"여보게, 자네 어딜 가나?"

이규가 우뚝 서서 대답한다.

"이곳 묘지기란 놈을 죽이러 가요! 원 그런 고얀 놈이 우리가 여기 온 줄 알았으면 얼른 나와서 영접을 해야지, 이놈이 되레 문을 닫아걸고 어디 가 숨어버렸으니, 그런 때려죽일 놈이 어디 있소?"

"그깟 놈 내버려두고, 이리 와서 조천왕(晁天王) 형님께 인사나 여쭙게."

송강의 말을 듣고 이규는 비로소 도끼를 내려놓고 조개를 향하여 넙죽 절을 한 다음 다른 두령들과도 인사를 했는데, 성명을 통하고 보니 주귀도 기주(沂州) 사람이라 바로 이규와 동향이다. 두 사람은 오래전부터 사귄 사람처럼 서로 반가워했다.

서로 인사하기를 마치고 나자 화영이 말한다.

"일이 급한데, 이제 어떻게 하면 좋겠습니까? 형님께서 이대가(李大哥)만 따라가자고 하시기에 모두들 여기까지 왔는데, 앞에는 강이 막히고 배는 한 척도 없으니, 이러고 있는 동안 관군이 닥쳐오면 무슨 수로 당해내나요?"

화영은 조개를 바라보며 이렇게 걱정하건만 이규는 역시 태평이다.

"그거 걱정할 거 없소. 관군이 올 때까지 기다릴 것 없이 우리가 모두 성내로 쳐들어가서 아주 채구지부란 놈을 죽여버립시다. 여러분, 내 말이 어떻소?"

이때 대종이 비로소 정신을 차리고 일어나 앉아서 한마디 한다.

"이거 어림도 없는 소리 하지 말게! 성안에는 6, 7천 명의 군사가 있는데 어딜 쳐들어간단 말인가?"

원소칠이 한마디 한다.

"저기 강 건너편에 배가 서너 척 매여 있군요. 저희 삼형제가 헤엄쳐 건너가서 뺏어오면 어떨까요?"

"그래, 그러는 게 좋겠군!"

조개가 말하자, 원가 삼형제는 일제히 옷을 벗어놓고 허리에 짧은 칼 한 자루씩 차고서 물속으로 뛰어들어갔다.

그러나 그들이 반 마장가량 가기도 전에 강의 상류로부터 배 세 척이 쏜살같이 내려오는데 배 위에는 각각 십여 명 장정들이 칼과 창을 들고 서 있다.

이 광경을 바라보고 여러 사람이 일제히 자리에서 벌떡 일어나자, 송강은 한숨을 길게 쉬면서,

"기어코 내가 이번엔 죽는가 보다!"

하고 한탄하고는 남보다 먼저 밖으로 뛰어나가 강 위를 바라보았다.

상류에서 쏜살같이 내려오고 있는 배 세 척, 그중 앞에서 오는 뱃머리에는 한 사나이가 번쩍번쩍 빛나는 한 자루의 오고차(五股叉)를 손에

들고 앉아서 휘파람을 휘익휘익 불고 있는데, 머리는 공심홍일점(空心紅一點)의 곡아(鵠兒)요, 허리 아래는 백견수곤(白絹水棍)이라, 송강이 자세히 살펴보니 그는 다른 사람 아니라 바로 장순(張順)이다.

송강은 앞으로 내달으면서 소리를 질렀다.

"여보게, 나 좀 구해주게!"

장순은 그가 송강인 줄 알자,

"에구, 이거 웬일이십니까?"

하고 반겨한다. 원가 삼형제는 물속에서 이 광경을 보고 몸을 돌이켜 일제히 헤엄쳐 나오기 시작했다.

배 세 척이 모두 강변에 도착하자, 첫째 배에서는 장순이가 십여 명의 장정을 거느리고서 내려오고, 둘째 배에서는 장횡이 목홍·목춘·설영 등과 함께 십 명의 장정이 내려오고, 셋째 배에서는 이준·이립·동위·동맹이 역시 소금장수 십여 명을 데리고서 내려오는데, 그들은 제각기 몽둥이를 한 개씩 들었다.

장순은 먼저 송강 앞으로 와서 땅에 넙죽 엎드려 절을 하더니 일어나서 이야기를 한다.

"형님께서 옥에 갇히셨단 소문을 듣고 저희들은 안절부절못했습니다. 그러나 무슨 도리가 있어야지요? 하루 이틀 지나노라니 이번엔 또 대원장이 붙잡혔다는군요! 이대가(李大哥)를 만나보고 싶었지만 만날 수도 없고… 그래 저의 형님을 찾아보고 함께 목태공(穆太公) 댁으로 가서 저희들과 함께 일할 만한 사람들을 모아 오늘은 강주성 안으로 쳐들어가서 옥을 깨치고 형님을 구해내려는 판인데, 여기서 형님을 만나뵐 줄은 참말 뜻밖입니다. 혹시 저기 저 어른이 양산박 조두령(晁頭領)님이 아니신가요?"

송강이 장순의 말을 듣고,

"그러이! 조천왕 형님이시라네. 자아, 여러분 모두 들어가서 우리 인사나 합시다."

하고 앞서서 백룡묘 안으로 들어간다. 장순의 일행이 아홉 명, 조개의 일행이 열일곱 명, 그리고 송강·대종·이규 세 사람을 합해서 모두 29명이 백룡묘 안으로 들어가서 피차에 인사를 나누고 있으려니까 별안간 졸개가 뛰어들어오더니,

"강주성 안이 지금 발칵 뒤집혀 군사가 들끓어 나오는데, 그 수효가 몇천 명인지 모른답니다!"

이같이 놀라운 보고를 하는 것이 아닌가. 그러나 이규는 이 말을 듣기가 무섭게 소리를 버럭 지르며, 두 손에 도끼 한 자루씩을 갈라 들고는 즉시 묘문을 나가려 든다.

이때 조개가 벌떡 일어섰다.

"자아 여러분! 우리가 한번 시작한 일이니 끝까지 해봅시다. 우리 모두 다 나가서 강주 군사를 모조리 죽여버리고, 일제히 양산박으로 들어가지 않겠소?"

조개의 말이 떨어지자 모두가 이구동성으로 찬성한다.

"분부대로 시행하지요!"

이렇게 되고 보니 전투는 벌어졌는데 양산박 열일곱 명 두령들이 거느리고 온 졸개의 수효는 8, 90명밖에 안 되고, 장순 등 아홉 명이 데리고 온 장정은 40여 명밖에 안 되니 모두 합쳐서 수효가 1백 50명도 못 되는 형편이다.

그러나 앞장서서 이규가 먼저 내닫자 다른 사람들도 제각기 병장기를 들고 따라서 달음질하는데, 유당과 주귀 두 사람은 송강과 대종을 보호하여 먼저 배 위에 올라타고 이준·장순·원가 삼형제는 강가에서 배들을 정돈하고 있다.

강변에서 바라보니, 성내에서 들끓어 나오는 군사는 5, 6천 명 되어 보이는데, 마군(馬軍)이 앞에 섰고 그들은 모두 갑옷을 입고 활을 메고

창을 들었으며, 그 뒤를 보군(步軍)이 따르니 깃발은 땅 위를 덮었고 함성은 천지를 진동한다.

흑선풍 이규는 웃통을 훌떡 벗어부치고 두 자루의 도끼를 휘두르며 앞장서서 내달리는데, 그 뒤를 따라서 달려가는 사람은 화영·황신·여방·곽성이다.

화영은 관군의 마군(馬軍)이 일제히 기다란 창을 들고 있는 것을 보고서 아무래도 이규가 다칠까 염려되므로 급히 화살을 뽑아 활에 메기고 마군 가운데 두목 같아 보이는 놈을 겨누어 한 대를 쏘았다.

시위 소리가 들리면서 장수 한 사람이 말 아래로 거꾸러진다.

이 꼴을 당하더니 마군은 일제히 말머리를 돌려서 제각기 도망질친다.

그 통에 뒤에서 걸어오던 보군은 태반이나 저희 편 마군의 말발굽에 밟혀서 죽었다.

이쪽의 1백 50명 장사들은 기세등등하여 그 뒤를 쫓아가며 닥치는 대로 찔러 죽이고, 베어버리고, 해골을 바숴버리니, 관군의 시체는 강변에 널렸고 피는 강물을 붉게 한다.

이와 같이 도망가는 관군을 쫓아서 강주성 아래까지 이르자, 성 위에 있던 관군들은 이 모양을 보고 저희 편 군사가 성문 안에 들어가자마자 즉시 문을 굳게 닫아버리고는 미리 준비해두었던 뇌목(擂木)과 포석(砲石) 따위를 쉴 새 없이 아래로 굴러 떨어뜨리는 것이었다.

이렇게 되고 보니, 이 이상 대결해본댔자 이쪽의 손해인 고로 양산박 호걸들은 흑선풍 이규를 가까스로 달래어 다시 강변에 있는 백룡묘로 돌아왔다. 조개는 지금까지 행동을 같이 해온 일행의 인원수를 검사해본 후, 아무도 상한 사람이 없음을 알고서 모두들 배 위에 오르라 했다.

때마침 순풍이다. 송강과 조개 등 일행 1백 40여 명이 배 세 척에 다 오른 후, 순풍에 돛을 달고 목태공(穆太公)의 장원을 향하여 강을 건넜다.

보복하는 송강

배 세 척이 언덕에 닿더니, 먼저 목홍이 내려와서 그들을 인도해 자기 집으로 들어가자, 후당에 있던 목태공이 분주히 나와서 그들을 영접한다.

여러 사람들과 인사하기를 마치고 태공은 말한다.

"여러분이 오죽 곤하시겠소이까? 우선 객방(客房)으로 나가셔서 편히들 쉬시는 게 좋겠습니다."

아닌 게 아니라 조개 이하 모든 사람들은 피곤해 못 견딜 지경이었으므로 그들은 목태공의 말대로 모두 객방으로 들어가서 다리를 뻗고 의복과 병장기를 정돈한 후 몸을 쉬었다.

그리고 목홍은 하인들을 시켜서 황소 한 마리를 잡고, 또 양과 거위와 오리 같은 것도 십여 마리나 잡게 하여 크게 연석을 베풀게 하니, 요리 상 위에는 맛난 안주와 진귀한 반찬이 가득 찼다.

이같이 술자리가 벌어지자 조개는 목태공을 보고,

"오늘 만약 두 분 자제가 배를 가지고 와서 구해주지 아니했더라면 저희들은 모두 채구지부한테 잡히고 말았을 겁니다!"

하고 감사의 뜻을 표하는 것이었다.

그러자 목태공이 묻는다.

"그런데 여러분은 왜 하필 강변으로 나오셨던가요?"

이규가 그 말에 얼른 대답한다.

"나는 그저 사람 많은 데만 골라서 강변이고 어디고 분간하지 않고 마구 나왔는데, 아마 저 사람들이 나만 쫓아온 모양입니다. 내가 저 사람들더러 나를 따라오라고 그러진 않았는데 공연히 나를 따라왔답니다."

이 말에 모두들 웃음을 터뜨리어 술좌석은 떠들썩했다.

조금 있다 송강이 자리에서 일어나 조개 이하 여러 두령들을 둘러보고 말한다.

"여러분 호걸께서 그토록 힘써서 이 사람을 구해주시지 아니했더면 이 사람과 대원장은 벌써 죽었을 겝니다. 오늘 이 은혜는 실로 바다보다 깊으니 여러분께 이 은혜를 어떻게 보답해야 좋을지 모르겠습니다. 그러나 다만 한(恨)이 되는 것은 아직도 저의 원수를 갚지 못한 일이올시다. 황문병이란 놈이 나하고 무슨 원수가 졌기에 지부를 충동해서 기어코 우리 두 사람을 죽이려 했는지? 참으로 그놈의 배를 갈라버리고 간을 꺼내 씹어 먹어도 시원치 않겠습니다. 여러분 호걸들께서 아주 이번에 저의 원수까지 갚아주시지 않겠습니까?"

이 말을 듣고 조개가 얼굴에 난색(難色)을 띠고 말한다.

"우리가 이번에 강주성 안에서 그렇게 큰 소동을 일으키고 또 계속해서 무위군을 습격한다는 것이 결코 용이한 일이 아닐 것 같소. 더구나 황문병이란 놈의 꾀가 무서운 모양이라, 무슨 방비를 하고 있을지 모르지 않소? 내 생각에는 이번은 그냥 산채로 돌아갔다가 다시 대대인마(大隊人馬)를 동원해서 오학구와 공손 선생, 그리고 임충·진명 두 분까지 함께 내려와서 원수를 갚기로 하는 것이 좋겠소이다."

그러나 송강은 또 말한다.

"형님은 그렇게 말씀하십니다마는, 한번 산채로 돌아간 다음엔 다시 내려오기가 쉽지 않을 것 같습니다. 첫째는 길이 원체 멀고, 둘째는 강주에서 통문(通文)을 널리 돌려 각처의 방비가 엄중할 것이니, 그렇게 된 후에 원수 갚으러 내려오기란 도저히 생각하지도 못할 것 같습니다. 저것들이 미처 방비가 있기 전에 빨리 서둘러야만 일이 되겠습니다."

송강의 주장에 화영이 찬성한다.

"형님 말씀이 옳습니다. 그렇지만 그렇게 하려면 우리가 먼저 그곳 지리부터 알아두어야 하겠습니다. 제 생각에는 누구든지 강주성 안에 들어가서 우선 허실(虛實)을 탐지해오고 또 무위군에 드나드는 길을 잘 알아와야 할 것이며, 황문병이란 놈의 집이 어디 있고 어떻게 생긴 집이라는 것까지 정확하게 안 다음에 일을 일으키는 것이 옳을 것 같습니다."

화영의 말이 끝나자 설영이 앞으로 나선다.

"제가 여러 해 동안 강호(江湖)로 떠돌아 다녔기 때문에 무위군도 잘 압니다. 제가 가서 알아보고 오면 어떻겠습니까?"

송강은 이 말을 듣고,

"가주시겠소? 그럼 수고를 좀 해주시오."

하고 청한다. 이리해서 조개도 마침내 송강의 주장대로 허락하자, 설영은 그 자리에서 강주부의 정세와 무위군의 지리를 조사하기 위해 길을 떠났다. 설영이 떠난 뒤에 송강은 조개 이하 두령들과 무위군을 치고 들어갈 일을 의논하면서 창·칼·활·화살을 정돈하며, 또 큰 배 작은 배 할 것 없이 배를 꾸리기 시작했다.

그런데 길을 떠난 지 불과 이틀 만에 설영은 어떤 사람 하나를 데리고 돌아오는 게 아닌가.

"대체 웬일이시오? 이렇게 빨리 돌아오시니. 그리고 이분은 누구시오?"

송강이 물으니까, 설영이 말한다.

"홍도(洪都)에 살고 있는 후건(侯健)이라고…재봉(裁縫)의 일등 명수입니다. 또 창봉(槍棒)도 잘 쓰지요. 오래전에 저한테서 창봉술을 잠깐 동안 배운 일이 있기 때문에 저를 스승이라고 부른답니다. 보시다시피 이 사람의 외양이 새까맣고 몸집은 가냘픈 데다가 날쌔기는 몹시 날쌘 까닭에, 남한테 통비원(通臂猿)이라는 별명을 듣고 있지요. 이번에 제가 무위군에 갔다가 우연히 만났는데, 바로 이 사람이 요새 황문병이네 집에서 일을 해주고 있답니다. 그래 제가 데리고 왔지요."

송강은 대단히 기뻐하면서 그에게 자리를 권하여 앉게 한 후, 일을 의논하기 시작했다.

"그런데 참 강주성 안은 정세가 어떻습디까?"

"이번에 우리들한테 맞아 죽은 자가 군민(軍民) 합해서 5백여 명이고 부상당한 놈은 부지기수랍니다. 그래서 채구지부는 즉시 조정에 상주(上奏)하려고 사람을 서울로 올려보내놓고, 날마다 해가 넘어갈 무렵이면 성문을 굳게 닫아걸고, 길을 오고 가는 사람들은 누구를 물론하고 사찰(査察)이 심하답니다. 대강 이만큼만 알아보고 나서 무위군으로 건너갔더니, 일이 잘되느라고 이 사람이 밖으로 나오는군요. 그래 자세한 이야기를 들었지요."

송강은 이 말을 듣고서 얼른 후건을 보고 말한다.

"그럼 어디 노형 이야기를 들려주시오."

"소인이 어려서부터 창봉술을 좋아해서 설사부(薛師父)님의 지교(指敎)를 많이 받았기 때문에 그 은혜를 늘 생각하고 있는 터입니다. 그런데 얼마 전부터 황통판(黃通判) 집에서 바느질을 하게 되었지요. 오늘 우연히 밖에 나왔다가 뜻밖에 사부님을 만나뵙지 않았겠어요! 그랬더니 사부님이 송공명 선생의 말씀을 많이 하시더군요. 그래 지금 제가 선생님을 만나뵙고 싶어서 이처럼 나온 것입니다."

후건은 여기서 잠깐 말을 멈추었다가 다시 계속한다.

"그런데 그 황문병이한테 형님 한 분이 있는데, 이름은 문엽(文燁)입니다. 이 황문엽이라는 사람은 성품이 좋아서 평생에 착한 일만 해오는 까닭에 무위군 성내에서는 사람들이 황불자(黃佛子)라고 부른답니다. 형님은 이렇게 무던하신 분이건만, 동복소생(同腹所生)이면서도 황문병이는 꼭 남을 해치려고만 들고, 못된 짓만 가려가며 하는 까닭에 남들이 모두 황봉자(黃蜂刺)라고 부른답니다. 그리고 본래 형제가 한집 살림을 하고 있었는데 서로 뜻이 맞지 않아서 지금은 채원(菜園) 하나를 사이에다 두고 따로따로 살고 있지요. 집은 바로 북문(北門) 뒤에 있는데 성 쪽에 있는 집이 황문병의 집이구요, 큰 길거리로 대문이 난 집이 황문엽이의 집이랍니다…"

후건은 또 한 번 숨을 돌린 다음에 다시 말을 계속한다.

"그런데 일전에 황문병이가 강주성 안에 들어갔다 돌아오더니, 위조 편지 이야기를 하면서 채구지부가 영락없이 속아넘어가게 된 것을 제가 일깨워주고, 선참후계(先斬後戒)하는 것이 상책(上策)이라고 했다고 이야기하니까 그 말을 듣고서 황문엽이가 하는 말이 '너 왜 그런 말을 했느냐. 그러면 못쓴다. 네 명(命)에 해롭다! 네게는 아무 상관이 없는 일인데 어쩌자고 남을 해친단 말이냐? 심보가 그래서는 후일에 네가 재앙을 받을 게다.' 이렇게 톡톡히 책망하는 것을 제가 바로 그 곁에서 들었답니다. 그러고 나서 엊그제 법장(法場)에서 그처럼 큰 소동이 있었다는 소문을 전해 듣고서 황문병은 깜짝 놀라, 바로 어젯밤에 강주로 채구지부를 보러 갔는데 아직 돌아오지 아니했습니다."

송강이 묻는다.

"황문병이네 집 식구가 모두 몇 명이나 되오?"

"남녀 합해서 한 4, 50명 되지요."

이 말을 듣고 송강은 여러 사람을 둘러보며 말한다.

"하늘이 나로 하여금 원수를 갚게 해주시느라고 우리가 오늘 이분을 만났나 봅니다. 그러나 여러분 호걸이 나서지 않는다면 이 사람의 원한을 풀어볼 길이 없습니다."

송강이 이렇게 말하자, 여러 사람은 이구동성으로 쾌히 승낙하는 것이었다.

"우리가 모두 일제히 무위군에 치고 들어가서, 형님 원수는 꼭 갚아드리겠습니다."

송강이 다시 입을 열었다.

"그러나 이 사람의 원수는 황문병이란 놈 한 놈뿐이지, 무위군 백성들은 아무 상관이 없고, 또 그 형 되는 황문엽이는 그처럼 덕이 있는 사람이라니 결코 이 사람을 해쳐서는 안 됩니다. 이제 일을 하려면 미리 약속이 있어야 하겠는데, 여러분 호걸께서 나하고 이것을 약속해주시겠습니까?"

여러 두령들이 일제히 대답한다.

"형님, 염려 마시고 어서 분부만 내리십시오."

송강은 여러 사람의 승낙을 듣고, 먼저 목태공한테 말한다.

"태공께 또 폐를 끼쳐야 되겠습니다. 포대(布袋)를 8, 90개하고, 갈대백 단만 마련해주십시오. 그리고 배를 소선(小船) 두 척, 대선(大船) 다섯 척만 내어주십시오."

"그렇게 하지요. 그야 어려운 일 아닙니다."

목태공이 쾌히 응낙하자, 송강은 고개를 돌이켜 여러 사람을 둘러보며 차례로 분부를 준다.

"후건은 설영, 백승과 함께 먼저 무위군으로 가서 성내에다 두 사람을 숨겨두고 내일 삼경이점(三更二點)을 기약하여 성문 밖에서 방울 맨 비둘기가 내는 소리가 들리는 대로 곧 백승을 성 위로 올려보내서 책응(策應)하게 하고, 또 황문병의 집 앞 성 위에다 백견호대(白絹猇帶)를 내어걸게 하고, 석용과 두천은 걸인 행색을 하고 성문 근처에 숨어 있다가 불이 일어나는 것을 군호삼아 즉시 문 지키는 군사를 죽이며, 이준·장순은 배를 타고 앉아서 강 위를 왔다 갔다 하며 사정을 보아 책응하기로 하는 것이다."

송강이 이같이 부탁하니까 설영·백승 후건은 즉시 길을 떠나고, 다음에 또 석용과 두천은 행색을 거지처럼 꾸미고서 떠나는데, 품속에는 각각 단도암기(短刀暗器)를 감추었다.

그들이 이같이 떠난 뒤에 여러 호걸들은 각기 몸 장속(裝束)을 단단히 하고 기계(器械)를 준비한 뒤에 선창 속에다 장정들을 매복시킨 후 배 위에 오르고, 주귀와 송만은 강주성 안의 소식을 알기 위하여 목태공 장원에 그냥 남아 있게 하고, 동맹은 고기잡이하는 날쌘 쾌선(快船) 한 척을 타고 앞서가면서 동정을 살피게 했다.

이와 같이 대선 다섯 척이 무위군을 바라보고 나아가는데, 때는 마침 7월 말이라 밤기운은 서늘하며 바람은 고요하고 달은 희고 강물은 맑아서 물속에 산 그림자가 은은하다.

초경(初更) 될락 말락 해서 무위군에 이르자 그들은 갈대숲이 우거진 곳을 골라서 일자로 배를 매놓았다.

이때 동맹이 배를 돌려 돌아와서 그들을 맞으며,

"성내에는 아무 동정이 없습니다."

하고 보고한다.

송강은 곧 수하 장정들에게 명령하여 배에 싣고 온 사토(沙土) 포대와 바싹 마른 갈대단을 강 언덕으로 날라 올린 후, 성안의 동정을 살폈다.

성안에서 그때 마침 경고(更鼓)가 덩 덩 울린다.

때는 바로 2경이다.

송강은 장횡, 원소이, 원소오, 원소칠과 동위, 동맹 등 여섯 사람은 배를 지키고 있다가 접응하라 하고, 그 외 사람들은 모두 배에서 내려오게 해 성을 바라보니, 북문까지 가려면 상거가 반 마장이나 되어 보인다.

송강은 곧 비둘기 모가지에 방울을 달아 높이 날렸다. 밤하늘에서 방울 소리가 들리자 성 위에 장대가 우뚝 세워지더니, 백호대(白號帶)가 바람에 나부끼는 것이었다.

이것을 보고 송강은 즉시 그 아래에다 사토 포대를 성에 닿을 만큼 높이 쌓아 올려놓고 졸개들로 하여금 갈대단과 기름 먹은 나뭇둥걸 한 둥치씩을 가지고 성 위로 오르게 했다.

그들이 이같이 올라가니까, 백승이 기다리고 있다가 가까이 와서 일러준다.

"바로 저기 저 집이 황문병이란 놈의 집입니다."

송강이 그 말을 듣고 물었다.

"후건, 설영 두 사람은 어디 있소?"

백승이 대답한다.

"그놈 황문병이네 집에서 형님 오시기만 고대하고 있죠."

"석용, 두천은 어디 있는지 아오?"

"분부하신 대로 성문 근처에 숨어 있는 모양입니다."

송강은 즉시 수하의 무리들을 거느리고 성 위에서 내려와 바로 황문병의 집 앞까지 왔다. 와서 보니, 후건이가 저의 방 처마 밑에 몸을 숨기고 서 있는 게 아닌가. 송강은 손짓하여 그를 불러 귀에다 입을 대고 가만히 계교를 말했다. 후건은 고개를 끄덕이고서 뒷곁 담 밑으로 살금살금 걸어가더니 채원 문을 열어놓는다. 그러자 졸개들은 갈대단과 나뭇둥걸을 가지고서 채원 문으로 들어가서 척척 쌓아놓았다. 그리고 후건은 불씨를 구해다 설영을 주니까, 설영은 갈대단에 불을 댕겼다.

이때에 후건이 앞문으로 달려가서 요란스럽게 문을 두드리면서 큰 소리로 외쳤다.

"대관인(大官人) 댁 뒤에서 불이 났소! 댁에다 맡기려고 짐을 갖고 왔으니 어서 문 좀 열어주슈!"

안에서 이 소리를 듣고 방에서 나와 보니, 과연 집 뒤에서는 화광이 충천한다.

그들은 허둥지둥 뛰어나와서 대문을 활짝 열어붙인다.

이때 조개와 송강 등 여러 사람은 일제히 고함을 지르면서 안으로 들어가며 제각기 한 사람씩 한 사람씩 만나는 대로 모조리 죽여버렸다.

이리하여 잠깐 동안에 황문병이네 집 안에 있는 식구를 4, 50명 죽이기는 했으나 정작 황문병은 보이지 않는다. 집 안을 샅샅이 뒤지다가 그들은 황문병이가 이때까지 선량한 백성들을 해쳐가며 늑탈(勒奪)한 금은(金銀)이 방마다 곡간마다 한구석에 그득하게 쌓여 있는 것을 발견하고서 졸개들로 하여금 그것을 모조리 성 위로 운반하게 했다.

그런데 이때 석용과 두천은 불이 일어나는 것을 보고 각각 칼을 뽑아들고 달려가서 문을 지키고 있는 군사들을 모조리 죽여버렸다. 그러자 문득 바라보니, 동네 사람들이 물통과 사다리를 들고 나와서 황문병이네 집 불을 끄기 시작한다.

"너희들은 왜 나와서 이러는 거냐? 우리 양산박 호걸들이 수천 명 나와서 황문병이네 집 안 식구들을 모조리 죽였다. 너희하고는 아무 상관이 없는 일이니, 어서들 집으로 돌아가서 문을 꽉 닫아걸고, 끽 소리 말고 엎드려 있거라."

이 말을 듣고 동네 사람들은 물통과 사다리를 갖고서 대개는 허둥지둥 제 집으로 돌아가건만, 그중에는 그 말이 곧이들리지 않아서, 그대로 그 자리에 서서 구경하는 놈도 있다.

그때 저편으로부터 벽력같은 고함을 지르고 흑선풍 이규가 쌍도끼를 휘두르면서 달려온다.

이 모양을 보고 불 끄러 왔다가 돌아가지 않고 남아 있던 무리들은 어이구! 소리를 지르고 모두들 물통과 사다리를 들고 저희 집으로 도로 들어가서는 문을 닫아걸고 감히 문틈으로 내다보지도 못한다.

그런데 이때 또 뒷골목으로부터 군사 서너 명이 동네 사람 십여 명을 데리고 손에 불 끄는 도구를 들고서 달려오는 것이었다.

화영은 이 사람들을 바라보고서, 활에 살을 메겨서 맨 앞에서 오는 놈을 향하여 한 대를 쏘았다.

시위 소리가 팽 울리면서 그와 동시에 그놈은 살을 맞고 그 자리에 거꾸러진다. 화영은 곧 큰소리로 외쳤다.

"너희들, 죽고 싶어서 몸살 난 놈은 나와서 불을 꺼봐라!"

이 소리를 듣고 불 끄러 오던 놈들은 모조리 달아난다.

이때 설영이가 기다란 홰에 불을 댕겨 황문병의 집 안팎으로 뛰어다니며 신이 나서 불을 지르자, 삽시간에 시커먼 구름은 땅 위를 덮고, 붉은 불길은 하늘을 찌른다.

한편으로 석용과 두천이 성문 앞으로 달려가서 문 지키는 군사를 죽이자 흑선풍 이규가 도끼로 철쇄를 끊고 성문을 활짝 열어놓았다. 그러자 송강의 무리들의 절반은 성을 넘어 나가기도 하고 절반은 성문으로 나갔다.

무리들이 강변에 이르자, 그곳에서 배를 지키고 있던 장횡의 무리들이 일동을 맞이한다.

그리고 무위군 백성들은, 그 전날 양산박 호걸들이 강주성 안에서 법장을 들이치고 사람을 수없이 많이 죽인 일을 알고 있었으므로, 한 사람도 감히 그들의 뒤를 쫓아나오지 못했다.

송강의 무리들은 황문병의 집에서 빼앗아온 재물을 배 위에 나누어 싣고 유유히 목태공 장원을 향하여 돌아가는데, 오직 황문병이를 죽이지 못한 것이 한이 될 뿐이었다.

한편 황문병이는 이때 강주성 주아(州衙)에 들어와서 채구지부와 함께 일을 의논하고 있다가, 무위군에 큰불이 일어났다는 보고를 듣자 지부를 보고,

"폐향(弊鄕)에 화재가 일어났다 하오니, 소인은 곧 집으로 돌아가 보아야겠습니다."

하고 작별을 고했다.

채구지부는 사람을 시켜 성문을 열어주게 하고, 또 관선(官船) 한 척을 내주어 그를 태워서 강을 건너가게 했다.

황문병은 지부에게 사례하고 물러나와 관가의 공인 한 사람을 데리고 곧 배에 올랐다. 노질을 빨리하여 무위군을 바라보고 가는데 화광이 충천하는 까닭에 강물이 온통 새빨갛게 보인다.

사공이 말한다.

"불은 북문 안에서 났다나 봅니다."

황문병은 그 말에 더욱 마음이 조급해져서 노질을 재촉하여 거의 강의 중심까지 이르렀을 때, 가까이 있던 조그만 배 한 척이 저쪽으로 사라지더니 다시 한 척이 저쪽에서 이편으로 쏜살같이 나오는데, 금시에 이쪽 배를 들이받을 것 같으므로 주아에서 따라온 공인이 그 배를 향하여 호령했다.

"웬 배가 이렇게 달려드느냐?"

호령을 듣고 그 배의 뱃머리에 앉아 있던 사나이가 벌떡 일어나는데, 기골이 장대하고 손에는 기다란 쇠갈고리를 들었다.

"지금 강주성 안으로 불난 소식을 전하러 들어가는 배요!"

이 말을 듣고 황문병은 뱃머리로 나서면서 황망히 묻는다.

"불이 어디서 났소?"

그 사나이가 대답한다.

"북문 안 황통판 집에 양산박 도적떼가 들어가서 집안 식구들을 도륙해버리고, 재물을 모조리 훔쳐낸 다음, 불을 질러서 지금 한창 타는 중이오!"

황문병은 이 소식을 듣고,

"에구, 저걸 어쩌나!"

하고 발을 동동 구른다. 그때 그 사나이는 손에 들고 있던 쇠갈구리로 이쪽 배를 찍어 저에게로 끌어당기는 것이 아닌가.

그런데 황문병은 원체 눈치가 빠른 사람인지라, 이 모양을 보고 즉시 배의 고물 쪽으로 달려가더니 물속으로 풍덩 몸을 잠가버린다.

그러나 그가 뛰어들자마자 물속에서 지키고 있던 한 사나이가, 즉시 그의 허리춤과 덜미를 잡아 배 위로 치켜올려놓고서, 두 사람이 달려들어 황문병을 꼭꼭 묶어버린다. 뱃사공은 겁을 집어먹고서 무릎을 꿇고 두 손을 비비면서 그저 살려달라고 애걸한다. 물속에 있다가 황문병을 잡아 올려놓은 사람은 '뱀장어'의 별명을 가진 장순이요, 갈구리를 들고 배를 몰아 나온 사람은 혼강룡 이준이었다.

이준이 사공을 보고 한마디 한다.

"이놈만 잡으면 그만이지, 너희들까지 죽일 생각은 없다. 돌아가거든 채구지부한테 단단히 일러둬라. 우리 양산박 호걸들이 아직은 제놈의 머리를 몸뚱어리에 붙여두는 터이니, 요다음에 가지러 가거든 냉큼 모가지를 내놓으라고 해라."

말을 마치고서 이준과 장순은 황문병을 저의 배로 옮겨싣고, 그냥 목태공 장원을 향하여 돌아갔다.

두 사람이 강변에 당도해보니 일행 두령들이 모두 언덕 위에 서 있고, 졸개와 하인들이 배에서 재물을 언덕 위로 운반하느라 부산한 판이었다.

이준과 장순이 황문병을 잡아온 이야기를 하니까, 모든 두령들이 기뻐한다.

일행은 곧 목태공 장원으로 들어가서 초청(草廳)에 자리를 잡고 앉은 후, 송강은 황문병을 발가벗겨 버드나무에 붙들어 매게 하고, 술을 한 병 가져오라 하여 '탁탑천왕' 조개로부터 '백일서' 백승에 이르기까지

31명 호걸들이 일제히 한 잔씩 축배를 들었다. 그리고 송강은 황문병을 내려다보며 소리를 가다듬어 꾸짖었다.

"이놈아! 내 너와 일찍이 원수를 맺은 일이 없는데, 너는 어찌해서 나를 해치려고만 들었더냐? 세 번 네 번 채구지부를 교사(敎唆)하여 기어코 우리 두 사람을 죽이려 했으니, 그런 말이 어느 성현의 경전에 쓰였더냐? 내가 너의 살부지수(殺父之讐)가 아닌데, 그처럼 악독한 마음으로 나를 해치려 든 까닭이 무엇이냐? 내 들으니, 너의 형 황문엽은 너와 한 어미 뱃속에서 나왔지만 사람이 무던한 까닭으로, 너의 고을에서 모두들 황불자(黃佛子)라 한다는데 너는 이놈! 권가(權家)에 아첨하고 이욕(利慾)에 눈이 어두워 양민을 해치는 까닭에 모든 사람이 황봉자(黃蜂刺)라고 별명을 지어 부른단다더구나! 네 오늘날 이 지경에 이르러서도 할 말이 있거든 어디 한마디 해보아라!"

송강이 말을 마치자, 황문병이 한마디 한다.

"내가 잘못했으니 어서 죽여주슈."

송강은 그 대답을 듣고 더욱 괘씸하게 여기고서,

"누구 나 대신 저놈의 배를 가르우!"

하고, 두령들을 돌아다본다.

흑선풍 이규가 나서면서,

"그 일은 내가 하죠."

하고, 곧 첨도를 뽑아 황문병의 배때기를 가른 다음에, 그놈의 간을 끄집어내 송강과 대종의 원수를 갚아버렸다.

이같이 두 사람의 원수를 갚아버린 이상, 양산박 호걸들이 이곳에 더 머물러 있을 까닭이 없는 일이다. 그래서 그들이 떠나려 할 때 송강은 조개 이하 여러 두령들에게 사례하고 자기는 다른 곳으로 피신하는 것이 양산박 호걸들한테 누(累)를 끼치지 않는 일일 거라고 의견을 말해보았건만, 두령들은 그의 말을 옳지 않다 하고서 일동이 다 함께 양산박 산채로 올라가기로 정했다.

그래서 마침내 주귀와 송만으로 하여금 먼저 산채에 올라가서 알리게 한 다음, 일행을 다섯 대(隊)로 나누어 28명 두령들이 수하의 무리를 거느리고 길을 떠나는데, 황문병의 집에서 뺏어온 재물도 적지 않거니와 목홍은 이번 길에 아주 목태공을 위시해서 식구들을 모조리 데리고 가는 터이라, 그들도 타야 하고 가재(家財)도 실어야 하는 까닭에 수레가 십여 채나 되었다.

그들이 떠나는 날, 목홍은 자기 집 장원에 불을 질러버린 다음 장객과 하인들 가운데 자기를 따라가겠다는 자는 모조리 데리고 가기로 하고, 따라가기 싫다는 자에게는 돈을 조금씩 나눠주고 아무 데로나 제 맘대로 가게 했다.

이렇게 뒤처리가 끝난 후 오대인마(五隊人馬)가 서로 20리 간격을 두고 길을 떠나는데, 제1대의 조개·송강·화영·대종·이규 등 오기마(五騎馬)가 먼저 수하의 무리들과 수레를 영거하여 길을 가기 사흘, 한 곳에 이르니 이곳이 황문산(黃門山)이라는 곳이다.

송강이 마상에서 조개를 돌아다보며 말했다.

"이 산의 형상이 매우 괴악해 보이는데, 혹시 이 산속에 대당(大黨)이 들어 있을지 모르겠습니다. 사람을 보내서 뒤에 오는 인마를 재촉하여 모두 함께 지나가는 것이 좋을 성싶은데요."

그러나 그 말이 끝나기도 전에, 앞에 보이는 고개 너머에서 징 소리, 북소리가 요란하게 울린다.

"저거 보세요! 우리 여기서 기다리다가, 뒤에서 오는 인마가 당도하거든 나가서 싸우기로 하시죠."

라고 송강은 다시 말했으나,

"어디 내가 가서 동정을 살펴보지요."

화영이가 이같이 말하고 활에 살을 메겨 손에 든다. 그래서 조개와 대종도 각각 칼을 뽑았다. 그러자 이규도 쌍도끼를 들고서 송강을 웅위하여 일제히 앞으로 나갔다.

이때 고개 너머에서 4, 5백 명 졸개들이 달려 나오는데, 앞에서 나타나는 두령은 모두 네 명이다.

그 가운데 한 사나이가 소리를 가다듬어 송강 일행을 보고 꾸짖는다.

"너희들이 강주에서 소동을 일으키고, 무위군을 또 들이치고, 허다한 관군과 백성들을 죽이고서 백주 대로에 성군 작당하여 양산박으로 돌아가려 하니, 참으로 대담하구나! 우리가 여기서 너희들을 기다린 지 오래다. 그러나 이번 일의 장본인은 오직 송강이라 하겠으니, 송강만 우리한테 내어주면 나머지 사람들의 목숨은 빼앗지 않겠다."

송강은 이 말을 듣고 즉시 말에서 내려, 땅 위에 무릎을 꿇고 호소한다.

"제가 송강이올시다. 죄 없이 남의 모함을 받아 속절없이 죽게 되었을 때 요행히 여러 호걸 덕분에 이렇게 살아서 나온 길입니다. 언제 어디서 네 분 영웅께 죽을죄를 지었는지 모릅니다만, 제발 저를 불쌍히 생각하시어 용서해주십시오."

이렇게 송강이 애걸하자, 그들 네 명의 두령들이 일제히 말에서 뛰어내리더니, 손에 들고 있던 병장기를 내던지고 앞으로 나와 땅에 엎드리고서 말한다.

"저희 네 사람이 본래 산동의 급시우 송공명 선생의 함자를 듣자온 지는 오래되었으나 뵐 길이 없었습니다. 일전에 선생께서 반시(反詩)를 읊으신 일로 인하여 관가에 잡히셨단 소문을 듣고, 저희들은 강주로 가서 옥을 깨치고 선생을 구할까 생각도 했으나, 또 소문을 그대로 믿을 수가 없어서 얼마 전에 졸개를 강주까지 보내보았답니다. 그랬더니 그놈이 돌아와서 하는 말이, 양산박 호걸들이 강주성 안에 들어와서 한바탕 소동을 일으키고서 선생을 무사히 구해낸 후, 다시 무위군을 들이쳐서 황문병의 집을 도륙 냈다고 전하더군요. 그래 저희 생각에 선생께서 필시 양산박으로 들어가시리라, 그리고 이 길을 지나가시리라… 이렇게 생각하고 나와서 지키고 있던 길인데, 과연 선생이 진짜 송공명 선생이신지 알 수가 없어서, 아까 일부러 그런 수작을 해본 것입니다. 행여나 어찌 생각하지 마시고 용서해주십시오. 그리고 지금 저희들 소채(小寨) 안에 박주조식(薄酒粗食)이나마 약간 마련해놓았으니, 여러 호걸들께서는 저희와 함께 들어가셔서 잠시 쉬어가셨으면 감사하겠습니다."

송강은 이 말을 듣고 대단히 기뻐서 네 사람 두령을 붙들어 일으킨 다음 그들의 성명을 물었다.

맨 앞에 선 사람은 구붕(歐鵬)이라는 황주(黃州) 사람으로 대강군호(大江軍戶)를 파수 보고 지키고 있던 중에 본관(本官)한테 미움을 받게 되어 하는 수 없이 산속에 웅거하는 무리 가운데 몸을 던졌으니, 그의 별명은 '마운금시(摩雲金翅)'요,

두 번째 사람은 호남 담주(湖南潭州) 사람 장경(蔣敬)이니, 이 사람은 과거(科擧)에 낙제한 사람으로서 그는 낙방을 하자 이내 문(文)을 버리고 무(武)로 나아가, 창봉을 잘 쓰고, 진 치고 군사를 쓰는 일에 능할 뿐만 아니라, 서산(書算)에도 정통해서 만(萬)을 쌓고 천(千)을 포개놓더라도 털끝만큼도 틀리는 일이 없으므로, 사람들이 그를 '신산자(神算子)'라 부르는 터요,

셋째는 남경 건강(南京建康) 태생 마린(馬麟)으로서 아무 일도 않고 놀며 살아오던 사람인데, 한 자루 대곤도(大昆刀)를 잘 쓰는 까닭으로 장정 백여 명쯤으로는 그를 당해낼 도리가 없으며, 또한 쌍철적(雙鐵笛)을 잘 부는 고로 별명이 '철적선(鐵笛仙)'이요,

넷째는 도종왕(陶宗旺)이라고 하는 광주(光州) 사람이니, 장가전호(莊家田戶) 출신으로 기운이 장사인 데다가 한 자루 철초(鐵鍬)를 잘 쓰고, 또 창법과 검술이 뛰어나므로 사람들이 그의 별명을 '구미귀(九尾龜)'라고 부르는 터이다.

네 사람이 차례로 이같이 자기들의 성명과 내력을 이야기하고서, 졸개들로 하여금 그 자리로 술을 가져오게 하여 잔을 들어 먼저 조개와 송강에게 술을 권한 다음, 화영과 대종·이규에게 잔을 돌렸다. 이같이 술을 마시며 이야기하는 중에, 제2대 두령들이 당도하여 각각 서로 인사를 나눈 후, 우선 두 대(隊)의 열 명 두령이 먼저 산채로 올라가기로 하니, 구붕의 무리는 졸개를 그곳에 남겨두어 뒤에 오는 호걸들을 영접하게 하고 즉시 산채로 돌아가서 소와 말을 잡아 크게 연석을 벌였다.

술자리를 차린 지 반나절도 못 되어서 뒤에 떨어진 3대의 열여덟 명 두령들이 도착했다. 이리해서 양산박 31명 두령들이 한자리에 모여서 황문산 네 명의 호걸들과 술을 마시기 시작하자, 송강이 말했다.

"자아, 나도 지금 조천왕을 따라서 양산박으로 들어가는 길인데, 네 분 호걸도 우리하고 함께 양산박으로 안 가시겠소?"

그러자 네 사람은 이구동성으로 대답한다.

"우리를 받아들이시기만 한다면야, 무슨 심부름이든지 다 하겠습니다."

조개는 이 말을 듣고 기뻐하면서 말했다.

"네 분의 뜻이 그러시거든, 행장을 수습해 내일 같이 떠납시다."

이같이 의논이 결정된 후, 그들은 취토록 마시고 그날은 산채에서 머물렀다.

이튿날, 송강과 조개 등 제1대가 먼저 출발하고, 제2대로부터 제5대까지는 전과 같이 20리 간격을 두고서 차례로 출발한 후 구붕의 무리는 산채의 재물을 모조리 수습해 3, 4명의 졸개를 이끌고서 제6대가 되어 황문산을 떠나는데, 산채에다가는 모조리 불을 질러 깨끗이 태워버렸다. 한편 양산박에서는 조개가 여러 두령을 거느리고 산에서 내려간 후, 오용·공손승·임충·진명과 새로 들어온 소양·김대견, 도합 여섯 명 두령이 산채를 지키고 있었는데, 주귀와 송만이 한 걸음 먼저 양산박에 돌아와서 두령들 일행의 소식을 전하므로 오용은 즉시 작은 두목들을 주귀의 주점으로 내보내서 일행을 영접하도록 지시했다.

마침내 송강·조개 등 일행이 도착했다. 일행이 금사탄에 이르자 북소리, 피리 소리가 나면서 오용·공손승 등 여섯 명 두령이 내려와서 일행을 환영하며 접풍주(接風酒)를 잡은 다음, 일행을 취의청으로 인도하는데, 청상의 향로에서는 향기가 진동한다.

조개가 먼저 대청 위에 오르더니 송강의 손을 붙들어 첫째 교의에 앉게 하자 송강은 사양한다.

"형님, 어째 이러십니까. 이곳 주인은 형님이신데, 형님이 이러신다면 저는 이곳에 머물러 있지 못하겠습니다."

"아우님이야말로 그런 말 말고 어서 앉으시오. 당초에 아우님이 우리 일곱 사람의 목숨을 위기일발의 지경에서 구해주고 이리로 보내주지 아니했던들, 우리가 어찌 오늘날 여기서 이렇게 지낼 수 있었겠소. 아우님은 바로 이 산채의 은인이니, 아우님 말고 이 자리에 앉을 사람이 누가 있겠소?"

"형님, 나이를 가지고 따지더라도 형님이 저보다 10년이나 위이시니, 어찌 제가 외람되게 첫째 자리에 앉겠습니까?"

송강이 한사코 사양하므로 하는 수 없이 조개가 제1위, 송강이 제2위, 오용이 제3위, 공손승이 제4위, 이렇게 네 사람의 차례가 정해지자 송강이 앞으로 나서서,

"다음은 공로가 많고 적은 것을 가릴 것 없이, 전부터 계시던 두령들은 왼편에 앉으시고 새로 들어오신 두령들은 바른편에 앉기로 합시다."
라고 한다.

여러 사람이 그 말에 찬성하고서, 왼편으로는 임충·유당·원소이·원소오·원소칠·두천·송만·주귀·백승 아홉 명 두령이 앉고,

오른편으로는 나이 많은 사람으로부터 차례로 앉으니, 화영·진명·

황신·대종·이규·이준·목홍·장횡·장순·연순·여방·곽성·소양·왕영·설영·김대견·목춘·이립·구붕·장경·동위·동맹·마린·석용·후건·정천수·도종왕 스물일곱 명 두령이 자리를 잡으니, 양산박 두령은 조개 이하 도합 40명이다.

그들은 그 자리에서 크게 자축하는 연석을 베풀고 술을 마시며 즐겼다.

이때 송강이 강주의 채구지부가 요언(謠言)을 날조해 자기를 죽이려 하던 이야기를 했다.

"…황문병이란 놈이 저한테는 상관도 없는 일을 가지고 지부더러 그 요언이 바로 송강이를 두고 한 말이라고 참소를 했구려. '모국인가목(耗國因家木)'이라, 나라를 망치는 자는 관머리 아래 나무목을 했으니, 곧 송나라 송자요, '도병점수공(刀兵點水工)'이라, 난리를 일으키는 자는 삼수변에 장인공을 했으니 곧 물강(江)자라, 그러니 바로 송강이가 아니냐. 또 나중 두 구는 '종횡삼십육(縱橫三十六)'에 '파란재산동(播亂在山東)'이라, 송강이 산동 땅에서 모반한다는 것이라는구려. 그래 채구지부가 그 말을 곧이듣고 나를 잡아 가뒀는데, 대원장이 가지고 온 채경의 회서가 또 위조한 것이라, 황문병이가 지부를 충동여서 기어코 나와 대원장을 죽이려 했는데, 만일 그때 여러분이 그처럼 구해주지 아니했던들 두 사람은 벌써 모가지가 떨어졌을 게고, 지금 이 자리에서 이런 이야기를 할 수 없을 게요."

송강의 이야기가 끝나자 이규가 벌떡 일어나서,

"형님이 정말 그 요언인가 뭔가에 들어맞았다면, 우리 한번 해봅시다. 힘을 두었다 어디다 쓰겠소. 조개 형님은 대황제(大皇帝)가 되시고, 송강 형님은 소황제(小皇帝)가 되시고, 오선생은 승상(丞相), 공손 도사는 국사(國師), 우리들은 모두 장군이 되어 그냥 이길로 서울을 쳐들어가 빌어먹을 임금님을 없애버리고 우리끼리 한번 잘살아봅시다그려.

이깟 놈의 양산박 속에 파묻혀 사는 것보다 그렇게 하는 게 안 좋겠소?”

이렇게 지껄이므로 그 곁에 있던 대종이 그를 꾸짖는다.

“그게 무슨 당치 않은 수작인가? 여기는 강주와 달라서 자네가 그렇게 함부로 놀지 못하네. 모든 일을 두 분 두령 형님이 분부하시는 대로 거행해야 한단 말이야. 다시 또 그따위 수작을 늘어놓았다가는 아주 자네 목을 내가 자를 테니까 그런 줄 알게.”

이규는 이 말을 듣고 목을 움츠리며,

“어이구, 내 목을 자른다면 난 술도 못 먹게? 에라, 목 달아나기 전에 술이나 실컷 들이켜야겠다.”

하고 주저앉는다. 모든 사람들이 한바탕 웃음을 터뜨렸다.

천서 3권

이날, 조개는 연회를 끝내고서 먼저 목태공의 일가노소(一家老少)들을 안돈(安頓)시킨 다음, 황문병의 집에서 뺏어온 재물을 이번에 강주에서 애를 많이 쓴 졸개들에게 상으로 나누어주고, 또 채구지부가 서울로 보내려던 보물은 궤짝채 대종에게 내어주었다. 그러나 대종은 그것을 받으려고 안 하므로 부득이 그것은 공용(公用)으로 돌렸다.

조개는 다시 졸개들을 모두 다 불러들인 후 새로 들어온 두령들에게 절하여 뵙게 하고, 며칠 동안 계속해서 소를 잡고 말을 잡아 연석을 배설했다. 그러고서 산전산후(山前山後)에다 집을 많이 짓고, 산채 안에도 방을 많이 늘여, 새로 들어온 두령과 졸개들의 거처할 곳을 마련해주었다.

이같이 여러 날 지낸 뒤에도 연일 계속해서 취의청 위에는 술자리가 벌어지고 모든 두령들이 서로 즐기었으나, 송강만은 마음이 불안했다. 고향에 남아 있는 늙은 아버지를 생각하는 때문이었다.

그는 마침내 뜻을 결정하고 조개에게 말을 했다.

"형님 덕분에 제가 여기 들어온 뒤로 제 몸 하나는 편안합니다마는, 고향에 계신 노친 생각을 하니 한시를 그냥 앉아 있을 수가 없습니다그려. 만일 강주에서 제 일을 서울로 신주(申奏)했다면 반드시 서울서는 제 고향으로 이첩(移牒)하여 저의 집 가속(家屬)을 추착(追捉)할 것이니,

아무래도 제가 하루속히 운성현으로 돌아가서, 아우 송청과 함께 노친을 모시고 이리로 들어와야만 하겠습니다.”

조개가 말한다.

“아우님의 말씀은 인륜(人倫)에 적합한 말씀이오. 우리만 여기서 편히 지내고 춘부장 어른은 고생을 하시게 해드려서야 말이 안 되지. 그러나 여러 두령들이 그간 신고를 많이 했고, 또 채중(寨中) 인마(人馬)도 아직 정돈하지 못했으니, 한 2, 3일 더 쉬고 난 뒤에 모두들 함께 내려가서 춘부장 어른을 모셔오도록 합시다.”

그러나 송강은 듣지 않는다.

“이틀이고 사흘이고 쉬는 것은 좋습니다. 그러나 강주에서 제주로 이첩하여 집안 식구들이 관가에 잡힐 것을 생각하면, 한시를 지체할 수가 없습니다. 그뿐 아니라 만약에 많은 인마가 움직이고 보면 소문이 쫙 퍼져서 도리어 안 되겠고, 차라리 제가 혼자 가서 아무도 모르게 가친을 모시고 나오는 것이 상책일 것 같습니다.”

“혼자 나섰다가 혹시 노상에서 봉변이나 당한다면 어쩌려고 그러오?”

“가친을 모시러 가는 길인데요, 설마 죽는 수가 있다기로 무엇이 두렵겠습니까!”

송강이 고집하므로 다른 두령들도 재삼 만류했다. 그러나 송강은 듣지 않고, 머리에 전립(氈笠) 쓰고, 손에 단봉(短棒) 들고, 허리에 요도(腰刀) 차고, 즉시 산을 내려갔다.

그는 금사탄에서 배를 타고 나루를 건너 큰길로 나와서 곧장 운성현을 바라보고 걸음을 재촉했다. 이같이 걸어가다가 시장하면 밥 사먹고, 목마르면 물 마시고, 밤에는 객줏집에 들어가서 쉬어, 그는 마침내 송가촌에 당도하니, 해는 서산에 걸려 있고 날은 아직 어둡지 않았다.

그는 숲속으로 들어가서 해가 꼬박 넘어가기를 기다려 밤이 든 뒤에 숲속에서 나와 자기 집 장원의 뒷문으로 들어갔다.

　그가 가만히 문을 두드리니까 안에서 송청이 나와서 문을 열어주고
는, 뜻밖에도 형이 돌아온 것을 보고 깜짝 놀라며 황망히 묻는다.

　"형님! 집에는 뭣하러 오셨습니까?"

　"뭣하러 오다니, 아버님을 모셔가려고 왔지!"

　"형님은 모르시는군요. 형님이 강주서 일 저지른 것이 여기까지 소
문이 쫙 퍼져서, 고을에서는 조도두(趙都頭) 형제를 우리 집에 내보내서
우리 집 식구는 한 발자국도 문밖에 못 나가게 하고, 밤낮 토병들이 순
을 돌고 이제 강주서 문서가 오는 대로 아버님하고 저를 옥에 가두고,
그다음 형님을 잡을 작정이랍니다. 어서 양산박으로 가셔서 여러 두령
을 청해오셔서 아버님을 모셔가도록 하십시오."

　송강은 아우의 말을 듣고 깜짝 놀라, 집 안으로는 감히 들어가 보지
도 못하고, 발길을 돌려 다시 양산박으로 가려고 그 자리를 떠났다.

　이때 달빛이 희미해서 길이 분명하게 보이지 아니했다.

　송강은 큰길을 버리고 지름길로 들어서서 한 식경이나 더듬어가며
길을 걸었다. 그러자 갑자기 등 뒤에서 사람들의 고함 소리가 요란스럽
게 들리는 게 아닌가.

　송강이 깜짝 놀라서 돌아다 보니, 두어 마장 떨어진 곳에 사람들 한
떼가 횃불을 들고 쫓아오며,

　"이놈, 송강아! 어디로 도망가느냐!"

　라고 외치는 것이었다.

　송강은 '걸음아 날 살려라'고 달음질하면서 속으로,

　'조개가 그렇게도 말리는 것을 듣지 않고 나섰다가 기어코 이런 변을
당하는구나! 황천은 굽어살피사 제발 덕분에 송강의 목숨을 구해주십
시오!'

　이렇게 외치며 한참 동안 달리노라니까, 하늘에 엉키어 있던 구름이

어느덧 걷히고 달빛이 명랑해진다. 송강은 비로소 사방을 자세히 둘러보고 놀랐다.

'아뿔싸! 이걸 어떡한다? 내가 그만 길을 잘못 들었구나!'

그는 발을 구르며 한탄했으나 이제 와서는 어찌할 도리가 없다. 이곳은 이름을 환도촌(還道村)이라고 부르는 마을이니, 사방이 고산준령(高山峻嶺)으로 둘러싸인 곳으로서, 산 아래로 한 줄기 시냇물이 흐르고 그 중간에 작은 길 하나가 있는데, 그 길이라는 것이 왼편으로 들어와서 바른편 막다른 곳까지 가서는 도로 돌아 나오는 수밖에 없는 길이다.

송강이 도로 돌아서서 나가려고 몸을 돌이켜 바라보니, 뒤를 쫓아오는 무리가 이미 동구 밖에까지 다가왔다.

송강은 뻔히 빠져나갈 길이 없는 줄 알면서도 그대로 마을 속으로 달음질했다.

마을에 들어와서 송강은 몸을 숨길 곳을 찾아서 이리저리 헤매다가 숲속에 고묘(古廟) 하나가 서 있는 것을 발견하고, 앞뒤 생각할 겨를도 없이 묘문을 밀어젖히고 그 속으로 들어갔다.

전전(前殿)과 후전(後殿)을 한 바퀴 돌아보고 송강의 마음은 더욱 당황했다. 퇴락할 대로 퇴락한 고묘 안에 도무지 몸을 감출 만한 구석이라곤 보이지 않는다.

그때 밖에서 인기척이 나더니 말소리가 들린다.

"그놈이 정녕코 이 안에 숨었을 게다. 들어가 찾아보자!"

아무래도 도두 조능(趙能)의 음성 같다.

이 소리를 듣고 송강은 너무도 황급해서 묘 안을 또 한 번 둘러보다가 전각 위에 신주(神廚)가 눈에 띄므로, 그는 곧 휘장을 들고 그 속에 들어가 납작 엎드려서 숨도 크게 쉬지 못했다.

그러자 횃불을 들고 토병의 무리들이 묘 안으로 들어서는 게 아닌가.

송강이 신주 안에서 가만히 내다보니, 조능·조득 두 도두가 토병 4,

50명을 데리고 들어와서 묘 안을 이 구석 저 구석 횃불을 비춰가며 자세히 살펴보더니 급기야 전각 위로 올라오는 것이었다.

송강은 간이 콩알만 해졌다.

'이제는 죽었구나! 엎드려 비나이다. 음령(陰靈)이 비호(庇護)하시고 산명(神明)이 비우(庇佑)하소서….'

이같이 정성껏 축원하고 있을 때, 수십 명 토병들은 송강의 앞을 건성 지나갈 뿐, 한 놈도 휘장을 쳐들고서 신주 안을 살펴보는 놈이 없다.

토병들의 발자국 소리가 멀어진 뒤에 송강은 가슴을 쓰다듬으면서,

'천행이로구나! 정말 하늘이 도와주셨나 보다….'

라고 속으로 중얼거렸다. 그런데 그때 별안간 발자국 소리가 그 앞에 와서 딱 멈추며, 도두 조득이 휘장을 쳐들고는 횃불을 쑥 들이미는 게 아닌가.

'이번엔 영락없이 잡혔구나!'

송강이 이같이 직감하고 숨을 죽이고 있노라니까, 갑자기 조득은 들고 있던 횃불을 마룻바닥에 떨어뜨리고 눈을 비비는 게 아닌가. 조득이 휘장을 걷어 올릴 때 공교롭게도 먼지가 떨어져 그의 눈으로 들어간 것이었다.

조득은 횃불을 발로 밟아 죽이고서 밖으로 나가더니 토병들을 보고 묻는다.

"이 안에 꼭 숨은 줄 알았는데 아니로구나! 대체 이놈이 어디로 갔을까?"

토병들이 대답한다.

"아마 그놈이 숲속 깊이 들어간 게죠. 그렇지만 제가 어디로 갑니까. 여기가 환도촌(還道村) 아녜요? 우리가 들어온 동구 밖만 꼭 지키고 있으면, 제 놈이 날개가 돋쳐 날아간다면 모르지만, 그리로 나올 수밖에 길이 있나요. 지금 어둔데 고생할 것 없이 나가서 동구를 지키고 있다

가 날이 밝거든 다시 찾아보시는 게 좋겠습니다."

"참 그러는 게 좋겠다."

조능과 조득은 그 말에 찬성하고 그들을 데리고 묘문 밖으로 나갔다.

송강은 휘장 속에서 동정을 살피고서 속으로,

'천지신명이 보호해주신 덕택으로 믿습니다. 이번에 제가 죽지 않고 목숨을 보존하게 되면 일후에 반드시 묘우(廟宇)를 중수(重修)하옵고 초당(草堂)을 재건하옵겠습니다….'

하고 축원을 드리고 있는데, 갑자기 묘문 앞에서 또 병정놈이 지껄이는 소리가 들려왔다.

"그놈이 아무래도 이 안에 숨어 있을 것 같은데요?"

두 도두가 저만큼 가다가 되돌아와서 병정보고 묻는 소리가 들린다.

"어째서…응?"

토병의 말소리다.

"도두님, 여길 좀 보십시오. 묘문 위에 손자국이 나지 않았어요? 그놈이 문을 밀어제치고 들어갈 때 난 손자국 아닙니까?"

조능이 말한다.

"그래, 네 말이 근사하다. 그럼, 다시 들어가지. 어디 또 한 번 자세히 찾아보자."

이런 소리가 들리더니, 다시 4, 50명의 발자국 소리가 묘문 안으로 들어온다.

'아이고! 이젠 갈데없이 붙잡혔고나!'

송강은 그만 넋을 잃었다. 도두와 토병들은 앞뒤로 돌아다니며 이 구석 저 구석을 두 번 세 번 살펴본다. 그러나 아무리 찾아보아도 송강은 보이지 않는다.

이제는 전각 위에 있는 신주 속만 뒤져보면 더 찾아볼 곳이 없다.

조능이 조득을 보고 말한다.

"제 놈이 숨었다면 여기밖엔 없을 테니까, 아까 자네가 보았다고는 했지만, 어디 내가 다시 한 번 들여다봐야겠네."

그는 이렇게 말하더니 토병더러 횃불을 들이밀라고 이르고서, 한 손으로 휘장을 쳐들고 고개를 들이민다.

그러나 조능이 신주 안을 살펴볼 겨를도 없이, 별안간 신주 안에서 싸늘한 바람이 획 불어나와 횃불을 꺼뜨리고, 새카만 연기 같은 것이 묘 안을 휩싸버린 까닭에, 얼굴을 마주 대고서도 서로 알아볼 수가 없게 되었다. 조능이 말한다.

"이런 해괴한 일이 세상에 있나! 안에서 바람이 나오다니, 웬 말이냐? 아마 이 안에 계신 신령님이 우리가 들어온 것을 좋아하지 않아서 영험을 보이신 게 아닌가?"

조득이 말한다.

"형님 말씀이 옳아요. 동구 밖에 나가서 지키고 있다가, 날이나 밝거든 찾아봅시다."

두 도두는 이같이 방침을 정하고서 토병들을 데리고 묘문 밖으로 나갔다. 그들이 이같이 멀리 가버리어 발자국 소리가 들리지 않게 되자, 송강은 비로소 숨을 크게 쉬고,

"이젠 살았다!"

저도 모르게 한마디 했다. 그리고 나서 또 속으로,

'천행으로 당장 붙들릴 것을 면하긴 했지마는, 독 안에 든 쥐 꼴이 됐으니! 무슨 재주로 동구 밖을 나간단 말이냐!'

이리 생각… 저리 생각… 아무리 궁리해도 신통한 생각이 나지 않는데, 문득 사당 뒤 낭하(廊下)로부터 사람의 발자국 소리가 또 들려온다.

'아이구! 이를 어쩌나? 아직 다들 안 갔구나!'

송강은 또다시 간이 콩알만 해져 가만히 문틈으로 내다보니까, 뜻밖에도 청의동자(靑衣童子) 두 명이 신주 앞까지 들어오더니 송강에게 예

를 하고 말하는 것이었다.

"소동(小童)은 낭랑(娘娘)의 법지(法旨)를 받고서는 지금 성주(星主)를 모시러 왔나이다."

이 소리를 듣고서도 송강은 감히 대답을 못 했다.

동자가 다시 말한다.

"낭랑께서 모셔오라 하셨나이다. 성주님, 속히 가시기 바라나이다."

송강이 그래도 대답을 못 하니까, 동자는 다시 재촉한다.

"송성주(宋星主)님, 어서 일어나시기 바라나이다. 낭랑께서 기다리고 계시나이다."

송강은 이때에 비로소 동자의 음성이 남자의 목소리가 아닌 것을 알고서 비로소 신주 속으로부터 기어 나왔다. 그리고 나와서 보니까, 과연 두 명의 청의여동(靑衣女童)이 분명하다.

송강은 곧 물었다.

"두 분 선동(仙童)은 어디서 오셨소?"

선동이 대답한다.

"낭랑의 법지를 받자옵고, 성주를 궁(宮)으로 모셔가려고 왔나이다."

"선동은 잘못 알았소이다. 나는 송강이라는 사람일 뿐, 성주는 아니외다."

"저희가 잘못 알 리 있사오리까. 낭랑께서 고대하고 계시오니, 성주는 빨리 일어나시기 바라나이다."

"낭랑이 대관절 어디 계시오?"

"뒤꼍 궁중(宮中)에 계시나이다."

이 말을 듣고 마침내 송강은 그들을 따라서 나갔다.

전각을 내려와서 후전(後殿) 옆에 있는 장각문(牆角門)을 지나니까, 별빛과 달빛은 하늘에 가득 찼고, 향기 있는 바람은 산들산들 불어오는 데, 사방이 모두 소나무와 대나무로 우거졌다.

송강은 속으로 생각했다.

'전부터 이 묘 뒤에 이런 데가 있었던가? 진작 알았다면 거기서 그렇게 옹색하게 몸을 감추고 애를 태우지 아니했을 텐데… 잘못했구나!'

이렇게 생각하며 걸어가다가 문득 깨달으니, 그가 걷고 있는 곳은 평탄한 큰 길거리로, 양옆에는 아름드리 소나무가 좌우에 병풍같이 늘어서 있다. 송강이 그 길을 한 마장가량 걸어가니까, 잔잔한 시냇물 소리가 들린다. 눈을 크게 뜨고 바라보니, 앞에는 청석교(靑石橋)가 놓였는데, 양쪽으로는 붉은 난간이 있고, 언덕 위에는 희귀한 화초와 푸른 솔, 푸른 대가 빽빽이 서 있고, 수양버들과 천도(天桃)복숭아가 늘어섰는데, 청석교 아래로는 옥 같은 시냇물이 잔잔히 흘러내려 석동(石洞)으로 들어간다.

송강이 그 다리를 건너가니까 바로 눈앞에 대주홍영선문(大朱紅欞仙門)이 보이고, 그 문을 들어서니 바로 궁전이다.

주홍같이 붉은 문에는 금빛 나는 못이 박혀 있고, 청기와를 입힌 지붕 아래 아로새긴 처마가 어여쁘다.

궁전을 삥 둘러 우거진 수양버들 아래에는 백화(百花)가 난만하고, 하늘 높이 솟아 있는 누대에는 담담한 기운이 서려 있다.

만일 이 같은 곳이 천상신선(天上神仙)의 마을이 아니라면 바로 인간제왕(人間帝王)의 집이 분명하다.

송강은 마음에 놀랍고 두려워서 감히 앞으로 나가지 못하니까, 청의여동이 다시 재촉한다.

"성주님, 어서 들어가시지요."

송강이 용기를 내어 따라서 들어가니 좌우에 낭하(廊下)가 있고 기둥마다 주홍빛인데 칸칸이 모두 수렴을 드리웠다.

청의여동을 따라서 송강은 한 걸음 한 걸음 월대(月臺)에 올라갔다. 그러자 전상계전(殿上階前)에서 몇 명의 청의 동녀가,

"성주님, 낭랑께서 어서 올라오라 분부하십니다."

라고 한다.

송강은 송구스러워서 주저하다가 마침내 대전(大殿) 위에 오르니까, 청의 동녀가 발 안으로 들어가서,

"송성주를 청하여 왔나이다."

라고 아뢰는 것이었다.

송강은 염전어계(簾前御階) 아래 이르러 두 번 절하고, 땅에 엎드렸다. 어렴(御簾) 안에서 옥음(玉音)이 들린다.

"성주에게 자리를 주어라."

분부가 내리자 청의여동 네 명이 송강을 부축하여 금돈(錦墩) 위에 앉게 한다. 송강이 황송해하면서 자리에 앉으니까, 낭랑은 발을 걷어올리게 한 후,

"성주는 별래무량(別來無恙)하오?"

하고 묻는다. 송강은 일어서서 다시 두 번 절하고 아뢰었다.

"신(臣)은 서민(庶民)이오라, 감히 우러러 성용(聖容)을 뵈옵지 못하옵니다."

낭랑의 옥음이 들린다.

"성주가 이미 이곳에 왔으니, 구태여 예절만 지키지 말고 머리를 드오."

송강이 비로소 머리를 들어 전상(殿上)을 바라보니, 용등봉촉(龍燈鳳燭)이 휘황한데, 청의여동들이 양쪽으로 늘어서서 홀(笏)을 들고 규(圭)를 받들며, 정(旌)을 쥐고 선(扇)을 들고 시종(侍從)하고 있는데, 한가운데 칠보구룡상(七寶九龍床) 위에 낭랑이 앉아 계시다.

"성주에게 술을 주어라."

이같이 분부가 내리자, 양쪽에 서 있던 청의여동이 기화금병(奇花金瓶)을 들고 옥배(玉杯)에 술을 따르니까, 한 여동이 잔을 받들어 송강 앞

에 와서 권한다.

송강은 사양하지도 못하고 받아서 마셨다. 이것은 술이라기보다 제호(醍醐)요 감로(甘露)라, 입안에 향기가 가득히 찬다.

그러자 여동 하나가 쟁반에 선조(仙棗)를 담아가지고 나와서 그에게 권한다.

송강은 낭랑 앞에서 잘못하다간 체면을 잃을까 두려워하며, 대추 한 개를 집어서 먹고, 씨는 손바닥에 뱉었다.

여동이 다시 한 잔을 권하므로 송강이 또 받아서 마시니까, 낭랑이 분부한다.

"한 잔 더 권하여라."

이리해서 송강은 마침내 삼배선주(三杯仙酒)를 마시고 삼개선조(三個仙棗)를 먹고서, 얼굴이 불그레해지고 몸이 훈훈해졌다.

그는 혹시나 술기운으로 인해 체면을 잃지나 않을까 염려스러워서, 낭랑 앞에 두 번 절하고서 아뢰었다.

"신이 주량을 이기지 못하오니, 바라옵건대 낭랑의 용서를 비옵니다."

그러자 낭랑이 법지(法旨)를 내린다.

"성주가 이제 술을 더 못 먹겠다 하니 더 권하지 말고, 성주에게 삼권천서(三卷天書)를 내리어라."

분부가 떨어지자 청의여동이 병풍 뒤로 들어가더니, 노란 비단보에 싼 3권 천서를 옥쟁반에 받쳐들고 나와서 송강에게 준다.

송강이 두 손으로 받아보니, 길이는 다섯 치, 넓이는 세 치, 두께가 세 치나 되어 보이는 책이다. 그러나 그는 감히 낭랑 앞에서 책을 펴보지 못하고, 두 번 절하고서 그 책을 그대로 소매 속에 넣었다.

이때 낭랑이 또 법지를 내린다.

"송성주(宋星主)에게 3권 천서를 전하는 터이니 성주는 하늘을 대신

해서 도(道)를 행하되, 전충장의(全忠仗義)하고 보국안민(輔國安民)하며, 거사귀정(去邪歸正)하도록 하오. 옥제(玉帝)께옵서는 성주의 마음에 아직도 마심(魔心)이 그치지 아니했고 도행(道行)이 아직도 온전치 못한 고로 그래서 잠시 하방(下方)에 내치신 터이니, 멀지 않아서 다시 자부(紫府)로 불러올리실 것이오. 부디 털끝만큼이라도 게을리하지 마오. 만약 후일 죄를 짓고 풍도(酆都)에 떨어진다면, 나도 그때엔 성주를 구해낼 도리가 없소. 이 3권 천서를 잘 읽어보오. 다만 천기성(天機星)하고만 같이 보고, 그 외 다른 사람한테는 보이지 마오. 그리고 공을 이룬 뒤에는 이 책을 불에 태워버리고, 세상에 남겨두지 말도록 하오. 천범(天凡)이 상격(相隔)하여 이곳에 오래 있으라 할 수 없으니 성주는 그만 돌아가오."

낭랑은 이같이 말하고서 여동에 분부하여 그를 밖으로 인도하게 한다. 송강은 낭랑에게 사례하고 여동을 따라서 어계(御階)를 물러나왔다.

그가 영선문을 지나서 청석교에 이르자, 청의여동이 그를 돌아다보고 말한다.

"오늘 낭랑의 호우(護佑)하심이 없으셨다면, 성주가 어이 무사했겠으리까. 이제 날만 밝으면 자연 무사하게 될 것이니, 성주는 과히 근심 마소서."

그리고 청의여동은 다시 다리 아래를 가리키며 한마디 한다.

"성주님, 저 물속에서 용(龍) 두 마리가 희롱하는 모양을 보소서."

송강이 그 말을 듣고 즉시 난간에 의지하면서 물속을 굽어보려니까, 곁에 섰던 두 명의 청의여동이 느닷없이 그의 등을 떠다밀어서 다리 아래로 그를 떨어뜨린다.

송강은 다리 아래로 떨어지면서 소리를 버럭 지르고 눈을 떠보니, 뜻밖에도 몸은 신주(神主) 속에 그냥 엎드려 있는 게 아닌가. 그는 잠깐 동안 꿈을 꾸었던 것이다.

그는 꿈에서 깨어 밖으로 나와서 하늘을 우러러보았다. 달그림자가 남쪽에 있다. 시각은 아마 3경쯤 되었나 보다.

그는 왼쪽 손을 펴보았다. 손바닥에는 과연 세 개의 대추씨가 있다.

그는 다시 소매 속을 더듬어보았다. 보자기에 싼 물건이 손에 잡힌다. 꺼내어 보니, 낭랑한테서 받은 3권 천서가 틀림없다.

송강은 책을 도로 소매 속에 집어넣으면서 가슴속으로 느꼈다.

'이상한 꿈이로다! 꿈은 꿈이었는데 실상은 꿈이 아니니, 이 어이된 일이냐? 만약 꿈이었다면 3권 천서가 소매 속에 들어 있을 까닭이 없고, 입에서 술냄새가 나고 손바닥에 대추씨가 있을 수 없다! 아마 이곳 신령님이 영검하시어서 이렇게 조화를 나타내 보이셨나 보다. 대체 이 묘에는 어떤 신명(神明)을 모셨는고?'

송강이 이렇게 생각하며 휘장을 쳐들고 자세히 보니, 구룡상(九龍床) 위에 한 사람 낭랑이 앉아 있는데, 꿈에서 본 그 낭랑과 꼭 같다.

송강은 또 느꼈다.

'이 낭랑이 나를 성주라고 부르셨으니, 나도 아마 전생에는 범상한 인물이 아니었던가 보지? 이 3권 천서는 필연코 쓸 곳이 있을 모양이다. 동자 말이, 날만 밝으면 자연 무사하리라 했으니… 지금 날이 밝는 모양이니… 그만 밖으로 나가볼까?'

그는 이렇게 생각하고 신주 안에서 단봉(短棒)을 찾아들고, 옷의 먼지를 털고, 문밖으로 나와서 머리를 쳐들고 묘문 위를 바라보니, 고색창연한 패액에 금자(金字)로 넉 자를 새겼으니, 현녀지묘(玄女之廟)라 쓰여 있다.

송강은 즉시 합장하고서 감사를 드렸다.

'구천현녀낭랑(九天玄女娘娘)께서 저에게 3권 천서를 전수하시고, 또 이 목숨을 구해주셨습니다. 제가 만일 다시 천일(天日)을 보게만 된다면, 반드시 이곳에 와서 묘우(廟宇)를 중수하고 전정(殿庭)을 재건하겠

습니다.'

이렇게 그는 혼잣말하고서 동구 밖을 향해서 걸음을 걸었다. 그러나 얼마 가지 못해서 별안간 동구 밖으로부터 고함 소리가 들려온다.

"어이구 이거 안 되겠다!"

송강은 급히 좌우를 둘러보다가, 길가에 서 있는 큰 나무 뒤로 몸을 숨겼다.

그가 몸을 숨기자마자 토병들 한 떼가 헐떡거리며 달려오는데, 죽을 상이 다 되어 중얼거리는 소리는,

"하느님! 살려줍쇼!"

이런 소리다.

송강은 나무 뒤에 숨어서 이 꼴을 보고,

'원 참 별일 다 보겠다! 이놈들이 대체 뉘한테 쫓겨 이렇게 허겁지겁 도망하는 걸까?'

속으로 의아하기를 마지않을 때,

"어이구! 이젠 다 죽었다!"

하고, 누가 뛰어오며 중얼거리는 소리가 들려오므로, 송강이 나무 뒤에서 빼꼼 내다보니까, 이 사람이 도두 조득이다.

'어떻게 된 일인가? 대체 까닭을 알 수 없다.'

송강이 어떻게 된 일인지 까닭을 몰라 할 때, 조득의 뒤를 날쌘 범과 같이 쫓아오는 사나이가,

"이놈들아, 도망해도 소용없다!"

하고, 벽력같은 소리를 지르면서 달려오는데, 멀리서는 모르겠으나 가까이 오는 것을 보니, 웃통을 홀떡 벗어부치고 알몸뚱어리로 두 손에 도끼를 든 것이, 다른 사람이 아니라 바로 흑선풍 이규가 분명하다.

그러나 송강은 너무나 뜻밖의 일인지라, 꿈인지 생시인지 분간을 못하겠으므로 선뜻 나서지도 못했다.

이때 조득이는 부리나케 도망질쳐서 묘문 앞까지 달아나다가 운명이 다했던지 소나무 뿌리에 발이 걸려 앞으로 고꾸라졌다. 그러자 그가 다시 일어날 겨를도 없이 이규가 뛰어가더니 도끼를 번쩍 쳐든다.

그때에 또 요란스럽게 발자국 소리가 들리므로 송강이 그편을 바라보니, 전립은 벗어젖히고 손에는 각각 칼 한 자루씩 들고 쏜살같이 달려드는 두 사람의 호걸이 있으니, 이들은 다른 사람 아니라 곧 구붕이와 도종왕이다.

흑선풍 이규는 두 사람이 달려오는 것을 보자, 행여나 공을 빼앗길까 보아서 얼른 도끼로 조득이의 해골을 찍어버리고, 그냥 앞으로 나가 토병들의 뒤를 쫓아간다.

송강이 아직도 선뜻 나서지 못하고 있는데, 또 세 사람의 호걸이 달려들어오니, 앞선 사람은 유당이요, 둘째는 석용이요, 셋째는 이립이다.

이때 이규가 묘문 앞으로 돌아왔다.

여섯 명의 양산박 두령들이 여기서 한 군데 모이더니,

"이제는 이 안에 한 놈도 없나?"

"이 안에 들어온 놈들은 내가 다 죽였네!"

"그런데 정작 찾아야 할 송강 형님을 못 찾겠으니 어떡허우?"

"글쎄 웬일일까? 이 안에 꼭 계실 텐데."

이런 소리를 주고받다가 돌연히 석용이가 소나무 뒤를 가리키며 소리를 지르는 것이었다.

"저 나무 뒤에 웬 사람이 하나 서 있네!"

이 소리를 듣고 그제야 송강은 소나무 뒤에서 앞으로 뛰어나오며,

"여러분 아우님 덕분에 내가 또 죽을 목숨이 다시 살았소! 대체 이 은혜를 어떻게 갚는단 말이오?"

이같이 사례했다.

여섯 사람 두령들은 송강이 무사한 것을 보고 모두 기뻐했다.

"그럼 얼른 가서 조두령께 말씀드려야지!"

석용·이립 두 사람은 한마디 하고 동구 밖을 향해서 달려갔다.

송강은 유당을 보고 물었다.

"대체 어떻게 알고서 이렇게들 왔소?"

"형님이 산에서 내려가시자, 조두령과 오군사 두 분이 아무래도 안심이 안 된다고, 대원장더러 뒤를 쫓아가서 소식을 알고 오라 하셨지요. 그리고도 조두령은 마음이 놓이지 않는다고 우리들더러 또 함께 가보라고 하시기 때문에 부랴부랴 산에서 내려왔답니다. 그랬더니 중도에서 대원장을 만났는데 대원장 말이, 조도두 형제가 형님을 잡으려고 한다지 않아요? 조두령이 그 말을 들으시고 역정을 내시면서 대원장을 즉시 산으로 보내시어, 오군사·공손 선생·원가 삼형제·여방·곽성·주귀·백승, 이 사람들만 남아 있으라 하고 나머지 두령들은 모조리 이곳으로 부르셨답니다."

이야기가 미처 끝나기 전에 석용이가 조개·화영·진명·황신·설영·장경·마린, 이렇게 일곱 명 두령을 인도하여 들어오고, 이립이 또한 이준·목홍·목춘·장횡·장순·후건·소양·김대견, 이렇게 여덟 명 두령을 인도해서 들어왔다.

모두들 서로 반가워하면서 먼저 조개가 송강을 보고 말한다.

"내 아주 좋은 소식 하나 들려주리까? 영존(令尊)·영제(令弟)와 가권(家眷)이 지금쯤은 아마 무사히 산채에 들어가셨을 게요! 내가 먼저 대종을 시켜서 두천·송만·왕영·정천수·동위·동맹 여섯 두령과 함께 모시고 가랬으니까…."

조개의 이야기를 듣더니 송강은 그 자리에 엎드려 절한다.

"형님! 이 은혜를 어떻게 갚을 수 있겠어요? 저는 지금 이 자리에서 죽어도 한이 없습니다!"

"자아, 이제 우리 떠납시다."

조개가 송강을 붙들어 일으킨 후 이같이 말하자, 그들은 모두 기뻐하면서 각각 말을 타고 환도촌을 떠나 양산박으로 향했다.

며칠 후 그들 일행은 주귀 주점까지 와서 잠시 쉬었다가 배를 타고 금사탄으로 건너가서 산으로 올라가려니까, 오용이 남아 있던 두령들을 데리고 내려와서 일행을 맞아들인다.

일행이 모두 취의청으로 올라가자, 송강은 오용을 보고 급히 물었다.

"내 가친께서 여기 오셨다지요?"

이 말을 들은 조개는 즉시 졸개에게 분부하여 송태공을 모셔오라고 분부했다.

조금 있다가 송강의 동생 송청이, 태공이 탄 산교(山轎)를 모시고 들어온다.

여러 사람이 일제히 아래로 내려가서 송태공을 부축하여 청상으로 오르자, 송강은 태공 앞에 두 번 절하고서 말했다.

"아버님, 얼마나 놀라셨습니까? 이 불효자식을 용서해주십시오."

그리고 다시 아우 송청을 보고,

"오늘날 우리 형제가 이렇게 한곳에 모여 아버님을 모시게 된 것은, 이 모두 다 여기 계신 여러 두령께서 힘써주신 덕분이다. 네가 치사의 말씀을 드려야 한다."

하고 이르는 것이었다. 그러자 송청은 조개 이하 여러 두령한테 절하고서 사례했다.

조개 이하 여러 두령들은 송청의 절을 받은 후 일제히 송태공한테 절을 하고, 곧 졸개들로 하여금 경희연석(慶喜筵席)을 배설하게 하고서 송공명 부자의 단원(團圓)을 축하했다.

이날 이같이 축하연을 치르고서도 사흘 동안이나 연회가 계속되었으므로 산채 안에서는 상하(上下)가 모두 취하고 배불러 모두 다 즐거워하건만 오직 일청도인(一淸道人) 공손승 혼자만이 시름없는 표정이니,

무슨 까닭이냐 하면 그의 고향 계주(薊州)에 홀로 남아 있는 어머님을 생각하는 까닭이었다.

마침내 연석에서 그는 일어나 모든 두령들을 둘러보고 말했다.

"이 사람이 여러분 호걸을 모시고 지내온 지도 오래되었습니다. 여러분이 이 사람에게 베푸신 은의(恩義)야말로 이루 말할 수 없습니다. 그런데 이 사람이 고향을 떠난 지 여러 해가 지났건만, 지금까지 노모(老母)의 안부를 듣자옵지 못하고 이 사람의 스승 진인본사(眞人本師)께서 이 사람을 기다리고 계실 일이 마음에 불안합니다. 그래, 여러분이 3, 4개월 말미를 주신다면, 이 사람이 잠깐 고향에 돌아가서 노모와 스승을 만나뵙고 다시 돌아오겠소이다."

이 말을 듣고 조개가 대답한다.

"자당(慈堂)께서 북방에 홀로 계시고 아무도 시봉하는 사람이 없다는 말씀은 선생께 들어서 아는 터이고, 지금 또 선생이 그처럼 말씀하시니 우리가 무어라 하겠소? 그러나 떠나시더라도 오늘은 이미 늦었으니, 내일 떠나시구려."

하고 허락이 내리니까 공손승은 조개에게 머리를 숙이고 사례했다.

이날은 종일 취토록 마시고, 이튿날 공손승이 길을 떠나는데, 예전에 하던 대로 운유도사(雲遊道士)의 행색을 차렸다. 요과(腰裹) 위에 요포(腰包)를 두르고 자웅보검(雌雄寶劍)을 등에 지고, 어깨 위에 종립(棕笠)을 걸고, 손에 별각선(鼈角扇)을 쥐고서 그는 산을 내려갔다.

조개 이하 여러 두령들은 이미 관(關) 아래서 연석을 배설해놓고 기다리다가, 그가 내려오자 각기 한 잔씩 잔을 들어 그를 전송하는 것이었다.

조개가 말했다.

"홀로 계신 자당을 뵈러 간다기에 우리가 감히 붙잡지 못하고 떠나시게 하는 터이니, 부디 백일 한을 하고 꼭 언약한 대로 돌아오시오."

공손승이 대답한다.

"제가 감히 날짜를 어찌 어기겠습니까. 집에 돌아가서 노모를 안심시켜드리고, 진인본사만 만나뵈옵기만 하면, 그길로 곧 되돌아오겠습니다."

송강이 곁에 있다가 한마디 한다.

"그러실 게 아니라, 이번 길에 아주 몇 사람 데리고 가셔서 자당을 이곳 산채로 모셔오는 게 좋지 않을까요?"

그러나 공손승은 고개를 젓고 대답한다.

"노모께서는 평소에 오직 청유(淸幽)를 좋아하시는 까닭에 이같이 번잡한 산채에 오시지 않을 것입니다. 저의 집에 약간 전답이 있고, 산장도 있고, 또 조석은 노모께서 손수 지어 잡숫는 터이니까, 잠깐 가서 뵈옵고만 올 생각입니다."

조개는 이 말을 듣고 더 붙들어도 소용없음을 알고 백은(白銀) 한 쟁반을 내다가 그에게 주었으나 그는 사양하면서, 그중에서 조금만 집어 허리춤에 차고 있던 요포 속에 넣은 후 금사탄을 건너 계주를 향해 떠나는 것이었다. 이같이 공손승이 떠난 뒤, 양산박 두령들이 연석을 파하고 산으로 올라가려 할 때 별안간 흑선풍 이규가 땅에 주저앉아서 목을 놓고 통곡한다.

이 모양을 보고 송강이 급히 물었다.

"여보게, 자네 대관절 왜 이러나?"

이규가 울면서 대답한다.

"내 말 좀 들어보시오. 그래 누구는 가서 아버지를 데려오고, 누구는 어머니를 보러 가는데, 나만 이게 뭐요? 나도 바위틈에서 저절로 생겨난 놈은 아니라우!"

이 말을 듣고 조개가 물었다.

"아니, 그게 어떻게 하는 말인가?"

이규가 사실대로 말한다.

"나도 집에 늙은 어머니가 한 분 계신답니다. 그리고 형님이 한 분 계시기는 하지만, 남의 집에 가서 고용살이를 하는 주제에 무슨 수로 어머니를 봉양하겠소? 나도 이번에 어머니를 모셔다놓고 호의호식하도록 할래요."

조개는 그 자리에서 승낙했다.

"좋은 말이오. 그럼 내가 분별해줄 테니까, 몇 사람 데리고 가서 곧 자당을 모셔오시오."

그러나 이때 송강은 손을 내저으면서 반대했다.

"흑선풍 자네는 성미가 너무 팔팔해서, 고향에 돌아갔다가는 또 무슨 일을 저지를 걸세. 그렇다고 다른 사람을 딸려 보낼 수도 없는 것이, 원체 자네 성미가 급해놔서 밤낮 쌈이나 하고… 뜻이 안 맞을 게니까! 또 자네가 강주에 가서 사람을 수없이 많이 죽인 일은 천하가 다 아는 일이니, 고향에 발을 들여놓았다가는 단박 붙잡힐 걸세. 그러니까 자네는 아직 가만히 있다가 바람이 잔 뒤에 가보도록 하게."

이 말을 듣고 이규는 성을 벌컥 낸다.

"형님은 경우도 없는 사람이오! 자기 아버지는 모셔다 놓고 몸 편히 지내시게 하고, 우리 어머니는 그래 촌구석에 팽개쳐두고 고생만 하란 말이오? 이거 참 부아가 나서 못 살겠네!"

송강은 부드럽게 말한다.

"자네가 그렇게까지 말하니… 그럼 보내주기는 하겠네마는, 다만 나하고 세 가지 조건을 약속하고 꼭 그대로 실행하겠는가?"

"대관절 세 가지 약조가 뭐란 말이오?"

"첫째는 이번 길에는 술을 한 잔도 입에 대지 말 일. 둘째는 자네 성미가 워낙 급한 줄 모두 아니까 아무도 자네하고 동행하려 들지 않을 걸세. 그러니까 아무도 데리고 가지 말고 혼자 갈 일. 셋째는 자네가 잘 쓰는 쌍도끼를 내게다 맡기고 빈손으로 갈 일. 이렇게 세 가지를 약속하란 말일세."

이 말을 듣고 이규는 껄껄 웃고서 다짐한다.

"그까짓 거야 무어 어렵지 않지요. 형님이 하라는 대로 꼭 할 테니까 아무 염려 말고 계시오. 그럼 나 지금 떠나겠소."

이규는 아주 거뜬하게 몸을 차리고 요도 한 자루만 허리에 차고, 박도 한 자루 손에 들고, 대은(大銀) 한 덩어리와 소은자(小銀子) 대여섯 푼을 몸에 지니고, 술 몇 잔 마신 다음에 여러 두령들한테 작별 인사를 하고, 즉시 산을 내려와서 금사탄을 건넜다.

조개와 송강은 이규를 떠나보낸 뒤에 여러 두령들과 함께 대채(大寨) 안의 취의청으로 돌아왔다.

그러나 송강은 아무래도 이규가 일을 저지를 것만 같아 마음이 놓이지 아니하므로 여러 사람을 둘러보고 말했다.

"흑선풍이 아마도 일을 저지를 것 같은데… 누가 슬그머니 뒤를 따라가 봤으면 좋겠네. 두령들 중에 혹시 이규하고 동향(同鄕) 되시는 분 안 계시오?"

두천이가 말한다.

"주귀가 바로 같은 기주 기수현 사람이죠."

송강은 고개를 끄덕이며,

"그래, 전일 백룡묘에서 두 사람이 서로 인사하고, 동향 친구라면서 반겨하던 모양을 보고서도 내가 깜박 잊었군."

하고, 즉시 졸개를 보내서 주귀를 청하여 오게 했다.

주귀가 취의청으로 올라와서 자리에 앉기를 기다려 송강이 말한다.

"흑선풍이 자기 자당을 모셔오겠다고 고향엘 갔는데, 워낙 성미가 급한 사람이라 혹시 노상에서 일을 저지르지 아니할까 염려가 되니, 주 두령이 좀 뒤를 쫓아가서 동정을 살펴주지 아니하겠소?"

주귀가 말한다.

"저도 제 아우에게 한번 가보고 싶던 차에 잘 되었습니다. 제 아우는 주부(朱富)라고, 지금 기수현 서문(西門) 밖에서 술장수를 하고 있죠. 흑선풍 이규의 집은 본현 백장촌 동점(百丈村董店)에 있고요. 이규의 형 이달(李達)은 남의 집 고용살이를 하고 지내고요. 제가 가서 이규의 소식도 알아보고, 제 아우도 만나보고 오겠습니다. 그러나 제가 가면 술집을 주관할 사람이 없는데 어떡하지요?"

송강이 대답한다.

"그야 후건과 석용 두 사람이 대신 보아줄 것이니 염려하지 말고 빨리 다녀오구려."

이리하여 주귀는 여러 두령들에게 작별 인사를 하고 주점으로 돌아와서 보따리 하나를 어깨에 올려메고 길을 떠나 기수현으로 향했다.

뒤에 남은 두령들은 연일 술 마시며 즐기고 송강은 또 때때로 오학구와 함께 천서(天書)를 보고 지냈다.

그리고 양산박을 떠난 흑선풍 이규는 송강과 맺은 세 가지 언약을 생각하고서 절대로 술을 입에 대지도 않고 무사히 기수현 경계에 당도했다.

그가 서문 밖에 이르러 보니, 사람들 한 떼가 몰려서서 거리에 붙은 방문(榜文)을 보고 있다.

이규가 가까이 가서 사람들 틈에 끼어 남이 소리 내어 읽는 것을 들으니까,

> 정적(正賊)은 송강이니 운성현 사람이요,
>
> 종적(從賊)은 대종이니 강주 양원 압옥이요,
>
> 종적은 이규이니 기주 기수현 사람이라…

이규가 이 소리를 듣고는 분해서 바른팔 소매를 걷어올리고 주먹을 꽉 쥐기는 했으나, 당장 어찌했으면 좋을지 생각이 안 난다. 그러자 그때 웬 사람이 그 앞으로 썩 나서더니 이규의 허리를 껴안으면서 말한다.

"장대가(張大哥)! 여기는 어찌 오셨수?"

이규가 고개를 돌이켜 그 사람을 보니, 그는 다른 사람이 아니라 주귀다.

"아니, 자네야말로 어떻게 여기를 왔나?"

"우리 저기 가서 얘기하세!"

주귀는 이렇게 말하고 이규를 이끌고서 그 근처 술집으로 들어가더니, 바로 뒤채에 있는 조용한 방으로 들어가 자리를 잡고 앉자 손으로 이규를 가리키며 말한다.

"자네 참 대담허이! 방문에 뚜렷이 쓰기를, 송강을 잡으면 상금 1만 관, 대종을 잡으면 5천 전(錢), 이규를 잡으면 3천 전이라 했는데, 그래 사람이 아무리 담대하기로 분수가 있지, 그 방문 앞에 태평히 서서 보고만 있단 말인가? 만약 눈치 빠른 군관놈한테 붙들리면 어쩔려고 그러나. 그렇잖아도 송공명 형님이 자네가 또 무슨 일이나 저지르지 아니할까 염려된다고 나더러 쫓아가 보래서 내가 왔단 말이야."

"쫓아와 보나 마나지! 형님 분부대로 내 입때 술 한 방울 입에 안 대고, 남하고 말다툼 한번 안 했으니까! 그런데 이 술집은 자네가 언제부터 알기에 바로 들어서면서 이 방으로 들어오는 건가?"

"여기가 바로 내 아우 집일세. 참 그 애 좀 나오래야겠군."

흑선풍

주귀가 자기 동생 주부를 불러 이규한테 인사를 시키니까, 주부는 인사하고 나서 밖으로 나가더니 술상을 차려 들어와서 이규 앞에 벌여놓는다.

술을 보더니 이규는,

"송강 형님이 날더러 술을 마시지 말래서 오늘까지 한 잔도 안 먹었지만 무사히 고향에 돌아왔으니, 술 좀 몇 잔 먹기로서니 어떨라구?"

라고 중얼거리면서 잔을 잡고 술을 부어 연거푸 서너 잔을 들이마셨다. 주귀는 이렇게 맛있게 마시는 것을 구태여 말릴 수도 없었다.

이규는 그때부터 그냥 눌러앉아서 술을 마시다가 날이 어두워도 일어날 생각을 안 하고, 밤이 4경이나 되어서야 밥을 한술 떠먹고, 5경이나 되었을 때 자리에서 일어났다.

"난 가네. 쉬 산채에서 만나세."

"여보게 산길로 가질랑 말게. 좀 돌더라도 동대로(東大路)로 나가서 곧장 백장촌(百丈村)으로 가는 길로 걸어가면 도중에 동점(董店)이 있네. 집에 들어가서 자당을 모시고 바로 이리로 오란 말야. 그래 나하고 같이 산채로 돌아가잔 말야."

주귀가 이렇게 말하니까,

"아니야. 난 산길로 걸어갈 테야. 제기랄, 누가 성가시게 큰길로 돌아 간단 말인가."

하고, 이규는 듣지 않는다.

"여보게, 그 산에 범이 있어! 또 행인 보따리 털어가는 도둑놈도 있단 말야!"

주귀가 또 이렇게 일러주었다.

"제기랄, 도둑놈이구 범이구 그까짓 것들 나오구 싶거든 나오라지, 누가 겁내나?"

하고 이규는 머리에 전립 쓰고, 허리에 요도 차고, 손에는 박도를 든 다음에 주귀·주부와 작별하고서 문밖으로 나와 백장촌을 향해서 걸음을 재촉했다.

산길을 걸어가기 수십 리, 먼동이 터올 무렵에 길가 풀숲에서 흰 토끼 한 마리가 깡충 뛰어나오더니 앞길로 뛰어간다.

이규는 장난삼아서 한참 동안 그 토끼를 쫓아갔는데, 가다 보니 아름드리 큰 나무가 50여 주(株)나 빽빽하게 늘어선 수풀이 나온다.

때는 가을철이라, 나뭇잎들이 모두 뻘겋게 물들었다.

이규가 걸음을 빨리 걸어 그 숲속에 들어서자, 별안간 숲속에서 허우대가 장대한 놈 하나가 뛰어나오면서,

"이놈, 길 값을 내놓고 가거라! 그럼 보따리는 안 뺏으마!"

큰소리로 외친다.

이규가 눈을 크게 뜨고 바라보니, 머리에는 홍견조각아두건(紅絹抓角兒頭巾)을 쓰고, 몸에는 조포납오(粗布衲襖)를 입고, 손에는 도끼 두 자루를 들었는데, 얼굴에는 숯검정을 시꺼멓게 칠한 것이 보인다.

이규는 이놈을 바라보고서 호령을 했다.

"네가 미친놈 아니냐? 뭘 내놓으라는 거냐?"

그놈은 떠억 버티고 서서 한마디 한다.

"어른 함자를 네가 들으면 놀라자빠질 거다. 나는 '흑선풍'이란 어른 이시다. 어서 길 값허구 보따리를 내놓아라! 그런다면 목숨만은 특히 용서하마!"

듣고 나서 이규는 껄껄 웃고,

"원 참, 별 시럽의 잡놈 다 보겠다! 네가 이놈 대체 어디서 온 비렁뱅 인데, 어른 함자를 함부로 내세우고서 요렇게 단작스런 짓을 하는 거 냐?"

이같이 호령하고서 즉시 박도(朴刀)를 뽑아들고 내달았다. 가짜 흑선 풍이 진짜 흑선풍을 만나 혼쭐이 빠져서 달아나려다가 넓적다리에 칼 을 한 번 맞고 그냥 땅바닥에 나자빠진다.

이규는 당장에 그놈의 가슴을 한쪽 발로 밟고,

"네 이놈! 내가 누군지 알겠느냐?"

하고 호령하니, 그놈은 땅바닥에 자빠져서 멍하니 이규를 쳐다보며,

"제발 살려줍쇼! 죽을 때라, 잘못했습니다."

하고 빈다.

이규는 점잖게 호령했다.

"네 이놈, 똑똑히 듣거라! 내가 정말 흑선풍 이규라는 사람이다. 너 같은 좀도둑놈이 내 이름을 더럽혀놓았으니 너 같은 놈은 아무래도 그 냥 둘 수 없다!"

호령을 듣고 그놈은 황겁해서,

"용서해줍쇼! 호걸께서 워낙 유명하시기 때문에, 제가 '흑선풍' 석 자 만 내세우면 어떤 놈이든 간에 모두 다 도망하는 까닭에 그만 맛을 들 여, 그 후부터 줄곧 함자를 빌려 쓴 것이옵지, 이때까지 인명(人命)은 한 사람도 죽인 일이 없습니다. 제 이름은 이귀(李鬼)라 하옵고, 집은 바로 요 앞마을에 있습니다."

이 말을 듣고 흑선풍은 화를 벌컥 냈다.

"이놈 참 괘씸한 놈이다! 더럽게도 행인들 보따리를 뺏으면서 내 이름을 더럽히다니! 아무래도 네놈을 살려두지 못하겠다."

진짜 '흑선풍'이 이렇게 호령하고서, 도끼 한 자루를 뺏어 그놈을 그냥 찍어버리려고 하니까, 가짜 '흑선풍'이란 놈은 두 팔을 버르적거리면서,

"아이구, 살려줍쇼! 저 하나 죽으면 또 사람 하나가 죽습니다!"

하고 애걸한다.

진짜 '흑선풍'이 이 말을 듣고 손을 멈추고서,

"이놈아! 어째서 너 하나 죽이는데, 또 한 사람이 죽는다는 거냐?"

하고 물으니까, 가짜 '흑선풍'이 대답한다.

"제가 그전엔 이런 짓을 안 하고 지냈는데요, 제 집에 90 노모가 계신 까닭으로 노인 한 분 굶기지 않고 모시려고 이 길로 들어섰답니다. 그러니 만약에 호걸께서 저를 죽이신다면, 90 노모는 속절없이 굶어 죽을 겝니다."

이 말을 듣고서, 사람 죽이기를 파리 새끼 죽이듯이 예사로 죽이던 '흑선풍'으로서도 가슴속 한편을 찌르는 것이 있었다.

'이번에 내가 우리 어머니를 모시러 왔다가 남의 어머니의 외아들을 죽인다면, 아마 하느님도 좋다고 하지 않겠지…?'

그는 이렇게 생각하고,

"그래라! 내가 네 목숨은 살려주마!"

하고 마침내 그놈을 용서해주니까, 가짜 '흑선풍'은 일어나서 넙죽 엎드려 절을 하는 것이었다.

진짜 '흑선풍'이 점잖게 타이른다.

"이놈, 앞으론 내 이름을 더럽히면 용서 없다!"

"제가 죽은 목숨이 다시 살아난 이상 맹세코 집에 돌아가서 똑바른 생계를 잡지, 결단코 호걸 어른의 함자를 빌어 이따위 짓은 안 하겠습

니다.”

이놈이 진정으로 사과하는 듯싶은 눈치였기 때문에,

“오냐, 잘 생각했다. 내가 지금 너한테 열 냥 은자(銀子)를 줄 것이니, 이걸 밑천삼아 무슨 장사든지 장사를 시작해라.”

하고 은(銀) 한 덩어리를 내주니까, 그놈은 고맙다고 사례하면서 저 갈 데로 사라져버린다.

진짜 ‘흑선풍’은 그의 뒷모양을 바라보다가 한번 껄껄 웃고서는 그대로 산속 좁은 길로 더듬어서 올라갔다. 그는 사패시분까지 걸어오다가 너무도 배가 고프고 목이 말라서 견딜 수 없어 사방을 둘러보았건만 눈에 보이는 것은 오직 산이요, 숲이요, 술집이나 밥집은 도무지 눈에 띄지도 않는다.

흑선풍 이규는 하는 수 없이 길을 더듬어가며 앞으로 앞으로 나가는데 저편 마주 보이는 쪽에 두 간밖에 안 돼 보이는 조그만 초가집이 눈에 들어온다.

이규는 바로 그 집으로 찾아가서 주인을 찾으려 했는데, 마침 안에서 여인이 한 분 나온다. 눈을 들어 그 여인을 보니 머리에는 한 송이 꽃을 꽂았고, 얼굴에는 분을 하얗게 발랐으며, 입술에는 연지를 빨갛게 칠했다.

이규는 박도를 내려놓고 말했다.

“아주머니, 나는 길 가는 나그네올시다. 그런데 지금 시장해서 못 견디겠으니, 혹시 댁에 술하고 밥이 있거든 좀 주십쇼. 내 돈은 후히 내겠습니다.”

그 여인이 이규의 행색을 한번 훑어보더니 말한다.

“술은 사 올 데가 없고요, 밥이나 해드릴까요?”

“술이 없으면 하는 수 없구요, 밥이나 해주시우. 시장해 못 견디겠소.”

"한 되만 지으면 넉넉할까요?"

하고 여인은 이규의 모양을 또 아래위로 훑어본다.

"석 되만 지으시우."

이 말을 듣고 여인은 부엌으로 들어가서 불을 피워놓고 쌀을 함지박에 담아가지고 나오더니, 시냇가로 내려가서 씻어서 돌아와 밥을 짓는다.

이규는 부엌문 앞에서 서성거리고 있다가, 오줌이 마려워 집 뒤의 산밑으로 돌아가노라니까, 어떤 사나이가 저쪽에서 다리를 절룩거리면서 이 집을 향하여 가까이 온다.

이규는 얼른 한쪽 그늘에 몸을 숨겼다.

이때, 여인이 밖으로 나와서 나물을 뜯으려고 뒷문을 열고 나오다가 그 사나이를 보더니,

"왜 다리를 다쳤수? 절름거리게…."

하고 묻는 것이었다.

"말두 말아! 하마터면 임자를 다시는 못 보구 고태골 갈 뻔했네!"

"아니, 왜?"

그 사나이는 여인 곁으로 바싹 다가서서 이야기한다.

"오늘두 길목에서 지키고 있노라니까, 웬 놈이 혼자서 터벅터벅 걸어오는 거 아니야. 그래 옳다 됐다 허구 내달았지 뭐야. 그랬더니 이런 제기랄, 하필 그놈이 진짜 흑선풍이구먼! 내가 무슨 재주에 그놈을 당해내겠소? 그만 넓적다리에 칼을 맞고 고꾸라졌지! 그놈이 달려들어 가슴을 꽉 밟고, 내 손에서 도끼를 뺏어 들고는 단박에 내 머리를 내리찍으려 드는구먼. 그래 내가 얼른 '저 하나 죽이시면 사람 하나가 또 죽습니다.' 하구 애걸을 했지. 그랬더니 그놈이 그게 무슨 말이냐고 까닭을 묻잖겠어? 그래 내가 슬쩍 말하기를, 집에 90 노모가 계신데 나를 죽이고 보면 늙은 어머니도 먹여살릴 사람이 없어서 그냥 굶어죽을 것이니 하는 말이라고, 이렇게 말했지. 그랬더니 그놈이 내 말을 곧이듣구,

그럼 살려주마 하더니, 아주 돈까지 주면서 그걸 밑천삼아 장사라도 시작하라구 그러는구면. 내가 그 돈을 받아 집으로 바로 올 것이지만 혹시 그놈이 내 뒤를 밟아 따라올까 봐서, 일부러 저 산속에 들어가서 한숨 자고 이제야 내려오는 길이야."

이야기를 듣고 있던 계집은 손을 내저으면서 가만히 말한다.

"큰소리 내지 마우. 바로 조금 전에 웬 놈이, 시꺼먼 녀석이, 집에 와서 밥을 해달라기에 그러라고 하고서 지금 밥을 짓는 중인데, 그게 바로 그 녀석이나 아닌지 모르겠수. 지금 그 녀석이 밖에 앉아 있으니, 어디 숨어서 그 녀석인가 자세히 보구려. 그래 정말 그 녀석이거든 임자가 얼른 가서 약을 얻어오우. 그래 약을 나물에 섞어서 먹여놓구, 그 녀석이 정신 놓고 쓰러지거들랑 아주 요정을 내버린 다음에 돈을 뺏어 읍내로 들어가서 무슨 장사고 시작합시다. 아무리 장사가 서툴기로서니 여기서 도둑질하고 지내는 것보담이야 낫지 않겠수?"

이것들 내외가 이렇게 주고받는 수작을 숨어서 엿듣고 보니 참으로 기가 막힐 만큼 괘씸하다.

'원 이렇게 나쁜 연놈이 세상에 또 있을까? 죽여서 아깝지 않을 놈을 살려주고 돈까지 주었는데, 제가 도리어 나를 죽이려 들다니, 이거야 용서할 도리가 있느냐?'

이규는 이같이 생각하고 즉시 뛰어나가 그놈의 머리를 움켜잡았다. 이 순간 그 계집은 얼굴이 파래져서는 앞문 쪽으로 달아났다.

그는 가짜 흑선풍을 땅바닥에 메다꽂은 다음에 허리에서 요도를 빼어 그놈의 모가지를 한칼에 자르고서 다시 앞마당으로 뛰어갔다.

그러나 아무리 찾아보아도 계집년의 그림자는 없어졌다. 한참 동안 찾아보다가 그는 방으로 들어가 보았다.

방에는 세간이라곤 조그만 농이 두 개 있을 뿐인데, 그 속을 뒤져보니까, 헌 옷가지와 쇄은(碎銀) 한 주머니와 채환(釵環) 몇 개가 있으므로,

그는 돈과 패물을 꺼내가지고 밖으로 나와서 다시 송장 옆으로 갔다.

송장의 몸을 뒤져보니까 아까 자기가 준 은자(銀子) 열 냥이 그대로 있으므로 그 돈을 도로 찾아 보따리 속에 집어넣고, 다시 부엌으로 들어가 보니, 석 되 쌀밥이 다 되어 구수한 냄새가 난다.

그는 솥뚜껑을 열고 냄비에다 밥을 퍼가지고 반찬을 찾아보았으나 아무것도 없으므로 그냥 맨밥으로 두 술이나 떠먹다가,

"원 이런 바보가 있나! 눈앞에다 고기반찬을 놔두고서 괜스레 맨밥을 먹는군!"

이같이 혼잣말하고서 허리에 찬 요도를 빼어들고 송장한테 가서 넓적다리 살을 두 덩어리 베어 물에 깨끗이 씻은 다음, 아궁이 속에 남아 있는 불덩어리를 모아놓고 그 위에다 굽기 시작하여 일변 구워진 것을 집어 먹어가며 석 되 밥을 다 먹고 나니, 이제는 배가 부르다.

그는 가짜 흑선풍의 시체를 부엌 속으로 끌어들인 다음, 집에다 불을 질러버리고서, 또 혼자 산길을 걷기 시작했다.

이날 하루 종일 쉬지 않고 걸어서 그가 동점(董店)에 이르렀을 때는 저녁때였다. 그가 자기 집에 당도해서 문을 열어젖히고 안으로 들어서자, 평상 위에 앉아 있던 그의 어머니가,

"들어오는 사람이 게 누구요?"

하고 묻는다.

그가 어머니 앞으로 바싹 들어가서 보니, 어머니는 두 눈이 멀어버린 것이 아닌가. 어머니는 지금 평상 위에서 염불(念佛)하고 있던 중이다.

이규는 그만 눈물이 핑 돌며,

"어머니! 철우(鐵牛)가 왔소!"

목 메인 소리로 말했다.

어머니가 말한다.

"애야, 너 그동안 어디 가서 뭘 하고 있었니? 네 형은 밤낮 남의 집에

가서 고용살이하느라고 집에는 붙어 있지 않고, 자나 깨나 생각하느니 오직 너뿐이라, 날마다 눈물로 날을 보내다가 그만 내 눈이 이렇게 멀었구나! 그래 너 지금 어디서 뭘 하니?"

이규는 속으로,

'내가 만약 양산박에서 두령 노릇하면서 잘 지낸다 하면 어머니는 필시 따라나서지 않을 거라… 아무래도 거짓말을 해야겠구나!'

이렇게 생각하고서 대답했다.

"제가 관원(官員)이 되어서 지금 먼 고을의 벼슬길로 가는 길이랍니다. 그래 어머니하고 같이 가려고 집에 왔소."

"그렇다면 참 잘됐구나. 그렇지만 내가 이렇게 늙었고 또 눈까지 멀었으니, 어떻게 따라갈 수 있니!"

어머니가 이 같은 걱정을 하니까, 이규는 다시 말한다.

"걱정 마세요, 어머니. 제가 어머니 업고 가다가 길에서 수레 하나 얻어타고 가시면 되지 않아요."

"그럼 네 형이 오거든 의논해서 하자."

"형은 기다려 뭘해요. 어머니만 나하구 가면 그만이지."

이규가 형이 들어오기 전에 집을 떠나자고 서두르는데, 이때 공교롭게도 그의 형 이달이 밥 한 사발을 들고 문을 들어선다. 이규는 형을 보고,

"형님, 오래간만입니다."

하고 넙죽 절을 했다. 그러나 형 이달은 댓바람에 욕을 한다.

"이놈아, 너 집에는 왜 왔니? 남까지 못살게 만들고 싶어서 찾아온 거냐? 나쁜 놈 같으니!"

이규가 미처 대답하기 전에 어머니가 대신 한마디 한다.

"애야, 철우가 이번에 관원이 되어 먼 고을의 벼슬길로 가는 길에 어미 생각을 하고 이렇게 데리러 왔다는구나."

이 말을 듣더니 이달은 펄쩍 뛴다.

"어머니두 참! 그래 이놈의 말을 정말로 아시우? 애당초 이놈이 집을 나갈 때도 남하고 시비 끝에 사람을 때려죽이고 도망질쳤기 때문에 애매하게시리 내가 관가에 잡혀가 경을 치지 않았수? 그런데 요새 들으니까 이놈이 양산박 도둑놈들과 부동해서 강주서 사람을 무척 죽이고, 지금 아주 양산박에 들어가서 괴수 노릇을 한다우. 일전에 강주서 공문이 왔는데, 이놈을 잡아 보내라구 해서 그래 이놈이 집에 없으니까 대신 또 나를 잡으려고 하는 것을, 내가 고용살이하는 그 댁 주인 양반이 나서서 이 사람 아우는 벌써 집을 나간 지가 십 년이 넘어, 이제는 생사도 모르는 터이라, 혹시 동성동명(同姓同名)인 자가 제 놈의 관향(貫鄕)을 꾸며댄 것인지도 모른다고, 그럴듯하게 나를 감싸주고 또 돈도 많이 써서 간신히 내가 무사했다우! 지금 관가에선 각처에다 방문을 써붙이고 삼천 전 상금까지 내걸고 이놈을 잡으려는 판국예요. 네 이놈, 어디 가서 죽을 테면 너 혼자나 죽을 거지 왜 집엘 찾아와서 남까지 못살게 구는 거냐?"

형의 말이 끝나자, 이규는 조용히 한마디 한다.

"형님, 그렇게 역정 내지 마슈. 아주 형님도 산으로 올라가서 편히 지내봅시다그려. 예서 남의 집 고용살이하는 것보다야 낫지 않겠수?"

그러나 이달은 더욱 성을 내면서 이규한테 달려들려 하다가 갑자기 생각난 듯이, 손에 들고 있던 밥사발을 내려놓고는, 몸을 돌이켜 밖으로 뛰어나가 버린다.

이규는 속으로 생각했다.

'우리 형님이 아마 사람들을 데리고 와서 나를 잡으려는 게지? 형님이 돌아오기 전에 얼른 어머나 모시고 도망가야겠다! 우리 형님이 입때 큰돈을 구경 못 한 사람이니, 내가 50냥 대은자(大銀子)를 예다 놔두고 가면, 돌아와 보고 설마 내 뒤를 쫓아오지는 않겠지!'

이같이 생각한 그는 보따리를 끄른 후 그 속에서 한 덩이 대은자를 꺼내어 평상 위에다 놓고 난 다음에 어머니를 보고 말했다.

"어머니, 어서 내게 업히우. 빨리 떠납시다."

"네가 날 업고, 대체 어딜 갈 작정이냐?"

"어머니, 그런 거 묻지 말고, 그저 나하구 같이 가서 삽시다. 어머니 편하시게 내가 마련해드린다니까!"

이규는 이렇게 말하면서 곧 어머니를 들쳐업고는 한 손에 박도를 들고 문밖으로 나와서 지름길로 달아났다.

한편 이달은 집을 나와 즉시 주인집으로 달려가서 주인을 보고 대강 이야기를 한 후 장정 십여 명을 데리고 달음질하여 집에 돌아왔으나 잡으려던 아우는 물론이요 어머니도 집안에서 없어졌다.

사방을 두리번거리고 찾다가, 이달은 평상 위에 한 덩어리 대은자가 놓인 것을 발견했다. 그는 큰돈을 보고서 속으로 생각했다.

'철우 이녀석이 돈을 여기다 놔두고 어머니를 업고 달아났구나! 대체 어딜 갔을까? 필시 양산박에서 같이 온 패거리가 있을 게다. 섣불리 뒤를 쫓아가다간 되레 내가 큰코다치기 쉽지. 어머니도 그놈 따라가는 게 실상은 좋게 된 일인지도 몰라… 그냥 내버려두는 게 좋을 거야.'

이런 생각이 들자, 이달은 데리고 온 사람들을 보고 말했다.

"아, 이놈이 그새 어머니를 들쳐업고 어디로 도망한 모양이구먼! 길이 워낙 여러 갈래라, 어느 길로 갔는지 알아야 쫓아가지? 이거 일이 맹랑하게 됐네!"

따라온 장정들도 본래부터 이규와 원수진 일이 없을 뿐 아니라 어느 길로 쫓아가야 할지 생각도 안 나는 처지이므로 그들은 그대로 주인집으로 돌아가버렸다.

이때 이규는 어머니를 업고 산 쪽으로 도망하면서, 혹시나 자기 형이 사람들을 데리고 쫓아오지 않을까 두려워서 아주 호젓한 길만 골라서 달음질쳤다.

얼마를 달아났던지, 어느덧 날이 저물었다. 걸음을 재촉해서 계속 달려가노라니까, 고개 하나가 눈앞을 가로막는다.

'옳거니, 이게 아마 기령(沂嶺)인가 보다.'

이 고개만 넘어서면 사람 사는 마을이 있는 줄은 그도 알고 있다.

"어머니, 이제 조금만 더 가면 편히 쉬실 곳이 나옵니다."

이규가 이렇게 위로하건만, 어머니는 두 눈을 못 보는지라 날이 저문 줄도 모른다.

그는 어머니를 업고 달빛을 따라서 부리나케 고개를 올라가는 중인데, 돌연 등에 업힌 어머니가,

"철우야!"

하고 부른다.

"어머니, 왜 그러우?"

그가 걸음을 멈추고 물으니까,

"너 어디 가서 물 한 모금 얻어다 주려무나. 내가 지금 목이 말라 죽겠구나!"

하고 어머니는 마른침을 삼킨다.

이규는 어린애한테 타이르듯이 말한다.

"어머니, 이제 이 고개만 넘어서면 인가가 있어요. 게 가서 밥도 먹고 잠도 자요."

그러나 어머니는 더 못 참겠다고 말한다.

"애야! 내가 낮에 비빔밥을 먹었더니, 그래서 그런지 조갈이 나서 못 참겠구나!"

"어머니, 나두 지금 목구멍에서 불이 날 지경이랍니다. 우리 요 마루턱까지만 올라가시죠. 그럼, 내 물을 구해다 드릴게요."

그는 어머니를 달래고서 마침내 마루턱까지 올라왔다. 소나무 아래 큰 청석(靑石) 바위가 놓여 있다. 그는 어머니를 그 바위 위에 내려놓고

박도(朴刀)를 그 위에 두고,

"어머니, 잠깐만 기다리시우. 내 가서 물을 떠갖고 올 테니까."

하고 그는 물소리를 따라 저쪽 골짜구니로 더듬어 내려갔다.

그곳에 당도해보니, 옥같이 맑은 물이 바위틈에서 흘러내린다. 그는 급한 마음에 두 손으로 물을 떠가지고 몇 모금 먼저 제 입을 축였다. 그러나 물을 떠가지고 고개 위까지 올라가야 할 생각을 하니, 일이 딱하게 되었다.

'이런 제기랄… 그릇이 있어야 물을 떠갖고 가지?'

그는 한탄하다가 눈을 들어 동쪽과 서쪽을 둘러보니, 멀리 서편 산봉우리에 암자(庵子) 같은 것이 하나 보인다.

'옳지, 저길 가보자.'

이규는 깎아 세운 듯한 벼랑길을 등 덩굴에 매달리고 칡 덩굴에 매달리며 간신히 봉우리 꼭대기까지 올라갔다.

과연 그곳에 조그만 암자가 있다. 그가 문을 밀어붙이고 안을 들여다보니, 마당에 '사주대성사당(泗州大聖祠堂)'이라 새긴 석향로(石香爐)가 있는 것이 눈에 띈다.

그는 곧 손을 내밀어 그것을 집어들려 했으나, 그러나 한 덩어리의 돌을 가지고 대좌(臺座)와 함께 합쳐서 만든 향로가 떨어질 이치는 없다.

이규는 화증을 벌컥 내 향로를 대좌째 번쩍 들어서 앞뜰에 있는 돌층계 위에다 내던졌다. 그랬더니 대좌가 깨어져 떨어지고, 향로만 성하게 남았다.

이규는 그 향로를 집어들고 허둥지둥 냇가로 내려가서, 물속에 향로를 잠깐 담갔다가 풀을 뜯어서 향로 안을 말끔히 닦은 다음, 물을 하나 가득 떠서 그것을 두 손으로 받쳐들고 고개 위로 올라왔다.

그러나 그의 어머니는 간 곳이 없고, 소나무 아래 청석 바위 위엔 그가 아까 내려놓은 박도 한 자루가 그대로 놓여 있을 뿐이다.

"어머니! 물 떠왔수. 어디 가셨수? 어서 물 잡수시우."

이규는 이렇게 소리쳤다. 그러나 아무 데서도 어머니의 대답 소리는 들리지 않는다. 그는 또다시 서너 차례나 불러보았다. 그러나 역시 대답이 없기는 아까나 마찬가지가 아닌가.

이규의 마음은 갑자기 산란해졌다. 그는 즉시 청석 바위 위에 향로를 내려놓고, 눈을 크게 뜨고서 사면을 둘러보았으나 어머니의 종적은 도무지 찾을 길이 없다.

그래도 그는 이리저리 찾아보다가 4, 50보(步) 떨어진 풀밭에까지 이르러 보니, 그곳에 피가 뚝뚝 떨어진 흔적이 역력히 보인다.

이규는 이것을 보고 한편 놀랍고 한편 의심스러워 한 발자국 한 발자국 피 흔적을 밟아 찾아가 보니 마침내 다다른 곳은 커다란 굴속인데, 새끼 호랑이 두 마리가 사람의 넓적다리 하나를 가운데 놓고 핥아먹는 중이다.

이 모양을 보고 이규는 기가 딱 막혔다.

'내가 양산박에서 내려오기는 단지 어머니 한 분 모셔갈 생각으로 내려온 것인데, 천신만고해가며 어머니를 예까지 업고 와서 이놈의 호랑이 밥이 되게 했단 말인가? 이게 우리 어머니 다리가 아니면, 또 누구 다리겠니?'

이렇게 속으로 중얼거리고 나자, 그의 온몸의 피는 거꾸로 솟는 것 같고 머리털이 모조리 하늘을 가리킨다.

"이놈의 호랑이 새끼들 어디 견뎌봐라!"

그는 박도를 꼬나쥐고 달려들어 먼저 한 마리를 찔러 죽이자, 또 한 마리는 그에게 대들지도 못하고 굴속으로 피해 들어간다.

이규는 안으로 쫓아 들어가서 그놈마저 한칼에 찔러 죽였다. 그러고서 곧 밖으로 나오려 하다가 다시 생각하고, 그대로 굴속에 넙죽 엎드려 눈을 화등잔처럼 크게 뜨고 바깥을 내다보기 시작했다.

그다지 오래 기다리지 않아서 마침내 어미 호랑이가 굴을 바라보고 걸어오는 모양이 보인다.

'저놈이 바로 우리 어머니를 잡아먹었겠다!'

이규는 속으로 부르짖고는 박도를 땅바닥에 놓고, 허리에서 요도를 빼어 손에 들었다.

어미 호랑이는 연방 훙훙거리며 굴 앞을 한참 동안 헤매며 돌다가, 마침내 굴속에다 꼬리부터 들이밀고 뒷걸음질해서 들어오고 있다.

이규는 이놈의 궁둥이를 노려보고 있다가 가까이 이르자 호랑이 꼬리 밑을 겨냥대고서 평생 힘을 다하여 칼을 푹 찔렀다. 날이 길고 날카로운 요도가 호랑이 똥구멍에 자루까지 꼭 들어가 버렸으니 제아무리 사나운 산중왕(山中王)이라 한들 그대로 배겨날 도리가 있으랴. '어훙' 하고 산이 흔들릴 만큼 큰소리를 치더니 호랑이는 칼이 항문에 꽂힌 채 훌쩍 뛰어서 맞은편으로 달려간다.

이규는 박도를 집어들고 굴 밖으로 기어나와서 즉시 그놈의 뒤를 쫓아가려는데, 별안간 일진광풍(一陣狂風)이 일어나며 나뭇가지가 흔들려 잎사귀가 우수수 비 오듯 떨어진다. 옛날부터 내려오는 말에, 구름은 용을 따라서 일어나고, 바람은 호랑이를 따라서 일어난다고 했다.

이때 일진광풍이 일어나는 곳에 한 마리의 조청백액호(皁晴白額虎)가 웅크리고 앉았다가 '어훙!' 소리를 크게 외치고 뛰어나오면서 곧장 이규한테로 덤벼든다.

그러나 이규는 조금도 겁내지 않고 손을 번개같이 놀려 박도로 호랑이 턱밑을 푹 찔렀다.

호랑이는 몸부림치며 두어 칸쯤 물러나더니, 다시는 덤벼들지 못하고 마지막으로 '어훙' 소리를 한마디 지르고서 그대로 바위 아래 쓰러져 죽어버린다.

이규는 잠깐 동안에 이같이 어미 새끼를 합해서 호랑이 네 마리를 잡은 것이다.

'또 어디서 호랑이란 놈이 뛰어나오지 않을까?'

이규는 다시 굴 앞으로 가서 사방을 둘러보았으나, 아무런 징조가 보이지 아니한다. 그러자 이때에 비로소 그는 전신에 피로를 느끼고 기운이 파했다.

그는 칼을 들고 사주대성묘(泗州大聖廟)로 들어가서 날이 훤하게 밝을 때까지 세상모르고 쓰러져 잤다.

이튿날 새벽에 이규는 일어나서 호랑이굴로 돌아와 새끼들이 먹다 남긴 자기 어머니의 다리와, 그 근처에 남아 있는 뼈를 모조리 주워서 베적삼에다 고이 싸서는, 다시 사주대성묘로 가서 묘 뒤에 땅을 파고 묻은 다음 한바탕 목을 놓아 통곡했다.

통곡하기를 다 하고서 그는 일어나 길을 찾아가면서 고개를 넘어가려니까 고개 위 나무 그늘 밑에 사냥꾼 6, 7명이 활과 화살을 손에 들고 앉아 있다가, 이규가 온몸에 피투성이를 하고 산에서 내려오는 모양을 보더니 모두들 깜짝 놀라면서,

"여보시우, 댁이 산신(山神)이신가요? 토지신(土地神)이신가요? 대체 어떻게 이 고개를 혼자서 넘어오시우?"

하고 묻는 것이었다.

이규는 간밤에 지낸 일을 사실대로 이야기했다. 그랬더니 사냥꾼들은 그의 말을 믿지 않고,

"어림도 없는 소리 하지 마슈! 당신 혼자서 호랑이 네 마리를 어떻게 죽인단 말유? 옛날에 이존효(李存孝)나 자로(子路) 같은 장사들도 한 마리밖에는 더 때려잡지 못했다우! 새끼 호랑이 두 마리도 때려잡기 어려운데, 더구나 어미 호랑이를 어떻게 이겨냈단 말이오? 그놈의 짐승 때문에 우리는 그간에 죽을 고비를 몇 번 겪었는지 모르겠소. 괜히 사람을 속이지 마슈!"

라고 하는 것이었다. 그러나 이규는 또 말했다.

"정말 내 손으로 죽였다면 어떡하겠소? 정녕코 못 믿겠거든 나하구 같이 올라가 봅시다."

사냥꾼들은 그래도 곧이들리지 않는 눈치다.

"아니 정말이오? 만일 정말이라면, 우리가 사례를 후히 하리다."

사냥꾼 하나가 이렇게 말하더니 휘파람을 한 번 휘익 분다. 휘파람 소리가 나자, 한 손에 갈구리와 한 손에 몽둥이를 든 마을 사람 4, 50명이 모여들었다. 이규는 그들을 데리고 앞장서서 다시 고개 위로 올라 갔다.

이때 날이 아주 활짝 밝았다. 사냥꾼과 함께 이규가 마루터기에 올라와 보니, 과연 어미·아비와 새끼를 합해서 네 마리 호랑이가 여기저기 자빠져 죽은 것이 내려다보인다.

사냥꾼들은 좋아서 날뛰며 가지고 온 동아줄로 호랑이를 깡그리 묶어서 어깨에 메고 이규와 함께 산을 내려오는데, 마을 사람 몇 사람은 이정상호(里正上戶)한테 빨리 알려야 한다고 먼저 달음질해 내려갔다.

이리해서 사냥꾼들이 이규를 데리고 간 곳은 이 마을의 대호인가(大戶人家) 조태공(曹太公)의 장원(莊園)이었다. 그런데 이 사람이 어떤 사람이냐 하면, 그저 한가한 한리(閑吏)로서 셋줄 있고, 돈푼이나 가졌다고 촌구석에서는 제법 꺼떡대는 인물이다.

조태공이 하인들한테서 기별을 받고, 친히 대문 밖에까지 나와서 기다리고 있다가 사냥꾼 일행이 문 앞에 당도하자, 그는 곧 이규를 초당으로 모시고 들어갔다.

이규가 조태공과 수인사를 치른 뒤에 간밤에 겪은 일을 자세히 이야기하니까, 모든 사람들이 입을 딱 벌리고는 고개를 설레설레 내젓는 것이었다.

그러자 조태공이 묻는다.

"대체 장사어른 함자는 뉘신가요?"

이규는 자기 이름을 바로 댈 수가 없어서 아무렇게나 꾸며댔다.

"내 성은 장가(張哥)고, 이름은 없는데, 남들이 나를 장대담(張大膽)이라고 부르죠."

조태공은 연방 고개를 끄덕이면서,

"정말 장대담이시군요! 장사께서 그렇게 대담하시지 않고서야, 어떻게 호랑이를 네 마리씩이나 때려잡으셨겠습니까!"

하고, 즉시 하인을 불러 술과 밥을 내오게 하여 깍듯이 대접한다.

바로 이때, 어떤 장사가 기령 고개에서 호랑이 네 마리를 혼자서 한꺼번에 때려잡아 지금 조태공 장원에 와 있다는 소문이 퍼져 앞마을 뒷마을은 물론이요, 산골짜기 오막살이까지도 떠들썩해져서 남녀노소가 떼를 지어 모두 조태공 집으로 구경을 나왔다.

그런데 일이 공교롭게 되려니까, 이 구경꾼 가운데 가짜 흑선풍 이귀(李鬼)의 계집도 끼어 있었다. 이 계집은 그날 진짜 흑선풍이 저의 서방을 죽일 때 빠져나와, 앞마을 저의 친정집에 돌아와 있었던 것이다.

계집이 동네 사람들을 따라와서 호랑이 구경을 하고, 또 조태공 앞에 앉아 있는, 호랑이를 잡은 장사의 얼굴을 바라보니, 이 사람이 바로 자기 집을 찾아와서 밥을 지어달라던 흑선풍 이규인지라, 계집은 깜짝 놀라 바로 집으로 돌아가서 저의 부모에게 고해바쳤다.

"호랑이 잡은 장사가 딴 사람 아니라 바로 제 남편을 죽이고 제 집에다 불을 지른 양산박 도둑놈 흑선풍 이규야요."

계집의 아비는 이 소리를 듣고 즉시 일어나서 이정(里正)을 찾아가 이 사실을 이야기했다. 그리고 이정은 즉시 조태공한테 기별하여 그를 자기 집으로 오게 했다.

조태공이 이정 집에 들어와 앉자, 이정이 말한다.

"호랑이 잡은 장사가 이제 알고 보니, 백장촌에 살던 흑선풍 이규랍니다그려. 그놈은 지금 관가에서 상금을 걸고 잡으려는 도둑놈이 아닙니까?"

"아니, 그게 정말이오? 공연히 다른 사람을 잘못 알고 그러는 거나 아니오?"

"아니올시다. 확실합니다. 앞마을 사는 이귀의 처가 그놈을 잘 아는군요. 그놈이 바로 어제 저의 집에 와서 밥을 해달라고 하더니, 제 서방을 죽이고, 밥을 처먹고, 집에다 불을 지르고서 도망한 놈이라는군요."

"그렇다면 틀림없군. 그렇지만 사람 일이란 알 수 없으니, 우리 이래 봅시다. 술상을 한상 잘 차려놓고 그자를 대접하면서, 호랑이를 그처럼 잡아주셨으니 우리 고을에는 큰 은인이시라 우리 관가로 함께 가서 상금을 받으십시다. 그렇지 않으면 우리가 드리는 돈만 가져가시겠소? 이렇게 물어봐서, 제가 관가에 가지 않겠다고 한다면 틀림없는 흑선풍 이규니까, 여럿이 돌려가며 술을 실컷 먹여서… 그놈이 취해 쓰러지거들랑 그냥 단단히 묶어놓고서 곧 관가에 기별해서 붙들어가게 하면, 실수가 없을 거 아니오?"

"그거 참 좋습니다! 아주 잘 생각하셨습니다."

이정과 이같이 의논을 정하고서 집으로 돌아온 조태공은 술상을 새로 잘 차려 이규를 대접하며,

"변변치는 못합니다마는, 많이 잡수십시오. 그런데 그 보따리는 끌러 놓으시고, 칼도 내려놓으시고… 편하게 앉으셔서 잡수시는 게 좋겠습니다."

이같이 친절하게 권했다.

흑선풍 이규는 조태공이 권하는 대로 허리에서 전대와 요포(腰包)와 칼집만 남은 요도(腰刀)를 끌러서 하인한테 맡기고 박도(朴刀)만은 자기 곁에 내려놓았다.

조태공이 연방 고기와 술을 권하는데, 방에 들어와 있던 동네 사람들

과 이정과 사냥꾼들도 번갈아가며 계속해서 잔을 들어 술을 권한다. 이규는 워낙 술을 좋아하는 사람인지라, 사양하지 않고 넙죽넙죽 받아마셨다.

술기운이 어지간히 오른 기색을 살피고서 조태공이 한마디 묻는다.

"장사께 말씀인데요… 조금 있다가 저희들과 함께 관가에 들어가서 상전(貫錢)을 타오실까요? 그렇지 않으면 우리 동네에서 돈을 좀 거둬드릴 테니, 그것만 가지고 가시겠습니까?"

이규는 이 말이 깊은 뜻이 있어서 묻는 말인지도 모르고 대답한다.

"나는 급한 볼일이 있어서 나선 사람이오. 언제 관가엘 가고 어쩌고할 새가 있겠소. 여러분이 약간 은자를 거둬주신다면 그거나 가지고 떠나고 또 안 주신대도 상관없고…."

"천만에, 그게 무슨 말씀이십니까? 장사께서는 이번에 저희 고을에 둘도 없는 은인이 되셨는데, 우리가 어찌 소홀히 모셔올리겠습니까? 떠나실 때 노자는 넉넉히 해올리겠습니다."

하고 조태공은 더욱 친절하게 구는 고로, 이규는 마음놓고 또 말한다.

"이거 되레 내가 송구스럽소이다. 그런데 염치없는 소리지만, 포삼(布衫) 있거든 한 벌만 주시구려. 온통 호랑이 피로 옷을 더럽혀놔서, 꼴이 숭해 그럽니다."

"그야 어렵지 않습니다!"

조태공은 하인한테 분부하여 세청포납오(細靑布衲襖) 한 벌을 내오게 하여 이규로 하여금 옷을 갈아입게 했다.

이때 문밖에서는 북을 치며 피리를 부는 소리가 일어났다. 방 안에서는 여러 사람이 흥을 돋우며 이규한테 술을 권하는데, 한 사람이 더운 술을 따라주고 나면 그다음 사람은 찬술을 따라서 권하는 것이었다. 이 사람들이 이규를 얼른 곯아떨어뜨리려고 이러는 것이건만, 눈치 없는 이규는 찬술, 더운술을 번갈아서 주는 대로 받아먹고, 마침내 한옆에 가서 쓰러지더니 그냥 코를 골기 시작했다.

조태공은 하인들을 불러 이규를 후당 빈방으로 떠메고 가서 판등(板凳) 위에다 드러눕히고, 굵은 밧줄로 판등째 얼러서 칭칭 결박을 지어버리게 했다. 그리고 이정(里正)은 관가에 사람을 보내 사실을 고하게 하고, 또 이귀의 계집을 데려다가 원고(原告)로 삼아 문서를 꾸미며, 사냥꾼들과 함께 관가로 들어가게 했다.

소문이 퍼지자 온 고을 안이 벌컥 뒤집힐 만큼 사람들이 떠들었다.

이때 지현(知縣)은 등청(登廳)했다가 보고를 받고 깜짝 놀라,

"흑선풍을 잡았다니, 그래 지금 그놈이 어디 있느냐?"

하고 묻는다.

"잔뜩 결박 지어서 조태호(曹太戶) 집에 두었사온데, 소인들이 섣불리 끌고 오려다간 중로에서 혹시나 낭패하는 일이 일어날지도 알 수 없사와, 이처럼 소인네만 들어왔사옵니다."

하고, 원고가 되는 계집과 사냥꾼들이 알리는 것이었다.

지현은 즉시 도두(都頭)를 불렀다.

그러자 도두가 청전에 대령하는데, 얼굴이 크고, 눈썹은 숱하고, 콧날이 우뚝하고, 눈동자는 푸르러서 생긴 모양이 번인(番人)과 흡사하다. 이 사람이 누구냐 하면, 기수현에서 호걸 도두로 이름 높은 청안호(靑眼虎) 이운(李雲)이라는 사람이다.

지현은 도두를 청상으로 불러올린 후 분부를 내렸다.

"기령 고개 밑에 있는 조태호 장원에 흑선풍 이규를 잡아 결박해두었다 하니 네가 수하 토병들을 데리고 나가서 압령해오되, 그놈이 다른 괴인과는 다른 국가의 모반인(謀叛人)이니 각별 조심하여 중로에서 만일의 변이 없도록 하여라."

이 같은 분부를 듣고 청안호 이도두는 지현 앞을 물러나와 즉시 30명의 부하 토병을 거느리고 기령 촌중으로 향했다.

그런데 이때 주귀는 동장문(東莊門) 밖에 있는 아우의 집에 있다가, 흑선풍이 잡혔다는 소문을 듣고 깜짝 놀라 아우 주부와 의논한다.

"흑선풍이 또 일을 저질러 기어코 관가에 잡혔다니, 이걸 또 어떡하면 좋단 말이냐? 그렇지 않아도 송공명 형님께서 안심 안 된다고 특히 나를 보낸 터인데, 내가 흑선풍을 그대로 내버리고서는 도무지 낯을 들고 산채로 돌아갈 수가 없구나."

"형님, 걱정 마십쇼. 지금 조태공 집으로 나갔다는 이도두는 제가 잘 아는 분이어요. 제가 그분한테서 무예를 조금 배웠지요. 워낙 수단이 놀라우신 분이라, 우리 같은 사람은 몇 사람이 달려든대도 당할 도리가 없지만, 꾀를 쓰면 흑선풍을 뺏어올 수가 있을 겝니다."

"그런 좋은 꾀가 있겠니?"

"있죠. 형님, 그저 나 하자는 대로만 하십쇼!"

주귀·주부 형제는 아무도 모르게 계교를 정했는데 그대로만 된다면 주부도 이 고을에서는 살아갈 수 없을 것이므로, 아주 저의 식구를 데리고 형을 따라 양산박으로 들어가기로 작정하고서, 그날 밤 4경 전후하여 호젓한 산길로 가서 이도두 일행이 나타나기를 고대했다.

그런데 한편, 이도두가 토병 30명을 거느리고 조태공 장원에 당도한 것은 밤도 깊은 3경 때였다.

조태공은 이도두를 맞아들여 연석을 배설하려는 것을, 이도두는 급히 돌아가야만 한다고 사양한 후, 병정들한테만 술 한 잔씩을 먹인 다음, 흑선풍 이규를 단단히 결박 짓고 4경쯤 되었을 때 그곳에서 떠났다.

이도두는 이같이 흑선풍을 앞세우고 자기는 말을 타고 뒤에서 천천히 산길을 넘어왔다.

그가 고개를 넘어서 산길을 내려오노라니까 숲속으로부터 주부가 반가이 나오면서,

"사부님! 그간 안녕하셨습니까. 흑선풍을 잡으러 나오셨단 말씀 들

고, 제가 약간의 주효(酒肴)를 장만해서 왔습니다. 사부님, 변변치 못한 음식입니다만 한잔하세요."

이렇게 말하고 큰 잔에다 술을 가득히 따라 두 손으로 받들어 올리니까, 그 곁에서 주귀는 고기를 한 쟁반 받쳐들고 또 하인 하나는 과합(菓盒)을 받쳐드린다.

이 모양을 보고서 이도두는 말 위에서 얼른 내려왔다.

"이거 웬일인가? 이럴 일이 아닌데, 자네가 공연히 이렇게 멀리 나왔네그려."

"뭘요. 너무 오래 못 찾아뵈었기에 잠시 위로나 되실까 싶어서 나왔지요. 한잔 드세요."

이렇게 권하므로 이도두는 잔을 받기는 했으나, 그는 원래 술을 안 하는 사람인 고로 술을 마시지 않고 잔을 들고만 있다.

주부는 무릎을 꿇고서 공손히 말한다.

"사부님께서 약주는 안 하시는 줄은 저도 잘 알고 있습니다마는, 이 것은 희주(喜酒)이오니 반 잔만이라도 드시기 바랍니다."

이도두는 이 말을 듣고 마지못해서 잔을 입에다 대었다.

주부는 다시 이도두에게 고기를 권한다.

"내가 지금 시장하지 않은 까닭에 고기가 생각 없네."

이도두는 사양하다가, 주부가 너무도 정성껏 간절히 권하므로 하는 수 없이 그는 주부의 낯을 보아서 한두 점 고기를 집어 먹었다.

주부는 다시 술병을 들고서 상호(上戶)와 이정(里正)과 사냥꾼들한테도 잔을 권하고, 한편에서는 주귀가 30명 토병들과 조태공 장원에서 따라 나온 하인들한테 친절하게도 술대접을 했다.

이때 흑선풍 이규는, 주귀 형제가 이렇게 행동하는 것을 보고 속으로 짐작이 가서, 일부러 한마디 건네어본다.

"여보시우, 이왕이면 나도 한잔 얻어먹읍시다."

주귀는 이 소리를 듣더니 고개를 돌이키면서,

"이놈아! 너 줄 술이 어디 있단 말이냐? 아가리 닥치고 가만있거라!"

하고 호령했다.

이도두는 이때 토병들을 돌아다보고,

"자아, 이제 그만들 가자!"

하고 재촉했다.

그런데 이상하게도 병정들은 입을 따악 벌린 채 서로 얼굴들만 바라보고 있다가 그대로 그 자리에 주저앉아버리더니 정신을 잃고 쓰러지는 것이 아닌가.

이 꼴을 보고 이도두는,

"내가 속았구나!"

한 마디 소리를 지르고 주부를 향해서 한 걸음 내디디려 하는데, 갑자기 눈앞이 캄캄해지면서 몸을 가누지 못하고 그 자리에 쓰러져 정신을 잃었다.

이때, 이도두 일행 중에서 술이나 고기를 채 못 먹었던 하인들과 마을 사람들이 모두 놀라 도망치려는 것을, 주귀와 주부가 병정들의 칼을 뺏어 들더니,

"이놈들, 어딜 도망가느냐!"

벽력같이 소리를 지르고, 이리 뛰고 저리 뛰며 닥치는 대로 마구 찌르므로 걸음이 날쎈 놈은 도망해서 목숨을 부지하고, 운수불길한 놈들은 모조리 죽었다.

이 모양을 보고 있던 흑선풍 이규는 소리를 벽력같이 지르고, 응! 소리를 한 번 내며 용을 쓰니까, 그의 몸을 단단히 묶었던 밧줄이 우두둑 끊어져버리고 만다.

그는 자유의 몸이 되어 벌떡 일어나더니, 땅바닥에 떨어진 박도 한 자루를 집어들고 즉시 이도두한테로 달려들었다.

이때 주부가 황망히 흑선풍 앞을 가로막으면서,

"왜 이러십니까? 이 어른은 제 사부님입니다. 어서 빨리 도망이나 하십시다!"

하고 말린다. 그러나 흑선풍은,

"제기랄, 아무리 바빠도 이놈 조(曹)가 놈은 그대로 두고 못 가겠소!"

뱉듯이 한마디 하고, 몽한약 때문에 정신을 잃고 송장처럼 누워 있는 조태공한테 달려들어 한칼로 그 목을 베어버리고, 그 곁에 쓰러져 있는 이귀의 계집을 죽여버리고, 그다음에 이정의 모가지도 베어버렸다.

피를 보고서는 더욱 기승해지는 흑선풍인지라, 그는 사람을 세 사람이나 죽이고 나더니, 무슨 귀신이나 붙은 것처럼 이리 뛰고 저리 뛰며 쓰러져 있는 사냥꾼과 30명의 토병들을 한 명 남기지 않고 모조리 죽여버렸다. 이제는 남아 있는 사람이라고는 이도두 이운 한 사람뿐이다.

이때 주귀가 자기 동생과 흑선풍을 보고 빨리 산길로 해서 도망가자고 재촉하니까, 주부는 고개를 내저으면서,

"우리 사부님을 이렇게 내버려두고서 내가 어찌 가겠어요? 병정들은 모두 죽고, 죄인은 놓쳐버리고, 우리 사부님이 그 죄를 면하겠어요? 형님은 어서 흑선풍 두령님하구 먼저 가시우! 나는 사부가 깨어나거든 양산박으로 함께 들어가자고 권해볼래요."

주귀는 아우의 말을 듣고 고개를 끄덕이며 말한다.

"그럼, 그렇게 하려무나. 그렇지만 이도두가 깨어나서 너한테 분풀이를 했다간 큰일 아니냐? 그러니까 흑선풍 형님일랑 여기 남아 있고, 나만 한 걸음 앞서서 십리패로 가보아야겠다."

주귀가 이렇게 말하는 것은, 간밤에 짐을 온통 꾸려 수레에 싣고서 주부의 처자를 먼저 떠나게 하여, 오늘 십리패에서 만나기로 약정했기 때문이다.

그래서 세 사람은 의논을 정하고, 주귀가 혼자서 먼저 그곳을 떠났

다. 그리고 조금 있다가 이도두는 정신을 차렸다. 워낙 그가 먹은 술이 적었기 때문에 일찍 깨어난 것이다.

이도두가 눈을 뜨고서 주부와 흑선풍을 바라보더니, 그는 벌떡 일어나 곁에 있던 박도를 집어들고서 흑선풍한테로 달려들었다.

흑선풍도 화를 버럭 내면서 박도를 집어들고 마주 달려들어, 두 사람은 한바탕 싸움을 시작했다.

두 사람의 싸움이 좀처럼 승부가 나지 아니하자, 주부는 저도 박도를 한 자루 집어들고 두 사람 사이로 타고 들면서,

"사부님! 손을 멈추시고, 제발 제 말씀 좀 들어줍시오."

하고 애걸하는 것이었다.

그러자 두 사람은 손을 멈추었다.

주부는 이도두 앞에 무릎을 꿇고 말했다.

"사부님! 제가 사부님 은혜를 저버린 것은 아닙니다마는, 다만 제 형님이 양산박의 두령으로 이번에 급시우 송공명의 장령(將令)을 받들고서 흑선풍 두령을 보호하러 내려왔답니다. 그런데 흑선풍 두령은 사부님한테 잡혀가게 되고 말았으니, 제 형님의 처지가 어떻게 되었겠어요? 그래 제가 생각다 못해서 일을 이렇게 꾸며냈습니다! 그러고 보니 이렇게 많이 사람의 목숨을 없애버리고, 또 죄인은 놓치셨으니, 사부님께서 이대로 그냥 돌아가셔서 지현(知縣)을 만나신다는 것도 말이 안 되고… 오직 남은 길은 사부님도 저와 함께 양산박으로 들어가시는 게 제일 좋겠는데, 사부님 의향이 어떠신지요?"

주부가 이같이 말하는 소리를 듣고 이도두가 생각해보니 사실로 그럴 수밖에는 자기의 갈 길이 없다. 더구나 급시우 송공명의 이름은 그 역시 전부터 들어서 잘 알고 있는 터이다. 그래, 그는 길게 한숨을 짓고서 처자도 없는 자기 한 몸인지라 가로거치는 것이 하나도 없는 만큼 마침내 그는 흑선풍과 주부를 따라서 양산박으로 향했다.

세 사람이 얼마쯤 걸어오니까, 주귀가 길가에서 쉬고 있다. 그들은 서로 만나서 함께 걸어 십리패까지 와서 그곳에 기다리고 있던 주부의 처자 권속과 수레를 영거하여 곧장 양산박으로 향했다.

이리하여 흑선풍·이운·주귀·주부 등 네 명이 길을 재촉하여 양산박 가까이 왔을 때, 양산박에서 내려오는 마린과 정천수 두 사람의 두령과 마주쳤다.

"잘 만났네! 조(鼂)두령과 송(宋)두령이 우리 두 사람보고 내려가서 자네들 소식을 알아오라 해서 내려오는 길인데, 이제 만나봤으니까 우린 먼저 산채로 올라가서 알려야겠네. 천천히 오게."

두 사람은 그들을 보고 이같이 말하고서 바로 산채로 돌아갔다. 그리고 네 사람은 그날 밤을 객줏집에서 쉬고 이튿날 양산박에 들어가서 주귀가 먼저 이운을 조두령과 송두령 앞에 데리고 나가, 이분이 바로 기수현 도두 이운으로,

"별호를 청안호(靑眼虎)라 한답니다."

라고 소개하고, 그다음에 자기 아우를 불러 여러 두령들에게 절하고 뵙게 한 후,

"이 애는 제 아우 주부입니다. 별호는 소면호(笑面虎)라 부르지요."

라고 인사시켰다.

그러자 흑선풍 이규가 앞으로 나오더니, 자기가 이번에 어머니를 모시고 오다가 기령 고개에서 호환(虎患)을 당한 일과 또 가짜 흑선풍을 만나서 그놈을 죽인 일을 자세히 이야기한다.

조개와 송강은 그 이야기를 듣고 나더니 크게 웃으면서,

"자네가 기령에서는 호랑이 네 마리를 죽여버리고, 오늘 우리 산채에는 호랑이 두 마리가 들어오고… 이거 참 신기한 일일세. 불가불 한 잔씩 해야겠네!"

이같이 말하는 것이었다. 송강이 두 마리 호랑이가 들어왔다고 말

하는 것은 다름 아니라 이운과 주부 두 사람의 별호가 각각 '청안호'요, '소면호'인 것을 뜻하는 말이다.

여러 사람이 모두 기뻐하기를 마지않으며 즉시 소를 잡고 염소를 잡아 연석을 배설한 후 새로 들어온 두 사람의 두령을 환영하는데, 조개는 두 사람으로 하여금 왼쪽에 앉은 백승의 윗자리에 앉게 했다.

일동이 자리에 좌정하자, 군사(軍師) 오용이 일어나서 말한다.

"근자에 우리 산채가 이처럼 흥왕해서 사방으로부터 호걸들이 구름같이 모여드니, 이는 조두령·송두령 두 분의 명망이 높으신 까닭이라 생각하거니와, 또한 우리들 여러 형제의 복이라 하지 않을 수 없습니다. 그러나 주두령(朱貴)은 그전같이 산에 있지 말고 내려가서 산동주점(山東酒店)을 주관하고, 석두령(石勇)과 후두령(侯健)은 도로 산채로 돌아와서 주부와 함께 거처하도록 하되, 지금 우리 산채가 전일과 달라서 사업이 커졌으니까 산남·산서·산북 세 군데다 주점을 열고서 길흉(吉凶) 사정을 청탐(聽探)하는 한편, 왕래 의사(往來義士)들을 산으로 올라오게 하고, 또 한편으론 조정에서 관병포도(官兵捕盜)를 이리로 파견하지나 않는가 살펴, 만일 그런 정보가 있다면 곧 대채에 보(報)하여서 만단 준비를 갖추도록 해야겠습니다."

오용이 이같이 제안하자, 조개와 송강은 물론이요, 그 밖의 다른 사람들도 모두 고개를 끄덕이고 찬성한다.

오용은 여러 두령들이 찬성하는 것을 보고, 즉시 그들에게 각각 자신이 관장할 소임을 맡기는데,

산서(山西)는 지점이 광활하니, 동위·동맹 두 사람이 졸개 20명을 데리고 나가서 주점을 영업하기로 하고,

산남(山南) 쪽은 이립이 혼자서 졸개 십여 명을 데리고 나가고,

산북(山北) 쪽은 석용이 졸개 십여 명을 데리고 나가서 개점(開店)하게 했다.

공손승을 찾아 음마천으로

이같이 세 군데다 주귀의 '산동주점'과 마찬가지로 수정(水亭)을 짓고, 호전(號箭)을 사용하여 선척(船隻)과 접응하고, 그리하여 완급군정(緩急軍情)이 있는 대로 즉각 대채(大寨)에 첩보하기로 하는 한편, 또 산전(山前) 세 군데에 대관(大關)을 설치한 후 두천으로 하여금 파수를 보게 했다.

그리고 도종왕으로 하여금 항만을 개통하고, 수로(水路)를 닦고, 하도(河道)를 열어 완자성(宛子城)의 성벽과 성전대로(城前大路)를 수축하는 일을 도맡아 총감독케 하니, 이렇게 하는 것은 종왕이 본래 장호(莊戶) 출신이라 수리 작업에 익숙한 까닭이다.

또한 장경은 여러 군데 있는 창고에 들어가고 나가고 하는 서산장목(書算帳目)을 관장하고, 소양은 채중(寨中)과 채외(寨外)는 물론이요, 산상(山上)과 산하(山下)의 삼관(三關)을 파수하는 관방문약(關防文約)과 대소 두령들의 호수(號數)를 결정하고,

김대견은 여러 가지 병부(兵符)와 인신(印信)과 패면(牌面) 같은 것을 조각하고,

후건은 의복·개갑(鎧甲)·오방기호(五方旗號)를 관장하고,

이운은 양산박의 수없이 많은 방사청당(房舍廳堂)을 관리하고,

마린은 대소전선(大小戰船)을 감독하고 수리하며, 송만과 백승은 금사탄으로 내려가서 하채(下寨)하고, 왕영과 정천수는 압취탄(鴨嘴灘)에 나가서 하채하고,

목춘과 주부는 산채의 전량(錢糧)을 도맡아보고,

여방, 곽성 두 사람은 취의청 아래채 양쪽 행랑방을 맡아보고,

그리고 송청은 오로지 연석(宴席)을 맡아보기로 결정짓고서, 그들은 대채 안에서 연 사흘 동안 큰 잔치를 베풀었다.

이같이 양산박 안의 진용이 정비된 후로 얼마 동안은 무사태평했기 때문에 그들은 날마다 인마(人馬)를 조련하고, 무예를 교연(敎演)하고, 또 수채(水寨) 안의 두령들은 배를 타고서 물 위에 나가 배 위에서 적을 찔러 죽이는 연습을 맹렬히 거듭했다.

이렇게 지내다가 하루는 여러 두령들이 취의청에 모여 앉아서 이런 이야기 저런 이야기를 하다가, 문득 송강이 공손승의 이야기를 꺼냈다.

"공손 선생이 계주로 그의 자당을 뵈오러 갈 때 우리들한테 백일 한을 하고 떠났는데, 이제 벌써 기약한 날짜가 지났는데 돌아오지 않으니 혹시나 공손 선생이 우리를 배반하고 돌아오지 않는 것이 아닐까요? 대종 아우님이 좀 수고로우시더라도 가서 공손 선생의 소식을 알아왔으면 좋겠소."

송강의 이 말을 듣고, 대종은 그 자리에서 얼른 승낙하고 즉시 길을 떠나는데, 행색은 승국(承局)처럼 차렸다.

대종이 갑마 네 개를 양쪽 넓적다리에다 붙들어 매고 신행법을 일으켜 계주를 향해서 길을 떠난 지 사흘 만에 기수현에 들어서니까, 길거리에서는 아직도 흑선풍이 소동을 일으킨 이야기와 이도두 이운이 어디로 갔는지 종적을 알 수 없다는 이야기로 떠들썩하다.

대종이 이 같은 이야기를 듣고 속으로 웃으며 한참 가노라니까 저편으로부터 한 자루의 혼철필관창(渾鐵筆管槍)을 들고 오던 사나이가 대종

의 걸음걸이를 보더니 금시 발을 멈추면서,

"신행태보 아니십니까?"

하고 묻는다.

대종이 그 소리를 듣고서 즉시 고개를 돌이켜 그쪽을 살펴보니, 언덕 아래 한 사람이 서 있는데, 머리는 둥글고 귀는 크며 콧날이 서 있고 입은 널찍하고, 눈썹은 시커먼데 눈은 작고, 허리는 가늘고, 키는 대단히 크다.

대종은 그 사람 앞으로 가서 물었다.

"나는 당신을 본 일이 없는데, 당신은 어떻게 내 이름을 아시오?"

그 사람은 이 말을 듣더니,

"과연 신행태보시군요!"

하고 그를 향하여 넙죽 절을 한다.

대종이 그에게 답례를 하고 그의 성명을 물으니까 그는 말한다.

"저는 창덕부(彰德府) 태생으로 성명은 양림(楊林)이라고 합니다. 전부터 천하 호걸들과 추축(追逐)하며 지내왔기에 사람들이 저를 금표자(錦豹子)라고 불러주지요. 서너 달 전에 우연히 술집에서 공손승 선생을 만나뵈었더니, 양산박의 조개·송강 두 분 두령께서 지금 천하 호걸들을 모으는 중이니 찾아가 보라 하시고 편지 한 장까지 써주셨는데, 혼자서 불쑥 찾아가기가 쑥스러워서 아직 그냥 있는 중입니다. 두령들 가운데 하루에 8백 리를 가시는 신행태보 대원장이 계시단 말씀을 그때 들었는데, 지금 형장께서 행보(行步)가 비상하시기에 혹시나 하고 말씀을 걸어보았던 것입니다."

듣고 나서 대종이 말한다.

"그러시오? 나는 지금 장령(將令)을 받들고서 계주로 공손 선생을 찾아뵈러 가는 길이오."

그러자 양림이 말한다.

"그러시다면 저를 데리고 가지 않으시렵니까? 제가 창덕부 태생이지만, 계주 지방의 여러 고을을 안 가본 데가 없습니다."

"그럼 마침 잘되었소. 나하고 공손 선생한테 가서 선생을 모시고 양산박으로 함께 갑시다그려."

대종이 이같이 말하니까 양림은 크게 기뻐하면서 그에게 절을 하고 의형제를 맺었다.

대종은 갑마 두 개를 끌러 넣고 천천히 걸어서 날이 저물자 객줏집에 들어가 하룻밤 자고, 이튿날 다시 떠나는데 이때 양림이 생각난 듯 이렇게 묻는다.

"참말 형님은 신행법을 쓰시는데 제가 어떻게 따라가겠습니까? 동행이 안 되겠는데요…."

대종은 웃으면서,

"걱정 말게, 되는 수가 있느니!"

하고, 갑마 두 개를 그에게 주어 넓적다리에 붙들어 매게 하고, 자기도 그렇게 한 다음, 신행법을 일으켜서 그곳을 떠났다.

두 사람은 나란히 가면서 한가로운 이야기를 하다가 사시(巳時)쯤 해서 한 곳에 당도하니, 사방이 모두 높은 산인데 산세가 대단히 아름답고, 중간으로 한 가닥 역로(驛路)가 뚫려 있다.

양림이 대종을 바라다보면서,

"여기는 음마천(飮馬川)이라는 곳이지요. 전에는 이 산에도 한 패가 들어 있었는데, 지금은 어쩐지 모르겠군요."

라고 일러준다. 두 사람이 서로 이야기하면서 부지런히 걸어 산 밑에 이르자, 문득 고개 너머에서 북소리가 요란하게 들리더니 백여 명이나 되는 도둑떼가 나타나서 길을 막고, 그 가운데에 괴수인 듯한 사나이 두 놈이 각기 박도(朴刀) 한 자루씩 들고 앞으로 나서면서,

"어디로 가는 놈들이냐? 이곳을 지나가려거든 매로전(買路錢)을 내놓

고 가는 법이다!"

라고 외친다.

양림은 한번 크게 웃고 나서 대종을 돌아다보고,

"형님, 제가 이놈들을 다시는 큰소리 못 하도록 단단히 곯려놓겠습니다."

하고, 즉시 필관창을 꼬나잡고 앞으로 내달았다.

그러자 두 명 괴수도 마주 쫓아 나오다가, 그중 한 놈이 급히 걸음을 멈추면서,

"잠깐 가만있소? 당신이 혹시 금표자 형님 아니시오?"

라고 묻는다.

양림이 이 사람을 자세히 바라보다가 마침내 그를 알아보자, 그 사람은 곧 또 한 사나이를 이끌고 양림 앞으로 나와서 공손히 절을 한다.

양림은 두 놈한테서 절을 받고 대종을 돌아다보며 말한다.

"형님, 이 두 사람과 인사하십쇼."

"대체 이분들이 누구시오?"

대종이 물으니까 양림은 자기를 먼저 알아보고 나와서 인사하던 사나이를 손으로 가리키면서 말했다.

"이 사람은 개천군 양양부(蓋天軍襄陽府) 태생으로 등비(鄧飛)라고 부르는 사람인데, 보시다시피 이 사람의 두 눈이 시뻘건 까닭에 남들이 화안산예(火眼狻猊)라고 부른답니다. 무예가 출중한데 특히 철련(鐵鏈)을 잘 쓰지요. 전에 저하고 함께 지내던 사람인데, 저하고 작별한 지가 5년이나 되었고, 그동안 소식을 모르겠더니, 여기서 이렇게 만나는 것이 참말 뜻밖이군요."

양림의 말이 끝나자, 등비가 묻는다.

"금표자 형님, 이 어른이 누구세요?"

"이 어른이 바로 양산박 두령 신행태보 대종 형님이시네."

"그럼 저 하루에 8백 리 길을 가신다는 대원장이시군요…?"

등비는 이렇게 말하다가 곧 또 한 사나이와 함께 대종에게 공손히 절을 하고 말한다.

"전부터 존함은 익히 들었습니다만, 오늘 이렇게 뵈옵기가 참으로 뜻밖입니다."

대종은 답례하고 등비에게 물었다.

"이분은 누구시죠?"

등비가 대답한다.

"이 사람은 맹강(孟康)이라고, 진정주(眞定州) 태생입니다. 본래 이름 난 목수로 배를 잘 만드는 재주가 있는 까닭에 전에 화석강(花石綱)을 압송(押送)하려고 큰 배를 만들 때, 제조관(提調官)이 괜스레 탈을 잡으므로 화가 나서 이 사람이 그 자리에서 제조관을 때려죽이고 도망하여 산속으로 들어와 안신(安身)하고 지내는 지가 벌써 여러 해 됩니다. 보시다시피 이 사람이 허우대가 크고 또 빛깔이 희기 때문에 남들이 이 사람을 옥번간(玉幡竿) 맹강이라고 부르지요."

그의 말이 끝나자 양림이 묻는다.

"그래, 자네가 여기서 이분하고 지내온 지가 몇 해나 되는가?"

"몇 해가 뭡니까, 1년 남짓할까요? 그런데 한 반년 전에 요 고개 너머서 호걸 한 분을 만났는데, 배선(裴宣)이라고 경조부(京兆府) 태생이랍니다. 이분이 원래 본부(本府)의 육안공목(六案孔目) 출신으로 도필(刀筆)이 능한 분인데 위인이 충직하고 총명할 뿐더러 무예가 출중해서 참으로 지용(智勇)을 겸비한 분이지요. 그런데 어디서 지부(知府)를 아주 나쁜 놈을 만나 매사에 서로 뜻이 맞지 않더니, 그놈이 기어코 이분을 죄에 얽어서는 사문도(沙門島)로 귀양을 보내게 되었는데, 그래서 마침 이리로 지나가는 것을 우리가 내달아서 방송공인 놈을 죽여버리고 이분을 구해내어, 그 뒤로 함께 지내오는 중이지요. 이분은 쌍검(雙劒)을 잘 쓰고 또 나이가 위라, 우리가 산채 주인으로 모시고 있는데, 지금 우리 수하에 있는 아이들이 한 3백 명 되지요. 하여튼 형님, 참 잘 만났으니 우리 산으로 올라가십시다. 대원장께서도 어서 말에 오르십시오."

등비는 이같이 말하고 두 사람을 말 위에 태운 다음에 맹강과 함께 앞서서 산으로 들어간다.

산채 앞에 그 말이 당도하자, 미리 선통을 했는지라, 배선이 산채 문 밖까지 나와서 정중히 두 사람을 맞아들였다.

대종과 양림이 이 사람을 바라보니, 살이 뚱뚱하게 쪘는데, 얼굴은 희고 멀쑥하게 잘생긴 사람이다.

배선은 먼저 대종을 청하여 교의에 앉히고, 다음에 배선·양림·등비·맹강의 순서로 자리를 정한 뒤에 크게 연석을 배설하고서 술을 마셨다.

이같이 술자리가 벌어진 후 대종이 양산박 이야기를 꺼냈다. 조개와 송강 두 두령이 초현납사(招賢納士)를 잘하는 까닭에 사방에서 호걸들이 구름같이 모여들고, 재물을 가볍게 알고 의리를 무겁게 여기니까 모든 사람들이 합심 단결하고, 주위가 8백 리나 되는 양산박은 광활한 지역인데 한가운데 완자성(宛子城)이 웅장하게 서 있으며 사방이 망망한 호수요 바다인 데다가 수많은 군마(軍馬)를 장비하고 있는 까닭으로 관병(官兵)이 언제 쳐오든지 조금도 두려울 게 없다고 이야기하니까, 철면공목(鐵面孔目)이라는 배선이 말한다.

"우리 산채에도 3백 명 인마(人馬)가 있고, 재물도 수레로 여남은 수레는 되고, 양식과 마초는 아주 풍족하지요. 형장께서 우리를 미천하다 하여 버리시지 않는다면, 부디 우리를 데리고 가시어 입당(入堂)시켜주십시오."

대종은 이 말을 듣고 기뻐하면서,

"참 좋은 말씀이오. 그러실 의향이시라면 곧 짐을 챙겨놓고 기다리시오. 내가 양림과 함께 계주로 가서 공손승 선생을 모시고 돌아오겠으니, 그때 우리 함께 관군(官軍)처럼 꾸미고서 일제히 떠납시다그려."

하므로 그들은 모두 기뻐했다.

술이 거나하게 취하자 그들은 일어나서 뒷산 위에 있는 단금정(斷金亭)으로 올라가서 음마천 경치를 내려다보며 다시 술을 계속했다.

산은 겹겹 둘러 있고 눈 아래에는 음마천의 망망한 야수(野水)가 흐르고 있다.

"참으로 산수(山水)가 매우 좋군요."

대종은 경치를 칭찬하고 양에 차도록 술을 즐긴 다음, 그날 밤은 산채에서 쉬고, 이튿날 아침 양림과 함께 산을 내려왔다. 그리고 배선·등비·맹강 등은 두 사람을 전송하고 산채로 돌아와서 양산박으로 떠나갈 준비에 착수했다.

산에서 내려온 대종과 양림은 음마천을 떠나서 낮이면 길을 가고 밤이면 쉬어가며, 며칠 후 계주성 밖에 당도하여 그날 밤은 객줏집에서 쉬었다.

이튿날 아침 일찍이 조반을 먹은 후 양림이 대종을 보고 말한다.

"공손 선생은 출가(出家)하신 어른이니까, 아마도 산간의 수풀 속이나 촌락 같은 데 숨어 계실 거고, 성내에는 안 계실 것 같은데요?"

대종은 이 말을 옳게 여기고서 두 사람이 함께 성내로 들어가지 않고, 성 밖으로 이리저리 공손승 선생의 소식을 물어보며 찾아다녔다. 그런데 아무도 공손승의 행방을 알지 못한다.

하루를 헤매고 나서, 이튿날은 어제보다 더 멀리 떨어져 있는 마을을 찾아다니며 알아보는데, 한 군데 가서 물어보니까 어떤 사람이 말하기를,

"그분이 혹시 다른 고을 명산대찰(名山大刹)에 들어가 숨어 계신 게 아닐까요?"

라고 한다. 이 소리를 듣고서 두 사람은 그래도 그 고을에서 더 찾아

보려고 성내로 다시 들어오려고 길을 걷노라니까, 저 앞에서 사람들 한 떼가 북소리·피리 소리를 내면서 한 사람을 옹위하여 이쪽으로 오고 있다.

대종과 양림이 길 옆에 비켜서서 바라보니까, 소로자(小牢子) 두 명이 앞서서 오는데 하나는 허다한 예물화홍(禮物花紅)을 등에 지고, 하나는 단자채증(緞子采繪)을 두 손에 받들었고, 그 뒤에서 압옥회자(押獄劊子) 한 사람이 청라산(靑羅傘)을 받치고 걸어오고 있다.

이 사람을 자세히 바라보니 눈은 봉(鳳)의 눈이요, 눈썹은 길고, 얼굴 빛은 누르스름하고, 수염은 겨우 몇 가닥 있을 뿐이다.

대체 이 사람이 누군가?

이 사람은 하남(河南) 사람으로 이름은 양웅(揚雄)인데, 그의 숙부가 이 고을 지부(知府)로 내려올 때 따라왔다가 그대로 눌러 있던 중, 그 뒤 숙부가 다른 곳으로 부임한 뒤에 새로 부임한 지부가 그를 양원압옥(兩院押獄)에다 시조행형회자(市曹行刑劊子)를 겸임케 했으니 말하자면 숙부의 덕을 본 셈이었다. 그러나 그는 무예가 출중하고 얼굴이 누른 것이 특징인 까닭에 사람들은 그를 병관삭(病關索) 양웅이라 부르는 터이다. 그리고 이날 그는 시중에 들어와서 중죄인을 처형하고, 아는 사람들로부터 선물을 많이 받아서 지금 돌아가는 길이다.

양웅의 일행이 대종과 양림 두 사람이 서 있는 곳까지 이르렀을 때, 마침 웬 사람들 한 떼가 그곳에서 기다리고 있다가 앞으로 나오더니, 술잔을 들어 양웅에게 술을 권한다.

양웅이 그 사람들한테 고맙다고 말하고서 잔을 손에 잡았을 때, 별안간 옆 골목으로부터 장정 7, 8명이 우르르 나오는데, 앞선 놈이 척살양(踢殺羊)이라는 별명을 가진 장보(張保)라는 깡패였다. 이자는 언제나 성내 성외로 돌아다니면서 아는 사람이거나 모르는 사람이거나 아무한테서나 술값을 빼앗고, 말을 잘 안 듣는 사람은 함부로 치고 때려눕히기를 전문으로 하는 까닭에 그간 몇 번이나 관가에 잡혀갔었지만, 끝끝내 깡패짓만 하는 고로 이제는 '척살양 장보'라면 사람들이 모두 두려워하게끔 된 터이다.

이날 양웅이 많은 예물을 받아가지고 오다가 그처럼 술대접을 받고 있는 것을 보고서, 장보는 뛰어나와 양웅 앞으로 다가서며,

"절급(節級) 어른, 안녕합쇼?"

하고 수작을 붙이는 것이었다.

양웅은 고개를 돌이켜 그를 보고,

"어서 오시오. 자아 술 한 잔 드시오."

하고 잔을 내밀었다.

그러나 장보는 술잔은 거들떠보지도 않고,

"술은 싫습니다. 돈이나 한 백 관(百貫) 돌려주십시오."

하고 손을 내민다.

양웅은 정색하고 말했다.

"내 노형과 안면이나 있을 뿐이고 피차에 돈거래는 없는 터인데 갑자기 돈을 백 관이나 돌려달라니 이게 무슨 소리요?"

그러나 장보는 말씨도 곱지 않게,

"오늘 백성들한테서 이처럼 많은 재물을 빼앗고도 그래 나한테 돈 몇 푼 돌려주지 못하겠다는 거냐? 어디 내가 어떡하나 두고 봐라!"

눈깔을 부라리면서 지껄이고는 다짜고짜 소로자한테 달려들어 화홍 단자를 빼앗는다.

이 모양을 보고 양웅은 화를 버럭 내면서,

"이놈이 참말 무례한 놈이구나!"

한마디 호령하고 당장에 주먹으로 그자를 치려는 순간, 날쌔게도 장보가 먼저 그의 멱살을 움켜쥐자, 장정 두 놈은 좌우에서 양웅을 껴안고 손을 놀릴 수 없게 한 후, 나머지 딴 놈들은 주먹으로 함부로 양웅을

친다.

양웅 수하의 소로자들은 주인이 봉변을 당하건만 얻어맞을까 두려워서 멀리 달아난다. 하는 수 없이 양웅이 장보의 무리들한테 붙들려 욕을 당하고 있을 때, 이때 마침 저쪽으로부터 등에 나무 한 짐을 짊어지고 오던 장한(壯漢) 하나가 이 꼴을 보고 짐을 내려놓더니, 그자들 앞으로 나와 좋은 말로 권고하는 것이었다.

"절급 어른한테 이게 무슨 짓들이오? 어서 손을 떼시오."

그러나 장보는 이 사람한테 눈을 부라리면서,

"이 새끼가 어디서 빌어먹던 개뼈다귀야? 네 새끼도 매 맞기 전에 어서 꺼져라!"

라고 쏘아붙인다.

그 사나이는 성을 내며 달려들더니, 장보가 미처 손을 쓸 겨를도 없이 그의 덜미와 허리를 번쩍 들어서 그대로 땅바닥에 내던지고, 그다음에 다른 놈들을 닥치는 대로 주먹으로 갈기고 발로 차 내던진다.

이렇게 되자, 양웅도 두 주먹을 휘두르면서 이놈 치고 저놈 치니, 깡패의 무리들은 저희 편이 형세가 불리하니까 '걸음아 날 살려라' 하고 모조리 달아나버렸다.

양웅은 더욱 분이 나서 그놈들의 뒤를 쫓았다.

이때 그 사나이도 양웅과 함께 쫓아가려는 것을 이때까지 멀찍이 서서 보고 있던 대종과 양림이 그 사나이 앞으로 나와서,

"자아, 이제 그만해두고서, 우리 어디 가서 이야기나 합시다그려."

이같이 말하고, 양림은 나뭇짐을 걸머지고, 대종은 그 사나이의 팔을 붙잡고서 그 사람을 그 근처 조용한 술집으로 끌고 갔다.

"그놈들 소행은 밉소! 그렇지만 그렇게 함부로 때리다가 살인이나 하게 되면 그 노릇을 어쩐단 말이오? 그래 우리가 나서서 노형을 붙든 거요."

술집에 들어가서 자리를 권한 뒤에 대종이 이같이 말하니까, 그 사나이는 허리를 굽히고 대종의 온후(溫厚)한 뜻에 감사를 표하는 것이었다.

대종은 또 말했다.

"우리는 외방에서 온 사람인데, 오늘 노형을 이렇게 만났으니 이것도 인연이 아니겠소? 우리 한잔합시다."

이 말을 듣고 그 사나이는 자리에서 일어나 공손히 말한다.

"저 같은 것이 감히 두 분과 함께 술을 나누다니요. 너무 황송한 말씀입니다."

"그렇게 겸사하지 말고 어서 앉으시오."

양림은 그를 다시 자리에 앉게 한 다음, 주보를 불러 술과 안주를 가져오게 한 후 세 사람은 서로 권하면서 몇 잔씩 마셨다.

술을 마시다가 대종이 그 사나이에게 묻는다.

"장사의 성함은 누구시오?"

"제 이름은 석수(石秀)라고 부릅니다. 고향은 금릉 건강부(金陵建康府)고요. 어릴 때부터 창봉 쓰기를 좋아해서 어디서나 불편한 일을 보고는 참을 수가 없어서 생사를 겁내지 않고 악한 것과 싸우는 까닭에 사람들이 변명삼랑(拚命三郎)이라고 별명을 부른답니다. 여러 해 동안 숙부 어른을 따라다니며 말장사를 해왔는데, 연전에 뜻밖에도 숙부가 작고하셔서 그만 본전을 없애버리고, 하는 수 없이 이 고을에서 나무장사를 해가면서 그날그날 살아가는 신세가 되어버렸지요. 두 분께서 초면인데도 너무 고맙게 해주시기에 이런 말씀까지 여쭙니다."

대종이 말한다.

"노형 같은 호걸이 나무를 팔아가며 간신히 생계를 유지한다니, 그러지 말고 우리하고 함께 세상에 나가 남은 반생(半生)을 한번 쾌락하게 살아봅시다. 생각이 어떻소?"

석수가 대답한다.

"좋은 말씀입니다마는 제가 창봉을 좀 쓸 줄 아는 것뿐이지, 그밖엔 아무 재주가 없으니, 이 같은 것이 어떻게 반생의 쾌락을 바라겠습니까?"

"아니, 내가 진정을 말할 테니 들으시오. 지금 세상 형편이 어떠냐 하면, 첫째 조정(朝廷)이 불명(不明)해서 실정(實情)을 모르고, 둘째 간신(奸臣)이 가로막고 있기 때문에 영웅호걸도 뜻을 펴볼 수가 없게 되었소. 노형이 만약 그럴 마음만 있다면, 내가 양산박에 천거해드리리다."

이 말을 듣자 석수가 묻는다.

"두 분 관인 성함이 뉘십니까?"

"나는 대종이라 하고, 이 사람은 양림이라 하오."

라고 일러주니까 석수는,

"그럼 저 강주의 신행태보 대원장이 아니신가요?"

하고 묻는다.

"그렇소. 내가 바로 그 대종이오."

대종은 대답하고서 은자(銀子) 열 냥을 꺼내어 석수에게 주며 나무장사 밑천에 보태 쓰라 했다. 석수는 두 번 세 번 사양하다가 마지못해 은자를 받는다.

세 사람이 다시 양산박에 갈 일을 의논하려고 할 때, 마침 밖으로부터 사람들 한 떼가 들어오는데, 앞서서 들어오는 사람이 바로 양웅이요, 그 뒤를 따르는 사람들은 모두 20여 명의 공인(公人)들이다.

대종과 양림은 마음이 불안스러워서 한참 수선스러운 틈을 타서 슬그머니 밖으로 빠져나가고 뒤에 남은 석수는 일어나서 양웅에게 인사를 드린다.

"절급 어른, 어디 갔다 오십니까?"

양웅이 석수의 얼굴을 보더니 반가운 음성으로 말한다.

"여기 계신 걸 모르고, 나는 여태까지 노형을 찾아다녔소. 내 그놈들한테 두 팔을 꽉 붙들려 꼼짝 못 하고 욕을 당하는데, 참 노형 덕분에 봉욕을 면했소. 그래 그놈들을 쫓아가서 화홍단필을 모조리 찾아서 돌아와 보니 노형이 안 보이는구려. 한창 찾아다니는 중에 누가 하는 말이, 웬 사람 둘이 노형을 끌고 이 집으로 들어갔다기에, 그래 부지런히 찾아온 거라오. 그런데 노형하고 같이 약주 자시던 분들은 어디 가셨소?"

"절급 어른께서 사람들을 많이 데리고 들어오시는 걸 뵙고는 또 무슨 시비나 생길까 봐서 겁이 났던지 가버린 모양 같습니다."

양웅은 석수가 이같이 대답하는 것을 듣고, 주보를 불러 술 두 항아리를 가져오게 한 후, 데리고 온 공인들에게 각기 석 잔씩 먹여 돌려보내고 나서, 석수를 보고 묻는다.

"대체 노형의 존함은 뉘시며, 또 고향은 어디시오?"

석수가 이 말을 듣고 자기 성명과 그리고 이 고을에 와서 나무장사로 그날그날 살아가게 된 내력을 자세히 이야기하니까 양웅은 다 듣고 말한다.

"그럼 이곳에는 처자권속이 없겠구려? 그렇다면 나하고 의형제를 맺고 지내는 게 어떻소?"

이 말을 듣고 석수는 몹시 기뻐서,

"올해 절급 어른 연세가 얼마나 되셨습니까?"

하고 묻는다.

"나는 올해 스물아홉이오."

"저는 스물여덟입니다. 자아, 형님, 아우의 절을 받으십시오."

하고, 석수는 양웅에게 네 번 절하여 아우가 되었다.

양웅이 호걸 아우를 얻은 것이 마음에 기꺼워서 즉시 주보를 불러 술과 안주와 과일을 가져오게 하여 두 사람이 막 잔을 기울이고 있는 판인데, 뜻밖에도 양웅의 장인 되는 반공(潘公)이 장정 6, 70명을 데리고 들어오는 것이 아닌가.

양웅은 자리에서 일어나며,

"장인께서 여기는 무슨 일로 오셨습니까?"

하고 물으니, 노인이 대답한다.

"나는 네가 거리에서 웬 놈하고 싸움을 한다기에 급히 쫓아온 길이다."

"걱정을 끼쳐드려서 참으로 죄송합니다. 그런데요, 다행히 이 사람이 나서서 그놈들을 때려 쫓아버려주어서, 지금 이 사람과 의형제를 맺고 한 잔씩 나누는 길입니다."

이 말을 듣고 반공은 적이 흡족해서,

"그럼 내가 데리고 온 사람들한테도 술이나 한 잔씩 먹여서 돌려보내자."

라고 한다. 양웅은 장인의 말을 듣고 곧 주보를 불러 완주(碗酒)를 가져오게 하여 하나 앞에 석 잔씩 마시게 한 후 그들을 돌려보내고, 그다음에 새로 술자리를 차리는데, 반공은 가운데 앉고, 양웅은 맞은편 상석(上席), 석수는 하석(下席)에 각각 자리를 정했다.

반공이 잔을 들면서 묻는다.

"그런데 자네는 본래 무슨 일을 하던 사람인가?"

석수가 대답한다.

"제 선친께서 원래 도호(屠戶)시랍니다."

"그렇다면 자네가 소를 잡고 말을 잡을 줄도 알겠네그려?"

"어렸을 때부터 도가(屠家)에서 자라났는데, 그걸 모르겠습니까?"

"나도 원래 도가 출신이지만, 이제는 나이도 늙고 해서 그만두었네."

이같이 수작을 하면서 세 사람은 술이 얼근히 취한 뒤에 자리를 파했는데, 술값을 셈할 때 석수는 나뭇값을 쳐 얹어서 술집에다 넘겨버렸다.

양웅은 저의 장인과 석수를 데리고 집으로 돌아오더니, 문간에서 안을 바라보고,

"여보, 어서 이리 나와서 시아주버니하고 상우례해요."

하고 자기 아내를 부르는 것이었다.

포렴(布簾) 안에서 여자의 대답 소리가 들린다.

"아주버니가 웬 아주버니예요?"

"글쎄 나와 보라니까, 나와 보면 알잖아?"

양웅이 또 이같이 말하니까 마침내 안에서 부인이 나오는데, 칠흑같이 검은 머리, 샛별 같은 두 눈, 앵도 같은 입술, 오똑한 코, 홍도(紅桃) 같은 뺨, 희고 흰 얼굴, 버들잎같이 가는 허리, 백옥(白玉)같이 흰 손, 품속에 알맞게 가벼워 보이는 몸집, 아담스러운 배, 외씨같이 뾰족한 발, 꽃으로 수놓은 신, 희고 흰 종아리 살, 불룩한 젖가슴….

석수는 생전 처음 이같이 황홀하게 아리따운 가인(佳人)을 보고 놀랐다. 그런데 이같이 아름다운 미인의 이름은 교운(巧雲)이니, 그의 생일이 바로 칠월칠석날인 때문에 이 같은 이름이 생긴 것이다. 그리고 그는 오래전에 계주 사람 왕압사(王押司)한테 시집갔다가 이태 전에 과부가 되어 1년 전에 양웅에게로 개가(改嫁)해온 여인이다.

중과 놀아난 음녀

석수가 형수한테 뵈는 예로 부인한테 사배(四拜)를 드리니까, 교운은 또한 시동생을 맞는 재배(再拜)를 한다.

이날 석수는 양웅의 집에서 묵었다. 그리고 이튿날 양웅은 관가에 들어갈 때, 석수의 객주에 가서 그의 의복과 이불보따리를 자기 집으로 죄다 옮겨놓으라고 하인에게 분부하고서 나갔다.

한편, 대종과 양림은 술집에서 양웅의 일행이 들어서는 모양을 보고 슬그머니 빠져나와 성 밖에 있는 객줏집에서 하룻밤을 경과한 후, 이튿날은 종일 공손승의 행방을 찾아보았으나 아무도 아는 사람이 없으므로 두 사람은 서로 의논한 끝에 행장을 수습한 후 계주성을 떠나 음마천에 이르러서 배선·등비·맹강 일행과 만나 수많은 인마를 관군처럼 가장하고서 양산박으로 돌아갔다.

석수가 양웅의 집에서 묵게 된 후 양웅의 장인 반공은 석수와 의논하고서 마침내 도재작방(屠宰作坊)을 개점하기로 했다.

양웅의 집 뒷문 바같은 막다른 골목인데, 문 옆에 빈방이 하나 있고 또 우물이 가까워서 석수가 그곳에 혼자 거처하며 고기 장수하기에 알맞았다.

반공은 전에 자기가 부리던 부수(副手)를 다시 고용하고, 육안자(肉案

子)·수분(水盆)·첨두(帖頭) 그리고 허다한 도장(刀杖)을 마련하여 석수에게 주고 길일을 택해 육포(肉鋪)를 내었다.

그러자 동네 사람들과 친척들이 모두 찾아와서 괘홍(掛紅)하여 축하하는 것이었다.

며칠 동안은 육포를 개시했다는 기쁨으로 이 집에 술자리가 계속하여 벌어졌다.

세월은 덧없어서, 석수가 양웅과 의형제를 맺고 육포를 낸 지도 어느덧 두 달이 지나고, 시절은 가을이 다 가고 겨울이 닥치게 되어 사람들은 옷을 갈아입을 때였다.

석수는 하루아침 일찍이 일어나 새 옷 입고 외현(外縣)으로 가서 돼지를 사오려고 떠났다가 사흘 만에 돌아와 보니, 고깃관은 열어놓지 않았고, 점방 안에 있던 도구는 모조리 어디다 치워버렸는지 눈에 보이지 않는다.

석수는 마음이 자상한 사람이라, 이 모양을 보고 즉시 생각했다.

'이 세상에 천날 좋은 사람 없고, 백날 붉은 꽃도 없다더니(人無千日好花無百日紅) 형님이 관가에 나가시느라고 가사(家事)를 돌보지 않으시니까, 형수는 내가 있는 게 귀찮아서 싫어하시는 게 분명하다. 이번에 내가 이틀 동안 밖에 나가고 없는 사이, 아마 누가 나를 헐뜯어서 고자질한 모양이지? 내 그만 고향으로 돌아가는 게 좋겠다.'

그는 이렇게 생각하고 방으로 들어가서 손과 발을 깨끗이 씻고 보따리를 꾸려놓은 후, 치부책을 꺼내서 세밀하게 청산(淸算)하고 기록해서는 뒤채 큰집으로 들어갔다.

반공은 벌써 술상을 차려놓고 있다가 석수가 들어오니까 기쁜 얼굴로 자리를 권하면서,

"이번엔 외현까지 나가서 돼지를 사오느라고 먼 길에 수고 많이 했네."

라고 위로의 말을 한다. 석수는 공손히 예를 하고, 치부책을 바치면서 말했다.

"노장(老丈)께서는 여기 치부책을 보시면 잘 아실 것입니다. 저는 추호도 속인 것은 없습니다."

반공은 이 소리를 듣고 눈을 크게 뜨며 놀란다.

"아니, 자네 그게 무슨 말인가?"

"제가 고향을 떠난 지 6, 7년이나 돼서, 이제 그만 고향으로 돌아가려고 합니다. 그래서 지금 치부책을 청산해 바치고서 내일 아침엔 떠나렵니다."

반공은 이같이 말하는 석수의 얼굴을 물끄러미 바라보다가, 한바탕 너털웃음을 웃더니 말했다.

"자네가 왜 그런 말을 하는지 이제야 알겠네. 자네가 사흘 만에 돌아와 보니까 육포를 개점하지 아니했고 칼 같은 걸 모두 집어치워 보이지 아니하니까 그래서 그런 생각한 게 아닌가? 그러나 그건 오헬세! 내 딸년이 먼저 이 고을 왕압사(玉押司)한테 출가했었는데 불행히 왕압사가 이태 전에 죽었다네. 그래 내일이면 꼭 2주년 대상날이거든! 그래서 어제부터 육포문을 닫은 것이고 내일엔 보은사(報恩寺) 중이 와서 치성을 드리고 할 거란 말일세. 자네를 의심한다거나 어째서 가게 문을 닫은 건 아니니 오해하지 말게."

석수는 반공의 말을 듣고 그 자리에서 의심이 풀렸다.

"그러신 줄 모르고 제가 잘못 생각했습니다. 그럼 저는 더 있을랍니다."

"그래, 그럭해주게. 내 처음부터 자네한테 육포를 내맡기고서, 그 후 한 번이나 참견하던가? 자아, 술이나 한잔 들게!"

이리해서 석수는 완전히 의심을 풀고 반공이 주는 술을 몇 잔 받아 마신 후 자기 방으로 돌아왔다.

이튿날, 절에서 도인(道人)이 짐을 가지고 내려와서 이 집 대청에다 단장(壇場)을 배설하고 불상(佛像)·공기(供器)·고발(鼓鈸)·종경(鐘磬)·향화(香花)·등촉(燈燭)을 벌여놓으며, 일변 재식(齋食)을 차리기 시작했다. 이제부터 반교운의 망부(亡夫)의 대상(大喪)을 제(祭)지내는 불공이 벌어지는 판이다.

이날 양웅은 신시(申時)쯤 해서 잠깐 집에 나왔다가 다시 관가로 들어가며 석수에게 부탁한다.

"내가 오늘 번들러 들어갔다가 내일 새벽에나 나올 게니까, 오늘밤 일은 나 대신 자네가 잘 보살펴다오."

"형님, 염려 마시고 잘 다녀오십시오."

석수는 이렇게 말하고 문간까지 따라 나가서 양웅을 배웅하고 그대로 문간에 섰노라니까, 조금 있다가 보은사 젊은 중이 상자한테 선물 보따리를 들려 나타났다.

석수가 정중하게 그 중을 맞아들이자 안에서 반공이 나와 수인사를 하고 있을 때 위층에 있던 반교운이 엷은 화장을 하고서 내려와 중을 보고 깍듯이 인사한다.

대체 이 젊은 중이 어떤 사람이냐 하면 원래 융선포(絨線鋪)의 소관인(小官人)으로 있다가 출가한 사람으로서 이름은 배여해(裵如海)인데 그의 사부가 바로 반공의 문도(門徒)였으므로, 반공을 만났을 때부터 그는 반공을 아저씨라고 불렀고 반교운은 또 그가 저보다 나이가 두 살 위라 해서 사형(師兄)이라 부르는 터이었다.

대관절 여염집 부인이 젊은 중을 '사형'이라 부르고 젊은 중놈이 남의 집 부인한테 '누이'라 부른다는 것부터 석수에게는 해괴한 일로 생각되거니와, 그보다도 배여해가 반교운을 보는 눈빛과 반교운이 배여해를 바라보는 눈빛이 아무래도 이상하다고 그는 느꼈다.

석수는 그들이 처음에 몇 마디 수작하는 소리를 듣고서 단박에 눈치를 챈 바 있다.

반교운한테서 차 한 잔을 대접받고 배여해는 반공한테,

"소승은 곧 절로 돌아가서 사람들을 데리고 다시 나오겠습니다."

라고 인사한 후 돌아갔다.

석수는 문간에 서서 혼자 속으로 생각했다.

'아무래도 우리 아주머니가 인물값을 하느라고 정이 잘 움직이는 모양이야! 더구나 상대가 상판이 허여멀끔한 중놈 아닌가? 중놈한테 대해서는 옛날부터 내려오는 말이 있지. 한 자(字)로 말하면 승(僧)이고, 두 자로 부르면 화상(和尙)이고, 석 자로 부르면 귀락관(鬼樂官)이고, 넉 자면 색중아귀(色中餓鬼), 이렇게 부르는 게 중놈이지!'

석수가 이 같은 생각을 하며 의형(義兄) 양웅을 위해 기분이 좋지 못해서 한참 동안이나 서성거리고 있노라니까, 보은사에서 행자 한 사람이 내려와서 대청에 들어가 촛불을 켜놓고 향을 피워놓는다.

그런 후 얼마 지나서 배여해가 여러 중을 이끌고서 내려왔다.

석수가 반공과 함께 그들을 객실로 맞아들이어 다반(茶飯)을 대접하고, 그것이 끝나자 불공이 대청에 마련한 단장(壇場)에서 시작되었다.

단장 앞에 중들이 늘어앉아서 북을 치며 방울을 흔들며 영가찬양(咏歌讚揚)하기 시작하자, 배여해는 또 한 사람 젊은 화상과 함께 영저(鈴杵)를 흔들며 부처님을 청하여 제천호법(諸天護法)으로 재를 올리고 치성을 드리기 시작하니, 이것이 반교운의 전남편 왕압사의 영혼을 천계극락(天界極樂)으로 천도시키는 일이다.

이때 반교운이 소복단장하고 법단 위에 올라가서 향로에 향을 피우고 예불(禮佛)하자, 배여해는 더욱 정신을 가다듬어가며 연방 방울을 흔들고 진언(眞言)을 외우는데, 일당에 모인 다른 중들도 모두 반교운의 미색(美色)에 정신이 혼돈되어, 반수(班首) 되는 놈은 정신이 뒤죽박죽되어 불호(佛號)를 까먹었고, 사리 보는 놈은 정신이 현황해서 진언(眞

言)을 외우는 데 고저(高低)를 까먹었고, 향 피우는 행자는 화병을 넘어 뜨리고, 촛불을 잡는 두타(頭陀)는 촛댄 줄 알고 향합(香盒)을 잡는다.

그리고 선명표백(宜名表白)에는 대송국(大宋國)이라 할 것을 대당(大唐)이라 부르고, 참죄통진(懺罪通陳)에는 왕압사(王押司)라 할 것을 왕압금(王押禁)이라 부른다. 그뿐 아니라 징을 친다고 허공을 치기도 하며, 방울을 흔들다가 마루 위에 떨어뜨리며, 섬자(銛子)를 두드리는 놈은 이쪽으로 한 군데 몰키고, 향경(響磬)을 치는 놈은 저쪽으로 한데 몰키어 법장 안이 사뭇 시끄러운데, 장주(藏主)는 정신이 황홀해서 북을 친다는 것이 도제(徒弟)의 손을 때리고, 유나(維那)는 눈앞이 어지러워서 경추(磬鎚)로 노승(老僧)의 머리를 때린다.

법장이 이 모양이니 가히 10년 고행도 봄눈같이 사라지고, 만개금강(萬個金剛)도 강림할 수 없는 괴상망측한 광경이다.

석수는 이 꼴을 바라보다가,

'원 참, 불공도 이따위 불공이 어디 있담! 공덕은커녕, 부처님이 노하겠다!'

속으로 한심하기 짝이 없어 이같이 혼잣말했다.

조금 있다가 증맹(證盟)이 끝나고, 중들이 안에 들어와서 잿밥을 먹을 때, 석수가 가만히 보려니까, 배여해란 놈이 다른 중들 뒤에 가 앉아서 연해 반교운 쪽을 바라보고 싱글벙글하는데, 계집 또한 한 손으로 입을 가리고 연방 눈웃음을 치는 게 아닌가. 연놈의 눈이 오고, 눈이 가는 그 속엔 정(情)이 담뿍 실렸다.

재가 끝나고 중들은 다시 법장으로 들어갔다.

그러나 석수는 연놈이 서로 눈을 맞추는 꼴이 보기 싫어서 옆방으로 들어가 누워버렸다. 법장에서는 중들이 연방 간경(看經)하고, 천왕(天王)을 청하여 배참(拜懺)하고, 욕공(浴供)을 베풀고, 망혼(亡魂)을 부르고, 삼보(三寶)를 참례(參禮)하고 추천(追薦)하여 시각이 4경에 이르렀다.

배여해는 연방 소리를 높여 경을 외우는데, 포렴(布簾) 뒤에서 그 모양을 바라보고 있던 반교운은 저도 모르게 욕정(慾情)이 불 일듯 일어나 어쩔 줄을 모른다.

마침내 반교운은 계집 하인을 시켜 배여해를 불러들여 그놈의 옷소매를 덥석 잡고 한마디 한다.

"오라버니, 내일 오셔서 공덕전(功德錢)을 받으실 때 우리 아버지께, 돌아가신 어머니 혈분원심(血盆願心)을 곧 좀 하시라고 여쭤세요."

중놈이 씽긋 웃고 말한다.

"누이, 잘 알았소. 그런데 간밤에 인사한 누이 아주버니란 사람이 난 아무래도 께름칙해."

"아이, 뭘 그까짓 걸 가지고 그러오. 우리 바깥께서 의형제 맺은 사람인데….."

"그럼 딴 남이로구먼. 난 꼭 그 사람이 절급(節級)의 친형젠 줄 알았구먼."

라고 하며, 중놈과 계집은 음탕한 웃음을 주고받고, 배여해는 다시 법장으로 들어와서 천연스러운 태도로 경을 읽는다. 옆방에서 석수는 거짓코를 골면서 연놈이 주고받는 수작을 죄다 엿들었다.

그날 밤 5경이 넘어서 불공은 끝났고, 양웅이 관가에서 돌아온 것은 이튿날 새벽이었다.

석수는 양웅을 보고서도 아무 이야기 하지 아니했다.

조반을 먹고 양웅이 다시 집에서 나간 후에, 승의(僧衣)를 새로 갈아입은 배여해가 찾아왔다.

반공과 반교운이 그를 맞아들여 차를 내오게 한 후, 지난밤에 수고한 것을 사례하니까, 배여해는 아주 겸사하고 나서 마침내 작고하신 반공 부인의 영혼을 위해서 혈분원심을 드리는 게 좋겠다고 이야기한다.

반공은 자기도 그것이 평소에 소원이었는지라, 배여해가 음침한 마음을 먹고 하는 말인 줄을 꿈에도 생각지 못하고, 자기 딸을 돌아다보며 말했다.

"그럼 내일 나하고 절에 올라가서 아주 증맹참소(證盟懺疏)를 했으면 좋겠다. 그런데 가게를 비워놓을 수는 없고, 어떡하면 좋으냐?"

그러자 반교운은,

"가게야 석수 아주버니가 있는데 어련히 잘 보겠어요?"

하고, 돈을 얼마 배여해에게 주며,

"공덕전이 얼마 안 됩니다만 오라버니, 허물 마시고 받으세요. 그리고 내일 아버님 모시고 갈 테니, 또 좀 수고를 해주셔야겠어요."

하고 생긋 웃는다.

배여해는 돈을 받아 넣고 일어나서,

"포시(布施)를 많이 받아가지고 가니, 나눠주면 모두들 고마워하겠군요. 그럼, 내일은 누이가 와서 증맹(證盟)을 해야 하오."

이같이 말하고 나갔다. 반교운은 문간까지 따라 나가서 그를 배웅했다.

이날 양웅은 늦게 돌아왔다.

반공은 사위가 저녁을 다 먹은 뒤에 입을 열었다.

"네가 아마 이야기를 들었을 것이다마는, 본래 네 장모가 임종 시에 유언하기를 딸년더러 혈분경(血盆經)을 공양(供養)하라고 했었다. 그래 내일은 내가 네 댁을 데리고 보은사에 가서 증맹만 하고는 곧 돌아오겠으니 그런 줄 알아라."

이 말을 듣고 양웅이 생각하니, 자기 아내가 혼자서 절에 올라간다는 것도 아니요, 장인이 함께 간다 하는 것이니 안 된다고 말할 수도 없다. 그래서 그는 장인한테 간단히 대답했다.

"그럼 다녀오시죠."

이같이 된 후, 이튿날 새벽 일찍이 양웅이 관가로 들어간 뒤에, 반교운은 전과는 영 딴판으로 얼굴 화장을 진하게 하고 향합과 지촉(紙燭)을 들고 교자(轎子)를 타고 아버지 반공과 계집 하인 영아(迎兒)와 함께 보은사로 올라갔다.

배여해가 산문(山門) 밖에까지 나와서 영접한다.

"자네 수고를 너무 시켜서 미안하이."

반공이 이같이 말하니까 배여해는,

"원 별 말씀을 다 하십니다. 어서 들어가시지요. 오늘 새벽 5경 때부터 수륙당(水陸堂)에서 송경(誦經)하고 있는 중입니다."

하고, 그들을 인도하여 바로 수륙당으로 들어갔다.

당상(堂上)에는 화과향촉(花果香燭)이 벌써 배설되어 있고, 중이 십여 명이나 그 앞에 앉아서 경을 외우고 있다.

반교운이 그들의 수고를 사례하고, 삼보(三寶)에 참배하고 일어나자 배여해는 그를 인도하여 지장보살 앞으로 가서 증맹참회시키고 소두(疏頭)를 통하고, 소지(燒紙)를 올렸다.

이 같은 형식이 끝난 후에 배여해는 반공 부녀(父女)를 자기 처소로 청해 들인 후 차를 대접한다. 차는 절세호차(絕世好茶)요, 찻잔은 백설정기잔(白雲錠器盞)인데 금광흑칠(琴光黑漆)의 춘대(春臺)에는 당대 명인의 서화(書畵)가 몇 폭 걸려 있고, 작은 탁자 위에는 자그마한 향로에서 향이 피어오른다. 참으로 출가인(出家人)이 거처하는 곳답게 정결하고 한가롭다.

차를 마시고 나서 반공이 교운을 보고 그만 일어나 집으로 가자 하니까, 배여해는 황망히 손을 저으면서 반공을 일어나지 못하게 붙든다.

"참으로 오늘 이렇게 어려운 행차를 하셨는데, 어쩌면 국수도 좀 안 드시고 그냥 내려가시려고 하십니까? 잠깐 앉아 계십시오."

배여해는 이같이 말하고 즉시 소리를 쳐 상자를 부른다.

배여해의 말이 떨어지자, 나이 어린 중 하나가 진기한 과자와 이상한 채소와 여러 가지 소찬(素饌)을 날라다가 춘대 위에 벌여놓는다.

배여해는 술을 한 잔 따라서 반공에게 권한다.

반공은 그 술을 받아서 맛보고,

"그 술맛이 참으로 희한하게 좋군. 그리고 퍽 강한데."

이같이 말한다.

술맛이 강할 수밖에 없는 것이, 이 중놈이 오늘은 기어코 욕심을 풀어
보려고 어디서 독한 것 중에도 가장 독한 것으로 특별히 구해온 술이다.

반공은 원래 술이 세지도 못한 데다가 이같이 독한 술을 서너 잔 받
아 마시었는지라, 그만 취해서 몸을 가누지 못한다.

배여해는 반공의 모양을 보고 빙그레 웃으면서,

"아저씨가 벌써 취하셨네. 그럼 어디 가서 좀 드러누우셔야겠군."

이렇게 중얼거리고, 즉시 어린 중을 불러 반공을 부축하여 조용한 뒷
방으로 모시고 가게 한 후, 다시 잔을 들어 반교운에게 술을 권한다.

"누이도 한 잔 들우."

계집도 속으로 배여해한테 마음이 있는 터이라, 사양하지 않고 그가
권하는 석 잔 술을 받아 마셨다.

첫째 마음이 있는 데다가 둘째 술이 심정을 흥분시켜놓았는지라, 반
교운은 눈이 거슴츠레해져 배여해를 쳐다보고 한마디 한다.

"오라버니, 그래 어쩔 작정으로 날 이렇게 술을 먹여요?"

배여해가 능글맞게 가만히 말한다.

"아, 누이를 극진히 대접하는 거지. 자아, 한 잔만 더 받우."

"아이, 이제 참말 더 못 하겠어요."

"그럼 술은 그만하고, 내 방에 가서 불사리(佛舍利)나 구경하려우?"

"네. 불사리나 구경시켜줘요."

중놈은 계집을 이끌고 위층 다락으로 올라가니 이 방은 바로 배여해
의 와방(臥房)으로서 방 안을 꾸민 품이 매우 정결하고도 아담하다.

반교운이 방 안을 한번 둘러보고 벌써 마음이 좋아져서,

"아이, 방이 참 좋고 깨끗하군요."

하니까 중놈이 웃으면서,

"방만 좋으면 뭘해? 정작 색시가 없는걸."

한다. 계집이 또 웃으면서 말한다.

"어디서 색시 하나 얻어오면 될 건데요."

"그런 시주(施主)가 어디 있어야지."

"참, 구경시켜준다던 불사리나 어서 보여주세요."

중놈이 눈을 가늘게 뜨고 말한다.

"영아를 내려보내면 보여드리지."

그러자 반교운은 계집 하인을 돌아다보고 말하는 것이었다.

"너 아래 내려가서 영감 마님이 그저 주무시나 보고, 잠이 깨실 때까지 게 있거라."

"네."

영아가 대답하고 다락에서 내려가자, 배여해는 즉시 다락문을 안으로 걸어버린다.

반교운이 배여해를 바라보고,

"아니, 문을 왜 잠그세요?"

하니까 중놈은 벌써 욕심이 불붙었는지라, 다짜고짜로 계집의 허리를 덥석 껴안으며,

"여보! 내가 이태 동안을 오직 낭자만 생각해왔답니다. 오늘 여기서 한 번만 내 소원을 풀어주시우."

숨 가쁜 소리로 이같이 애원한다.

계집은 눈웃음을 지으면서 대꾸한다.

"아니, 우리 바깥양반이 어떤 분인 줄이나 알고서 이러우? 이런 행동이 드러나는 날이면, 임자 목숨이 어떻게 될 건지 몰라요?"

중놈은 계집 앞에 무릎을 꿇고 또 애원한다.

"여보 낭자! 제발 한 번만 소원을 풀어주시오!"

계집은 가자로 눈을 흡뜨고 한 손을 번쩍 들면서,

"이거 어째 성가시게 이러는 거야? 귀때기를 한번 때려줄까 부다!"

하니까, 중놈은 히히히 웃으면서,

"어서 맘대로 때리십시오… 하지만 낭자 손이 아프시면 어쩌나…."

이때 계집은 아까부터 참아오던 음심(淫心)이 폭발하여, 쳐들었던 손으로 중놈을 붙들어 일으키면서,

"때릴 수 있지만, 내가 그만두지."

하고, 눈을 감는다. 중놈은 다시 더 수작을 걸지 않고, 즉시 계집을 부둥켜안고 와상(臥床) 앞으로 가서 띠를 끄르고 옷을 벗기고 베개를 같이 하고서 즐기기 시작했다.

연놈이 한 시각가량이나 음탕하게 즐긴 다음에, 중놈은 계집을 부둥켜안고 은근히 말한다.

"낭자가 내 소원을 풀어주니, 이제는 내가 죽는대도 한이 없소. 그러나 우리가 모처럼 만났는데 그저 잠시 쾌락뿐이지, 밤새도록 즐기지 못하는 형편이니, 이러다가는 아마도 상사병이 생겨 내가 오래지 않아 죽을 것만 같구려."

계집이 속삭인다.

"너무 애를 태우지 마세요. 우리 남편이란 사람이 한 달이면 스무 날은 번을 들어요. 그래서 스무 날은 밤에 옥으로 들어가고 집에 없으니까, 그때마다 우리가 몰래 만나면 되지 않우? 그이가 번들러 나가고 집에 없는 밤에는 내가 영아를 시켜 뒷문 밖에다 향탁(香卓)을 내다놓고 향을 피울 테니까, 그것만 보이거든 맘놓고 들어와요. 그러나 5경이 지나기까지 정신 놓고 잤다가는 큰일인데… 내 생각 같아서는 두타(頭陀) 하나를 얻어서 5경 때만 되거든 우리 집 뒤에 와서 목탁 치고 염불하게

했으면 아주 안심되겠네."

중놈이 이 말을 듣고 너무도 좋아서 벙글벙글하며 말한다.

"참말 잘 생각했소. 우리 절에 호도인(胡道人)이란 두타가 있는데 이놈한테 돈 좀 집어주면, 내 말을 안 듣고는 못 배기지. 그럼 우리 꼭 그대로 합시다."

연놈이 이같이 약속을 하고 계집은 자리에서 일어났다.

"난 그럼 갈래요. 오래 있다가 남들한테 의심 사면 안 돼요."

계집은 이렇게 말하면서 헝클어진 머리를 매만지고, 얼굴에 얼룩진 분을 다스리고는 중놈을 돌아보고,

"그럼 뒷문 밖에서 향만 피우거든 꼭 와야 해요."

이같이 또 한 번 당부하고, 즉시 다락문을 열고 아래로 내려와서 영아를 보고,

"영감 마님께서 웬 잠을 이렇게 오래 주무신다니? 어서 그만 가시자고 여쭈어라."

하고 뒷방으로 가서 반공을 깨우게 한 후, 아비와 딸은 교군을 타고서 보은사로부터 내려왔다.

그 이튿날, 양웅이 낮에 잠깐 집에 나왔다가 저녁때 번을 들러 다시 관가로 들어간 후, 영아는 저의 아씨의 분부대로 저녁때가 되자 뒷문 밖에다 향탁을 내다놓고 향을 피웠다.

반교운이 단장을 곱게 하고 기둥에 기대서서 일각이 여삼추로 배여 해가 오기를 고대하고 있는데 초경(初更)이 조금 지났을 무렵, 한 사람이 머리에 두건을 푹 눌러쓰고 골목길로 걸어오더니, 아무런 인사 수작도 없이 문안으로 쑥 들어온다.

"누구세요?"

영아가 묻자, 그 사나이는 아무 말 하지 않고 두건을 벗는데, 보니까 박박 깎은 알머리다.

반교운은 단박 그를 알아보고, 나지막한 목소리로 욕을 한마디 한다.

"아니, 이게 웬 중녀석이야!"

이러고는 연놈이 서로 부둥켜안고 다락 위로 올라갔다. 그러고 영아는 향탁을 치우고 뒷문을 닫아걸고서 저의 방으로 돌아갔다.

이날 밤 두 연놈의 즐거움이란 아교 같고 칠 같고 꿀 같고 고기 같고 물 같고… 밤을 새워가며 마음껏 즐기다가 닭이 두 홰를 울 때 연놈은 그만 기운이 파해서 잠깐 눈을 붙였는데, 미구에 뒷문 밖에서 따악…따악…따악… 목탁 소리가 들리며 염불하는 소리가 들린다.

중놈과 계집은 단꿈을 꾸다가 그만 소스라쳐 깨었다.

배여해가 옷을 주섬주섬 입으면서,

"나는 가우. 밤에 우리 또 만납시다."

계집을 돌아보고 이같이 말하니까, 반교운은 중놈을 쳐다보며,

"언제든지 향탁만 대문 밖에 나와 있거든 꼭 와요. 향탁이 안 보이거든 아예 이 근처 얼씬도 말고!"

또 이같이 당부하는 것이었다.

배여해는 고개를 한 번 끄덕이고 앞머리 위에 두건을 푹 눌러쓴 후 다락문을 열고 아래로 내려갔다. 밖에서 영아가 기다리고 있다가 뒷문을 열어준다.

이날부터 시작해서 양웅이 당로상숙(當牢上宿)하는 날 밤이면, 반드시 배여해가 반교운을 찾아왔다. 집안에 노인이 한 분 있지만, 노인은 초저녁부터 잠들어버리고, 계집 하인은 아씨와 한통속이요, 오직 석수 하나가 문제인데, 계집이 원래 음욕이 불길 같으니까 그런 것 저런 것 자세히 생각할 여유가 없다.

중놈도 계집의 재미를 맛본 뒤로는 정신이 아주 미쳐버리다시피 되어, 날이 저문 뒤에 두타가 밖에서 들어와,

"오늘도 향탁에 향을 피워두었더군요."

이같이 한마디 하기만 하면, 그는 곧 두건을 뒤집어쓰고 계집을 찾아간다. 이렇게 밀통(密通)하기 시작한 지 한 달 동안에 배여해가 반교운이를 찾아간 횟수가 벌써 십여 회나 되었다.

그런데 석수는 매일 부지런히 가게를 보고 밤이면 제 방에 들어가 쉬고 있었는데, 요사이 와서 새벽 5경 때가 되기만 하면 두타가 골목으로 들어와서 목탁을 두드리며 큰소리로 염불하는 것을 듣게 되었다.

그는 본래 눈치가 빠른 사람인지라,

'이 골목이 막다른 골목인데, 웬 놈의 두타가 연일 막다른 골목 안에 찾아와 목탁을 두드리고 염불을 하고 그럴까?'

이같이 마음속으로 의심을 품었다.

하루는 2월 중순 어느 날이다.

그날 5경 때 석수가 잠이 깨어 그대로 자리에 누워 있으려니까, 골목 밖에 사람 소리가 들리더니, 두타가 또 목탁을 두드리며 골목 안으로 들어오는 게 아닌가.

'또 왔구나!'

석수는 자리에서 일어나 앉아서 기다렸다.

두타가 연해 목탁을 두드리며 골목으로 들어오더니, 바로 뒷문 밖에 와서 걸음을 멈추고,

"보도중생(普度衆生)…구고구난(救苦救難)…제불보살(諸佛菩薩)."

이같이 소리 높이 염불을 한다.

석수가 가만히 일어나서 방문 틈으로 바깥을 엿보니까, 뒷대문이 소리 없이 열리더니 웬 놈이 머리에 두건을 폭 눌러쓰고 나와서 두타와 함께 골목 밖으로 걸어나가고, 그것들이 간 뒤에 영아가 나와서 뒷문을 다시 닫아걸고 들어간다.

석수는 이 꼴을 보고 머리를 흔들었다.

'우리 형님이 훌륭한 호걸인데, 꼭 계집 하나 잘못 얻어 이런 욕을 당

하니… 대체 이게 무슨 꼴이람!'

이렇게 한탄하다가,

'이제는 내가 더 모른 체하고만 있을 수 없다.'

혼자서 이같이 마음을 정했다.

날이 밝자 그는 가게 문을 열고 고기를 판 뒤에, 아침밥을 먹고 집을 나섰다.

석수가 한 바퀴 휘돌아 외상값을 받아가지고 주아(州衙) 앞으로 양웅을 만나려고 가는 길인데, 주교(州橋)에 이르렀을 때 마침 이쪽으로 걸어오는 양웅과 만나게 되었다.

양웅이 먼저 반겨하며 한마디 묻는다.

"너 어디 가는 길이냐?"

"외상값 받으러 나온 길에 형님 좀 뵙고 가려고 왔죠."

"그럼 잘됐다. 내 요새 원체 바쁘기 때문에 너하고 술도 한잔 못 마셨다. 우리 우선 저 집으로 들어가자."

양웅은 이렇게 말하고 바로 그곳 천변에 있는 주루(酒樓)로 올라갔다. 조용한 각자(閣子)를 택해 두 사람이 각각 자리에 앉은 다음, 양웅은 주보를 불러 좋은 술과 안주와 생선을 주문했다.

술이 들어오자 두 사람은 잔을 들었다. 그러나 술잔을 거듭하도록 석수는 도무지 말이 없고, 얼굴에는 매우 걱정스러운 빛이 떠돌고 있다.

양웅은 석수의 태도를 이상히 생각하고 물었다.

"너 기색이 좋지 않으니, 무슨 일이 있니? 집 안에서 혹 무슨 말이라도 듣고서 그러는 거냐?"

석수가 대답한다.

"집 안에서 무슨 말이 있어요? 정말 한집 식구로 대해주는 터인데… 그런데 형님, 내 형님한테 꼭 한마디 이야기할 게 있는데, 그걸 이야기해도 좋겠습니까?"

양웅이 말한다.

"해도 좋겠습니까가 다 뭐야? 너와 나 사이에 할 말 있으면 꼭 해야지!"

석수는 마침내 이야기를 시작한다.

"형님은 날마다 관가에 들어와 계시니까 집 안에 무슨 일이 있어도 모르시지만, 나는 내 눈으로 보고 있으니 잘 알 수밖에 없지요. 그런데 형님께 이런 이야기 좀 거북하오마는, 아주머니가 대단히 음탕한 부인 예요. 요전에 집에서 불공을 드린다고 왜 보은사 중들을 청해오지 않았어요? 그때 배여해라는 젊은 중이 왔었는데, 그날 밤 아주머니가 그놈하고 눈을 맞추는 것을 내가 보았지요. 그다음 날 배여해가 왔다 가고, 또 그다음 날 보은사에서 혈분원심을 드린다고 아주머니가 노장 어른과 함께 절에 올라갔다가 저녁때 내려왔는데 술을 좀 자셨더군요. 그런 일이 있은 후 벌써 수십 일 전부터 웬 두타 한 놈이 새벽 5경 때면 우리집 뒷골목에 들어와서 목탁을 치고 염불을 하지 않아요? 막다른 골목에 들어와서 염불하는 게 아무래도 수상스럽기에 오늘 새벽에는 내가 가만히 일어나서 문틈으로 내다보았더니 바로 그 배여해란 중놈이 머리에 두건을 푹 눌러쓰고 안에서 나오는구려. 아니, 세상에 이렇게 음란한 계집이 어디 있겠어요?"

이야기를 듣고 양웅은 크게 노했다.

"이런 더러운 계집년!"

하고, 양웅이 흥분해서 일어나려는 것을 석수는 붙들고 말린다.

"형님, 화를 내신다고 일이 되는 게 아녜요. 그러시지 말고 우리 이렇게 하십시다. 오늘 밤에 형님은 아무런 눈치도 보이시지 말고 평상시같이 지내시고, 내일 번들러 나가신다 하고 집에서 나오셨다가 3경 때쯤해서 돌아오셔서 뒷문을 두들기십쇼. 그러면 필시 배여해란 놈이 먼저 달려나올 터이니까, 그때 나는 문 뒤에 숨어 있다가 그놈을 붙잡지요.

그담엔 그놈한테 형님이 마음대로 분풀이를 하십시오."

양웅이 이 말을 듣고,

"참 그러면 되겠다. 그렇게 하자."

하고 찬성한다.

"형님, 무슨 일이 있든지 오늘은 이런 이야기를 눈곱만치라도 입 밖에 내지 말아야 되오."

"염려 말아."

양웅은 이같이 다짐했다. 그리고 두 사람은 술을 몇 잔씩 더 한 후에 밖으로 나왔다.

두 사람이 술집에서 나와 천변 길을 걸어오는데 맞은편에서 우후(虞侯) 너덧 명이 급히 달려오더니,

"절급 어른! 어디 가셨댔습니까? 우린 입때 절급 어른을 찾아다녔지요. 저기요, 다름 아니라 지부상공(知府相公)께서 지금 화원(花園)에 나가 계신데 봉술을 좀 구경하시겠다고, 절급 어른을 불러오라시는군요. 자아, 어서 가십시다."

양웅은 이 말을 듣고 석수를 돌아보며,

"본관이 나를 부르신다니, 너는 먼저 집으로 가거라."

이렇게 말하여 석수를 돌려보내고, 그는 우후들과 함께 화원 안으로 들어갔다.

양웅이 재주를 다해서 봉술을 몇 차례 보여드리니까, 지부는 흥미 있게 구경하고 기뻐하면서 술을 가져오게 한 후, 큰 잔으로 열 잔의 상주(賞酒)를 내린다.

양웅이 술을 받아 마시고 지부의 앞을 물러나오자, 이번에는 우후들이 붙들고 자꾸 술을 권하는 게 아닌가. 양웅은 주는 대로 받아 마셔 마침내 대취하여 여러 사람의 부축을 받아가며 간신히 자기 집에 돌아왔다.

반교운은 남편이 술에 녹초가 되어서 돌아온 것을 보고 영아와 함께 달려나와 좌우에서 그를 부축하여 다락 위로 올라갔다.

양웅이 와상(臥床) 가에 털썩 걸터앉자, 영아는 쪼그리고 앉아서 그의 신발을 벗기고, 반교운은 곁에 와서 그의 두건을 벗기고, 건책(巾幘)을 푼다.

이때 양웅은 아내의 얼굴을 힐끔 바라보니 참을 수 없었다. 아까 낮에 술집에서 석수가 신신당부하던 것도 잊어버리고, 자기가 또 굳게 약속한 것도 죄다 잊어버리고, 그는 손가락으로 아내를 가리키며 벼락같이 꾸짖었다.

"에라 이 더러운 년! 너 이년! 언제든지 너는 내 손에 죽을 줄 알아라!"

계집은 깜짝 놀랐다. 그러나 감히 한마디 대꾸도 못 한다.

양웅은 옷을 함부로 벗어서 팽개치고 아무렇게나 자리에 쓰러지더니 입으로는,

"이 더러운 년! 개 같은 년! 내가 모를 줄 아니? 내가 다 안다! 네 이년! 내 이제 어쩌나 네가 두고 보아라!"

라고 욕한다. 계집은 숨도 크게 못 쉬고 오로지 남편이 잠들기만 기다렸다.

조금 있다가 양웅이 곯아떨어져 한잠 늘어지게 잔다. 그러고서 새벽 5경이나 되어 비로소 눈을 뜨더니 물을 찾는다. 계집은 일어나서 얼른 물을 떠다 바쳤다. 탁자 위에 잔등(殘燈)이 아직도 환하게 밝다.

양웅은 물 한 대접을 벌컥벌컥 다 들이켜고 나서 아내를 보더니 아래위를 다시 한 번 훑어보며 한마디 묻는다.

"여보, 당신 간밤에 옷을 입은 채 그대로 잤소?"

계집이 대답한다.

"어쩌면 그렇게 지독하게 약주를 잡수셨을까? 보기에 꼭 토하실 것

만 같기에, 그래 난 옷도 못 벗고 쪼그리고 앉아서 꼬박 새웠지 뭐예요."

양웅이 다시 묻는다.

"간밤에 내가 무슨 소리 지껄이지 않던가?"

"당신은 술에 취하기만 하면 언제든지 그저 쓰러져 주무시는 양반인데 얘기는 무슨 얘기를 해요."

양웅은 하품을 하고 기지개를 켠 다음 이렇게 말한다.

"참, 술상 하나 봐주구려. 석수하고 술 한 잔 못 나눈 지가 벌써 여러 날 되었으니, 불러다 한 잔씩 해야겠소."

그러나 계집은 대답을 하지 않고 그냥 답상(踏牀)에 앉아서, 눈에선 눈물을 흘리고 입으론 한숨만 연해 쉬는 것이 아닌가.

양웅은 당황해서 물었다.

"아니, 왜 이러우? 간밤에 내가 주정을 몹시 합디까?"

그러나 계집은 대답 없이 눈물만 뚝뚝 떨어뜨린다.

"아니, 대체 왜 이러는 거요?"

양웅이 이같이 두 번 세 번 물으니까, 계집은 소매로 얼굴을 가리더니 이제는 소리를 끼익 끼익 내며 운다.

양웅은 답상에 앉아서 우는 아내를 번쩍 안아다가 자기 곁에 앉히고 다시 물었다.

"말을 해야 알지? 대관절 무엇 때문에 이러는 거요?"

계집은 울면서 푸념을 늘어놓는다.

"나는 당신이 훌륭한 호걸 어른이시라 믿고서 시집왔는데, 누가 이렇게 딴 식구를 집 안에 들여놓고서 내 속을 썩게 할 줄 알았어요? 난 이대로는 이 집에서 하루도 더 못살아요!"

양웅이 놀라서 묻는다.

"딴 식구라니, 석수 말인가? 석수가 왜 어쨌단 말이야?"

계집이 흐느껴가면서 종알거리기 시작한다.

"당신이 그이를 의동생이라고 집에 데리고 왔을 때는 그래도 좋았어요. 사람도 진실해 보이고… 그랬는데 차차 해괴한 수작을 하기가 일쑤여서, 당신이 집에 안 들어오시는 날 밤이면, 나에게 매달리며 한다는 수작이 '형님이 오늘도 못 들어오시니, 아주머니 혼자 주무시기에 쓸쓸하시겠네.' 이러잖아요? 그래도 난 그저 못 들은 체해왔어요. 그런데 어제 새벽에는 내가 부엌에서 머리를 감고 있으려니까, 난데없이 이 녀석이 내게 덤벼들더니, 아무도 보는 사람 없다고 내 겨드랑 밑으로 손을 쑥 들이밀어 내 젖가슴을 주무르면서 '아주머니, 애기 배지 않았수?' 하는구먼. 내가 그놈의 손을 홱 뿌리친 다음 소리를 빽 지르려다가, 동네에서 알면 이게 무슨 꼴이고, 또 당신 체면은 어찌 되겠어요? 그래 당신이 돌아오시면 조용히 이야기를 하려고 기다리고 있었는데, 급기야 당신은 어디서 곤죽이 돼가지고 돌아와서는 그길로 쓰러져 주무시고 새벽에 일어나시는 길로, 아 그래 그 녀석하고 술 먹겠다고 술상을 보아오라시니, 그래 내가 화가 안 나겠나 생각을 좀 해봐요!"

참말 그럴듯하게 늘어놓는 계집의 푸념을 듣자, 양웅의 가슴속에는 금시에 불이 붙었다.

'범을 그리되 가죽을 그렸지 뼈는 못 그리고, 사람을 알아도 얼굴은 알지 마음은 모른다더니, 그래 그놈이 나보고 중놈이 이랬느니 저랬느니 별의별 소리를 다 한 것이 결국 제 뒤가 구리니까 그랬구나. 제까짓 것 내 친동생도 아닌 바에, 오늘부터 내쫓아버리면 그만이다!'

날이 환하게 밝기를 기다려 양웅은 다락에서 내려와 장인 방으로 가서,

"오늘부터 고깃관을 집어치우세요!"

볼멘소리로 한마디 하고 즉시 가게로 들어가서 궤자(櫃子)·육안(肉案) 할 것 없이 모조리 박살을 내버리고 올라갔다.

이때 석수가 일어나 세수를 하고 가게 문을 열어놓으려고 나와 보니

이 모양인 고로 놀라기는 했으나 즉시 까닭을 알아챘다.

'형님이 어젯밤에 취해 돌아와서, 그렇게 당부했건만 입 밖에 내지 말라고 한 말을 지껄였기 때문에, 여우 같은 계집이 되레 나한테 죄를 뒤집어씌운 게 분명하다. 그렇다고 내가 여기서 흑백(黑白)을 가리려고 떠들다가는 형님 모양만 더 창피하게 될 것이니, 우선 이 집에서 나가 달리 방도를 차려야겠다!'

석수는 이같이 마음을 먹고서 즉시 보따리를 싸서 들고, 한 자루 해완첨도(解腕尖刀)를 허리에 차고서, 반공한테로 가서 하직을 고한 후에 그 집에서 나와버렸다. 반공은 마음에 안됐지만, 사위가 처분해놓은 일인지라, 감히 석수를 붙들고 말리지도 못했다.

석수는 반공 집에서 가까운 동네 객줏집에 방을 하나 얻어 거처를 정했다.

'형님이 여우 같은 계집년의 말을 곧이듣고 나를 의심하고 있으니, 내가 거짓말을 한 것이 아니라는 증거는 보여야 할 게 아닌가?'

석수는 이렇게 생각하고 그날부터 날마다 저녁때만 되면 양웅의 집 근처로 배회하며 동정을 살피기 시작했다.

사흘째 되는 날 저녁에 옥에서 심부름하는 옥졸 하나가 양웅의 집에서 이부자리를 들고 나간다.

'오늘 밤에 형님이 번을 드시는구나!'

석수는 고개를 끄덕이고서 마음을 정한 후 자기 처소로 돌아와, 초저녁이건만 불을 꺼버리고 자리에 들어갔다.

한잠을 자고 4경쯤 되어서 그는 일어나서 해완첨도를 허리에 차고, 가만히 객줏집 문을 열고 나와서 양웅의 집 뒷골목으로 갔다.

그가 골목 어귀의 한쪽 구석에 몸을 숨기고 있으려니까, 5경이 되자 두타 녀석이 목탁을 들고 골목 앞까지 와서는 사방을 둘러보고 있다.

이때 석수는 번개같이 그놈의 등 뒤로 뛰어들어 한 손으로 그놈의 어깻죽지를 움켜잡고, 한 손으로는 칼을 빼가지고 그놈 모가지에 착 붙인 다음 나직한 목소리로 호령했다.

"이놈 꿈쩍 마라! 끽소리를 내기만 하면 용서 없다!"

일을 당한 두타는 몸을 우들우들 떤다.

"이놈, 바른대로 대라! 배여해란 중놈이 널더러 어떻게 하라고 이르더냐?"

두타가 떨리는 음성으로 대답한다.

"목숨만 살려주신다면 죄다 말씀합죠."

"그래, 살려줄 테니 어서 말해!"

두타는 그제야 제정신을 차려서 말한다.

"배여해가 바로 이 골목 안에 사는 반공의 따님을 몰래 보러 다니는데, 절더러 저녁때 여길 와보아서 뒷문 밖에 향탁이 나와 있나 없나 살펴보고 향탁이 나와 있으면 찾아오고 없으면 안 오고 했는데, 여기 와서 자는 날은 이튿날 새벽 5경에 절더러 다시 여기 와서 목탁을 두드리고 염불을 하라 해서, 그 소리만 나면 배여해가 나오기로 되었습니다."

석수는 다시 한마디 물었다.

"그래 그 중놈이 지금 어디 있느냐?"

"어디는 어디예요. 간밤에 여기 와서 잤지요. 이제 제가 목탁만 두드리면 배여해가 뛰어나올 걸요."

"그럼, 그 목탁하고 옷하고 잠깐 빌리자!"

석수가 이같이 명령하자 두타는 옷을 벗어준다. 석수는 한칼에 두타를 찔러 죽인 후 그 옷을 주워입고, 칼은 칼집에 도로 꽂고서 목탁을 두드리며 골목 안으로 들어갔다.

이때 배여해는 반교운과 함께 자리 속에 있다가 목탁 소리를 듣고 벌떡 일어나서 급히 옷을 주워입고 아래로 내려왔다.

영아가 문을 열어주자 배여해는 총총히 밖으로 나갔다.

석수가 이때 목탁을 따악 따악 치니까, 배여해는 사람이 바뀐 줄도 모르고 나지막한 목소리로 꾸짖는 것이 아닌가.

"아니, 뭐할라고 자꾸만 목탁을 치나?"

석수는 아무 소리 대꾸하지 않고 골목 밖까지 따라 나와 별안간 주먹으로 배여해의 덜미를 한 대 때려 넘어뜨려놓고서 호령했다.

"이놈, 끽소리도 하지 마라! 소리를 질렀다가는 당장 죽여버릴 테다. 어서 순순히 옷을 벗어서 나를 다오!"

배여해는 자빠져서 바라보고 그가 석수임을 알고, 도저히 당해낼 힘이 부족함을 깨닫고서, 하는 수 없이 옷을 홀랑 벗어놓았다.

석수는 배여해가 실 한 오라기도 걸치지 않은 알몸뚱어리가 되자, 번개같이 칼을 빼어들고서 푹 찔러 죽인 후, 배여해와 두타의 옷을 똘똘 말아 한옆에 끼고서 그냥 객줏집 자기 방으로 돌아가 다시 한숨 늘어지게 잤다.

그런데 석수가 배여해를 죽이고 돌아간 직후, 성내에서 죽 장사를 하는 왕공(王公)이라는 늙은이가 죽통을 울러매고 어린아이한테 초롱불을 들려 죽을 팔러 나왔었다. 왕공이 죽통을 메고 마침 이 골목 앞으로 지나다가 발길에 가로거치는 게 있어서 그만 넘어지는 바람에 죽통의 죽이 죄다 쏟아졌다.

초롱불을 든 어린아이는,

"에그머니!"

소리를 질렀다. 죽장수 늙은이는 땅바닥을 두 손으로 짚고 간신히 일어나서 불빛에 보아하니, 손과 옷은 새빨간 피와 죽투성이가 아닌가.

죽 장수가 놀라서 소리를 지르고 떠드는 바람에 골목 어귀에 있는 집안 식구들이 모두 깨어 일어나 불을 켜들고 나왔다. 그들이 나와 보니, 길바닥에는 피와 죽이 홍건하고 빨가벗은 송장이 두 개나 쓰러져 있는 게 아닌가.

동네 사람들은 불문곡직하고 죽 장수를 잡아 관가로 들어갔다.

계주지부한테 동네 사람 대표가 죽 장수 왕공을 붙들어온 이유를 아뢰고 난 뒤에, 죽 장수는 다음과 같이 아뢴다.

"소인은 매일 5경이면 죽통을 메고 거리에 나와서 파는 것이 생업인뎁쇼. 오늘 새벽엔 저 아이놈을 데리고 다니다가 저놈이 등불을 너무 높이 쳐들고 걸었기 때문에 발밑이 잘 보이잖아 그만 넘어져서 아까운 죽을 죄다 쏟고 말았답니다. 상공(相公)께선 이놈을 불쌍히 생각해주십쇼. 그래 소인이 일어나서 살펴보니까 근처가 온통 피바다가 됐는데 시체가 두 개나 있사와요. 어찌나 놀랐는지 소리를 질렀기 때문에 이 사람들이 잠을 깨어 이렇게 소인을 붙들어온 거랍니다. 상공께서는 명찰(明察)해주십시오."

지부는 죽 장수의 공술(供述)을 기록시킨 후 오작공인으로 하여금 현장을 검시(檢屍)하게 하고, 나중에 당안공목(當案孔目)으로 하여금 판정을 내리게 하니, '배여해와 두타는 두 놈이 서로 빨가벗고 싸우다가 피차에 살사(殺死)한 것'이라는 판정이 내렸다. 그리하여 죽 장수 왕공은 무죄 석방이 되고, 배여해와 두타의 시체는 관가에서 매장하고, 묘 위에다 '서로 싸우다 죽은 놈'이라는 목패까지 꽂았다.

이렇게 계주성 안이 온통 떠들썩하는 동안에 반교운은 숨도 크게 못 쉴 만큼 놀라고 근심스러워서 어쩔 줄을 몰라 했는데, 한편 이날 아침에 양웅은 자기 집 골목 앞에서 빨가벗은 배여해와 두타의 시체가 나왔다는 이야기를 관가에서 듣고 마음에 깨달은 바가 있었다.

'이게 아마 석수가 한 짓이지… 내가 워낙 성미가 조급해서 사실을 확실히 알아보지도 않고 저한테 심하게 했는데… 하여튼 오늘 몸도 한가하니 내가 찾아가서 이야기나 좀 자세히 들어보아야겠다….'

그는 이같이 생각하고 즉시 석수를 찾아보려고 관가를 나와 주교(州橋) 앞을 막 지나노라니까 뒤에서 누가,

"형님, 어딜 가슈?"

하고 부른다. 돌아다보니 바로 석수다.

"내가 지금 너를 보러 가는 길이다."

"그럼 형님, 내게로 가십시다."

석수는 양웅을 이끌고 저의 객줏집으로 갔다.

방 안에 들어가서 두 사람이 마주 앉자, 양웅은 먼저 사죄한다.

"내가 워낙 어리석은 위인이 돼서 그날 취중에 섣불리 입을 놀리고, 요사스런 계집 말만 듣고서 공연히 너를 의심했었다. 잘못도 이런 잘못이 어찌 있겠느냐마는, 네 부디 날 용서해다오."

석수가 말한다.

"형님, 내가 보잘것없는 위인이오마는, 그래도 하늘로 머리를 두고 땅 위에 서 있는 당당한 사내대장분데, 아무리 눈깔이 뒤집혔기로 그따위 염치없는 짓을 했겠소. 그러나 지나간 이야기 그만두고 여기 형님 보여드릴 물건이 있으니 보시오."

석수는 이렇게 말하고 일어나서 배여해와 두타한테서 벗겨가지고 온 옷을 꺼내놓고 양웅에게 보인다. 양웅이 이것을 보자 또 흥분해서,

"너는 가만있거라. 내 오늘 밤엔 기어코 이 더러운 년을 찢어 죽일 테다!"

하고 씨근씨근한다. 석수는 웃으면서 타이르듯이 말한다.

"형님이 또 이러시네. 형님도 공문(公門)에서 소임을 맡아보시는 분으로서 어찌 법도를 모르신단 말이오? 오늘 밤으로 요정을 내시겠다니 정작 진간(眞姦)을 잡지 못하고 내 말만 듣고서 어떻게 사람을 죽이나요? 그래선 안 되죠."

"그럼 네 생각엔 어떡하면 좋겠니?"

"형님, 동문(東門) 밖에 나가면 취병산(翠屏山)이라는 산이 있죠. 내일 형님은 산신(山神)께 참배하러 가자고 아주머니를 꾀어 그리로 데리고

오는데, 그때 영아도 함께 데리고 나오슈. 그럼 내가 먼저 가 있다가 거기서 우리 만나서 면대(面對)하여 시비(是非)를 따지면 모든 게 다 명백하게 될 것 아니오? 그때 형님이 한 통 휴서(休書)를 써주고 이따위 계집을 버리시면 그만 아니겠소?"

"네가 결백한 건 내가 다 알았으니까, 구태여 그 일을 가지고 또 따질 건 없다."

"아니요. 그래도 그렇지 않소. 그리고 그 중놈이 드나든 전후 사실도 자세히 알아보아야 하지 않수?"

"그럼 네 말대로 하자. 너도 내일 꼭 그리로 올 테지?"

"가고말고요. 내가 만일 안 가거든, 내가 여지껏 지껄인 말들이 모두 거짓말인 줄로 아셔도 좋소!"

양웅은 단단히 약속하고 석수의 객줏집으로부터 나와서 다시 부중(府中)으로 들어갔다.

그는 대강 공사를 마치고서 저녁때 집으로 돌아갔으나, 이번에는 자기 부인한테 아무런 내색을 보이지 않고 평상시와 똑같이 태도를 가졌다.

그 이튿날, 양웅은 아침에 일어나는 길로 계집을 보고 말했다.

"내가 전일에 동문 밖 악묘(嶽廟)에다 주향원(炷香願)을 올리기로 정하고서도 그간 하도 바빠서 못 드렸는데 오늘 마침 한가하니 우리 같이 가서 원을 드립시다."

반교운이 대답한다.

"당신이나 가시지, 나야 따라가 뭘해요?"

"그런 게 아니라 그게 바로 우리 두 사람이 혼인 말 있을 때 드려놓은 원심(願心)인데, 어째서 우리가 함께 안 갈 수 있겠소?"

"그렇다면 나도 소반(素飯) 먹고, 물을 데워 목욕해야겠군요."

"그럼 나는 나가서 향지(香紙)도 사고, 교자(轎子)도 마련하고 들어올

테니 그동안에 목욕을 하고 치장 차리고 기다리고 있구려. 그리고 영아
도 데리고 갑시다."

양웅은 이같이 일러놓고 밖으로 나와 바로 석수를 찾아갔다.

"밥만 먹으면 우리는 곧 떠날 테니까, 너도 그럼 그리로 꼭 오너라."

"날랑 염려 마슈. 그런데 교자는 산 중턱까지만 타고 올라와서 교군
꾼들은 거기서 기다리게 하고, 거기서부터 세 사람은 걸어서들 올라오
슈. 딴 사람은 한 명도 데리고 올라와서는 안 됩니다."

"그래, 꼭 네 말대로 하마."

양웅은 이렇게 약속하고 석수의 객줏집을 나와서 지촉(紙燭)을 사가
지고 집으로 돌아와서 그제야 아침상을 받았다. 계집은 이런 일이 있는
줄 꿈에도 모르고 단장을 곱게 하고 앉았다가, 남편이 식사가 끝난 뒤
에 영아를 데리고 교자에 올랐다. 양웅은 문간에 나와 있는 반공을 보
고,

"제 댁을 데리고 악묘에 갔다 오겠습니다."

이같이 말하니까 그의 장인은,

"그래 소향(燒香)을 많이 올리고 속히 돌아오거라."

하고 당부하는 것이었다.

양웅의 일행이 동문 밖에 나왔을 때, 양웅은 자신의 교군꾼한테 가만
히 일렀다.

"취병산으로 바로 가세. 교군삯은 내가 후히 줄 테니까."

교군꾼이 두말하지 않고 곧장 두 시각가량 달려 취병산 밑에 이르
렀다.

원래 이 취병산은 계주 동문 밖 20리에 있으니 사람의 집이라고는
하나도 없고, 바라보이는 것은 모두가 풀이요, 백양(白楊)이요, 따로 암
사사원(庵舍寺院)이란 없는 곳이다.

이때 두 틀 교자가 산을 올라 중턱에 이르자, 앞선 양웅이 교군꾼을

보고 교자를 내려놓게 하니, 뒤에 따라오던 교자도 거기서 내려놓았다.

반교운이 가마에 늘여 드리운 발을 치켜올리고 밖을 둘러보더니,

"이 산속엘 뭣하러 올라오셨어요?"

하고 남편을 쳐다본다.

양웅은 교군꾼들을 돌아보고,

"자네들은 여기서 좀 기다리고 있게. 나중에 술값을 후히 줌세."

라고 이른 다음 이번엔 자기 아내를 보고,

"어서 나만 따라와!"

하고 앞장서서 산 위로 올라간다. 반교운과 영아는 그 뒤를 따를 수밖에 없었다. 언덕을 오르고 또 올라 오 층이나 되는 언덕을 올라가니, 그곳에 석수가 보따리 한 개, 요도(腰刀) 한 자루, 곤봉 한 자루를 땅 위에 놓고 나무 그늘 아래 앉아 있다가 얼른 일어나면서,

"아주머니, 그간 안녕하셨습니까?"

하고 절을 한다.

"아니, 아주버니께서 여길 어떻게 오셨어요?"

반교운은 너무도 뜻밖이라, 답례를 하면서도 속으론 놀랍고 의심스럽기 한량없다.

"내가 아주머니 오시기를 기다린 지 오래지요."

석수가 말하자 양웅이 아내를 보고 입을 열었다.

"여보, 일전에 나보고 그러지 않았소? 내 아우가 나 없을 때면, 별 망측스런 소리를 다 하고, 또 언젠가 한 번은 젖가슴을 만지면서 '아주머니 애기 배지 않았수?' 했다면서? 어디 오늘 이 자리에 다른 사람이라곤 아무도 없으니, 한번 무릎맞춤을 해봐!"

반교운은 남편의 얼굴을 한 번 흘끗 쳐다보고 다시 눈을 내리깔더니 들릴 둥 말 둥 낮은 음성으로 말한다.

"아이, 그까짓 지난 일을 가지고 여기서 이러니저러니 해 뭘 해요…."

이때 석수가 정색하고 한마디 한다.

"아주머니, 그렇게 어물어물하지 마시오. 우리 형님 앞에서 사실을 밝혀야 해요!"

계집이 간사스런 웃음을 풍기며 말한다.

"아이 아주버니두! 괜히 그런 일을 가지고 평지풍파 일으킬 것 없잖아요?"

석수는 어처구니없다는 듯 한 번 픽 웃고,

"아주머니, 내가 아주머니께 보여드릴 게 하나 있소."

하고, 보따리 속에서 배여해와 두타의 옷을 꺼내서 땅바닥에 펼쳐놓더니,

"자아, 이게 뉘 옷인지 아시겠죠?"

하고, 계집의 얼굴을 빤히 쳐다본다.

계집은 얼굴이 확 붉어지더니 대답을 못 한다.

석수는 허리에서 칼을 뽑아 그것을 양웅에게 주며 말하는 것이었다.

"이번의 이 일은 영아가 잘 알 테니까, 형님이 영아한테 물어보슈!"

양웅은 한 손에 칼을 받아쥐고, 한 손으론 영아의 머리채를 잡아나꿔 자기 앞에 꿇어앉히고서 호령했다.

"네 이년! 모든 것을 바른대로 아뢰야 한다! 털끝만치라도 숨기려 들기만 하면, 넌 이 자리에서 죽는다!"

영아는 벌벌 떨면서 말한다.

"쉰네가 죄다 말씀하겠어요. 제발 목숨 하나만 살려줍시오."

"그래! 어서 말해봐!"

영아는 말하기 시작했다. 혈분원심을 드리러 보은사에 갔던 날, 반교운이가 승방에서 술을 먹고, 불사리 구경한다고 배여해를 따라서 다락 위로 올라가더니, 거기서 저더러 아래로 내려가 있으라고 하던 일로부터 시작해서, 그 뒤론 양웅이 당로상숙(當牢上宿)하는 날 밤이면, 번번이

저더러 향탁을 뒷문 밖에 내어다놓게 한 일이며, 향탁만 내놓으면 배여해가 두건을 폭 눌러쓰고 찾아와서 밤을 지내고 이튿날 새벽 5경에 목탁 소리만 나면 그때 돌아간다는 이야기와, 반교운이가 절더러 잠자코만 있으면 의복 한 벌을 주겠다 해서 그저 저는 아씨가 시키는 대로 순종해왔다는 것과, 요새 와서는 또 석수 서방님이 아씨한테 무례하게 굴더라고 나으리께 한마디 고자질만 한다면 뒤꽂이를 한 벌 해주마 하시는 걸 그것은 제가 한 번도 보거나 듣거나 한 일이 없기 때문에 이때까지 나으리께 말을 안 했다는 사실까지 하나도 빼지 않고서 그간의 경과를 자세히 고백했다.

영아의 이야기가 끝나자, 석수가 양웅을 보고 말한다.

"형님, 이년 하는 말을 자세히 들으셨죠? 내가 이년한테 이렇게 말하라고 시키지 않은 것은 아실 터이니까, 이번에는 어디 아주머니한테서 좀 들어보슈."

양웅은 이번엔 계집의 머리채를 잡아나꿔 앞에 앉히고 꾸짖었다.

"이년아! 영아 년은 벌써 죄다 실토했다. 네가 날 속일래도 틀렸으니 어서 바른대로 대어라! 그럼 목숨만은 살려주마!"

계집이 두 손을 싹싹 빌면서 말한다.

"제가 잘못했어요. 그동안 지내온 내외지간 정리를 생각하셔서 이번 한 번만 용서해주세요."

곁에서 석수가,

"형님, 일은 분명히 해야 하오. 종두지미(從頭至尾) 자세히 이야기를 들어보슈."

라고 하자, 양웅은 다시 계집을 보고 호령이다.

"이년아! 잔말 말고 어서 바른대로 말해!"

반교운은 하는 수 없이, 처음에는 집에서 불공드리던 날 배여해와 눈이 맞은 일로부터 그 뒤로 달포 동안 십여 차례 남몰래 정을 통한 모든 사실을 일일이 고백했다.

계집의 고백이 끝나자 석수가 또 한마디 묻는다.

"그건 그렇고, 대관절 내가 아주머니한테 무례하게 굴더라는 말은 어째서 나왔소? 형님께 왜 그런 말을 했는지 그 까닭을 이야기해보슈."

계집이 말한다.

"일전에 형님이 술에 취해 들어오셔서, 이년 저년 하고 욕을 하시는데, 정녕코 그 일을 아시고 그러는 것 같았어요. 그래 얼른 생각해보니까, 아주버니가 제 일을 죄다 아시고서 형님한테 이르신 거나 아닌가 싶어서, 그래 제 죄를 덮어보려고 그런 말을 했지요. 아주버니께서야 언제 저한테 그렇게 무례한 수작을 하신 일이 있나요."

계집의 말이 끝나자, 석수는 양웅을 바라보고 말한다.

"오늘 이렇게 삼자대질해서 전후 일이 명백해졌지요? 이제는 어떻게 하시든, 형님이 맘대로 처분하슈."

그러자 양웅이 한 걸음 뒤로 물러서면서,

"네 이년을 빨가벗겨라! 처치는 내 손으로 하겠다!"

라고 소리친다. 석수는 형님의 명령대로 계집의 머리에서 장식품을 모조리 뽑아버리고, 옷을 한 가지도 남겨두지 않고 홀랑 벗겨버렸다. 요염하게 생긴 반교운의 싱싱한 육체가 햇볕 아래 쪼그리고 앉았다. 양웅은 계집한테서 벗긴 치마폭을 발기발기 찢은 다음에 계집을 끌어다 나무에 기대 세워놓고, 그것으로 손과 발을 나무에 묶어놓았다.

이때 석수는 영아의 머리채를 움켜쥐고 앞으로 나서면서,

"형님, 이간 년은 살려두어 뭘 하시겠소?"

하고, 양웅을 바라본다.

양웅은 칼을 쥐고 앞으로 한 걸음 다가서더니 영아가 미처 소리도 지를 사이 없이 한칼에 영아를 두 동강 내버렸다.

이 광경을 보고 나무에 붙들려 매인 반교운이 애걸한다.

"아주버니! 날 좀 살려주세요!"

그러나 석수는 아주 냉담하다.

"난 모르겠소. 형님이 하시는 일이니까!"

그러자 양웅은 계집한테 달려들어 한 손으로 혓바닥을 잡아매서 썽둥 끊어버리어 계집으로 하여금 소리를 못 지르게 해놓고 마지막 호령을 한다.

"이 더러운 년! 너 같은 년을 그냥 두었다가는 첫째 나와 내 아우와의 정분이 상하겠고, 둘째는 내가 어느 때고 네 손에 반드시 죽을 게다! 그러니까 아주 이 자리에서 네년을 죽이고, 대체 네 심간오장(心肝五臟)이 어떻게 생겼는지 한번 볼 생각이니 그리 알아라!"

양웅은 말을 마치고 칼을 번쩍 들어 계집의 가슴 한복판에서 배꼽 아래까지 한일자로 내리 가르고서, 오장육부를 손으로 끄집어내어 소나무 가지에다 모조리 걸어놓았다.

천하의 음부(淫婦) 반교운을 이같이 죽인 후에 양웅은 석수를 돌아다보고 말한다.

"얘, 나도 사람을 죽이고 너도 사람을 죽였으니, 이제 어디로 가서 몸을 숨겨야 좋겠니?"

석수가 태연하게 대답한다.

"우리 갈 곳은 내가 벌써부터 생각해두었소. 형님은 그저 내가 가자는 대로 가기만 하면 되우."

"대체 거기가 어디란 말이냐?"

"형님도 사람을 죽였고, 나도 사람을 죽였소. 그러니까 이제 우리 두 사람은 양산박에 들어가서 입당할 수밖에 달리 피신할 곳이 없지 않소?"

"그렇지만 양산박에 아는 사람 하나도 없이 불쑥 찾아간대도, 거기서 우리를 쾌히 용납해줄는지 어떻게 아니?"

"형님, 걱정하지 마슈. 지금 산동 급시우 송공명 선생이 초현납사(招賢納士)를 잘하는 까닭에 천하 호걸들이 양산박으로 구름같이 모여들지 않수? 형님이나 내가 무예를 아는 터이니까 염려 없소."

"그렇게 일을 쉽게 생각하지 마라. 나는 공인(公人)이니까 그 사람들이 의심하기가 쉽다."

석수는 마침내 웃음을 터뜨리고서, 급시우 송공명도 본래 압사 출신이라는 것과, 전일 노상에서 양산박 두령 신행태보 대종과 금표자 양림을 만나 그들로부터 입당하라고 권유까지 받은 일을 이야기했다.

양웅은 석수의 이야기를 듣고 나서 말한다.

"일이 그쯤 되었다면 곧 집으로 가서 노자를 싸가지고, 그길로 양산박으로 가자!"

그러나 석수는 반대 의견이다.

"언제 집엘 가고 어쩌고 허우? 공연히 그런 일로 시각을 지체하다가는 관가에 붙들리기 쉬워요. 형님은 지금 보따리 속에 약간 패물이 들었고, 나도 대원장한테서 받은 열 냥 은자(銀子)가 그대로 있으니까, 이만하면 두 사람의 노자는 넉넉해요. 자아 어서 이길로 우리 여기를 떠납시다."

석수가 이같이 말하고는 보따리를 어깨에 메고 손에 곤봉을 들고 일어나므로 양웅도 요도(腰刀) 차고 박도(朴刀) 들고 일어섰다.

그러나 그들이 몇 발자국 걷기 전에 커다란 소나무 뒤에서 한 사나이가 뛰어나오면서 큰소리로 호령한다.

"이게 어떻게 된 셈이냐. 청평세계(淸平世界) 탕탕건곤(蕩蕩乾坤)에 사람을 함부로 죽이고, 뱃심 좋게 양산박으로 입당하러 가겠다고 너희들 지껄이던 이야기를 내가 죄다 들었다!"

축가장의 무사들

　양웅과 석수가 깜짝 놀라 그를 돌아다보니까, 어찌된 일인지 그 사나이는 두 사람을 향해서 고개를 숙이고 예를 하는 게 아닌가.
　양웅은 이 사나이를 알아보았다.
　이 사람의 이름은 시천(時遷)이고, 고향은 고당주(高唐州)인데, 집안이 망한 뒤로 거렁뱅이처럼 떠돌다가 오래전부터 이곳에 와서 지내는 터이다. 그는 본래 타고나기를 몸이 날쌔게 타고나서, 두 길이나 되는 남의 집 담도 훌훌 뛰어넘기가 일쑤고, 남의 집 벽을 뚫기도 선수라, 그래서 그의 별명이 고상조(鼓上蚤)다. 연전에 계주부내에서 도둑질을 하다가 관가에 붙들렸을 때, 양웅이 힘을 써서 무사히 빼내준 일이 있다.
　양웅은 그를 보고 물었다.
　"시천이, 자네가 여길 어째 왔나?"
　"절급 나으리, 제 말씀 좀 들어주십쇼. 제가 요사이 도무지 벌이가 안 돼서 생각다 못해 이 산속에 들어와서 무덤을 몰래 파헤치고, 그 속에서 돈 될 만한 것을 끄집어내던 터인데, 오늘 뜻밖에도 나으리가 여기서 일하시는 걸 뵈옵고, 감히 나서지 못하다가 두 분께서 양산박으로 입당하러 가신단 말씀을 들었습니다. 그래 저도 가만히 생각을 해보니, 예서 여간 좀도둑질해서는 살아갈 수도 없고 해서, 두 분 어른을 따라서 양산박엘 들어가기로 아주 마음을 정했습니다. 그러니 제발 저를 데리고 가주십쇼."

이 말을 듣고 석수가 응대한다.

"그렇게 하슈. 같이 갑시다그려. 아무려나 당신 하나 더 받아주지 않겠소?"

시천이는 좋아서 앞으로 나서면서,

"그럼 저를 따라오십쇼. 질러가는 길을 제가 잘 압니다."

한다. 양웅과 석수는 그 뒤를 따라서 산을 내려갔다.

그런데 산 중턱에서 양웅과 반교운을 내려놓고 기다리던 두 틀 교자의 교군꾼들은 해가 서쪽으로 기울도록 세 사람이 내려오지 아니하므로, 대관절 어떻게 된 일인가 답답해서 산 위로 올라갔다.

산 위에 고묘(古墓)가 있고 그 곁의 커다란 소나무에는 배를 갈라서 죽인 반교운의 빨가벗은 몸뚱이가 묶여 있고, 또 계집아이의 두 동강 난 시체가 땅바닥에 뒹굴고 있는데, 까마귀 떼가 까악 까악 소리를 치며 나뭇가지에 걸어놓은 창자를 쪼아먹느라고 야단이다.

너무도 끔찍스러운 광경을 보고 교군꾼들은 질겁을 하여 돌아가서 반공한테 사실대로 고하자, 반공은 교군꾼들을 데리고 계주부로 들어가서 사실을 아뢰었다.

지부(知府)는 즉시 현위(縣尉)로 하여금 오작행인을 데리고 취병산으로 가서 현장검시를 하게 했다.

이같이 현장검시를 한 결과 현장에 화상(和尙)과 두타(頭陀)의 의복이 있으므로, 지부는 전일 반공의 집 골목 어귀에서 빨가벗고 죽은 화상과 두타를 생각하고서 반공한테 자세히 물으니, 반공은 전일 보은사 승방에서 자기가 술을 먹고 취해서 잠든 일이 있었던 것을 이야기하고, 자기 집에 석수가 있지 못하고 떠나게 되던 전말을 이야기했다. 그리하여 마침내 이 사건은 반교운이 배여해와 간통하고 영아와 두타는 간통을 방조했던 관계로 양웅과 석수가 이들을 살해한 것이라는 결론을 얻게 되어, 지부는 즉시 이것을 문서로 만들게 하고서 교군꾼들을 석방시키는 한편 양웅과 석수를 체포하라는 방문을 걸게 했다. 반공은 관(棺)을 사다가 딸의 시체를 매장했다.

한편 취병산을 내려온 양웅·석수·시천 세 사람은 계주 땅을 떠난 뒤로 수일 만에 운주(鄆州) 땅에 들어섰다.

세 사람이 향림와(香林洼)를 지나니 앞에 높다란 산이 보이는데, 날이 벌써 저물었다. 멀리 시냇가에 객줏집 하나가 보이므로 세 사람은 걸음을 재촉하여 그 집 문 앞에 이르렀다.

때마침 그 집 젊은 사람 소이(小二)가 물을 길러 나왔다가 세 사람이 찾아드는 것을 보고 묻는다.

"손님들, 오늘 묵어가시렵니까?"

시천이 대답한다.

"오늘 우리가 백 리도 더 걸었네. 어서 방으로 우리를 데려다주게."

소이는 세 사람을 방으로 데리고 가서,

"손님들 저녁밥은 어떡하실까요?"

라고 묻자 시천이 대답한다.

"응, 저녁은 우리가 지어 먹을 테니, 그리 알게."

"그러시다면 부뚜막 위에 냄비가 두 개 있으니, 그걸 쓰십쇼."

"자네 집에 혹시 술하고 고기 없겠나?"

"아침엔 고기가 있었는데요, 다 팔았어요. 술은 꼭 한 항아리 남았지만 안주가 없습니다."

시천은 혀를 차며 한마디 했다.

"제기랄, 그럼 쌀이나 한 닷 되 꾸어주게. 우선 밥이나 지어야겠네."

소이가 안으로 들어가서 쌀을 내다주니까, 시천은 밥을 짓고 석수는 방에 들어가서 보따리를 새로 꾸리고, 양웅은 반교운의 머리에서 뽑아

냈던 비녀를 들고나와 그것을 소이에게 주면서,

"옜네. 이걸 가져가고 술 항아리만 남았다는 걸 갖다주게. 셈은 내일 아침에 따지세."

라고 한다. 소이는 비녀를 받아들고 안으로 들어가더니, 잠시 후 술 항아리를 들고나와서 마개를 뽑아놓고, 숙채(熟菜) 한 접시를 탁자 위에 놓는다.

시천이가 더운물 한 통을 떠가지고 와서 세 사람이 손발을 깨끗이 씻은 다음에 술부터 마시기 시작하자, 양웅은 이 집에서 심부름하는 소이도 한 자리에 청했다.

이때, 석수는 좋은 박도(朴刀)가 여남은 자루나 벽에 걸려 있는 것을 보고 이상스러운 마음에 소이에게 물었다.

"자네 집에 어째서 저렇게 군기(軍器)가 많은가?"

소이가 대답한다.

"그게 모두 주인댁에서 내다두신 거랍니다."

"자네 주인이란 무어 하는 분인가?"

석수가 이같이 물으니까, 소이는 도리어 이상하다는 듯이 석수를 바라보면서 이야기한다.

"아니, 손님네들이 우리 고장 이름도 모르시나베. 저 맞은편에 바라보이는 높은 산이 독룡산(獨龍山)이구요, 그 앞에 따로 솟아 있는 높은 언덕은 독룡강(獨龍岡)인데, 언덕 위에 있는 장원이 축가장(祝家莊)입니다. 축가장은 주위가 30리나 되고, 장주태공(莊主太公)은 축조봉(祝朝奉)이라는 어른이신데, 슬하에 아들 삼형제가 있어 모두들 축가삼걸(祝家三傑)이라고 부르지요. 장주태공은 이 근처 사는 5, 6백 호 인가에다 모조리 박도 두 자루씩 나누어주고, 우리 집은 축가점(祝家店)인데, 장객(莊客) 수십 명이 집에 와서 자는 까닭에 군기도 제일 많답니다."

석수가 또 묻는다.

"그래, 그렇더라도 군기가 무슨 소용이 있나?"

소이가 대답한다.

"여기서 양산박이 멀지 않거든요. 도둑떼가 양식을 훔치러 오면 어떡해요. 변이 생기면 병장기를 들고 싸워야지요."

"허허… 그렇겠네. 그런데 내가 돈을 낼 테니 저 박도 한 자루 나한테 주게."

"천만의 말씀! 저 박도엔 모두 자(字)호가 새겨 있어요. 저도 주인댁에서 곤봉밖에 만져보지 못한답니다. 그럼 손님들 어서 약주 드세요. 저는 술을 못하니까 일찍 들어가 잠이나 자겠습니다."

소이는 인사하고 안으로 들어간다.

양웅과 석수가 다시 잔을 들어 술을 마실 때 시천이가 은근하게 한마디 묻는다.

"두 분 형님, 고기 생각 안 나십니까?"

양웅이 대꾸한다.

"다 팔고 없다는 고기를 자네가 어디서 구해온단 말인가?"

시천은 싱글벙글 웃으면서 부엌으로 가더니, 큰 수탉 한 마리 삶은 것을 손에 들고 들어오는 게 아닌가.

"아니, 그 닭이 어디서 난 거야?"

양웅이 놀라서 물으니까, 시천이 웃으며 대답한다.

"제가 아까 소변을 보려고 뒤꼍에 갔더니, 닭장 속에 이놈 한 마리가 들어 있더군요. 그래 술안주에 좋겠다 생각되어 잡아내다 끓는 물에 튀겨서 푹 삶았습니다. 어서 좀 드십시오."

시천이의 말을 듣고 양웅은 호령조로,

"이놈! 또 도둑질했구나!"

하고 눈을 흘긴다.

"네, 아직 제 버릇을 못 고쳤소이다."

시천이가 이렇게 대답하는 바람에 양웅과 석수는 한바탕 웃고 나서 세 사람은 닭고기를 안주하여 술 한 항아리를 죄다 먹었다.

그런데 조금 전에 일찍 자겠다고 안으로 들어갔던 소이는 이때 한숨 자고 일어나서 안팎을 다시 한 번 둘러보려고 불을 밝혀 들고 먼저 부엌으로 들어갔다. 들어가서 사방을 둘러보니, 탁자 위에 닭털이 떨어져 있고, 부뚜막 위에 있는 냄비에는 기름이 둥둥 뜬 국물 찌끼가 있는 게 아닌가.

소이는 이상하다고 생각하고 급히 뒤뜰로 가서 닭장 속을 들여다보았다. 닭이 안 보인다. 그는 곧장 바깥방으로 달려나와서 볼멘소리로 한마디 했다.

"여보시오, 손님네들! 남의 집에서 기르는 수탉을 잡아먹으면 어떡한단 말예요?"

그러나 시천이는 시치미를 딱 뗀다.

"별소리를 다 듣겠구나. 우리는 길에서 사가지고 온 닭을 잡아먹었지, 자네 집 닭은 알지도 못하네."

"그럼 우리 집 닭은 어딜 갔단 말예요?"

"아니, 자네 닭이 살쾡이한테 물려갔는지, 족제비한테 물려갔는지, 독수리가 채갔는지, 그걸 어떻게 우리가 아나?"

"닭장 속에 꼭 가둬놓은 것을 살쾡이·족제비, 더구나 독수리가 어떻게 가져갔다는 거요? 손님들이 훔쳐내지 않았으면 뉘 짓이겠소?"

수작이 이렇게 험악해지자, 석수가 타일렀다.

"그렇게 여러 말 할 거 없네. 닭값을 물어주면 그만 아닌가? 그래 닭값이 얼마나 되나?"

그러나 소이는 픽 웃으면서 냉정하게 말한다.

"아니 우리가 남한테 팔려고 기른 닭인 줄 아시오? 새벽을 알려주는 수탉이니까 일부러 기른 거란 말예요. 돈을 열 냥을 준대도 소용없으니

어서 꼭 같은 수탉으로 물어놓으시오.”

석수는 이 말을 듣고는 벌컥 성이 났다.

“이놈이 어디다 대고 이따위 수작이야? 그래 안 물어주면 네가 어쩔
테냐?”

그러나 소이는 코웃음친다.

“홍, 누구더러 이놈 저놈 해? 여기를 예사로운 객줏집으로 아는 모양
이지만, 우리는 임자들을 묶어다가 양산박 도둑놈들이라고 관가에다
바칠 수 있단 말야!”

석수는 이 소리를 듣고 더욱 성이 났다.

“이놈! 어쩌구 어째? 그래 우리가 양산박이다! 어떡할래?”

하고 석수가 소리를 지르니까, 양웅도 참지 못해서 한마디 한다.

“일껏 호의를 가지고 닭값을 주마고 했는데, 뭐 우리를 묶어서 관가
에다 바친다고? 어디 그렇게 되나 해봐라!”

이같이 양웅이 호령하니까, 소이는 안쪽을 향해서,

“도둑이야!”

하고 소리를 지른다.

그러자 안으로부터 장정 4, 5명이 자다 뛰어나오는지 웃통을 벗은
채 우르르 나오더니, 양웅과 석수한테로 달려든다.

석수는 달려드는 놈을 날쌔게 한주먹에 때려눕혔다.

소이가 다시 안을 향하여 소리 지르려는 것을 이번엔 시천이가 뺨을
갈겨 끽소리도 못하게 해놓았을 때, 석수한테 얻어맞고 쓰러졌던 놈들
이 벌떡 일어나서는 그대로 뒷문으로 달아난다.

“저놈들이 아마 사람들을 부르러 간 모양이다. 저것들이 또 오기 전
에 얼른 한 술씩 뜨고 달아나야겠다!”

양웅이 이같이 말하고 탁자 앞에 앉자, 석수와 시천도 달려들어서 부
지런히 밥을 퍼 넣고서 세 사람은 일제히 보따리를 하나씩 울러매고 마

혜 신고, 요도 차고, 그리고 창가(槍架)에서 제일 좋은 박도 한 자루씩을 골라잡았다.

"형님, 이깟 놈의 집, 이왕이면 불질러버립시다."

"그래라!"

석수는 헛간에 가서 짚 한 단을 내다가 부엌에 들어가서 불을 붙여 앞뒤로 돌아다니며 처마 끝에다 불을 질렀다. 때마침 바람이 불기 때문에 삽시간에 불길은 집 한 채를 온통 집어삼켰다.

세 사람은 큰길로 나와서 일제히 달음질쳤다.

그러나 그들이 한식경도 달아나지 못해서, 마침내 앞뒤에 횃불이 휘황하게 비치는데, 고함을 지르고 쫓아오는 무리는 수백 명이나 되는 것 같다.

"이거 안 되겠는데! 얼른 지름길로 빠져나가야겠군!"

석수가 이렇게 말하자 양웅은,

"가만있거라. 길도 잘 모르는데 어디로 가자는 게냐? 쫓아오겠거든 쫓아오라지. 한 놈 오면 한 놈 죽이고, 두 놈 오면 두 놈 죽이고… 날이 나 좀 밝거든 그때 달아나자꾸나."

라고 한다.

그런데 이때 세 사람을 쫓아오는 군중들은 벌써 사면을 에워싸고 달려든다. 할 수 없이 양웅은 앞을 담당하고 석수는 뒤를 막고 시천은 가운데를 맡아 제각기 박도를 휘두르며 장객들과 싸웠다.

쫓아오던 무리들이 처음에는 저희들 수효가 많은 것만 믿고서 함부로 창과 몽둥이를 내두르며 달려들다가 앞으로 들이치던 무리들은 양웅의 손에 5, 6명이 거꾸러지고, 뒤에서 들이치던 무리들은 석수 손에 6, 7명이 거꾸러졌다.

죽기 싫은 것은 사람 마음이라 뜻밖에도 형세가 대단한 것을 알아차린 나머지 장객들은 그만 질겁해서 도망질을 친다.

세 사람은 이 틈을 타서 다시 달아났다.

그러나 얼마를 더 못 가서, 또 고함 소리가 요란하게 일어나며, 양쪽 마른 풀밭 속으로부터 쇠갈고리가 쑥 나와 다리를 탁 거는데, 이때 시천은 미처 피하지를 못하고 그대로 앞으로 푹 고꾸라졌다. 그가 고꾸라지자 쇠갈고리는 다시 그의 다리를 찍어당기어 길 아래로 떨어뜨린다.

이 모양을 보고, 석수가 박도를 휘두르며 나와서 시천을 구하려 할 때, 그의 등 뒤에서 또 갈고리들이 쑥쑥 나타난다.

양웅이 재빠르게 이것을 보고, 박도를 휘두르며 쇠갈고리들을 때려서 물리친 다음, 풀숲을 바라보고 뛰어들어가니, 그 속에 숨어 있던 장객들은 일제히 허둥지둥 달아난다.

어디까지든지 쫓아가서 시천을 구해내고도 싶었으나, 잘못하다가는 적의 중지에 빠질 것이 염려스러워서 양웅과 석수는 길을 찾아 동쪽으로 도망하기 시작했다.

장객의 무리들도 두 사람을 쫓아갈 생각을 않고, 저희 편의 부상당한 사람들을 구호해가면서 시천을 잔뜩 결박지어 축가장으로 돌아갔다.

양웅과 석수는 시천을 빼앗긴 채, 그대로 날이 밝을 때까지 달음질하여 마침내 어떤 마을에 이르렀다.

석수가 양웅을 돌아다보고 말한다.

"형님, 저기 술집이 있구려. 술집에 가서 요기도 할 겸 길이나 물어봅시다."

양웅도 찬성하여 두 사람은 술집에 들어가서 주보를 불러 술과 밥을 주문했다. 주보는 먼저 채소와 안주를 갖다놓고, 술을 따끈하게 데워다 준다.

두 사람이 막 잔을 들려고 할 때, 밖으로부터 기골이 장대한 사나이 하나가 들어오는데, 눈은 조그만하고 귀는 커다란 게 도무지 추하기가 짝이 없게 생겼다. 그리고 몸에는 다갈수삼(茶褐袖衫)을 입었고, 머리에는 만자두건(萬字頭巾)을 썼으며, 허리에는 백견탑박(白絹搭膊)을 두르고, 발에는 유방화(油膀靴)를 신었다.

이 사람이 안으로 들어오더니 주인을 보고,

"여보게, 대관인께서 얼른 짐을 져 나르라고 분부하시네."

한마디 하니까, 주인은 아주 황송스러운 듯 두 손을 모으고 굽실거리면서,

"네, 네. 곧 지워 보내도록 하겠습니다."

하고 대답한다.

"그럼 곧 보내게."

그 사나이는 한마디 남기고, 다시 몸을 돌이켜 문밖으로 나가려고 양웅과 석수가 앉아 있는 정면을 지나는데 양웅이 그를 알아보고,

"자네 참 오래간만일세그려. 그런데 그간 여기 와 있었던가?"

하고 수작을 붙였다.

그 사나이가 나가다 말고 고개를 돌이켜 양웅을 한번 바라보더니 깜짝 놀라면서,

"아이고, 은인께서 여기는 어떻게 오셨습니까?"

하고 양웅 앞에 와서 절을 한다.

양웅은 곧 그를 붙들어 일으키고, 석수와 서로 인사하라고 하니까, 석수가 먼저 양웅을 보고 묻는다.

"형님, 이분이 누구십니까?"

양웅이 대답한다.

"이 사람이 성은 두(杜)씨요, 이름은 흥(興)인데, 고향은 중산부(中山府)지. 외모가 추하게 생겼대서 별명이 귀검아(鬼臉兒)라던가. 연전에 계주로 장사를 하러 왔다가, 같이 왔던 상인하고 언쟁이 벌어져 그만 그 사람을 때려죽인 까닭에 관가에 잡힌 것을, 내가 힘을 써서 빼내주었지. 이 사람이 권봉에 아주 능수거든."

두흥은 석수와 서로 인사를 마친 뒤에 양웅을 보고 묻는다.

"은인께서는 무슨 공사(公事)로 여기까지 오셨나요?"

양웅은 그의 귀에 입을 대고서, 자기가 그간 겪은 사정을 사실대로 대강 이야기했다.

사정을 듣고 나더니 두흥이 말한다.

"그러시다면 아무 염려 마십시오. 제가 그 시천이라는 사람을 빼내다 드리지요."

양웅은 우선 말만 들어도 고마워서 두흥의 얼굴을 바라보며,

"아니, 어떻게 그럴 도리가 있겠나? 우리 잠깐 앉아서 한잔하세."

하고 그를 자리에 앉게 한 후, 잔을 권했다.

두흥은 술을 받아 마시고 이야기를 시작한다.

"제가 그때 계주부를 떠나 고향으로 가는 길에 여길 들렀다가 우연히 대관인(大官人) 한 분을 만나뵙게 되었는데, 그분이 대단히 저를 애호(愛護)해주시는 까닭에 지금은 그 댁에서 주관(主管)을 보고 아주 신세 편하게 지내고 있답니다."

양웅이 두흥의 말을 막고 묻는다.

"그 대관인이란 대체 누군가?"

두흥이 이야기를 계속한다.

"우선 먼저 이곳 사정을 자세히 말씀할 테니 들으세요. 이곳 독룡강에도 촌방(村坊) 셋이 나란히 있는데, 중간에 있는 것이 이번에 은인께서 욕보셨다는 축가장(祝家莊)이요, 서쪽이 호가장(扈家莊)이고, 동쪽이 이가장(李家莊)이랍니다. 이 세 군데에 있는 인마(人馬)를 합하면 아마도 1만이 더 될 터인데, 그중에도 축가장이 제일 호걸이죠. 장주태공 축조봉(祝朝奉)이라는 분이 아들 삼형제를 두었는데, 맏아들은 축룡(祝龍)이, 둘째가 축호(祝虎), 셋째가 축표(祝彪), 그래 이곳 사람들이 축씨 삼걸(祝氏三傑)이라고 그 집을 부르지요. 그리고 그 댁에 교사(敎師)로 있는 철

봉 낙정옥(鐵棒樂廷玉)이란 사람이 또 만부부당지용(萬夫不當之勇)이 있답니다.

그다음에 서쪽에 있는 호가장의 장주 되는 호태공(扈太公)한테는 비천호 호성(飛天虎扈成)이라는 아들이 있고, 이 아들보다도 두 자루 일월쌍도(日月雙刀)를 잘 쓰는 일장청 호삼랑(一丈靑扈三娘)이라는 딸이 더 영웅이랍니다. 그리고 동쪽에 있는 이가장의 주인은 이응(李應)이라는 분인데, 이분이 바로 저의 주인이시죠. 혼철점강창(渾鐵點鋼槍)을 잘 쓰시고 또 등에다 비도(飛刀) 다섯 자루를 감추어 백 보(步) 밖에서 사람한테 던져서 맞추는데 그 재주가 아주 신출귀몰하지요. 이 세 곳 촌방이 서로 생사를 같이하기로 맹세하고 길흉(吉凶) 간에 서로 돕는 터인데, 두 분께서 저와 함께 가셔서 이대관인(李大官人)께 말씀하여 편지를 축가장에 보내도록 하시면 축가장에서는 시천을 놓아 보내줄 겝니다."

양웅이 묻는다.

"아니, 자네가 말하는 이대관인이 바로 세상에서 박천조(撲天鵰)라 부르는 그 이응이 아닌가?"

"네, 바로 그 어른이시지요."

"박천조 이응의 소문은 나도 익히 들었소. 참말로 천하 호걸이라더군. 그럼 우리 지금 같이 가서 만나보기로 합시다."

양웅이 주보를 불러 술값을 셈하려고 드니까, 두흥이 기어코 자기가 셈을 치른 뒤에 세 사람은 술집을 나와서 바로 '이가장'으로 향했다.

양웅과 석수가 두흥을 따라서 장원 앞에 이르러 보니, 장원 주위는 삥 둘러 담을 쌓았는데, 담 밑에는 도랑물이 흐르고, 수백 주(株)의 굵은 버드나무가 가장자리에 늘어섰으며, 정문 앞에는 적교(吊橋)가 걸려 있다.

세 사람이 정문을 들어서서 사랑채 큰 마당에 이르러 보니, 좌우에 창가(槍架)가 20여 개나 놓여 있고 거기에 광채도 휘황한 군기(軍器)가 가득히 걸려 있다.

세 사람이 뜰 앞에 이르렀을 때,

"제가 들어가서 대관인을 모시고 나올 테니, 두 분은 여기서 잠깐 기다려주십시오."

두흥이 두 사람을 보고 이같이 말하고 안으로 들어가더니, 조금 있다가 머리털이 희끗희끗한 주인 이응이 나와서 그들을 청상으로 맞아들인다.

양웅과 석수는 대청 위로 올라가 주인한테 절하고 뵈었다. 이응은 황망히 답례하고서 두 사람에게 자리를 권한다.

양웅과 석수는 두 번 사양하다가 자리에 앉았다.

주인은 즉시 하인을 시켜 술상을 내오게 하여 다정하게 술을 권한다. 두 사람은 다시 절하고, 시천의 목숨을 구해달라고 청원했다.

주인은 즉시 문관선생(門館先生)을 청하여 이야기한 후 편지 한 장을 잘 썼다. 그리고 이응은 친필로 서명하고, 도장을 몇 개나 찍은 다음, 부주관(副主管)을 불러 속히 말을 타고 축가장에 가서 편지를 전하고 시천을 데리고 오라고 당부했다.

부주관이 주인의 편지를 받아들고 즉시 말 타고 떠나므로 양웅과 석수는 또 이응에게 절하고 감사했다.

주인은 다시 두 사람을 후당으로 인도하여 밥을 대접한 후, 상을 물리고 나자 한가로이 창법(槍法)을 묻는다. 두 사람이 대답하는 것이 모두 도(道)에 통달한 사람의 말이므로 이응은 기뻐하고, 마음으로 두 사람을 사랑하게 되었다.

그러자 사패시분에 부주관이 돌아왔다.

이응은 곧 그를 불러들여 묻는다.

"그래, 데리고 온 사람은 어디 있느냐?"

부주관이 아뢴다.

"소인이 축태공을 뵈옵고 글을 올렸더니, 편지를 보시고 나서 태공께서는 곧 그 사람을 내어주시려 하는데, 그때 마침 그 자제 삼형제가 들어와서, 일껏 잡은 도둑놈을 그냥 돌려보내다니 말이 되느냐고, 편지 답장도 할 것 없고, 그 사람은 곧 주아(州衙)로 압송해버리자고 고집을 하기 때문에 그래 소인은 하는 수 없이 그대로 돌아왔습니다."

주인 이응은 안색이 변했다.

"무엇이 어째? 그래, 저희가 우리와 삼가촌중(三家村中)이 서로 생사를 같이하자고 맹세를 한 터에, 내 편지를 보았으면 즉시 들어주어야 옳지, 안 듣다니 그런 법이 어디 있단 말이냐? 아마도 네가 말을 잘못해서 그런가 보다. 두주관(杜主管), 자네가 좀 가서 축태공을 친히 만나 자세히 이야기를 해보게."

두흥이 아뢰었다.

"그럼 소인이 갔다 오겠습니다. 그러하온데, 주인어른의 친필(親筆)을 가지고 갔으면 더욱 좋겠습니다."

이응은 그 말을 옳게 여기고, 화전지(花箋紙)에다 사연을 적은 다음에 봉투에 휘자도서(諱字圖書)를 찍어서 주고, 뒤껼 마구간에 있는 제일 좋은 말을 타고 가게 했다.

두흥이 말 타고 떠난 뒤에 이응은 두 사람을 보고 말한다.

"두 분은 마음놓고 기다리시오. 이번에는 내 친필을 가지고 갔으니까 두말없이 데리고 올 거요."

하고 주인은 또 술을 내오게 하여 두 사람에게 권한다.

양웅과 석수는 진심으로 감격했다. 그런데 어느덧 날은 저물어 사방이 어둡기 시작하건만 두흥이 돌아오지 아니하므로 주인 이응은 마음에 의심이 생겼다. 그래서 그는 하인을 불러 장원문 밖에 나가서 보고 오라 했다.

얼마 있다가 하인이 달려 들어오더니,

"지금 두주관이 돌아오십니다."

하고 아뢴다.

"몇 사람이 오더냐?"

이응이 물으니까, 하인이 아뢴다.

"주관 한 분만 말 타고 오시고, 아무도 같이 오는 분은 없어요."

주인 이응은 그 소리를 듣고 머리를 좌우로 저으면서,

"그 사람들이 전에는 이런 일이 전혀 없었는데… 대체 어찌된 셈인고? 내 얼굴을 생각해서라도 그럴 수가 없는데….'

하고 혼자서 개탄했다. 그러자 조금 있다가 두흥이 돌아왔다.

이응은 양웅과 석수와 함께 전청(前廳)으로 나가 두흥을 보고,

"그래, 대체 어떻게 된 셈이야? 어서 자세히 좀 이야기하게."

하고 조급한 어조로 묻는다.

두흥은 흥분을 가라앉히느라고 잠시 말이 없다가 간신히 마음을 진정시키고서, 자기가 당한 사정을 아뢰는 것이었다.

"소인이 주인어른의 봉서(封書)를 가지고 축가장엘 갔더니 마침 제삼중문(第三重門) 밖에 축룡·축호·축표 삼형제가 나와 있더군요. 그래 소인이 공손히 인사를 했더니, 축표가 대뜸 하는 소리가 '자네 또 왜 왔나?' 이러지 않겠어요? 그래 소인이 말하기를 '저희 댁 주인어른 친서(親書)를 가지고 왔습니다.' 하니까, 축표란 놈이 얼굴빛을 변하고 하는 말이 '자네 주인이 경우도 모르는 사람일세. 아까도 웬 놈을 보내서 그 양산박 도둑놈을 놓아달라기에 우리가 안 된다고 거절했고, 지금 우리는 그놈을 주아로 압송하려고 준비하는 중인데, 또 자네를 보냈으니, 대관절 자네 주인이 정신이 돈 사람 아닌가?' 이렇게 말하기에 소인이 다시 말씀했지요. '그 시천이란 사람은 양산박 도둑놈 패가 아니라, 계주서 저희 댁 주인어른을 뵈오러 오던 사람인데, 어쩌다가 실수하느라고 관인(官人)의 점옥(店屋)을 태운 모양입니다. 그래, 그것은 저희 댁 주인이 내일로 곧 수리해드리겠으니, 이웃 간에 정의(情誼)를 생각하셔서 널

216

리 용서하고 돌려보내 주십시오.' 이렇게 말했어도 세 놈이 모두 그렇게 하지 못하겠다고 소리소리 지르지 않겠어요? 소인은 그래 품속에서 봉서를 꺼내 '여기 저희 댁 주인어른의 친서를 가져왔으니 좀 보십시오.' 하고 주었습니다. 그랬더니 축표란 놈이 봉서를 받아서는 펴보지도 않고 그 자리에서 발기발기 찢어버리면서 '이놈아, 여러 말 하지 마라! 너희 집 주인 이응도 잡아다가 양산박 강적(强敵) 떼와 한패라고 관가에 바칠 작정이니까 그런 줄 알아라.' 이렇게 고함을 지르면서 얼토당토않게 주인어른까지 욕하지 않겠어요? 그러구선 그놈이 하인들을 보고 소인을 잡아내라고 호령합니다. 그래, 소인은 하는 수 없이 다시 말 타고 돌아왔습니다마는, 오면서 생각하니 그놈들이 그렇게도 무례한 것이 너무도 분해서 못 견디겠군요! 사생(死生)을 같이하자고 맹세한 것들이 대체 이럴 수가 있습니까?"

이야기를 들은 이응의 노여운 마음은 이루 말할 수 없었다. 극도로 흥분한 이응은 소리를 버럭 지른다.

"여봐라, 게 누구 없느냐?"

한마디 하고서, 다시 또 소리친다.

"얘들아, 빨리 말에 안장을 지워라!"

이때 양웅과 석수는 앞으로 나와서 간했다.

"대관인! 제발 고정하십시오. 저희들로 인해서 두 댁의 의리가 깨어진다면 일이 아닙니다!"

그러나 이응은 두 사람의 말을 듣지 않고 즉시 방으로 들어가서 몸을 장속(裝束)한다. 먼저 대홍포(大紅抱)를 걸치고 그 위에 황금쇄자갑(黃金鎖子甲) 입고, 등 뒤에 다섯 개 비도(飛刀)를 꽂고, 손에 혼철점강창(渾鐵點鋼槍) 들고, 머리에 봉시회(鳳翅盔) 쓰고서 그는 큰 마당으로 나오더니 장객 3백 명을 모두 불러내어 점고(點考)하는 고로, 두흥이도 갑옷 입고 창을 들고 말에 올라 20여 기(騎)의 마군(馬軍)을 거느린다. 이러는 모양을 보고서 양웅과 석수도 각기 박도를 들고 이응의 뒤를 따라서 축가장으로 향했다.

축가장은 독룡강 고지(高地)에 있는 사면이 광활한 터전에 높이가 두 길이나 되는 삼층 성장(三層城墻)을 쌓고, 성장 밑으로 도랑을 파고, 앞뒤에 장문(莊門)과 적교(吊橋)가 있고, 성장 위에는 창도군기(槍刀軍器)를 꽂고, 문루(門樓) 위에는 전고(戰鼓)와 동라(銅鑼)를 벌여놓은 매우 견고한 장원이다.

이응은 해가 서산 너머로 질 무렵 축가장 앞에 이르러 데리고 온 장수들을 일렬로 늘어세운 다음 크게 소리쳤다.

"축가의 자식놈들아! 네놈들이 어째서 나를 욕했느냐?"

이 말이 떨어지자 장원문이 활짝 열리더니, 축조봉의 셋째아들 축표가 5, 60여 기(騎)의 마군을 이끌고 말을 달려 나오는데, 머리엔 누금하엽회(樓金荷葉盔)를 쓰고, 몸에는 쇄자매화갑(鎖子梅花甲)을 입고, 허리에는 금대궁전(錦袋弓箭)을 차고, 손에는 순강도창(純鋼刀槍)을 들었으며, 얼굴에는 살기가 아주 등등하다.

이응은 축표의 모양을 보고 노기가 충천하여 손가락으로 그를 가리키며 호령한다.

"네 이놈! 입에서 아직 젖냄새 나고, 대가리엔 아직도 배 안의 털이 남아 있는 어린 녀석이, 어찌 감히 그렇게도 당돌하냐? 내가 네 부친과 생사를 맹세하고 마음을 같이하여 촌방(村坊)을 보호해오는 터인데, 그래 내가 일개 평인(平人) 때문에 두 번이나 글을 보내서 청을 했는데도 네가 감히 내 친서를 찢어버리고 내 이름을 욕되게 했으니, 이런 법이 어디 있느냐?"

축표가 맞대고 이응 노인을 꾸짖는다.

"우리가 너희와 생사를 같이하겠다고 맹세는 했다마는, 그것은 마음을 함께 갖고서 양산박의 도둑놈들을 사로잡고, 산채를 소탕하기 위함이었는데, 네가 어째서 도둑놈들과 통모(通謀)한단 말이냐?"

이응이 또 호령한다.

"네 이놈, 네가 어찌하여 죄 없는 양민을 양산박의 도둑놈으로 모는 거냐?"

축표가 대꾸한다.

"시천이란 놈이 제 입으로 벌써 양산박 도둑이라고 실토했는데도 네가 구차스럽게도 변명한단 말이냐? 네가 지금 그대로 돌아간다면 내가 구태여 안 쫓아가겠다만, 만일 돌아가지 않는다면 너까지 잡아 도둑놈으로 몰아서 관가에 바칠 테니까 그런 줄 알아라!"

이 말을 듣고 나자 이응은 크게 노해서 창을 꼬나잡고 말을 몰아 내달으니까, 축표도 또한 말을 달려 마주나와 싸우기 시작했다.

한 번 밀리고 한 번 밀고 한 번 우세했다가는 한 번은 형세가 기울어지고 서로 싸우기를 17, 8합(合), 마침내 축표는 이응을 당하지 못하고 말머리를 돌이켜 도망갔다.

이응은 곧 말을 몰아 그 뒤를 쫓았다.

축표는 달아나면서 창을 말 등 위에 비켜놓고, 한 손으로 활을 들고, 한 손으론 화살을 꺼내서는 이응이 가까이 쫓아왔을 때 몸을 홱 돌이키면서 활을 쏘았다.

이응이 미처 피하지 못하고 어깨에 화살을 맞고서 그대로 말에서 떨어져버리자, 축표는 즉시 말머리를 돌이켜 달려든다.

이때 양웅과 석수가 벽력같이 고함을 지르고 내달아서 축표와 더불어 싸우기를 몇 합 하자, 축표가 또 도망하는 것을 양웅이 급히 쫓아가서 그가 탄 말의 볼기짝을 칼끝으로 찌르니, 말은 아픔을 못 견디어 두 굽을 높이 쳐들고 곤두선다. 이 바람에 축표가 말에서 떨어지는 것을, 말 타고 수종(隨從)하던 무리들이 일제히 달려들어 축표를 구하여 달아나면서 양웅과 석수를 향해서 마구 활을 쏘아붙인다.

두 사람은 갑옷을 입지 아니했으므로 그냥 뒤로 물러섰다. 이러는 사이에 두흥은 이응을 다시 말에 태운 후 부축하여 두 사람과 함께 장객들을 거느리고 장원으로 돌아갔다.

장원으로 돌아와서 그들은 이응을 후당으로 모시고 들어가 상처에다 금창약(金瘡藥)을 붙인 후 편히 자리에 눕게 한 다음 별실로 물러나와 앞으로 할 일을 의논하기 시작했다.

양웅과 석수가 먼저 두흥에게 말했다.

"대관인께서 이번에 우리 때문에 젊은이한테 큰 욕을 당하시고 또 상처까지 입으시고, 시천이도 구해내지 못했으니, 아무리 생각해도 그냥 내버려둘 수 없소이다. 이길로 우리 형제가 양산박에 올라가서 조두령·송두령과 그 밖에 여러 호걸들한테 자세한 이야기를 하여 모두들 내려와서 대관인의 원수도 갚아드리고, 시천이도 구해내도록 해야겠소이다."

이렇게 의논이 정해지자, 두 사람은 후당으로 들어가서 이응에게 작별 인사를 고했다. 이응은 두 사람에게 고마운 인사를 하고, 두흥을 불러 노잣돈을 내오게 하여 두 사람에게 선사했다.

양웅과 석수는 몇 번 사양하다가 그 돈을 받아서는 밖으로 나왔다. 두흥은 그들을 따라서 동구 밖까지 나와 길을 가르쳐주고 작별했다. 두 사람이 양산박을 향해 부지런히 길을 걸어 어느덧 양산박 어귀에 다다랐을 때, 산 밑에 새로 지은 술집이 보이고, 문 앞에 주기아(酒旗兒)가 나부낀다.

두 사람은 곧 술집으로 들어가 한구석에 자리 잡고 앉아서 주보를 불러 술과 안주를 시킨 다음에 양산박으로 올라가는 길을 물었다.

그런데 이 술집이 바로 양산박에서 요사이 새로 개점한 술집이니, 이집을 책임 맡아보는 사람이 석장군 석용이었다. 그리하여 석용은 지금 양웅과 석수가 들어올 때부터 이미 두 사람을 비범한 사람으로 보았는

데, 두 사람이 자리에 앉자마자 양산박 가는 길을 묻는 것을 보고, 마침
내 그는 두 사람 앞으로 가서 수작을 해본다.

"두 분 손님은 어디서 오시는 길인데, 양산박 가는 길은 왜 물으시는
거요?"

양웅이 대답한다.

"우리는 계주서 오는 길입니다."

계주서 온다는 말을 듣고 석용은 문득 생각나는 듯이,

"계주서 오신다면 혹시 석수라는 분이 아니신지요?"

라고 묻는다.

"나는 양웅이라는 사람이고, 이 사람이 석수지요. 그런데 대관절 노
형이 어떻게 석수 이름을 알고 계시오?"

양웅이 이같이 말하자 석용은 즉시 정중히 예를 하고서 말한다.

"두어 달 전에 대원장 형님이 계주까지 갔다 오셔서 형장 말씀을 많
이 하시더군요. 그래서 저는 형장이 언제나 우리한테로 오시나 하고 퍽
고대하고 있었답니다."

그는 이렇게 말하고 나서 주보를 불러 분례주(分例酒)를 가져오게 하
여 두 사람한테 권하고, 곧 뒤꼍 수정(水亭)으로 가서 창문을 열고 향전
을 한 대 쏘니까, 건너편 갈대 수풀 속으로부터 졸개 한 놈이 배를 급히
저어 나온다.

석용은 두 사람을 청해 함께 배를 타고서 압취탄(鴨嘴灘)으로 건너갔
다. 아까 향전을 쏘아 졸개들로 하여금 대채(大寨)에 선통하게 했던 까
닭에 벌써 대채에서는 대종과 양림 두 사람이 내려와서 양웅과 석수를
맞아올리는 것이었다.

이같이 새로 두 사람의 호걸이 또 들어왔다 해서 모든 두령들이 대채
안 취의청으로 모여들었다.

대종은 두 사람을 데리고 취의청에 들어가서 조개·송강 이하 여러

두령에게 인사시키니까 그들은 서로 인사를 하고 나서, 먼저 조개가 두 사람의 내력부터 묻는 것이었다.

양웅과 석수가 각기 자기들의 경력을 이야기하자, 두 사람의 무예가 보통이 아닌 것을 짐작한 여러 두령들은 두 사람을 십분 존경하는 눈치였는데, 나중 이야기가 이번에 오는 길에 동행하던 시천이 객줏집에서 닭 한 마리를 훔친 것이 말썽이 되어 마침내 시천은 축가장에 사로잡힌 몸이 되고, 자기들은 이응의 힘을 빌리려다가 그것도 실패하고 말았다는 사실을 숨김없이 말하고 나자, 이때까지 아무 말 않고 듣고만 있던 조개가 얼굴에 노기를 띠고 뜰아래에 있는 졸개들을 내다보면서 소리를 지른다.

"얘들아! 얼른 올라와서 이 두 놈을 잡아내다가 목을 잘라버려라!"

조개가 이같이 호령하는 까닭은 다름 아니라, 양웅과 석수가 생각이 부족하고, 동행하던 시천이 객줏집 닭을 훔쳐먹은 행실이 나빴던 까닭이다.

이때 송강이 급히 나서서 조개를 말린다.

"형님, 고정하십시오. 두 분 장사가 불원천리하고 우리를 찾아왔는데, 어찌 우리가 저 사람들의 목을 베야 합니까?"

조개가 말한다.

"우리 양산박 호걸들이 이때까지 충의(忠義)를 주장하고 인의(仁義)를 천하에 넓혀오는 터인데, 이제 이 두 놈이 양산박 두령의 이름을 팔아 남의 집 닭을 훔쳐먹어 우리의 이름을 더럽혀놓았으니 그냥 둘 수 있소? 얘들아, 얼른 잡아내어다 목을 베어라!"

송강이 다시 좋은 말로 권한다.

"형님, 그렇지 않습니다. 닭을 훔친 것이 어디 이 두 사람의 행위입니까? 말하자면 죄는 시천이라는 사람이 저질렀는데, 그보다도 축가장 놈들이 괘씸합니다. 그놈들이 항상 우리를 욕하고 업신여긴다 하니 그런

놈을 그냥 놔뒀다가는 안 되지요. 또 지금 산채에 식구는 많고 양식은 부족한 터이니, 형님이 허락만 하신다면 제가 일지군마(一枝軍馬)를 거느리고 가서 축가장을 무찔러 우리의 원수를 갚고, 둘째 산채의 사기(士氣)를 돋우고, 셋째 양식을 3년 치는 얻을 것이요, 넷째 이응 같은 호걸을 입당시킬 수 있습니다. 그러니 이 두 사람을 용서하십시오."

송강의 말이 끝나자 오용이 먼저 그 말이 옳은 말이라고 찬성하고, 대종은 또 두 사람을 죽이려거든 차라리 자기 목을 베어달라고 말하며, 다른 두령들도 모두 그같이 권하므로 조개는 마침내 양웅과 석수의 죄를 용서하고, 송강이 두령들을 거느리고서 축가장을 치러 갈 것을 허락했다.

양웅과 석수가 조개에게 감사를 드리자, 조개는 두 사람의 자리를 정하여 양림 아래에 앉게 한 다음 연석을 배설하여 날이 저물도록 술을 마시고, 그 이튿날 그들은 다시 모여서 축가장 치러 갈 의논을 하는데,

조개는 산채의 주인이라 움직이지 않고, 오용과 유당과 원가 삼형제와 여방·곽성이 남아 있어 대채를 지키고,

그 밖에 관문(關門)을 지키고 주점을 관장하는 등 직사(職事)를 가진 두령들도 모두 양산박을 떠나지 않기로 하고,

그 나머지 두령들은 두 대로 나누어 각 대(隊)가 보군(步軍) 3천 명에 마군(馬軍) 3백씩을 영솔하고서 떠나기로 하니,

제1대는 송강·화영·이준·목홍·이규·양웅·석수·황신·구붕·양림 등 열 명이요,

제2대는 임충·진명·대종·장횡·장순·마린·등비·왕영·백승의 아홉 명이요,

따로이 송만과 정천수 두 사람의 두령은 각각 금사탄과 압취탄으로 나가서 양초(糧草)를 수송하는 데 접응(接應)하도록 의논이 결정되었다.

이리하여 송강의 제1대는 양산박을 떠나 입을 다물고 묵묵히 걸어서

독룡강까지 한 마장쯤 되는 곳에 와서야 한채(寒寨)를 세운 다음, 중군 장(中軍帳) 안에 송강이 좌정한 후 화영을 불러 일을 의논했다.

"내가 전일 들으니까 축가촌 가는 길이 원체 착잡해서 섣불리 발을 들여놓을 수가 없다는데, 아무래도 먼저 사람을 보내서 길부터 자세히 알아낸 후 그다음에 군사가 나가는 것이 옳을까 보오."

화영이 대답한다.

"형님 말씀이 옳습니다."

송강은 즉시 석수와 양림을 불러들여 몰래 축가촌으로 가서 그곳 지리를 자세히 조사하되 그와 동시에 축가장의 허실(虛實)을 알아오라 했다.

두 사람은 장령(將令)을 받고 나와, 그날 밤 5경에 길을 찾아가는데, 양림은 해마법사(解魔法師)로 차리고, 석수는 계주서 하던 대로 나무장 수로 차리고 나섰다. 나뭇짐을 짊어진 석수가 앞을 섰다.

이같이 두 사람이 길을 찾아가기 20리가량 갔을 때, 벌써 길은 착잡 해져서 이 길이 저 길 같고 저 길도 이 길 같아, 대체 어느 길로 나가야 옳을지 분간을 못 하게 되었다.

석수가 나뭇짐을 내려놓고 앉아서 쉬려니까, 뒤에서 댕그렁 댕그렁 법환(法環) 울리는 소리가 차츰차츰 가까이 들린다.

고개를 돌이켜 뒤를 보니까, 양림이 머리에 파립(破笠) 쓰고, 몸엔 낡 아빠진 법의(法衣)를 입고, 손엔 법환을 쥐고서 그것을 흔들면서 걸어오 고 있는 것이다.

석수는 사방을 둘러보고 마침 아무도 없는 것을 알자, 양림을 보고 말했다.

"대체 이놈의 길이 여러 갈래가 돼서 도무지 분간을 못 하겠소. 전일 이응을 따라서 축가장 치러 갈 때 필시 이 길을 지났으련만, 그때는 날 은 저물었고 해서 길을 자세히 못 보았거든."

양림이 말한다.

"아따, 길이야 몇 갈래가 났든 간에, 그저 큰길로만 자꾸 가면 되지 않겠소?"

석수는 다시 나뭇짐을 짊어지고 한 걸음 앞서서 큰길로 걸어갔다.

한참 걸어가노라니까 마을이 보이고, 술집과 고기집도 보인다. 석수는 술집 앞으로 가서 나뭇짐을 내려놓고 앉아서 쉬는 체하고 사방을 살펴보았다.

집집마다 문 앞에 칼과 창이 꽂혀 있고 사람마다 제각기 황배심(黃背心)을 입었는데, 등에는 커다랗게 '축(祝)'자를 하나씩 써붙였다.

이때 술집으로부터 나오는 한 노인이 있으므로 석수는 그 노인을 향해서 공손히 인사하고 물었다.

"영감님, 여기는 집집마다 문간에 칼하고 창을 꽂아놓았으니, 대체 무슨 풍속이 이렇습니까?"

노인은 석수를 한번 훑어보고 나서,

"어디서 온 사람인데 왜 그런 말을 묻노?"

라고 되묻는다.

"저는 산동(山東) 태생으로 그전엔 대추장수를 했었는데요, 그만 밑천을 들어먹고 고향에도 못 가게 돼서, 그래 지금은 나무장수를 합니다. 여기는 처음 왔는데요, 도무지 길도 모르겠고, 또 풍속도 얄궂군요."

"타고장 사람이군. 그럼 어서 속히 다른 데로 피신하라구. 미구에 큰 난리가 일어날 거니까."

"아니, 난리가 나다니요? 이렇게 조용한 마을에 무슨 난리가 생깁니까?"

노인이 말한다.

"여기가 축가촌이라는 덴데, 이번에 양산박과 혐의가 생겨서 싸움이 대판으로 벌어지게 되었단 말야. 지금 양산박 두령들이 졸개를 수천 명이나 거느리고 저 산 밑에 와서 둔치고 있다는데, 자네도 보다시피 여기 길이 워낙 착잡해놔서, 그래 저것들이 얼른 치고 들어오지 못하는 모양일세. 오늘 축가장에서 분부가 내렸는데, 집집마다 모두 준비를 단단히 하고 있다가, 일만 일어나거든 젊은 사람들은 하나도 빠지지 말고 내달으랬네. 자네 괜스레 여기 있다가 봉변당하지 말고, 어서 다른 데로 몸을 피하는 게 낫겠네."

석수는 노인의 말을 듣고 눈을 둥그렇게 뜨고는 호들갑 떨었다.

"어구나! 그럼 이를 어쩌면 좋아요? 장사 나왔다가 본전 들어먹고 고향에도 못 가는 놈이, 멋도 모르고 이곳엘 찾아왔다가 그만 속절없이 꼭 죽게 되었군요! 어서 도망가라고 하시지만, 어디 길이나 알아야 합지요? 영감님, 제가 이 나무를 거저 드릴 테니 제발 도망갈 길이나 자세히 일러줍시오."

석수가 이렇게 호들갑 떨면서 간절히 청하니까 노인은 다정하게 말한다.

"듣고 보니 자네 사정이 딱하게 됐네그려. 하지만 내가 왜 자네 나무를 거저 받겠나? 내가 사주지. 하여간 안으로 들어가세. 우선 요기나 좀 해야 하잖겠나?"

하고 노인은 석수를 데리고 안으로 들어가더니, 막걸리 두 사발에 죽한 그릇을 내다가 대접한다.

석수는 술과 죽을 먹고 나서 노인한테 두 번 절하고 말했다.

"영감님, 감사합니다. 그런데 제발 도망갈 길을 자세히 가르쳐줍시오."

노인이 말한다.

"그거 어렵지 않은 일일세. 어디서든지 백양나무가 서 있는 곳에서는 꼬부라지란 말이야. 길이 넓거나 좁거나 그런 건 상관없고, 백양나무 있는 길은 활로(活路)고, 없는 길은 사로(死路)니까 잘못해서 사로로 들어갔다면 다시는 찾아 나오지 못하거든. 그뿐 아니라 사로에는 쇠꼬챙이 같은 것을 군데군데 꽂아놓았기 때문에 아주 위험하다네.”

석수는 일어나서,

“감사합니다. 영감님 존함을 가르쳐줍시오.”

하고 노인의 성명을 물었다.

“내 이름 말인가? 이 동네가 축가촌이니만큼 열에 아홉은 모두 ‘축’가지만, 내 성은 ‘종리(鐘離)’라네.”

두 사람이 이렇게 이야기하고 있을 때, 별안간 바깥 큰길이 떠들썩하면서,

“염탐꾼 한 놈 잡았다!”

하고 고함치는 소리가 들린다.

석수가 맘속으로 놀라서 노인의 뒤를 따라 문간으로 나가 보니, 병정 7, 80명이 어떤 사람을 벌거벗겨 두 손을 뒤로 결박 지어서 지나가는데 자세히 보니 그는 다른 사람 아니라 바로 양림이다.

석수는 어찌했으면 좋을지 속으로 가슴을 죄면서도 겉으로는 내색을 안 내고 남들이 하는 소리를 들어보니, 해마법사 한 사람이 촌으로 들어오는데, 보아하니 길을 모르는 모양이라, 덮어놓고 큰길로만 걸어가는 꼴이 수상쩍어서 동네 사람들이 즉시 축가장에 보고하고, 일변 법사의 뒤를 밟아가려니까, 법사는 별안간 칼을 빼어들고 돌아서서 사람을 4, 5명이나 해치므로 따라가던 여러 사람이 와짝 달려들어 이 사람을 잡았는데, 여러 사람 중에서 법사를 아는 사람이 있어서 이 사람이 틀림없이 양산박 두령 중 금표자 양림이라고 말한 까닭에, 지금 이같이 결박해 축가장으로 들어가는 길이라는 것이다.

석수는 여러 사람이 지껄이는 소리를 대강 듣고서 노인을 보고,

“그럼 영감님, 저는 영감님이 일러주신 대로 어서 빨리 가보겠어요.”

하고 작별 인사를 하니까 노인은 석수의 손을 붙들고 말린다.

"여보게, 이 사람아, 날이 이렇게 저물었는데 어딜 간다는 겐가? 오늘은 내 집에서 쉬고 내일 동정을 살펴본 다음에 별일 없거든 그때 떠나게."

석수는 노인의 말이 유리할 것 같아서 그날은 노인의 집에서 신세를 지기로 작정했다.

이때, 송강은 석수와 양림을 정탐(偵探)으로 보내놓고서 회보(回報)를 기다리고 있었는데, 날이 저물도록 아무런 소식이 없으므로 궁금해서 견딜 수 없으니까, 다시 구붕을 불러 소식을 알아오라 했더니, 미구에 구붕은 돌아와서 다음과 같이 보고한다.

"제가 촌으로 들어갔더니, 양산박 염탐꾼이 한 명 붙들렸다고 온 동네가 떠들썩하더군요. 그래, 좀 더 자세히 알아보고 싶었지만, 워낙 길이 착잡해서 더 깊숙이 들어가 보지 못하고 그냥 돌아왔습니다."

이 같은 보고를 듣고 송강은 분개했다.

"염탐꾼이 붙잡혔다면 틀림없이 그 염탐꾼이 석수나 양림이가 분명한데, 그렇다면 언제 그 사람들의 회보를 기다려 쳐들어가겠는가? 내 생각 같아서는 지금 이길로 군사를 데리고 쳐들어가서 두 사람의 목숨을 구하는 것이 좋겠는데, 여러분은 어떻게 생각하시오?"

송강이 여러 사람을 둘러보며 의견을 물어보자, 흑선풍 이규가 앞으로 쑥 나서면서 말한다.

"형님, 제가 맨 앞에 선봉으로 나가겠습니다."

송강은 즉시 축가장을 치기로 작정하고서 장령(將令)을 내렸다. 흑선풍 이규는 그가 자원하는 대로 양웅과 함께 선봉으로 하고, 이준의 무리를 후군(後軍)으로 하고, 좌군(左軍)에 목홍, 우군(右軍)에 황신, 그리고 송강은 화영·구붕과 함께 중군(中軍)이 되었다.

선봉 이규가 웃통을 벗어버리고 두 자루의 도끼를 휘두르면서 군사를 몰아 축가장 앞에 가까이 와서 보니, 도랑물이 넓은데 적교(吊橋)는 걷어올렸기 때문에 건너갈 수가 없고, 그리고 장원 안에는 도무지 불빛이 보이지 않는다.

이규는 도랑가로 바싹 나가서 장원을 향하여 큰소리로 외쳤다.

"야 이놈 축태공 늙은이야! 흑선풍께서 오셨으니, 네 이놈 빨리 나오너라!"

그러나 장원 안에서는 아무 대답이 없다.

이규는 아무 대답도 없으니까 급한 성미에 그만 물로 뛰어들어 도랑을 건너려 드는 것을, 양웅이 붙들고 말린다.

"잠깐 참아요! 저놈들이 관문을 꽉 닫고서 이렇게 죽은 듯 고요하니, 필시 무슨 계책이 있을 게요. 그러니까 송두령 오실 때까지 좀 기다립시다."

그래서 이규가 아직 물로 뛰어 들어가지 못하고 있을 때, 마침 송강과 중군이 도착했다.

양웅은 즉시 송강을 보고 말했다.

"장원 안에 인마가 도무지 안 보이고 아무런 동정이 없습니다."

송강은 이 말을 듣고 친히 도랑가에 말을 멈추고 장원을 바라보았다. 과연 도창군마(刀槍軍馬)는 말할 것도 없고, 불빛조차 보이지 않는다.

송강은 의심이 벌컥 일어났다. 그러나 그다음 순간에 깨달았다.

'내가 일을 잘못했구나! 천서에 말하기를, 적을 대할 적에는 급히 서두르지 말라 했는데, 내가 미처 생각을 못 하고 그저 석수·양림 두 사람을 구하려고 하다가 그만 적의 중지(重地)에 빠졌으니, 이제 장차 어찌하면 좋은고?'

이렇게 깨닫고서 즉시 영을 내리어 삼군(三軍)을 뒤로 물리려 할 때, 별안간 축가장 안에서 호포(號砲) 소리가 탕! 터지더니, 독룡강 위에는 수없이 많은 횃불이 번쩍거리며, 문루(門樓) 위로부터 쇳덩어리가 빗발처럼 쏟아진다.

송강이 급히 아까 오던 길로 군사를 후퇴시키는데, 이때 후군에서 이준이 급히 달려와서 보고한다.

"형님, 우리가 들어온 길은 모조리 막혔습니다. 필시 매복(埋伏)이 있을 거 아닙니까?"

송강은 이 소리를 듣고 즉시 군사를 사방으로 풀어놓아 길을 찾게 했다. 그러나 아무리 군사들이 헤매어도 도무지 어디로 빠져나가야 할지 알 수가 없다.

흑선풍 이규는 더 참을 수 없어서 도끼를 휘두르며 앞으로 뛰어나갔다. 누구든지 닥치는 대로 모조리 골통을 바수어버릴 생각인데, 아무리 찾아보아도 사람은커녕 개미새끼 한 마리 눈에 띄지 않는다.

그러자 별안간 독룡강 언덕 위에서 호포 소리가 또 한 번 탕! 터지더니 사방으로부터 고함 소리가 천지를 뒤흔들다시피 요란하게 일어난다.

송강이 깜짝 놀라서 말을 달려 앞으로 나와 사방을 살펴보니 매복했던 적군이 일제히 일어나서 사방을 포위하고 들어오는 것이 아닌가.

송강은 즉시 전군(全軍)에 큰길로 후퇴하라는 영을 내렸다.

그러나 얼마 가지 못해서 길은 막히고, 길 위에 무수히 꽂아놓은 쇠꼬챙이, 대꼬챙이에 인마(人馬)가 결딴난다.

송강은 다시 인마를 뒤로 돌리려 했으나, 멀리서 또는 가까이서 함성이 요란하고, 또 화살이 빗발치듯 날아오는 바람에 어쩔 줄을 모르고 하늘을 우러러보며 탄식했다.

"하늘이 여기서 나를 죽이시는 거 아닙니까?"

이때 극도로 혼란한 군사들을 헤치고, 한 사람이 송강한테로 달려들면서,

"형님, 염려 마십시오. 길은 제가 인도해드리겠습니다."

이같이 말하는 게 아닌가.

송강이 정신을 가다듬고 이 사람을 바라보니, 이 사람이 바로 조금

전까지 생사를 알지 못해서 궁금히 여기던 석수다.

송강이 의외로 석수를 만나서 인마를 정돈하여 활로(活路)를 찾아 나오는데, 또다시 산 너머에서 고함 소리가 요란하게 들리며 한 떼의 인마가 나타난다. 그는 놀라서 급히 석수로 하여금 알아보게 하니, 앞에서 나타난 인마는 다행히 제2대의 임충·진명의 군마(軍馬)였다. 송강은 그들과 만나 군사를 높은 곳으로 모은 후 영채를 세우기에 바빴다.

그럭저럭 날이 훤히 밝아온다.

송강은 곧 영을 내려 군사를 점검하게 하니, 사상자가 수없이 많은 것은 물론이려니와, 두령 중에서도 후군을 영솔하던 황신이 보이지 않는다.

송강은 놀라 어찌된 일이냐고 물으니까 수행하던 병정이 앞으로 나와 아뢰는 것이었다.

"황두령께서 장령(將令)을 받들고 길을 찾아 나가시다가, 갈대밭 속에 매복하고 있던 놈들이 쇠갈고리로 타신 말의 다리를 걸어 넘어뜨리는 바람에, 그만 황두령께서 땅바닥에 떨어지셨는데, 놈들은 원체 수효가 많고 저희들은 몇 명 안 되기 때문에 어쩌는 수 없이 황두령을 구해내지 못했습니다."

송강은 이 소리를 듣고 크게 노했다.

"이놈이! 두령이 붙들려 가는 구경만 하고 왔느냐? 얘들아, 이놈을 빨리 끌어내다가 목을 베어라!"

송강이 이같이 호령하는 것을 임충과 화영이 가까이 나와서 권고한 덕분에 그 졸개는 간신히 죽기를 면했다.

"축가장은 쳐보지도 못하고 수다한 군마만 잃어버리고, 또 두령이 두 사람이나 저놈들한테 사로잡혔으니, 이 노릇을 어찌하면 좋단 말이오?"

여러 두령이 서로 얼굴을 바라보며 한탄하고 있을 때, 양웅이 생각난 듯이 한마디 한다.

"제가 지난번 산채에 올라갔을 때 말씀드린 것같이, 동촌(東村)에 사는 이대관인(李大官人)이 축표란 놈한테 화살을 맞고 지금 댁에 누워 계시는 터이니, 그 어른을 찾아보고 일을 의논하시면 이곳 지리와 허실을 잘 알 수 있을 것 같습니다."

송강은 이 말을 옳게 여기고서 임충과 진명으로 하여금 채책(寨柵)을 지키게 하고, 자기는 예물을 마련해서 화영·양웅·석수와 함께 마군(馬軍) 3백을 거느리고 이가장(李家莊)으로 향했다.

이가장 문 앞에 이르러 보니, 문은 굳게 닫혀 있고, 적교는 높이 들어 올렸으며, 장원문 안에는 수많은 인마가 늘어서 있다가 송강의 군마가 문밖에 닥친 것을 보고, 즉시 문루(門樓)에서는 둥 둥 둥 북소리를 낸다.

송강은 마상에서 큰소리로 외쳤다.

"나는 양산박 두령 송강이오. 지금 대관인을 뵈오려고 왔는데, 아무 염려 마시고 속히 문을 열어주시오."

그러자 이때 문루 위에 나와 있던 두흥이가, 송강 일행 가운데 양웅과 석수가 끼어 있는 모양을 보고서 즉시 문을 열고는 배를 타고 건너왔다.

두흥은 송강 앞에 와서 공손히 예를 한다. 송강은 또 말에서 내려서 답례를 하고, 양웅과 석수로부터 이 사람이 바로 이가장의 주관(主官)으로 있는 두흥이란 말을 듣고, 송강은 자기가 채단(綵緞)·명마(名馬)·양주(羊酒) 등 예물을 갖고서 이대관인을 찾아뵈오러 온 사정을 말했다.

이 말을 듣고 두흥은 즉시 장원 안으로 돌아갔다.

그런데 이때 화살 맞은 상처가 아물지 않아서 이불을 덮고 자리 위에 누워 있던 이응은 두흥의 이야기를 듣더니, 난처한 듯이 말한다.

"양산박에 있는 사람들은 국가의 모반인인데, 내가 어떻게 그 사람들을 만나보나? 다시 나가서 좋도록 말해서 돌려보내고, 그리고 예물도 받지 않는 게 좋으니, 그리 하세."

주인의 이 같은 말을 듣고 두흥은 다시 밖으로 나와서 송강을 보고 말했다.

"저희 주인께서 친히 나오셔서 여러분 행차를 맞아들여야 하겠지만, 아직도 상처가 낫지 아니해서 자리에서 일어나시지 못하는 까닭에 무어라고 죄송한 말씀을 못 하겠습니다. 그리고 갖다주신 예물도 감히 받자옵지 못하시겠다고 말씀합니다."

두흥의 말을 듣고 송강이 묻는다.

"대관인께서 혹시나 축가장에 혐의쩍어서 그러시는 것 아니겠소? 사실은 내가 이번에 축가장을 치러 왔다가 싸움이 이롭지 못했기 때문에 대관인을 뵈옵고 축가장의 지리와 허실을 여쭈어보려는 참인데, 이렇게 만나주시지 않으니 참말 큰일 났소이다."

두흥이 대답한다.

"저희 주인께서는 사실 몸이 불편하셔서 나와 뵙지 못하는 것입니다. 그리고 축가장의 지리와 허실로 말씀하면 제가 이곳 태생은 아닙니다마는 여기 온 지가 여러 해라, 모든 사정을 이곳 사람 못지않게 잘 압니다. 이곳에 촌방(村坊)이 모두 세 곳인데, 중간에 있는 것이 축가장이요, 동쪽에 있는 것이 저희 이가장이요, 서쪽에 있는 것이 호가장입니다. 이 세 곳이 처음에 서로 생사지교(生死之交)를 맺고, 일이 있으면 서로 환난상구(患難相救)하기로 약속한 터인데, 이번에 축가장에서 저희 주인께 무례한 언동을 했기 때문에 이가장에서는 이번에 원병(援兵)을 내지 않고 있습니다.

그런데 형장께서 경계하실 것은 서쪽 호가장인데, 일장청 호삼랑이라고 부르는 여장(女將)이 무예 수단이 굉장합니다. 축가장의 셋째아들 축표와 혼인 말이 있어서 오래지 않아 성례(成禮)하기로 되어 있는 터이라, 이번 싸움에 반드시 군사를 내어 축가장을 도우려 할 것입니다. 그러니까 장군께서는 동쪽일랑 방비하시지 말고 오직 서쪽만 방비하십시오. 축가장 전후에 각각 하나씩 문이 있는데 앞문만 공격하지 마시고 한꺼번에 양면협공(兩面挾攻)하십시오. 그런데 이곳 길이 너무 착잡해서 곤란하실 겁니다. 그러나 백양나무만 목표 삼고, 길이 좁고 넓은 것은 상관할 것 없이, 오직 백양나무 있는 곳에서 꼬부라지십시오. 그러면 그 길이 활로요, 백양나무 없는 곳은 아무리 길이 넓어도 모두 사로입니다."

곁에서 석수가 입을 벌렸다.

"그런데 그 백양나무를 이번에 저것들이 모조리 베어버렸으니 어떡하지요?"

두흥이 말한다.

"나무를 베어버렸지, 뿌리는 남아 있겠지요? 설마 뿌리째 뽑아내진 못했을 거니까, 군사를 내어 치는 것은 꼭 낮에만 하시고, 어둔 밤엔 하지 마십시오."

두흥의 말을 듣고 송강은 그에게 사례한 후 말머리를 돌려 일행을 인솔하고서 영채로 돌아왔다.

대채(大寨)로 돌아온 송강은 여러 두령들을 모아놓고 두흥한테서 들은 이야기를 대강 하고서,

"이제 양림과 황신 두 형제가 저놈들한테 사로잡혀서 생사존망을 모르는 터이니, 여러 형제는 부디 협력해서 나하고 함께 다시 축가장을 치러 나갑시다."

하고 여러 사람을 둘러보니까, 두령들은 모두들 자리에서 일어나면서,

"형님 장령을 누가 어기겠습니까? 그런데 이번에는 누구를 선봉으로 내세우시겠습니까?"

라고 묻는다.

송강이 미처 대답하기도 전에 흑선풍 이규가 나선다.

"모두들 축가장의 젖내 나는 아이들을 무서워하니, 아무래도 선봉은 나밖에 누가 또 있겠소?"

그러나 송강은 손을 저으면서,

"네가 선봉으로 나갔다가 이번 싸움이 불리했으니까, 이제는 선봉을 세우지 못하겠다."

하고 그를 물리친 다음 두령들을 다음과 같이 분별했다.

즉 마린·등비·구붕·왕영 이렇게 네 사람을 데리고 송강 자신이 친히 선봉이 되고, 대종·진명·양웅·석수·이준·장횡·장순·백승 이렇게 여덟 명은 제2대가 되고, 임충·화영·목홍·이규 이렇게 네 사람은 제3대를 이루게 했다.

부대 편성을 마친 후 군사들을 배불리 먹인 다음, 송강은 네 명의 두령과 함께 마군(馬軍) 1백 50기(騎), 보군(步軍) 1천 명을 거느리고 대홍사자기(大紅師字旗)를 휘날리면서 바로 축가장을 향하여 쳐들어갔다.

송강이 마침내 독룡강 앞에 당도해서 고개를 들어 축가장을 바라보니, 장원의 규모가 웅장하고 정문 좌우엔 한 쌍 백기(白旗)를 세웠는데, 그 백기에 큰 글씨로,

    수박을 평정하여 조개를 사로잡고(塡平水泊擒晁蓋)
    양산을 답파하여 송강을 잡으리라(踏破梁山捉宋江)

이같이 되어 있다.

송강은 마상에서 이 같은 글이 쓰여 있는 백기를 보고 대단히 흥분했다.

"오냐, 내가 축가장을 쳐서 무찌르지 못하면 다시는 양산박에 돌아

가지 않겠다!"

그가 이를 갈면서 이같이 맹세하니까, 다른 두령들도 모두 흥분해서 다 같이 맹세한다. 후대(後隊)의 인마가 도착하기를 기다려 송강은 제2대로 하여금 앞문을 공격하게 하고 자기는 인마를 거느리고 독룡강 뒤로 돌아갔다.

축가장 후면에 이르러 보니 장벽은 온통 동장 철벽(銅墻鐵壁)이요, 또 방비가 엄중하다.

송강이 장원 안을 향하여 싸움을 청하려 하는데, 이때 마침 서쪽에서 함성이 요란하게 일어나면서 한 떼 군사가 치고 들어온다. 송강은 마린과 등비로 하여금 그곳에 남아서 축가장 뒷문을 지키게 하고, 자기는 구붕·왕영 두 사람을 데리고 군사를 나누어 앞으로 나가서 서쪽에서 오는 군사를 맞았다.

이때 산언덕 아래로부터 마군 20기가 급히 달려오는데, 한가운데 여장(女將)을 옹위하여 오고 있으니, 이는 다른 사람 아니라 호가장의 따님 '일장청 호삼랑'이다.

청준마(靑駿馬)를 타고 두 손에 일월쌍도(日月雙刀)를 들고, 머리에 금채(金釵)를 꽂고, 허리에 수대(繡帶)를 띠었는데, 어여쁘게 생긴 얼굴에 눈을 매섭게 뜨고 달려오는 품이 족히 맹장(猛將)도 때려눕힐 것 같다.

그는 지금 양산박 호걸들이 축가장을 친다는 소식을 듣고 자기 집에 있는 4, 5백 명 장객을 거느리고서 응원하러 온 것이다.

송강이 이때 좌우를 돌아보고 말한다.

"호가장에 여장이 있다더니 아마 이 사람인가 보군. 무예 수단이 훌륭하다는데, 누가 나가서 대적하겠소?"

이 말이 떨어지기 무섭게 송강 뒤에서 한 장수가 말을 달려나가니, 다른 사람 아니라 왕영이다. 왕영은 본래 호색(好色)하는 인물이라, 이제 여장이라는 말에 신이 나서 단지 한 합에 여장을 사로잡을 욕심에 이같이 내닫는 것이었다.

두 사람이 서로 마상에서 싸우는데, 한 편은 쌍도(雙刀)요, 한 편은 단창(單槍)이라, 그 수단과 기술이 어지간히 맞먹어 우열이 없어 보이더니, 서로 싸우기를 십여 합 했을 때부터 왕영의 창 쓰는 법이 점점 어지러워진다.

왕영이 처음에 생각하기는 단번에 호삼랑을 사로잡으리라 했지만, 십 합이 넘도록 이기지 못하겠으니까 이제는 마음이 초조해져서 법을 어기고 함부로 창을 내지르게 된 것이다.

이 꼴을 보고 호삼랑은 한 칼은 높이, 한 칼은 얕게 쳐들고 번개같이 쳐들어왔다.

왕영이 이 놀라운 형세를 당하지 못하고 말머리를 돌려 막 달아나려 할 때, 호삼랑은 바른손에 들었던 칼을 허리에 차고서 그 손으로 왕영을 잡아 말 아래로 떨어뜨리니까, 장객의 무리들이 와르르 달려들어서 왕영을 사로잡는다.

구붕이 이 모양을 보고 창을 꼬나잡고 뛰어나가 왕영을 구하려 하자, 호삼랑은 구붕을 상대해서 또 싸운다.

구붕은 본래 출신이 군반자제(軍班子弟)인지라 철창을 잘 쓰기는 하지만, 그 수단이 호삼랑한테는 떨어진다.

그래서 구붕의 창법이 차차 어지러워지는 것을 바라보고 등비가 철련(鐵鏈)을 휘두르며 말을 몰아 내달았다.

이때 축가장 안에서 북소리가 일어나며 적교(吊橋)가 내려지고, 장원문이 활짝 열리더니, 한 장수가 장객 3백여 명을 거느리고 말을 달려 나온다. 축태공의 큰아들 축룡이가 이때까지 형세를 관망하고 있다가 두 사람의 장수가 일시에 달려드는 것을 보고 혹시나 호삼랑에게 실수가 있을까 싶어서 그를 응원하러 나온 것이다.

그러나 축룡은 구붕과 등비 두 사람을 내버리고 바로 송강에게 달려

든다.

이때 마린이 급히 내달아 쌍도(雙刀)를 휘두르며 축룡을 상대하니 등비는 이 모양을 보고서 즉시 호삼랑을 버리고 진전(陣前)으로 돌아와서 송강의 곁을 떠나지 않고 그를 보호한다.

구붕은 호삼랑과 싸우고 마린은 축룡과 싸우는데, 양편 모두 양산박 측의 형세가 좋지 않으므로 송강의 마음이 초조해지고 있을 때, 문득 저편으로부터 한 떼 군마가 풍우같이 몰아오므로 자세히 바라보니 다른 사람 아니라 바로 진명이다. 진명은 축가장 앞문을 치고 있다가 뒷문에서 싸우는 소리가 요란한 것을 듣고 급히 응원하러 온 것이다.

송강은 그를 보고 기뻐서 큰소리로 외쳤다.

"진통제(秦統制), 마린하고 갈아들게!"

진명은 성급한 사람이라 즉시 축룡한테 달려들므로, 마린은 축룡을 그에게 맡기고 바로 말을 몰아 사로잡힌 왕영을 구하려고 달려갔다.

호삼랑이 이것을 보고 즉시 구붕을 버리고 마린한테로 달려들어 두 장수가 각기 쌍도를 휘두르며 한바탕 싸운다.

한편 진명과 축룡이 서로 싸우기를 십여 합에 이르렀을 때 축룡의 창법이 차차 어지러워진다. 이때 장원문 안에서 축가장 교사로 있는 난정옥이 허리에 철퇴 차고 손에 창을 들고 말을 달려 나왔다. 구붕은 이를 보고 말을 몰아 나아가 그를 상대하여 싸우려 했다. 그러나 난정옥은 그와 더불어 싸우려 하지 않고 급히 말머리를 돌리어 달아난다. 구붕은 그 뒤를 급히 쫓아가는데, 난정옥은 몰래 철퇴를 들고서 별안간 그를 치는 고로 구붕은 미처 몸을 피하지 못하고 어깻죽지를 얻어맞고서 거꾸로 말에서 떨어졌다. 이 모양을 보고 등비는,

"애들아! 어서 나와 구해드려라!"

큰소리로 외치고서 철련을 휘두르며 난정옥을 향해서 내달았다.

송강이 졸개들을 독촉하여 말에서 떨어진 구붕을 구해 내올 때, 진명

과 싸우던 축룡이 아무래도 못 당하겠으니까 말머리를 돌려 달아나므로, 이 모양을 보고 교사 난정옥은 등비를 버리고 진명에게로 달려든다.

두 장수가 어우러져서 싸우기를 20합에 이르도록 좀처럼 승패를 가리지 못할 때, 난정옥은 일부러 파탄(破綻)을 보이고 황망히 말머리를 돌리더니, 풀밭 속으로 말을 몰아 들어간다.

진명이 그 뒤를 쫓아 들어가니, 뜻밖에도 풀밭 속에 매복하고 있던 무리들이 반마색(絆馬索)을 잡아 일으키는 바람에 말이 걸려 넘어지자, 진명도 함께 땅바닥에 나동그라졌다.

이때 등비는 진명을 도우려고 그 뒤를 따라오다가 진명이 적의 수중에 떨어지는 것을 보고, 그만 깜짝 놀라 말머리를 돌리려 했으나, 양쪽에 매복해 있던 요구수(撓鉤手)들이 '와' 하고 일어나서 손을 움직이자, 그도 또한 말에서 떨어져 적의 손에 사로잡히고 말았다.

송강이 이 모양을 바라보고 너무도 놀라워서 구붕을 구하여 말에 태운 다음 남쪽을 바라보고 말을 채찍질하여 달아나니 호삼랑과 싸우던 마린도 말머리를 돌려 그의 뒤를 따른다.

그러자 그들의 뒤에서는 난정옥·축룡·호삼랑의 무리가 급히 쫓아오고 있다.

송강의 일행이 거의 잡힐 듯 조마조마할 때, 정남(正南) 방향으로부터 군사 5, 6백 명을 거느리고 한 장수가 말을 몰아 내달으니, 이 사람은 목홍이요, 다시 동남(東南) 방향으로부터 3백여 명 군사를 몰고 두 장수가 내닫는데, 한 사람은 양웅이요, 또 한 사람은 석수다.

이때 다시 동북(東北) 방향에서 한 장수가,

"이놈들, 게 있거라!"

쫓아오는 적을 향하여 이같이 외치면서 수백 명 군사를 거느리고 내달으니, 이 사람은 화영이다.

삼로(三路)의 인마가 일시에 이같이 내달아 난정옥·축룡의 무리들과 싸우자, 이때 축가장 안에서 이것을 바라보던 축표가 한 자루 장창(長槍)을 손에 비껴잡고 군사 5백 명을 거느리고 내닫는다.

이쪽에서 이렇게 어지럽게 싸우고 있을 때, 이준·장횡·장순의 무리들은 도랑물을 건너 축가장 앞문까지 쳐들어갔다. 그러나 장원 안에서는 화살을 빗발처럼 쏘아붙이는 까닭에 더 들어가지 못하고 있다.

어느덧 날이 저문다.

송강은 곧 마린에게 명령해서 상처 입은 구붕을 보호하여 먼저 물러가게 하고, 징을 쳐서 퇴군령(退軍令)을 내린 다음, 어둡기 전에 길을 바로 찾아가려고 남보다 앞서서 말을 몰았다.

그러나 얼마 가지 아니해서 누가 자기 뒤에서 쫓아오는 것을 깨닫고 뒤를 돌아다보니 솜씨가 놀라운 호삼랑인지라 송강은 소스라치게 놀라서 말에 채찍질을 더했다.

호삼랑은 일월쌍도를 들고 춤추면서 송강의 뒤를 급히 쫓아온다.

형세가 매우 급하게 되었을 때 문득 산 너머 위에서,

"이년아! 네 우리 형님을 해치지 못한다!"

하고 고함 소리가 들리더니 흑선풍 이규가 쌍도끼를 휘두르며 뛰어내려온다. 흑선풍의 형세가 너무도 험상스러운지라, 호삼랑은 갑자기 말머리를 돌려 숲속으로 달아났다.

그러나 호삼랑이 미처 숲속으로 들어가기도 전에 그 속에서 한 장수가 십여 기를 거느리고 내달으니 이 사람은 임충이다.

임충은 마상에서 호령한다.

"네 이년아, 네가 어디로 가느냐!"

호삼랑은 지체하지 않고 쌍도를 휘두르며 임충에게로 달려들었다.

두 사람이 서로 싸우기를 십 합에 이르기 전에 임충이 일부러 서투른 솜씨를 보이니까, 호삼랑은 좋은 기회를 놓치지 않으려고 임충의 머리에 쌍도를 내리쳤다.

이 순간 임충은 사모(蛇矛)로 두 칼을 받아 한편으로 흘려버리면서 한 팔을 선뜻 뻗어 호삼랑의 허리를 움켜잡아 그대로 자기 옆구리에 끼어버린다.

　송강은 이 모양을 보고 무릎을 치며 기뻐했는데, 임충은 즉시 군사들로 하여금 호삼랑을 묶게 한 후, 송강 앞으로 말을 달려오더니 묻는다.

　"형님, 어디 상하신 데나 없습니까?"

　"아니, 아무 데도 상하지 않았네."

　송강은 대답하고, 즉시 이규로 하여금 마을로 돌아가서 여러 두령들을 맞게 한 다음, 자기는 임충과 함께 길을 찾아서 촌으로 나왔다.

　여러 두령들이 군사들을 인솔하여 차례차례 돌아왔다.

　송강은 마을 어귀에다 채책(寨柵)을 세우게 한 후, 일장청 호삼랑의 두 손을 묶어 말에 태워서, 졸개 20여 명으로 하여금 양산박으로 압송하되 자기 부친 송태공에게 맡겨두었다가 자기가 돌아간 뒤에 발락(發落)하기로 하고, 또 구붕을 수레에 태워서 먼저 양산박으로 돌아가 몸을 조리하도록 했다.

　그리한 뒤에 송강은 장중(帳中)에서 근심이 태산 같아서 잠을 이루지 못하고 마침내 그날 밤을 꼬박 새웠다.

　날이 밝자 탐사인(探事人)이 들어와서,

　"지금 군사 오학구께서 삼원두령·여두령·곽두령과 함께 5백 명 군사를 거느리고 오셨습니다."

　라고 보고한다.

　송강은 곧 나가서 오학구 일행을 영접하여 중군장(中軍帳)으로 들어왔다.

　오용은 가지고 온 주식(酒食)을 송강에게 권하고, 또 삼군의 여러 장수들한테도 권한 다음, 송강을 보고 묻는다.

　"조두령께서 궁금하시다고 저희들을 보내셨는데, 대체 승패가 어떻게 되었습니까?"

송강이 대답했다.

"대단히 불리하오. 첫날은 지리를 몰라 양림·황신 두 사람이 저놈들
한테 사로잡히고, 어제는 또 호삼랑한테 왕영이 사로잡히고, 난정옥한
테 구붕이 철퇴를 맞고서 상하고, 다시 진명·등비 두 사람이 반마색에
걸려 또 사로잡혔는데, 만약 나중에 임교두가 호삼랑을 사로잡지 못했
다면 우리 편의 사기는 여지없이 꺾였을 게요. 저놈들이 '전평수박금조
개(填平水泊擒晁蓋), 답파양산착송강(踏破梁山捉宋江)'이라고 양면백기(兩
面白旗)에다 크게 써서 그것을 정문 앞에다 내세우고 있는데, 내가 이번
에 축가장을 무찌르지 못하고 또 사로잡힌 형제들을 구해내지 못한다
면, 차라리 여기서 죽어버리지 맹세코 돌아가지 않을 작정이오. 무슨 낯
으로 내가 조두령을 뵙겠소!"

이 말을 듣고 오용은 빙그레 웃으면서 말한다.

"형님, 너무 염려하실 것 없어요. 지금 좋은 기회가 생겨서 불과 수일
내로 축가장을 쳐부술 수가 있게 됐습니다. 아무 염려 마십시오."

"아니, 대체 무슨 묘책이 있소?"

"이번에 우리한테 입당하러 온 호걸들이 있는데, 그 사람들이 축가
장 교사 난정옥이와 친하답니다. 그래 제가 계교를 일러주었으니까 앞
으로 닷새 후엔 축가장을 깨뜨리고, 사로잡힌 두령들도 무사히 구해낼
수 있습니다."

라고 한 후, 오용이 송강의 귀에다 대고 그 계교를 말하니까 송강은
다 듣고 나서,

"참, 묘계(妙計)로군, 묘계야!"

하고, 입이 딱 벌어져서 좋아했다.

옥에 갇힌 사냥꾼 형제

　산동(山東) 해변에 등주(登州)라는 한 고을이 있다. 이 등주성 밖에 산이 하나 있는데, 산속에는 승냥이·이리·호랑이 같은 맹수가 우글우글해서 사람이 자주 상하는 고로, 등주지부(登州知府)는 사냥꾼들을 불러다가 장한문서(杖限文書)를 관가에 내놓게 한 후 맹수를 잡도록 하고, 또 산전산후(山前山後)에 있는 이정(里正)들에게도 역시 한(限)을 정해주고서, 기한 내에 못 잡아 바치는 자에게는 엄중한 책임을 묻고 조금도 용서하지 않겠다는 엄명을 내렸다.

　그런데 그 산 아래 사냥꾼 형제가 살고 있었으니, 형의 이름은 해진(解珍)이고, 아우의 이름은 해보(解寶)이다. 두 사람이 모두 혼철점강차(渾鐵點鋼叉)를 잘 쓰며 무술이 출중한 까닭에 사람들이 그들 형제를 '양두사(兩頭蛇) 해진', '쌍미갈(雙尾蝎) 해보'라 부르는 터이므로, 등주서 사냥꾼이라면 으레 두 형제를 먼저 꼽는다.

　해진·해보가 관가에 기한 내에 잡아들이겠다는 문서를 들여 놓고 집으로 돌아와서, 두 사람은 와궁(窩弓)·약전(藥箭)·노자(弩子)·당차(鐺叉)를 모두 정돈해 즉시 산으로 올라갔다.

　두 사람은 와궁을 호랑이가 다니는 길목에다 설치해놓고, 나무 위에 올라가서 하루 종일 기다렸으나 호랑이는 나타나지 아니했다. 형제는 와궁을 거두어 집으로 내려왔다가, 이튿날 또 건량(乾糧)을 싸들고 다시 산으로 올라갔다.

어느덧 날이 저문다.

두 사람은 그래도 혹시나 하고 나무 위에 올라가서 5경까지 기다렸으나 끝내 보이지 아니하므로, 두 사람은 나무에서 내려와 이번에는 서쪽 산으로 가서 다시 와궁을 놓고 날이 밝을 때까지 기다려보았다. 그러나 역시 허사였다.

'이거 참 큰일 났다! 사흘 한을 하고 호랑이를 잡아 바치기로 했는데, 오늘 밤 안으로 못 잡았다간 볼기에 살점이 남아나지 않겠으니, 이 노릇을 어쩌나?'

형제는 애를 태우면서 그날 밤도 산에서 내려오지 않고 있다.

어느덧 밤이 깊어 4경이 되어가자, 두 사람은 연일 산속에서 걷고 또 잠도 변변히 못 잔 터이라, 그만 서로 등을 맞대고 앉아서 꼬박꼬박 졸았다.

그들이 잠깐 눈을 붙였을까 말았을까 했을 때 별안간 '휘익' 하고 와궁의 시위 소리가 크게 울렸다.

귀가 번쩍 뜨여서 해진과 해보는 곁에 놓았던 당차를 들고 뛰어 일어나 사면을 보니, 바로 저편에 호랑이 한 마리가 옆구리에 약전을 맞고서 아픈 것을 이기지 못해 땅바닥에서 엎치락뒤치락 데굴데굴 뒹굴고 있는 게 아닌가.

형제는 각기 당차를 꼬나쥐고 사뿐사뿐 가까이 갔다. 호랑이란 놈은 사람이 가까이 오는 것을 보고 옆구리에 화살이 꽂힌 채 그대로 달아난다. 두 사람은 그 뒤를 쫓아갔다.

호랑이란 놈은 고개 하나를 다 못 넘어가서 약 기운이 온몸에 퍼져 그만 산이 무너지는 듯,

"어홍."

소리를 한마디 지르고 그냥 떼굴떼굴 산비탈 아래로 굴러떨어진다.

해보는 아래를 내려다보고 형에게 말했다.

"형님, 여기가 바로 모태공(毛太公) 장원의 뒷산이오그려. 저리로 돌아 내려가서 곧 찾아내야겠쇠다."

해진은 아우의 말대로 같이 산을 내려와 모태공 집 앞문을 두드렸다. 이때 날이 훤히 밝는다.

두 사람이 문을 두드리자 장객이 나와서 문을 열었다.

"모태공을 좀 뵈러 왔소."

해보가 이같이 말하니까, 장객이 안으로 들어간 지 한참 만에야 주인이 나왔다.

해진과 해보는 공손히 모태공한테 인사를 드렸다.

"영감님, 오랫동안 못 찾아뵙다가 이렇게 새벽에 찾아와서 대단히 송구스럽습니다."

태공이 묻는다.

"어떻게 무슨 일이 있기에 이렇게 일찍이 왔는가?"

해진이 말한다.

"다름 아니라, 저희가 이번에 관가에 문서를 들여놓고 호랑이를 잡는데 연사흘 동안 무척 고생하고 애를 태웠습죠. 그래도 애쓴 보람이 있어 오늘 새벽 5경에 한 마리가 요행히 와궁에 맞았는데, 그놈이 공교롭게도 영감님 댁 뒷동산으로 굴러떨어졌습니다그려. 그래 댁 후원에 들어가서 그놈을 꺼내오게 해주십사고, 이렇게 새벽같이 왔답니다."

해진의 말을 듣고 모태공이 말한다.

"그거 어렵지 않네. 내 집 후원에 떨어졌다면 거기 있겠지. 그래 밤을 새워가며 호랑이 사냥하느라 얼마나 곤하고 시장하겠나? 우선 조반이나 자시고 들어가 보게."

모태공은 두 사람을 데리고 들어가서 조반을 내오게 한 후 은근히 두 사람한테 먹기를 권했다.

해진과 해보는 다 먹고 나서 사례했다.

"영감님, 참 배부르게 잘 먹었습니다. 그럼 이제 호랑이를 찾아야겠습니다."

"호랑이가 내 집 후원에 떨어졌다면야 그놈이 어딜 갔겠나? 차나 한 잔 마시고 천천히 가보세."

모태공은 다시 그들에게 차를 달여 권하고 나서야 비로소,

"그럼 어디 자네들하고 같이 나도 들어가서 호랑이 구경 좀 하세."

하고 두 사람을 뒤꼍으로 인도한다.

후원 문 앞에 이르러 보니 문에는 자물쇠가 잠겨 있다.

모태공은 하인을 불러 열쇠로 그것을 열게 한다. 그러나 열쇠를 꽂아 아무리 열어보아도 도무지 자물쇠는 열리지 않는다.

모태공은 두 사람을 돌아다보며,

"뒷문을 잠가둔 지가 오래되어서 이렇게 녹이 슬어서 안 열리네그려. 아마도 장도리로 자물쇠를 깨뜨려야겠는걸."

이렇게 한마디 하니까 하인들이 부리나케 달려가서 장도리를 들고 와서는 녹이 슨 자물쇠를 깨뜨리고 마침내 문을 열어붙였다.

모두들 뒷동산으로 들어갔다. 그러나 그들이 뒷동산에 들어와서 아무리 찾아보아도 호랑이는 그림자도 안 보인다. 그러자 모태공은 해진 형제를 들여다보고 말한다.

"호랑이가 어디 있나? 아마 자네들이 호랑이가 다른 데로 굴러떨어진 것을 잘못 보고 내 집으로 알고 그러는 거 아닌가?"

해진이 말했다.

"천만에요. 저희가 예서 나서 예서 자라났는데, 잘못 볼 이치가 있습니까? 틀림없이 바로 이리로 떨어졌는데요."

"그럼, 더 찾아보게."

모태공이 이렇게 말했을 때, 해보가 손짓을 하며 형을 부른다.

"형님, 이리 좀 와보아요. 그놈이 바로 이곳으로 떨어졌구려. 풀이 모두 납작 쓰러지고, 또 여기 피가 군데군데 떨어졌고… 그런데 어째서 호랑이가 여기 없소? 이건 말이 안 되는데, 아마 영감님 댁 장객들이 장난한 모양이지?"

이 소리를 듣고 모태공이 펄쩍 뛴다.

"이 사람아, 그게 무슨 소린가? 내 집 사람이 여기 호랑이가 떨어졌는지 뭐가 떨어졌는지 그걸 어떻게 안단 말인가? 또 알았다 한들 무슨 재주로 여기서 끌어내다가 감춘단 말인가? 자네들, 아까 동산문 자물쇠가 잔뜩 녹이 슬어서 열리지 않던 걸 보지 않았나? 그래 장도리로 자물쇠를 깨뜨리고 들어왔는데, 무슨 잔소린가? 아예 그런 말은 하지도 말게."

해진이 다시 한 번 청한다.

"영감님, 그러시지 말고 호랑이를 내주십시오. 기한이 다 됐으니까, 저희들도 얼른 가지고 가서 관가에 바쳐야 할 거 아녜요."

이 말을 듣고 모태공은 낯빛을 붉힌다.

"뭣이? 이 사람들 경우가 없어도 분수가 있지, 내가 모처럼 다정하게 술과 밥을 먹여놓으니까, 이제는 보지도 못한 호랑이를 가지고 아주 생떼를 쓰는 거 아닌가!"

이번엔 해보가 나섰다.

"누가 생떼를 쓴다는 말씀예요? 영감님이 이번에 이 동네 이정(里正)을 보시고, 또 우리나 마찬가지로 관가에 문서를 바치고, 호랑이가 안 잡혀서 걱정하던 차에 우리가 잡은 호랑이가 굴러떨어지니까 아마 얼씨구나 좋아하고 그러시는 모양입니다마는, 그야말로 경우가 없어도 분수가 있지! 아, 그래 영감님은 남이 잡은 호랑이로 상을 타고, 그래 우리는 애써 호랑이를 잡아놓고서도 곤장을 맞아야 옳단 말예요?"

모태공은 이 소리에 그만 노해 소리를 질렀다.

"이놈! 이 무례한 놈들! 네가 나를 도적으로 모는 게냐?"

모태공이 호령하건만, 해진과 해보도 지지 않고 맞선다.

"그럼 뭐란 말씀예요? 정녕 안 내놓으시겠다면, 집 안을 샅샅이 뒤져 봐야지요!"

모태공은 또 소리를 버럭 지른다.

"뭣이? 집을 뒤지겠다? 이놈들, 네가 뉘 집을 뒤져보겠단 말이냐?"

해보는 더 긴말하지 않고 안마당으로 들어가서 여기저기 둘러보았으나 어디다 감추었는지 호랑이는 보이지 않는다.

해진도 앞마당으로 들어와서 여러 개 있는 광문을 열어보았으나 역시 호랑이는 없다.

해진과 해보는 화가 나서 대청 난간을 분질러 대청 위로 뛰어 올라가서 그곳에 놓인 교의며 탁자며 함부로 때려부순다.

모태공이 소리를 지른다.

"이놈들! 백주에 강도 들어왔다!"

해진과 해보는 분한 생각으로 이 집의 기둥뿌리까지 아주 뽑아버리고 싶었지만, 누가 옳고 그르고는 나중 이야기고, 남의 집 내정에 들어와서 이 이상 야료하는 것이 아무래도 자기들한테 불리할 것 같아서, 두 사람은 분풀이를 그만두고 밖으로 나와 장원을 돌아다보며,

"이놈 모가야! 우리 호랑이를 어째서 훔쳐가는 거냐? 어서 나와서 우리하고 같이 관가에 들어가서 따져보자!"

이같이 욕지거리를 퍼붓고 있는데, 때마침 저편에서 한 사람이 말을 타고 6, 7명 하인을 데리고 이리로 온다.

해진은 이 사람이 바로 모태공의 아들 모중의(毛仲義)인 것을 알고, 즉시 마주나가서 말했다.

"당신 댁 장객들이 우리 형제가 애써 잡은 호랑이를 훔쳤는데, 영감님은 딱 잡아떼고 안 내주니, 그래 이런 경우가 세상에 어디 있단 말이

오?"

이 소리를 듣고 나더니, 모중의가 말한다.

"허허, 그 무식한 것들이 또 그런 짓을 했나? 내 가친께서는 그놈들 말만 믿으시고 사실을 모르시니까 그러시는 거겠지. 자아, 그렇게 화를 내지 말고 나하고 우리 집에 들어가세. 내가 찾아서 자네한테 내어줄게."

해진·해보는 허리를 굽혀 고맙다고 치사한 다음, 모중의를 따라서 안으로 들어갔다.

그러나 두 사람이 장원문 안에 들어서자마자 모중의가,

"이놈들을 잡아라!"

한 마디 소리를 지르니까, 양쪽 복도로부터 2, 30명 장객들이 우르르 나와 모중의를 따라오던 하인 같아 보이는 6, 7명과 함께 두 사람을 붙든다. 알고 보니 모중의를 따라온 6, 7명은 관가에서 나온 공인(公人)이다.

해진·해보는 꼼짝 못 하고 결박을 당했다.

모중의는 두 사람을 손가락질하며 큰소리로 호령한다.

"이 괘씸한 놈들! 우리 집에서 어젯밤에 호랑이 한 마리를 활로 쏘아 잡았는데, 네놈들이 그게 욕심나서 뺏으러 들어와서는 도리어 우리더러 너희 호랑이를 훔쳤다고 죄를 뒤집어씌우려 들고, 그 위에 내정에 들어와서 세간을 마구 들부셨으니, 너희들 같은 놈은 잡아다 관가에 바치고 버릇을 가르쳐야겠다!"

원래 모중의는 이날 새벽 5경에 저의 집 후원에 떨어져 죽은 호랑이를 장객들을 시켜서 끌어내게 한 후, 이것을 관가로 가지고 가서 제가 잡은 것처럼 바치고서, 물론 말썽이 붙을 것을 미리 짐작하고서 아주 공인들까지 데리고 돌아온 것이었다. 그러니까 해진과 해보는 간악한 계교에 그만 떨어지고 만 것이다.

두 사람은 관가로 붙들려 왔다.

이때, 이 고을의 육안공목(六案孔目)은 왕정(王定)이라는 사람인데, 바로 모태공의 사위다. 그는 먼저 지부한테 사건을 그럴듯하게 아뢰어두었는지라, 해진과 해보가 끌려 들어오자 그들로부터 한마디 말도 들어보지 않고 그대로 혹독하게 곤장을 때린 다음에, 두 사람이 호랑이를 저희가 잡은 거라고 생트집을 쓰고 모태공 집 내정에 들어가서 재물을 겁탈하려 했다고 사건을 꾸미려 든다.

해진과 해보는 매에 못 이겨, 사실 그러기나 한 것처럼 자백을 하고 말았다. 그리하여 지부는 마침내 그들에게 각각 스물닷 근짜리 중가(重枷)를 씌워 옥에 가두게 했다.

모태공과 모중의 부자는 집으로 돌아와서 다시 의논한다.

"저놈들 형제를 아주 없애버려야 후환이 없겠다. 그대로 살려두었다가는 아무래도 안심이 안 된다."

"그렇습니다. 그러니까 매부한테 잘 부탁해두어야겠어요."

모태공 부자는 이렇게 의논하고 다시 읍내로 들어가서 육안공목 왕정에게 신신당부하고, 또 지부 이하 여러 사람 관원들에게 뇌물을 먹였다.

한편, 해진과 해보 형제는 이미 사수로(死囚牢)에 끌려 들어갔다.

그들이 옥문 앞에 이르러 절급(節級)한테 인사를 드리니까, 이때 절급은 포길(包吉)이라는 사람으로서 이미 모태공한테서 뇌물을 받아먹었고, 또 왕공목한테서 부탁을 받았던 까닭으로 기어코 두 사람의 목숨을 빼앗으려고 대뜸 호령을 한다.

"이놈아! '양두사'니 '쌍미갈'이니 하는 놈이 네놈들이냐?"

해진·해보는 대답했다.

"네, 사람들이 저희들을 그렇게 별명지어 부릅니다. 그렇지만 이번 일은 참말 억울합니다. 저희들은 아무 죄도 없습니다."

포절급(包節級)은 또 호령이다.

"이놈, 듣기 싫다! 네놈들이 이제 내 손에 걸렸으니까 양두사(兩頭蛇)

는 일두사(一頭蛇)가 되고, 쌍미갈(雙尾蝎)은 단미갈(單尾蝎)이 될 줄 알아라!"

그는 이렇게 꾸짖고 나서 즉시 소로자(小牢子)를 불러,

"저놈들을 어서 대로(大牢)에 갖다 가둬라!"

하고 분부를 내린다. 그 소로자는 해진 형제를 데리고 옥으로 들어가더니, 근처에 아무도 없는 것을 보고,

"두 분은 나를 모르시겠소?"

하고 묻는다.

"글쎄요, 누구신지 모르겠는데요."

해진 형제가 대답하자 다시 묻는다.

"두 분이 손제할(孫提轄)과 사돈 간이 아니십니까?"

"네, 손제할은 우리 매부의 형님이신데요."

그러자 소로자가 말한다.

"나는 바로 손제할의 처남 되는 사람이오."

"오, 그러면 소로자 어른이 악화(樂和)가 아니신가요?"

"그렇소. 내가 바로 악화요."

악화는 본래 모주(茅州) 태생이건만, 조부 때부터 이곳 등주에 와서 살았고, 누이는 손제할한테 시집가고, 자기는 고을에서 소로자 구실을 다니는 터이므로, 풍류를 알고 노래를 잘 불러 사람들이 철규자(鐵叫子)라고 별명을 지어 부르는 터인데, 그는 또한 무예가 출중했다.

그는 해진 형제를 보고 가만히 말한다.

"포절급이 모태공한테서 뇌물을 받고 두 분 목숨을 기어이 해치려 하니, 이 노릇을 어떡하면 좋지요?"

해진이 말한다.

"그렇다면 다른 도리가 없지요. 미안하오마는 우리 소식을 좀 전해 주슈."

악화가 묻는다.

"소식을 전할 테니 대관절 어디요?"

"우리 누님이 손제할의 친동생 손신(孫新)의 아낙이 아니오? 지금 동문(東門) 밖 십리패(十里牌)에서 술집을 내고 한편으로 노름판을 벌이고 지내는 터인데, 우리 누이가 여자는 여자지만 장정 2, 30명은 넉넉히 거느리는 인물이라, 사람들이 별명지어 모대충 고대수(母大蟲顧大嫂)라 부른다오. 그리고 우리 매부 손신이란 사람도 무예가 출중하죠. 지금 우리 형편이 누님 내외분의 구원을 바랄 수밖에 다른 도리가 없으니, 어려우시지만 부디 수고를 아끼지 마시고 곧 가서 소식을 전해주었으면 참 고맙겠소."

"그만한 일이야 무어 수고랄 게 있소. 내 곧 다녀오리다."

악화는 이렇게 대답하고 감추어두었던 소병(燒餠)과 육류(肉類)를 가져다가 두 사람에게 먹인 다음, 즉시 동문 밖 십리패로 나갔다.

악화가 십리패까지 와서 보니 과연 술집 하나가 있는데, 문 앞에는 쇠고기·양고기가 걸려 있고, 집 뒤에서는 사람들 한 떼가 노름을 하고 있으며, 술청 안에는 눈이 크고 얼굴이 둥글고 몸집이 비대한 부인 한 사람이 떡 버티고 앉아 있다. 언뜻 보고서도 그가 바로 고대수인 것을 알겠다.

악화는 술청으로 들어서면서 공손히 인사하고 물었다.

"댁의 주인어른이 손씨 아니신가요?"

부인이 황망히 답례하고 말한다.

"네, 그렇습니다. 그런데 고기를 사러 오셨나요? 그렇잖고 놀러 오셨다면 뒤곁으로 들어가시죠."

"아닙니다. 저는 손제할의 처남 되는 악화입니다. 아시겠습니까?"

고대수가 손뼉을 치고 웃으면서,

"아이고, 원 이런, 내가 사돈 양반을 몰라뵙고 그랬군요. 내 어쩐지 동서님하고 모습이 비슷하다고 생각했지. 자아 어서 안으로 들어가시죠."

하고 그를 안으로 인도해 들이고 그가 자리에 좌정하자 묻는다.

"그런데 고을에 관원으로 나가신다는 말은 들었는데, 오늘은 무슨 바람이 불어서 이렇게 한가히 나오셨나요?"

"일이 없이 어떻게 나왔겠습니까? 오늘 죄인 두 명이 들어왔는데, 그전에 얼굴을 본 일은 없어도 이름을 듣고 보니 알 만한 사람이더군요. 한 사람은 양두사 해진이라 하고, 또 한 사람은 쌍미갈 해보라 하고…."

고대수는 깜짝 놀라면서 묻는다.

"아니, 내 동생들이 그래 무슨 일로 옥에 갇히게 됐대요?"

"그분들이 호랑이 한 마리를 잡았는데, 우리 고을에 부자로 이름난 모태공이 그것을 가로채 제가 잡은 것이라 하고서 억지로 해진이 형제를 강적(强賊)으로 몰아 관가에서 붙잡아 가두게 한 다음에, 온통 상하(上下)에 뇌물을 썼기 때문에, 아무래도 포절급이 조만간 옥중에서 두 사람을 죽여버릴 것만 같습니다. 제가 혼자서는 아무래도 힘이 모자라서 어떻게 해볼 도리가 없기에, 이리저리 궁리한 끝에, 첫째 사돈 간의 정리로 보거나, 둘째 의리를 생각해서 두 분한테 가만히 소식을 통했더니, 두 분 말씀이, 우리 누님이 아니면 우리를 구해줄 사람이 없겠다고 말하더군요."

이 말을 듣고 고대수는,

"아이고! 이걸 어쩌나!"

하고 소리를 버럭 지르더니, 심부름하는 아이를 불러 즉시 자기 남편을 그리로 오게 하여 악화한테 인사를 시킨다. 그런데 고대수의 남편 손신은 본래 경주(瓊州) 태생으로 군관(軍官) 출신인데, 형제가 함께 오래전부터 등주에 와서 생활하고 있었다. 그리고 손신은 키가 크고 힘이 센 데다가 또 형한테서 무술을 배웠기 때문에 편창(鞭槍)을 잘 쓰므로,

사람들이 그들 형제를 옛날 울지공(蔚遲恭)에 비해 이 사람을 '소울지(小蔚遲) 손신'이라 부르는 터이다.

고대수가 남편 손신에게 지금 악화한테서 들은 이야기를 그대로 말하니까, 손신은 악화를 보고 말한다.

"잘 알았소이다. 그럼 어서 돌아가서 옥중의 일이나 잘 보아주시구려. 다른 일은 우리가 좀 더 의논해서 좋은 도리를 차리렵니다."

"알겠습니다. 그럼 돌아가겠는데, 만약 나를 쓰실 데가 있거들랑 무슨 일이고 말씀하십시오."

악화가 이렇게 인사하고 자리에서 일어나려 하니까, 고대수는 악화를 붙들고 술을 내다가 권하면서 돈까지 그에게 주고는 신신당부한다.

"미안하지만 이 돈을 가지고 가셔서 옥중에 있는 압로(押牢)들한테 인정 좀 써주십시오."

악화는 고맙다고 인사하고 그 돈을 받아가지고 돌아갔다.

그가 돌아간 뒤에 내외는 마주 앉아서 의논한다.

"여보, 그래 내 동생을 어떻게 구해낼 도리가 없어요?"

"모태공이란 놈이 워낙 돈이 많고, 또 셋줄이 튼튼하기 때문에 그놈이 한번 해진이 형제를 죽이려고 든 이상에는 우리가 어떻게 구해낼 도리가 없을 것 같소. 아무래도 옥을 깨치고 해진이 형제를 빼내올 수밖에 딴 도리가 없겠는데…."

"그렇다면, 이러고저러고 할 것 없이, 아주 오늘 밤에 우리가 옥을 깨치고 구해냅시다그려."

"일을 그렇게 쉽게 생각해선 안 돼요. 앞뒤를 잘 짜가지고 일을 시작해야지, 그렇게 함부로 해서 되는가? 내 생각 같아서는 아무래도 그 두 사람의 손을 빌려야만 일이 될 것 같군."

"그 두 사람이란, 누구 말예요?"

"아, 왜 저, 노름 잘하는 추연(鄒淵) 추윤(鄒潤)이 두 숙질(叔姪) 말이야. 지금 그 사람들이 등운산 대곡(登雲山臺谷)에 웅거하고 앉아서 남의 재물을 빼앗아가며 살고 있잖나? 이 두 사람이 조력해준다면 일이 쉽게 되겠단 말이야."

"등운산이라면 예서 그다지 멀지 않으니, 그럼 지금 곧 가서 청해다가 함께 의논합시다그려."

내외가 의논을 정하고 손신이 등운산을 향하여 출발한 뒤에, 고대수는 젊은 사람들을 지휘하여 돼지를 잡고 과일과 안주를 장만하여 술상을 떡 벌어지게 차렸다.

저녁때쯤 되어서 손신이 두 사람을 데리고 돌아왔다.

추연은 본래 내주(萊州) 태생으로 어렸을 때부터 내기를 좋아해서 노름판으로 굴러먹었으나, 사람됨이 꼿꼿하고 성실할 뿐 아니라 무예가 놀라울 만큼 능숙해서 남의 허물이 있을 때엔 조금도 용서함이 없는 까닭에 사람들이 그를 부르기를 출림룡(出林龍)이라 하고, 그의 조카 추윤은 저의 숙부와 나이가 몇 살 차이가 없는 데다가 신체가 장대하고, 그뿐 아니라 뒤통수에 커다란 혹이 하나 있는 게 특색인데, 남과 싸울 때면 대가리로 받기를 잘하고, 언젠가는 냇가에서 소나무를 한번 들이받아 분질러버린 일이 있는 까닭에 사람들이 모두 놀랐고, 그다음부터는 독각룡(獨角龍)이라는 별명까지 생긴 터이다.

고대수가 나와서 그들 두 사람을 안으로 청해 들인 후 해진·해보의 일을 자세히 이야기하고 옥을 깨뜨릴 의논을 하려니까, 추연이 이렇게 말한다.

"지금 내가 데리고 있는 놈들이 모두 8, 90명 되기는 하지만, 정말 심복이라 할 놈은 불과 20명밖에 안 돼요. 이번에 그런 일을 하고 나면 아무래도 여기 그대로 있을 수는 없는데, 나는 갈 곳이 있지마는 두 분은 어떠신지, 별로 작정이 없으시거든 나 가자는 대로 따라가시겠소?"

고대수가 대답한다.

"아무 데고 같이 따라가죠. 그저 내 동생들만 무사히 빼내주세요."

"내가 갈 곳이라는 게 다른 데가 아니라 바로 양산박이오. 지금 양산박 송공명(宋公明) 선생 수하에 내가 잘 아는 사람이 셋이나 있소. 하나는 금표자 양림, 하나는 등비, 또 하나는 석용이라는 사람이오. 이번에 두 사람을 옥에서 구해내는 대로 우리 모두 양산박으로 올라가는 게 어떻겠소?"

"좋은 말씀예요. 만일 한 사람이라도 안 가겠다는 자가 있으면 내가 나서서 죽여버릴래요."

고대수가 하는 말에 추연은 고개를 끄덕이고, 또 이같이 말한다.

"그런데 또 한 가지 있소. 만약에 이 고을에서 군마가 우리 뒤를 추격한다면 어쩌겠소?"

이때까지 아무 말도 않고 있던 손신이 한마디 한다.

"우리 형님이 바로 본주(本州)의 군마제할(軍馬提轄)로 계십니다. 형님한테 미리 이야기해두면 아무 염려 없지요. 내가 내일 찾아가서 낭패 없도록 하지요."

"그러다가 만약 백씨가 양산박에 입당하지 않겠다고 한다면 어쩌겠소?"

"그건 염려 마시오. 자연히 좋은 도리가 있죠."

이같이 의논을 마치고 그들은 이날 밤 취토록 술을 마셨다.

이튿날 손신은 사람을 성내로 들여보내, 자기 형과 형수를 청해오는데,

"주인아주머니가 병이 중해서 급히 모셔오라고 말씀하더라고 그래라."

이같이 이르고 또 고대수는,

"내가 병이 대단해서 죽기 전에 한 번 만나뵙고 유언할 말씀이 있다고 그래라."

라고 당부했다. 손신은 형을 모셔오라고 사람을 보내놓고 문밖에 나
와 기다렸다.

얼마 후 오시(午時)가 다 되었을 때 손제할 부처(夫妻)가 오는데, 악대
랑자(樂大娘子)가 교자 타고 앞서고, 그 뒤에 손제할이 십여 명 군졸을
거느리고 말 타고 온다.

손제할의 성명은 손립(孫立)이요, 별명은 병울지(病蔚遲)인데, 얼굴빛
은 담황색이요, 턱 아래 수염은 엉성하고, 키는 8척이나 되고 강궁(强弓)
을 잘 쏘고, 사나운 말을 잘하는 터인데, 손에는 한 자루 장창(長槍)을 잡
았고, 팔에는 호안절죽강편(虎眼節竹鋼鞭)을 걸쳤다.

대문 앞에 이르러 손립이 말에서 내리더니, 문 앞에 마중 나온 아우
를 보고 묻는다.

"계수씨 병세가 그래 어떠냐?"

손신이 대답한다.

"병세가 아주 괴상해요. 형님 좀 들어가보십쇼."

손립은 곧 악대랑자와 함께 방으로 들어갔다. 그러나 앓고 있다는 계
수는 방 안에 없다.

"아니, 어느 방이냐?"

손립이 아우를 돌아다보고 물었을 때, 고대수가 추연·추윤 두 사람
을 데리고 밖에서 분주히 들어왔다.

손립은 그를 보고 묻는다.

"계수씨, 대체 무슨 병환이십니까?"

고대수가 대답한다.

"아주버님, 좀 앉으세요. 제 병은 동생들을 구해내지 못하면 죽는 병
이랍니다."

"아니, 그게 무슨 말씀인가요?"

고대수는 해진·해보 형제가 모태공의 간계에 빠져서 억울하게도 강

적(强賊)이라는 누명을 뒤집어쓰고 옥에 갇혀, 그 목숨이 위태롭게 된 전후 전말을 이야기하고 나서 말했다.

"아무래도 옥을 깨치고 구해내다가 모두 함께 양산박으로 들어갈밖에 도리가 없는데, 내일 이 일이 드러나고 보면 아주버님께 누(累)가 미칠 게 아니겠어요? 그래 제가 병이 났다고 핑계대고 아주버님과 동서님을 모셔다가 미리 좋은 도리를 의논하자는 겁니다. 아주버님께서 저희 둘과 함께 가시기 싫으시다면 저희만 가겠습니다마는, 지금 나라의 법도(法度)가 문란해서 도무지 흑백(黑白)을 분간하지 못하는 판국에 설혹 죄가 없더라도 관사(官司)에 걸리기만 하면 죽는 판이니, 아주버님께서 우리 때문에 만약 화를 당하시어 옥에 갇히시게 되면, 조석은 누가 해 다 드리고 주선은 누가 나서서 하겠습니까? 아주버님 생각을 말씀해주십시오."

이 말을 다 듣고, 손립이 대답한다.

"계수씨는 그같이 말씀을 하시지만, 내야 등주성의 군관 된 몸으로서 어찌 그런 일이야 할 수 있나요?"

"아주버님 의향이 그러시다면, 이제는 저와 아주버님과 아주 사생결단을 할 수밖에 없습니다."

고대수는 이렇게 말하고, 품속에서 두 자루 칼을 썩 꺼내서 든다. 그러자 곁에 섰던 추연·추윤 두 사람도 각각 단도를 매어 들고 앞으로 나선다.

뜻밖에 이 모양을 당한 손립이 깜짝 놀라면서 말한다.

"계수씨! 이거 무슨 짓입니까? 내 말 좀 들어보슈."

"무슨 말을 또 더 들어요!"

"만일 기어코 그런 일을 행하겠다면, 내가 먼저 집에 돌아가서 대강 재물을 수습하고, 또 허실(虛實)도 살핀 뒤에 실행합시다그려."

"아주버님 처남 되는 악화 서방님한테서 이야기를 죄다 자세히 듣고서 하는 일인데, 무어 또 알아볼 게 있어요? 그저 한편으로는 일을 하고, 또 한편으로는 뒷수습을 하고, 그러는 게지요."

손립의 입에서는 한숨이 새어 나왔다. 그는 이미 사세가 어찌할 도리가 없게 되었음을 깨달았기 때문이다.

"그렇게까지 말씀을 하니, 뭐라고 더 청탁하지 못하겠소. 여러분 의향대로 좋도록 하십시다."

손립은 마침내 계수한테 이렇게 말했다. 그리고 추연에게는 산채에 가서 재물과 마필(馬匹)을 수습하여 20명 심복인을 데리고 오라 이르고, 아우 손신에게는 성내에 들어가 악화를 찾아보고 그로 하여금 해진·해보 형제에게 미리 연통하도록 했다.

그 이튿날 추연이 금은 보배와 심복들을 데리고 왔다. 손신 수하에도 7, 8명 장정이 있고, 손립이 데리고 온 군졸도 십여 명 되는지라, 모두 합치면 40여 명 된다.

이날 손신은 돼지 두 마리와 양 한 마리를 잡아 모든 사람들이 배부르게 먹게 한 다음 행동을 개시하는데, 먼저 고대수는 품속에 칼을 감추고, 옥에 갇힌 죄수한테 밥을 갖다주는 부인의 행색으로 몸을 차리고 앞서서 가고, 손신은 형 손립을 따라서 군졸들과 함께 한패를 이루고, 추연은 조카 추윤을 데리고 한 패를 이루어, 이같이 두 패가 성내로 들어갔다.

이때, 등주성 안 옥중에서는 포절급이 모태공의 뇌물을 받아먹고 해진·해보를 죽이려고 기회만 노리고 있는 판인데, 이날 악화가 수화곤(水火棍)을 손에 들고 옥문 안에 지키고 섰으려니까, 옥문에 걸린 방울이 딸랑딸랑 울린다. 악화가 큰소리로 묻는다.

"게 누구요?"

밖에서 대답한다.

"죄인한테 밥 가지고 온 마누랍니다."

악화가 얼른 알아차리고 옥문을 선뜻 열어주니까, 고대수는 밥그릇을 안고 안으로 들어왔다. 이때 포절급이 정자 위에 앉아 있다가 이쪽을 보고 소리를 지른다.

"웬 여편네가 옥 안으로 들어온다는 거야? 자고로 말하기를 옥에는 바람도 통하지 못한다 하지 않느냐?"

악화가 나서면서 말한다.

"이 부인이 바로 해진·해보의 누님인데, 동생들 먹이려고 밥을 가지고 왔답니다."

포절급이 분부한다.

"그렇다면 저 부인은 들여보내지 말고, 네가 대신 받아가지고 갖다 주어라."

악화가 분부대로 그 밥을 받아서 해진·해보가 갇혀 있는 방 안으로 들어가니까, 해진 형제가 그를 보고 조급해서 묻는다.

"대관절 어저께 부탁한 일이 어떻게 되었소?"

"다 잘되었소. 댁의 누님이 지금 이 안에 들어와 계시오. 곧 접응할 사람들이 올 거요."

악화는 이렇게 말하면서 두 사람의 목에서 칼을 벗겨놓는데, 이때 밖에서는 옥문을 요란스럽게 두드리는 소리가 난다. 손립의 일행이 온 모양이다.

소로자 한 명이 급히 정자 앞으로 달려와서 아뢴다.

"손제할이 밖에 오셔서 문을 열라고 하시는데, 어찌하면 좋을까요?"

포절급이 대꾸한다.

"저는 영관(營官)인데, 여기는 무슨 일이 있어 왔단 말이냐. 문을 꼭 닫고, 아예 들이지 마라."

이때 멀찌감치 서 있던 고대수가 한 걸음 두 걸음 정자 앞으로 가까이 오고, 밖에서는 옥문을 들부수는 소리가 요란하다. 포절급이 크게 노

하여 정자에서 내려오고 있을 때,

"내 동생들이 어디 있니?"

고대수가 소리치며, 품속에서 칼 두 자루를 뽑아 들고 그의 앞을 가로막는다. 포절급은 일이 매우 험악한지라, 곧 몸을 돌이켜 정자 뒤로 도망가려 했다. 그러나 이때 옥문을 박차고 뛰어나온 해진·해보가 벼락같은 소리를 지르면서 칼머리로 포절급의 대가리를 내리쳤다. 미처 도망갈 사이도 없이 당한 노릇이라, 포절급은 외마디 소리와 함께 해골이 깨져 그 자리에 쓰러졌다.

이같이 포절급을 죽이는 사이에 고대수는 소로자 4, 5명을 찔러 죽이고 즉시 해진·해보와 함께 밖으로 뛰어나와 손립, 손신과 합세하여 바로 주아(州衙)를 향하여 달렸다. 그러나 그들이 주아의 문루 앞에 이르렀을 때 벌써 추연·추윤 숙질은 어느 틈에 왕공목(王孔目)의 머리를 베어 손에 들고 안으로부터 뛰어나오는 게 아닌가. 일행은 크게 성공했다고 아우성을 치면서 성문 밖으로 향했다.

이때 등주성 안은 온통 발칵 뒤집혔다. 백성들은 난리가 난 것처럼 문을 닫아걸고 밖에 나오지 못하며, 공인(公人)들은 이 폭도들 가운데 손제할 손립이 활에 살을 메겨 들고 말 위에 앉아 오는 모양을 보고는 감히 나서서 막지 못하고, 모두들 뒷골목으로 피해버렸다.

손립 일행은 성문 밖으로 나와 순식간에 십리패 손신의 집으로 돌아왔다. 그리하여 악대랑자를 먼저 수레 위에 태우고, 고대수는 말을 타고, 일제히 양산박을 향해서 출발하려 할 때, 해진과 해보가 손립 앞으로 쑥 나서면서 말한다.

"왕공목과 포절급은 죽여버렸습니다만, 모태공(毛太公)을 그대로 두고 간다면 우리들 원한을 어떡하랍니까?"

손립은 고개를 끄덕이고, 아우 손신과 처남 악화로 하여금 먼저 내행(內行)들을 옹위하여 떠나게 한 다음, 자기는 해진·해보·추연·추윤의 무리와 함께 모태공의 장원을 향하여 달렸다.

이때 모태공과 모중의 부자는 저희 집에 손님들을 청해놓고 잔치를 하느라고 아무런 방비가 없었다. 해진·해보 등 손립 일행은 일제히 아우성을 치며 안으로 뛰어들어가 모태공 부자는 물론이요, 그 집 안에 있는 모든 사람을 하나도 남기지 않고 모조리 죽여버린 후 와방(臥房) 안으로 들어가서 십여 포(包)의 금은 보배를 얻고 후원으로 들어가서 좋은 말을 7, 8마리나 끌어냈다.

그리고 해진과 해보는 이때까지 옥중에서 고생하다가 나온 길인 고로 의복이 누추하기 짝이 없으니까, 의걸이 속을 뒤져 옷을 한 벌씩 골라 입은 다음에, 모태공 집에다 불을 질러버리고 말을 타고 30리를 달려가서 앞서 떠난 그들 일행과 서로 만났다.

그들이 밤을 새워가며 양산박을 향해서 길을 재촉하기 이틀 후에, 그들은 석용 주점에 도착했다.

먼저 추연이 석용을 만나보고 인사를 나눈 뒤에 양림과 등비의 소식을 물으니까, 송공명이 축가장을 치러 떠날 때 그 두 사람을 데리고 갔었는데, 축가장에 가서 두 번 싸움에 이기지 못하고 두 사람이 모두 적에게 붙잡혔다고 대답하면서,

"그런데 소문을 들으니까 축가장 아들 삼형제가 죄다 호걸이고, 또 그 집 교사로 있는 난정옥이란 자가 무용이 대단해서, 그래 두 번 싸움에 졌답디다."

라고 덧붙여 말한다.

곁에서 듣고 있던 손립이 껄껄 웃으며 말한다.

"이번에 우리가 양산박에 입당하려고 하면서도 손톱만 한 공로가 없어 마음에 부끄럽더니, 마침 잘됐소. 우리가 아직 산에는 올라가지 말고, 이길로 바로 축가장엘 가서 공을 세운 후에 입당하려고 생각하는데, 형장 의향은 어떠하시오?"

석용이 기뻐하면서 묻는다.

"무슨 좋은 계책이라도 있으신가요?"

손립이 이야기한다.

"원래 그 난정옥이란 자가, 나하고 함께 한 선생님한테서 칼 쓰는 법을 배웠고, 또 창검 쓰는 법은 제가 잘 알고, 제 수단도 내가 모두 짐작하는 터이오. 이제 우리가 등주(登州)에서 오는 군관인 체하고 운주(鄆州)를 지키러 가는 길에 들렀다고 핑계 대면, 반드시 난정옥이 나와서 우리를 영접할 거요. 그때를 타서 우리가 축가장 안에서 송공명 선생과 내응하면, 축가장을 깨치기는 쉬울 것이니 내 계교가 어떻소?"

말이 끝나기 전에 졸개 한 명이 들어와서, 지금 군사(軍師) 오학구가 산에서 내려와 축가장 싸움에 응원하러 간다고 보고한다. 석용은 즉시 졸개더러 오학구 선생을 모셔오라고 명령했다.

얼마 기다리지 아니해서 양산박 군마가 주점 앞에 도착하니, 앞에 오는 호걸이 여방·곽성과 원가 삼형제요, 그 뒤로 5, 6백 인마를 거느리고 따라오는 사람이 바로 오학구다.

석용이 내다보고 황망히 나아가 맞아들인 후 손립 일행을 소개한 다음에, 이 사람들이 대채(大寨)에 입당하러 왔다는 말과, 축가장을 칠 좋은 꾀까지 가지고 있다는 이야기를 하니까, 오용은 대단히 기뻐하면서 그들 손립 일행을 데리고 곧 그곳을 떠나 축가장으로 향했다.

오용이 축가장 못미처에 있는 송강의 진중에 도착해보니까, 과연 송강은 두 번 싸움에 패하여 수심이 얼굴에 가득했다. 그래서 그는 양산박에서 가지고 온 술을 권하고, 석용·양림·등비 세 사람과 친하게 아는 손립이 여러 사람의 호걸과 함께 입당하려 한다는 사실과 또 축가장을 치는 데 썩 좋은 계교까지 헌책(獻策)했다는 이야기를 송강의 귀에 대고 가만히 이야기했다.

오용의 이야기를 듣고 송강의 기쁨은 컸다. 그는,

"참 묘계(妙計)로군, 묘계야!"

하고, 즉시 손립·해진·해보·추연·추윤·손신·고대수·악화, 이 여덟 명 호걸을 영채 안으로 청해 들여 크게 연석을 베풀어 대접을 극진히 했다. 그리고 군사 오학구는 조용히 영(令)을 내려 제3일은 이리이리하고, 제5일은 또 이리이리하라고 계교를 일러주었다. 이튿날 손립은 자기 일행을 데리고 축가장으로 향했다.

그들이 떠난 뒤에 오학구는 신행태보 대종을 산채로 올려보내 철면 공목 배선, 성수서생 소양, 통비원 후건, 옥비장 김대견, 이들 네 사람의 두령을 곧 오게 했다.

대종이 영을 받고 떠난 뒤에 조금 있다가 영문 밖에 있는 병정이 들어와서,

"서촌 호가장의 호성(扈成)이라는 사람이 술과 고기를 가지고 와서 잠깐 쉬겠다고 청합니다."

라고 보고한다. 송강이 그 사람을 불러들이니까, 호성은 장전(帳前)에 이르러서 두 번 절하고 공손하게 말한다.

"제 누이가 워낙 나이 어리고 소견이 좁아서, 마침내 장군의 위엄을 범하고 군중에 사로잡혔사오나, 만일 장군께서 용서해주시고 놓아주신다면, 앞으로는 맹세코 축가장을 돕지 않겠사오며, 또 군중에 소용되는 물건이 있으시면 무엇이고 분부하시는 대로 대령하겠습니다. 황송합니다."

송강은 그를 불러올려 자리에 앉게 한 후 말했다.

"축가장 놈들이 우리 양산박에 대해서 너무나 무례하게 굴기에 우리가 이번에 군사를 일으켜 그 죄를 물으려 할 뿐, 노형네들과는 아무런 혐의가 없소. 다만, 노형 매씨가 우리 왕두령을 잡아갔기 때문에 우리도 매씨를 잡아온 것인데, 만약 댁에서 왕두령을 곱게 돌려보내 준다면, 우리도 매씨를 돌려보낼 생각이오."

호성이 난처한 표정으로 말한다.

"이거 일이 난처하게 되었는데요. 이럴 줄은 모르고 저희들은 축가장에서 달라는 대로 왕두령을 벌써 축가장으로 보냈으니, 지금 축가장에 갇힌 분을 어떻게 제가 찾아다가 장군께 바칠 수 있습니까?"

"이미 그렇다면 하는 수 없는 노릇이지. 왕두령하고 바꾸기나 한다면 모를까, 거저야 매씨를 돌려보낼 수 있소?"

송강이 노기를 띠고 말하자, 오학구가 나서서 한마디 한다.

"형님, 그렇게까지 말씀하실 일도 아닌 것 같습니다. 그리고 여보 노형, 노형이 정녕코 매씨를 찾고 싶다면, 앞으로는 축가장에 어떠한 일이 있다 하더라도 결코 나서지 말아야 하오. 그리고 축가장 사람이 누구든지 호가촌으로 한 발자국이라도 들여놓거든 불문곡직하고 붙잡아 두시오. 그러면 그때엔 우리도 매씨를 노형한테 돌려보내 드리도록 하리다."

호성은 이 말을 듣고, 분부대로 거행할 것을 맹세하고 돌아갔다.

몰살당한 축가장 일족

한편, 송강의 진영에서 출발한 손립은 기호(旗號)를 '등주 병마제할 손립(登州兵馬提轄孫立)'이라 바꾸어 써서 일행 인마를 영솔하여 축가장 뒷문으로 갔다. 뒷문을 지키고 있던 병정이 이 기호를 보고 부리나케 안으로 들어가서 보고하니까, 교사 난정옥은 등주 병마제할 손립이 찾아왔다는 말을 듣더니 즉시 축가 삼형제를 바라다보고,

"손제할은 나하고 동문수학한 사람인데 어째서 찾아왔는지 궁금하군. 하여간 찾아왔으니 곧 맞아들이세."

하고 20여 명 인마를 거느리고 친히 나아가 뒷문을 열고, 조교를 내려 손립 일행을 영접해 들였다. 손립 일행은 모두 말에서 내려와 예를 깍듯이 한다. 난정옥이 물었다.

"자네가 등주 병마제할로서 그곳을 지키고 있어야 할 텐데, 어떻게 여길 왔나?"

손립이 대답한다.

"그런 게 아니라 이번에 총병부(總兵府)에서 문서를 내려, 운주로 가서 양산박 강적을 방수(防守)하게 되었답니다. 그래 지금 그리로 가는 길인데, 형님이 이곳에 계시단 말씀을 듣고, 잠깐 뵙고 가려고 들렀습니다. 본래 앞문으로 갈 것이었지만, 거기는 웬 군마가 그렇게 많은지, 혹

시 일을 알 수 없어 일부러 길을 돌아 이리로 왔습니다."

"아 그러신가, 마침 잘 오셨네. 여기는 그간에 양산박 떼가 쳐들어와서, 여러 번 싸움에 저놈들의 두령을 몇 놈 사로잡았는데, 이제 그 괴수되는 송강이란 놈을 마저 잡아 관가에다 바치려 하는 참일세."

"그러시다면 제가 별로 신통한 재주는 없습니다만, 여기 온 김에 형님을 도와서 그놈들을 모조리 잡도록 하겠습니다."

난정옥은 대단히 기뻐하면서 그들을 데리고 전청(前廳)으로 들어가서 축조봉 부자들한테 소개했다.

손립은 그들과 서로 인사를 나눈 후, 자기 아내와 계수더러는 후당으로 들어가서 인사를 드리라 이르고, 같이 온 사람들을 축조봉 부자에게 소개하는데, 손신과 해진·해보 세 사람은 자기 아우라 말하고, 악화는 운주에서 마중 나온 공리(公吏)라 말하고, 추연·추윤 두 사람은 등주에서 따라온 군관(軍官)이라 말했다. 축조봉과 그의 아들 삼형제가 모두 총명한 사람이었지만, 첫째 손립 일행 가운데 부인들이 있고, 둘째 상당히 많은 이삿짐이 있고, 셋째는 그가 난정옥과 동문수학한 사람인지라, 어느 점으로 보든지 의심할 여지가 없으므로 그들은 곧 소와 말을 잡아 크게 연석을 베풀어 손립 일행을 관대했다.

이틀이 지나서 제3일이 되었다.

장원문을 지키고 있는 장병이 들어와서,

"송강의 군사가 또 쳐들어왔습니다."

라고 보고하자 축표가 얼른 일어나면서,

"내 나가서 오늘은 이놈을 사로잡아야지!"

하고, 즉시 말을 타고 장객 1백여 명을 거느리고 달려나갔다. 나와 보니 쳐들어오는 군사는 5백여 명이나 되고, 앞선 장수는 화영인지라 축표는 즉시 화영에게 달려들어 싸우기 시작했다.

두 사람이 서로 수단을 다해가면서 싸우기를 50여 합 했건만 좀체 승패가 나지 않는다. 그러자 화영이 못 당하는 체하고 말머리를 돌려서 그대로 달아나므로 축표는 그 뒤를 쫓으려고 하는데, 축표 부하 중에 화영의 활 재주가 귀신같다는 것을 잘 알고 있는 장객 한 사람이,

"장군! 쫓아가지 마십시오. 저 장수가 고금에 희한한 명궁(名弓)이랍니다!"

하고 큰소리로 외치는 것이다.

축표는 이 소리를 듣고 즉시 말머리를 돌려 장원으로 돌아와버렸다.

후당에 모여 앉아서 술을 먹는 자리에서 손립이 축표를 보고 한마디 묻는다.

"장군은 오늘 싸움에서 또 어떤 놈을 사로잡으셨나요?"

축표는 손립을 바라보며 대답한다.

"오늘은 나하고 싸운 놈이 화영이란 놈인데 창법(槍法)이 대단히 능숙하더군요. 50여 합 싸우다가 그놈이 별안간 도망가기에 즉시 쫓아가려 했더니, 군사들이 이르기를 그놈이 고금에 드문 명궁이라 하기에 그냥 돌아오고 말았습니다."

손립은 이 말을 듣고 빙그레 웃으면서 말한다.

"그럼 내일은 내가 나가서 몇 놈 잡아오리다."

그는 이렇게 말하고서 악화로 하여금 노래를 부르게 하여 술자리의 흥을 돋우게 했다. 그리하여 모든 사람이 즐겁게 놀다가 밤이 깊어서 자리를 파하고 각기 자기 처소로 돌아가 편히 쉬었다.

날이 밝으니 제4일. 이날 오시(午時)쯤 되어서 또 장병이 들어와,

"송강의 군사가 또 쳐들어왔습니다."

하고 보고한다.

축룡·축호·축표 삼형제는 즉시 갑옷 입고 투구 쓰고 말을 몰아 앞문으로 나갔다. 멀리서 군사가 쳐들어오는 아우성 소리가 점점 가까이 들린다. 이때 축조봉은 장문(莊門) 위에 올라가서 적의 형세를 살피기로

하는데, 그의 왼편엔 난정옥이 앉고 바른편에는 손립이 앉았다.

쌍방이 서로 진(陣) 치고 대하자, 송강군의 진에서 임충이 앞으로 나오더니 큰소리로 꾸짖는다.

축룡이 창을 꼬나잡고 내달아 임충과 싸우기를 30여 합, 도무지 승패가 나지 않는다. 양쪽에서 서로 징을 쳐, 두 장수가 각기 말을 돌려 진으로 돌아가니, 축호가 분이 나서 칼을 들고 말을 달려 나가면서 큰소리로 외친다.

"이놈들아! 송강을 내보내라. 내가 송강하고 싸워서 싸움을 끝내겠다!"

이 말이 떨어지기 무섭게 송강군 진영에서 한 장수가 내달으니, 이 사람은 목홍이다.

두 장수가 서로 싸우기를 30여 합, 역시 승부가 나지 않는다.

이 모양을 보고 있던 축표가 분을 참지 못해서 창을 비껴잡고 말을 달려 뛰어나가니까 송강군 진영에서는 양웅이 뛰어나와 그를 맞아 싸운다.

장문 위에서 이 모양을 바라보던 손립은 자기 아우 손신을 불러,

"내 편창(鞭槍)을 가져오너라!"

분부하고, 즉시 갑옷 입고 투구 쓰고 말에 오르니, 말은 오추마(烏騅馬)다. 축가장에서는 크게 징 소리를 올렸다. 동시에 손립은 진전(陣前)으로 말을 달렸다.

송강군 진영에서는 임충·목홍·양웅 등 호걸들이 모두 진전에 말을 세우고 바라본다. 손립도 말을 멈추고 서서 큰소리로 꾸짖는다.

"어느 놈이 감히 나와서 나하고 싸우겠느냐?"

말이 떨어지자, 송강군 진중에서 말방울 소리가 나더니 장수 한 사람이 내닫는다. 모든 사람이 그를 바라다보니 이 사람은 석수다.

석수와 손립이 서로 어우러져 싸우기를 50여 합 했을 때, 손립이 잠

시 파탄(破綻)을 보이자 석수가 선불리 창을 그의 가슴에 내지르는 것을, 손립은 얼른 피하면서 손을 번개같이 놀려 석수의 허리를 움켜잡고 한옆에 끼고서 장문(莊門)으로 돌아왔다. 축가 삼형제는 이때 일제히 적진을 향하여 쳐들어갔다.

송강의 군마는 그 형세를 당해내지 못하고 그냥 멀리 도망한다.

축룡 삼형제는 한바탕 싸움에 크게 이기고 군마를 거두어 장문으로 돌아오다가 문루(門樓) 아래서 손립을 보고 고맙다고 치사하기를 마지 않는다.

손립은 그들을 보고 묻는다.

"이제까지 사로잡은 놈이 모두 몇 놈이나 되오?"

곁에서 축조봉이 말한다.

"처음에 시천이란 놈을 잡았고, 다음에 염탐꾼으로 들어온 양림이란 놈을 잡았고, 또 황신이란 놈을 잡았고, 호가장의 일장청이 왕영이란 놈을 잡았고, 그리고 진명·등비 두 놈을 잡았는데, 이번에 장군께서 석수란 놈을 잡으셨으니까, 모두 일곱 놈이 되나 보이다."

"그럼, 그놈들을 한 놈도 죽이지 말고 가둬두고서, 몸이 상하지 않도록 술에 밥에 잘 먹이도록 합시다. 그랬다가 송강을 잡는 날 한꺼번에 묶어 서울로 보내기만 하면, 축가장 삼걸(三傑)의 이름이 단박 천하에 유명해질 게 아니겠소?"

손립이 이렇게 말하니까, 축조봉은 만면에 희색을 띠고서 사례한다.

"이번에 제할께서 도와주셔서 참으로 다행입니다. 아마 이번에는 양산박도 아주 망하나 봅니다."

이렇게 말하고 그는 곧 손립을 후당으로 인도한 후에 술을 권하는 한편 석수를 일곱 번째 수거(囚車)에다 가두어두라고 분부했다. 그런데 원래 석수의 무예 수단이 결코 손립한테 사로잡힐 만큼 용렬하지는 아니하건만, 이날 이렇게 사로잡힌 것은 축가장 사람들로 하여금 한층 더 손립을 신용하도록 일부러 꾸민 연극이었다.

손립은 다시 추연·추윤·악화 세 사람으로 하여금 후방을 지키면서 가만히 출입하는 길을 알아두게 했다. 양림과 등비는 추연·추윤을 보고 마음에 은근히 좋아했다. 악화는 사람들이 안 보는 때 가만히 그들에게 소식을 전했다.

제5일이 되었다.

이날 진시(辰時)가 되자, 또 장병이 들어와서 보고한다.

"송강군이 군사를 네 군데 길로 나눠서 지금 쳐들어옵니다."

손립이 이 말을 듣고,

"제 놈들이 네 길 말고 열 길로 쳐들어온단들 소용 있나!"

하고 냉소하면서 장객들에게 분부한다.

"너희들은 조금도 겁낼 것 없다. 얼른 싸울 준비를 하되, 요구(撓鉤)와 투색(套索)을 많이 내어다가 그저 사로잡기를 위주로 해야 한다. 적을 죽여서는 소용이 없단 말이야."

이리하여 모든 사람이 분주히 출전할 준비를 하는데, 축조봉도 수하 장객들을 데리고 문루 위에 올라가서 바라보니,

정동(正東)으로부터 들어오는 인마는, 앞을 선 두령이 '호랑이 대가리'라는 별명이 있는 임충이요, 뒤에 따라오는 두령은 이준과 원소이 두 사람인데, 수효는 5백 명가량이고,

정서(正西)로부터 들어오는 인마는, 백 명가량인데, 앞을 선 두령은 화영이요, 뒤에 오는 두령은 장횡과 장순이며,

정남(正南)으로부터 들어오는 인마도 역시 백 명가량인데, 거느리고 오는 두령은 목홍, 양웅, 흑선풍 이규 세 사람이다.

축가장 사면이 양산박 인마로 에워싸였고, 전고(戰鼓) 울리는 소리와 고함 소리가 온통 천지를 뒤흔든다.

난정옥이,

"이놈들 형세가 도저히 만만히 볼 수 없는데! 나는 뒷문으로 나가서 서쪽 놈을 맡겠네!"

하자, 축룡이,

"저는 앞문으로 나가서 동쪽 놈을 맡겠습니다."

그러자, 축호가,

"저는 뒷문으로 나가서 남쪽 패를 맡지요."

끝으로 축표가 말한다.

"저는 앞문으로 나가서 송강을 잡아오겠습니다."

네 사람이 각각 이같이 분담한 후 말에 올라 3백여 명의 장병들을 거느리고 나가자, 이때 추연과 추윤은 큰 도끼를 감추어 들고서 감문(監門) 왼편에 지켜 서고, 해진과 해보는 칼을 몸에 감추어 뒷문을 지키고, 손신과 악화는 앞문 좌우를 지키고, 고대수는 데리고 온 군사들로 하여금 악대랑자를 보호하게 한 다음에 자기는 쌍도(雙刀)를 쥐고 당전(堂前)을 배회하며 때만 오면 일각을 지체하지 않고 바로 하수할 작정이었다.

이때 축가장에서 북소리가 세 번 울리자, 호포가 한 번 탕! 터지며 앞뒷문이 열리고, 조교가 내려지며 사로군병(四路軍兵)이 아우성 치고 동서남북으로 내달았다. 그들이 모두 밖으로 나간 뒤에, 손립은 데리고 온 군사 십여 명을 거느리고 뒷문 밖 조교 위에 나와 서니까 손신은 곧 미리 준비해가지고 왔던 기호(旗號)를 문루 위에다 높이 꽂았다.

이때, 악화가 창을 들고 안으로 들어가며 큰소리로 노래를 부르니까, 감문 곁에 있던 추연·추윤은 이 소리를 군호삼아 가지고 있던 도끼를 들고 내달아서 감문을 파수 보고 있는 장객 십여 명을 모조리 죽인 후, 수거(囚車)의 문을 열어 그 속에 갇혔던 일곱 명의 두령들을 밖으로 나오게 했다.

밖으로 뛰어나온 일곱 명은 일제히 손에 손에 병장기를 하나씩 찾아 들고 고함을 지른다.

이러는 사이에 고대수는 두 자루 쌍도를 들고 내당(內堂)으로 뛰어들어가, 안식구들을 한 사람도 남기지 않고 죽여버렸다.

뜻밖에 자기 집 울안에서 이같이 망측한 화를 당한 축조봉은 만사를 각오하고 우물 속에 몸을 던져 자살해버리려 했으나, 이때 석수는 그를 쫓아가서 한칼에 모가지를 선뜻 베어버렸다.

십여 명의 양산박 호걸들이 앞뒤 마당으로 뛰어다니면서 축가장의 장객들을 보기만 하면 죽여버리는데, 이때 해진과 해보 형제는 뒷마당 한편에 산같이 쌓인 마초(馬草) 더미에다 불을 확 질렀다.

시뻘건 불길이 하늘 높이 솟았다.

이때 밖에서 양산박 군사와 싸우고 있던 축가인마(祝家人馬)는 장원에 화재가 난 것을 보고 모두 놀라 장원을 향해서 돌아오는데, 남보다 앞서서 오는 것이 축조봉의 둘째아들 축호다.

축호가 말을 달려 장문 앞 도랑에 이르자, 조교 위에 나와 섰던 손립이 칼을 들고 서서 큰소리로 꾸짖는다.

"네 이놈! 어디로 갈 테냐?"

축호는 그때야 일이 그릇된 것을 깨닫고 깜짝 놀라 즉시 말머리를 돌려 다시 송강군 진영을 향해서 달렸다. 이때 송강군에서는 여방·곽성 두 호걸이 뛰어나와 일제히 방천극(方天戟)을 휘저어 축호를 말 위에서 떨어뜨리니, 송강의 군사들이 달려들어서 그만 어육을 만들어버린다. 축호의 군사들은 도망하여 사방으로 뿔뿔이 달아났다. 이때 손립과 손신은 곧 마중 나와서 송강을 영접하여 축가장 안으로 들어갔다.

한편, 동쪽으로 나갔던 축조봉의 맏아들 축룡은 임충과 싸우다가 패하여서 축가장 뒷문을 바라보고 오다가 조교 앞에 이르러 뜻밖에도 해진·해보가 장객들의 시체를 하나하나 끌어다가 불속에 집어던지는 모양을 바라보고, 깜짝 놀라 급히 말머리를 돌려 북쪽으로 달렸다.

그러나 얼마 안 가서 한 장수와 맞닥뜨리니, 이 장수는 바로 흑선풍 이규다. 이규는 축룡에게로 달려들며 우선 도끼로 그가 탄 말의 다리를 찍어 넘어뜨리고, 그 바람에 땅에 떨어지는 축룡의 머리를 또한 찍어버렸다.

이때 축표는 저도 축가장으로 돌아오다가 장객들이 전하는 소리를 듣고, 바로 호가장으로 피신하려고 그리로 달렸다.

그러나 뜻밖이다. 여태까지 한 집안같이 믿고 있던 호가장 안에서 아우성이 요란하더니, 호성이 장객들을 거느리고 달려나와, 불문곡직하고 그를 사로잡아버린다.

이같이 호성은 축표를 잡아 결박 지어 앞세우고 송강에게 갖다 바치려고 축가장으로 오는 길인데, 중로에서 흑선풍 이규를 만났다.

이규는 두말하지 않고 달려들더니 축표를 한 도끼에 찍어버리고, 다시 호성의 머리를 내려찍으려 하므로 호성은 간담이 서늘하여 자기 집에 들를 경황도 없이 혼자서 멀리멀리 도망해버렸다. 그가 연안부(延安府)로 가서 군관무장(軍官武將)이 된 것은 훨씬 뒤의 이야기다.

흑선풍 이규는 호성이 달아나는 것을 구태여 쫓아가지 않고, 바로 호가장 안으로 뛰어들어가서 호태공을 비롯해서 일문(一門)의 남녀노소를 모조리 죽여버렸다. 그리고 데리고 온 졸개를 시켜 호가장 안의 온갖 재물과 마필(馬匹)을 밖으로 끌어내게 한 후, 장원엔 불을 질러버리고 축가장으로 돌아왔다.

이때, 송강은 축가장 정청(正廳)에 자리를 잡고 앉으니, 십여 명 두령들이 모두 나와서 공(功)을 올리는데 사로잡은 군사가 4, 5백 명이요, 빼앗은 말이 5백여 필이요, 그 밖에 소와 양 같은 것은 수효를 모를 만큼 많다.

송강은 대단히 기뻐하면서도,

"교사 난정옥은 호걸이었는데, 난군(亂軍) 중에 죽었다니 참으로 애석한 일이다!"

하고 한탄했다. 그러자, 이때 졸개가 들어와서 보고한다.

"흑선풍 이두령께서 호가장을 불살라버리시고 지금 수급들을 바치러 오셨습니다."

송강이 이 말을 듣고,

"일전에 호성이가 찾아와서 우리한테 항복을 했는데, 제가 누구의 영을 받고서 사람을 죽였고, 또 장원을 불살라버린단 말이냐!"

하고 못마땅해서 혀를 끌끌 차는데, 흑선풍이 온통 옷에 피투성이를 해가지고, 허리엔 두 자루의 도끼를 차고, 바로 송강 앞으로 다가오더니 정중하게 예를 한 후,

"축룡을 내가 죽이고 또 축표란 놈도 내가 죽였소. 호성이란 놈은 도망가버려서 놓쳤지만, 그 대신 호태공의 집안 식구들은 아주 싹 쓸어 애새끼 한 놈 안 남기고 죽여버렸으니까, 나만큼 공을 세운 사람이 없지요?"

크게 자랑삼아 말한다.

송강은 꾸짖었다.

"축룡을 네가 죽이는 것을 본 사람이 있어서 나도 알고 있다만, 다른 사람들은 또 어째서 죽였단 말이냐?"

흑선풍이 대답한다.

"호가장 쪽으로 도망가는 놈이 많기에 그리로 쫓아가면서 그저 닥치는 대로 죽이는 판인데 일장청(一丈靑)의 오라비란 놈이 축표를 묶어서 이리로 오기에, 그냥 달려들어 단번에 도끼로 찍어버렸는데, 호성이란 놈은 그만 놓쳤지요. 그 대신 호가장은 내가 아주 싹 쓸어버렸으니 시원하지요."

송강은 또 호령했다.

"누가 널더러 그러라데? 호성이는 일전에 술과 고기를 갖고 와서 우리한테 항복한 것을 너도 보았지? 그런데 어째서 내 말도 들어보지 않

고 그 집안 식구를 몰살시켜 내 장령을 어긴단 말이냐?"

그러나 흑선풍은 굽히지 않고 대꾸한다.

"형님은 딱하기도 하오! 호성이란 놈은 일전에 제 누이년을 시켜서 형님을 죽이려 하지 않았소? 그런데 형님은 지금 그놈의 집에 인정을 못 써서 애쓰는구려. 흥! 일장청이라나 그 계집애하고는 아직 혼인도 안 했으면서 벌써 처남·장인 생각을 그렇게 하시오?"

그가 이렇게 함부로 지껄이는 소리를 듣고 송강은 어이가 없어 잠시 말을 못 하다가 다시 호령했다.

"이놈아, 내가 언제 여자 말을 입 밖에나 내더냐? 그 색시를 산채로 데려다 두게 한 것은 다른 까닭이 있어서 그런 게야! 그런데 대체 네가 사로잡아온 놈이 모두 몇 명이나 되느냐?"

흑선풍이 픽 웃고 대답한다.

"누가 성가시게 그 새끼들을 사로잡우? 눈에 보이는 대로 그저 모조리 죽여버렸지!"

"네 이놈! 내 군령을 어겼으니 마땅히 너를 참수(斬首)해야 옳겠지만 이번에 축룡이와 축표를 죽인 공이 있기로 아직 용서해둔다. 그러나 앞으로 또 그런 일이 있으면 사정을 안 둘 테니 그런 줄 알아라!"

송강이 이렇게 준절히 꾸짖었건만, 흑선풍은 여전히 히죽거리면서,

"제기랄…, 그래 상도 못 받게 됐단 말인가? 하지만 오래간만에 사람을 한번 신나게 죽여봤다!"

혼자 중얼거리고 곁으로 물러섰다.

이때, 군사 오학구가 인마를 거느리고 들어와서 송강을 위하여 준비해온 술잔을 드리며 전공(戰功)을 치하했다.

송강은 오용을 보고 축가장의 촌방(村坊)을 아주 이번에 깨끗이 쓸어버리고 돌아가는 것이 어떻겠느냐고 묻는다.

곁에서 석수가 이 말을 듣고,

"이번 싸움에 저한테 길을 일러주고 밥을 주고 재워주고 한 종리(鐘離) 노인도 죽이실 생각이신가요? 그런 마음씨 착한 사람은 찾아보면 얼마든지 있을 겝니다. 착한 사람들이야 뭣하러 죽이십니까…."

송강은 석수의 말을 옳게 여기고 즉시 석수더러 종리 노인을 찾아오라고 일렀다.

석수가 밖으로 나가더니 조금 있다가 노인을 데리고 들어왔다.

송강과 오용은 금(金) 한 주머니와 비단 한 필을 노인에게 상으로 주고 말했다.

"영감 얼굴을 보아서 이 근처 백성들을 모두 용서해주는 터이니 그런 줄 아시오. 처음에는 한 집도 남기지 아니하고 싹 쓸어버리려고 생각했었소."

종리 노인은 그저 땅에 엎드려 절하고 말을 못 한다.

송강이 다시 말했다.

"내가 이번에 연일 동네를 소란하게 한 고로 마음이 불안하오. 매호에 쌀 한 섬씩 분배해주겠으니 그리 알고, 앞으로는 영감이 이 고장에서 어른 노릇을 하고 지내시오."

이렇게 말하고 축가장에서 얻은 곡식을 졸개들로 하여금 백성들에게 나누어주게 한 다음, 남은 양식을 모조리 수레에 싣고, 또 축가장에서 거둔 금은 재물은 모두 나누어 군사들과 여러 두령에게 상 주고, 또 소·양·말·노새를 모조리 끌고 가기로 했다.

축가장을 쳐 무찌르고 얻은 양식이 예상했던 것보다 많아서 50만 섬이나 된다. 송강은 대단히 기뻐서 모든 두령과 군마를 인솔하고 산채로 돌아가는데, 이 고장 백성들은 노인을 부축하고 어린아이까지 데리고 나와서 길가에 향불을 피우고 절하면서 그들을 배웅한다.

송강 이하 두령들이 일제히 말에 올라타니, 이번에 새로 입당한 두령이 손립·손신·해진·해보·추연·추윤·악화·고대수 등 여덟 명이다.

축가장에 사로잡혔던 일곱 명 두령들도 나는 듯이 말에 올라, 일동은 군사를 삼대(三隊)로 나누어 양산박을 향하여 개가(凱歌)를 부르며 출발했다.

여기서 이야기는 두 갈래로 갈린다.

얼마 전에 축가장 셋째아들 축표한테 화살을 맞고 상처를 치료하고 있던 이가장의 이응은 이제 전창(箭瘡)이 다 아물었다. 그러나 그는 밖에 나가지 않고 문 닫고 들어앉아서 때때로 사람을 가만히 내보내어 축가장의 소식을 알아오기만 했다.

그러다가 축가장이 마침내 송강군에게 깨어졌다는 말을 듣고서 한편으론 놀랍고 또 한편으론 기쁘기도 했는데, 하루는 장객 한 사람이 들어와서,

"본주 지부 상공(本州知府相公)께서 수하 관원을 거느리시고 지금 문밖에 오셨는데, 축가장 사정을 자세히 알아보시려고 나오셨답니다."

라고 보고한다.

이응은 즉시 두홍으로 하여금 장원문을 열고, 조교를 내려놓고서 일행을 영접하여 들이게 하고 자기는 얼른 백견탑박(白絹搭膊)을 팔에다 감아놓고, 아직도 상처가 완쾌되지 않은 모양을 꾸민 다음, 밖으로 나와서 지부를 영접했다.

지부가 청상에 올라가 한가운데 앉으니까, 그 곁에 공목(孔目)이 앉고, 하석(下席)에는 압번(押番) 한 사람과 우후(虞侯) 두 사람이 앉고, 둘 아래에는 절급(節級)과 노자(牢子)들 수십 명이 대령한다.

이응이 절하고 청전에 서니까, 지부가 그를 바라보고 물었다.

"축가장 일문(一門)이 이번에 몰살을 당했다니 그 어찌된 일인고?"

이응의 대답이다.

"소인이 축표한테 화살을 맞고 이렇게 왼팔을 다친 뒤로 문 닫고 밖에 나가지 않은 까닭에 도무지 어떻게 된 일인지 소식을 모르는 터입니다."

지부는 언성을 높여 꾸짖듯이 말한다.

"그게 무슨 말인고? 축가장에서 소지(訴志) 올린 것이 있는데, 네가 양산박 강적떼와 몰래 연통하여 그놈들의 군마를 이끌어들여다가 축가장을 쳐 깨뜨리게 하고 또 전일 그놈들한테서 안마(鞍馬)·양주(羊酒)·채단(綵緞)·금은(金銀) 따위를 받았다 하는데 네가 모르다니 그게 되는 말이냐?"

"소인이 법도를 아는 몸으로 도적의 무리에게서 그런 물건을 받을 리가 있사오리까?"

그러나 지부는 이응의 말을 듣고,

"그 믿을 수 없는 말이다. 하여간 고을로 들어가서 원고인(原告人)과 네가 대면하여 사실을 명백히 하여라."

이렇게 말하고 즉시 옥졸과 노자들로 하여금 그를 잡아 내리게 하니, 양쪽에서 압번·우후가 달려들어 이응을 묶어버린다.

지부는 뜰에 내려와서 말에 올라타면서 좌우를 둘러보며 다시 물었다.

"두주관 두흥이는 누구인고?"

두흥이 앞으로 나오면서 아뢴다.

"소인이 두흥이외다."

"소지(訴志)에 네 이름도 올라 있으니 너도 함께 가자."

이래서 두흥도 묶어 일행은 문을 나섰다.

그들이 이가장을 떠나서 30리가량 갔을 때, 숲속으로부터 한 떼 인마가 달려나와 앞길을 막으니, 이들은 송강·임충·화영·양웅·석수 등 양산박 호걸들이다.

임충이 말을 앞으로 내세우면서 큰소리로 외친다.

"양산박 호걸들이 여기 있다!"

지부와 그 수하 무리들이 이 소리를 듣고 혼비백산해서 이응과 두흥

을 내버리고 그대로 도망해버린다. 송강은 지체하지 않고,

"저놈들을 잡아라!"

하고 영을 내렸다.

두령들이 졸개들을 지휘하여 그 뒤를 쫓아가더니 얼마 있다 돌아와서,

"잡기만 하면 죽였을 겐데, 어디로 도망갔는지 알 수가 없군요."

이같이 복명한다.

송강은 곧 이응과 두흥 두 사람의 묶인 것을 풀고, 졸개로 하여금 말두 필을 가져오게 하여 두 사람에게 타기를 권하면서 말한다.

"대관인, 우리 양산박으로 올라가셔서 몸을 피하십시오."

이응은 얼른 그 말에 응하지 아니한다.

"지부를 죽였거나 쫓았거나, 그것은 노형들이 하신 일이지 나는 아무 상관이 없는데, 내가 구태여 산으로 들어가서 몸을 숨길 필요가 없소이다."

송강은 빙그레 웃으면서,

"사실이야 그러하지만 관가에서야 그런 발명을 어디 곧이듣나요? 하여튼 우리와 함께 올라가십시다. 그리고 입당하실 의향이 없으시다면 굳이 권하지는 않을 것이니, 며칠 유하시다가 별일 없는 모양이거든 그때 도로 내려가시면 그만 아닙니까?"

이렇게 말하고서 이응과 두흥의 의견은 들어보려고도 않고, 두 사람을 대대군마(大隊軍馬) 중간에 끼운 다음, 앞뒤에서 두 사람을 옹위하여 그냥 양산박으로 올라갔다.

산채에 남아 있던 조개 이하 여러 두령들이 북치고 피리 불며 내려와서 그들을 영접하여 접풍주(接風酒)를 나눈 다음 그들과 함께 대채(大寨)로 들어가서 취의청에 올라가 자리 잡고 앉아서 피차 성명을 통하고 나자, 이응은 송강을 보고 말했다.

"여기서 여러분 호걸을 모시고 지내는 것도 좋기는 하지요마는, 다만 집에 남아 있는 식구들이 어떻게 되었는지 대단히 궁금합니다. 그러니 우리 두 사람을 곧 내려보내 주시지요."

그러자 곁에 있던 오학구가 웃으면서 한마디 한다.

"대관인, 그런 염려는 마십시오. 보권(寶眷)은 이미 이곳으로 들어오셨고, 귀장(貴莊)은 벌써 불에 타서 빈 벌판이 되었는데, 대체 어디로 가시겠단 말씀입니까?"

이응이 오학구의 이 말을 곧이듣지 않고 묵묵히 앉아 있노라니까, 문득 허다한 인마가 떠들썩하게 산으로 올라오는데, 이응이 내려다보니 뜻밖에도 모두가 자기 집 장객들이며, 또 집안 식구들이다.

이응이 황망히 아래로 내려가서 어찌된 일이냐고 물으니까, 처자가 대답한다.

"어른께서 지부에게 잡혀가시자마자, 순검(巡檢) 두 명하고 도두(都頭) 네 명이 토병(土兵) 3백 명을 거느리고 와서, 다짜고짜로 식구들을 나오라 해가지고 모조리 수레에다 태우더니, 세간이란 세간을 모조리 끌어내고, 또 집에서 기르는 소·말·양들이며 나귀까지 모조리 뺏어간 다음 집에다간 불을 질러버렸답니다."

이응이 처자로부터 이 말을 듣고,

"에구! 이 일을 어쩌면 좋으냐!"

하고 한숨 쉬고 있을 때, 어느 틈엔가 송강과 조개가 이응 앞에 와서 무릎을 꿇고 앉아 사죄를 한다.

"우리들 여러 형제가 대관인을 흠모한 지 오랩니다. 이번에 어떻게든지 해서 대관인을 모셔오려고, 부득이 그 같은 계책을 꾸민 것이니 제발 용서해주십시오."

이 말을 듣고 이응은 어이가 없었으나 용서하지 못한다고 한댔자 별수가 없다. 입을 다물고 덤덤히 서 있으니까, 송강이 또 말한다.

"저기 후당 이방(後堂耳房)에는 벌써 댁의 노인들이 오셔서 안정하고 계십니다."

이응이 후당을 들여다보니, 과연 식구들이 거기서 살림하고 있는 모양이 보인다. 그는 이 모양을 보고 즉시 마음을 정하고서, 양산박에 입당하여 여러 두령들과 함께 사생동고(死生同苦)하겠다고 송강에게 말했다.

조개와 송강은 기뻐하면서 이응을 이끌고 다시 취의청으로 올라가 좌정한 후 송강이 이응을 보고 한마디 한다.

"대관인, 내 지금 댁에 갔던 순검과 지부를 불러다가 인사를 시켜드리죠."

송강의 말이 떨어지자 안으로부터 몇 명 두령이 나오는데 지부라는 것은 소양이요, 순검이라는 것은 대종과 양림이요, 공목이라는 것은 배선이요, 우후라는 것은 김대견과 후건이요, 또 네 명의 도두라는 것은 이준·장순·마린·백승의 무리들이다.

이응은 그들을 보고 너무나 어이가 없어서 한참 동안 입을 딱 벌리고 있었다.

송강은 이때 작은 두목들에게 분부하여 소 잡고 말 잡아 크게 연석을 베풀게 하고, 새로 입당한 열두 명 두령들을 경하(慶賀)하게 하는데, 그 가운데서 여두령 호삼랑과 고대수만은 악대랑자와 이응의 가족과 함께 따로 후당에 자리를 베풀어 술을 마시게 하고, 대소삼군(大小三軍)에게는 상을 내렸다. 그리고 그들은 질탕히 놀고 밤이 깊어서야 각각 자기 처소로 헤어졌다.

이튿날 다시 그들이 취의청에 모였을 때, 송강이 왕영을 자기 앞으로 오라 해서는 정중히 말한다.

"내가 당초에 청풍산에서 자네를 보고, 언제든지 내가 자네를 장가 들여주마고 언약한 일이 있지 않았나? 그걸 여태까지 실행하지 못해 내 마음이 불안했었는데, 요새 내 가친께 따님이 한 분 생겼기에 내 오늘은 기어코 자네를 위해서 중매를 들려고 하네."

그는 말을 끊고 안으로 들어가더니, 자기 부친 송태공을 모시고 나오는데, 그 뒤엔 일장청 호삼랑이 따라 나온다.

송강은 자리로 돌아와서, 호삼랑을 돌아다보고 말한다.

"여기 앉아 있는 내 아우 왕영이 무예는 비록 누이만 못하는지 모르지만, 내가 아름다운 규수를 택하여 장가들여주마고 이 사람한테 언약만 해놓고 여지껏 시행하지 못했소. 그런데 오늘이 마침 길일(吉日)이니, 두 사람이 아주 이 자리에서 아름다운 인연을 맺는 것이 어떠하오?"

일장청 호삼랑은 송강의 의기(義氣)에 감동되어 머리를 숙이고 사례의 인사를 드렸다.

이 같은 처사에 당초부터 호삼랑에게 마음이 끌렸던 왕영이 기뻐하는 것은 물론이거니와, 조개 이하 모든 두령들이 모두 송강의 덕(德)과 의(義)가 두터운 데 감복했다. 그들은 처음에 송강이 사로잡은 일장청 호삼랑을 산채로 올려보내 송태공 처소에 있게 했을 때, 이는 필시 송강이 그를 첩으로 삼으려는 것으로 추측했던 것이다.

이날 취의청에서는 다시 연석을 베풀고서 왕영과 일장청 호삼랑의 백년가약을 치하하는 판인데, 뜻밖에 주귀 주점으로부터 졸개가 올라와서 아뢴다.

"지금 저 큰길로 객상(客商)들이 지나가기에 졸개들이 길을 막았더니, 그중의 한 분이 운성현 도두 뇌횡(雷橫)이라 하시므로 주두령께서 그 이름을 들으시고 그만 주점 안으로 청해 들여 접대하시면서 곧 대채에 이 말씀을 올리라 하셔서, 그래서 들어왔습니다."

조개와 송강은 이 말을 듣고 너무도 반가워서 즉시 군사 오학구와 함께 세 사람이 산에서 내려갔다. 그런데 주귀는 벌써 뇌횡을 배에 태워

금사탄까지 건너와 있다.

송강은 뇌횡을 보고 절하고서,

"그때 작별한 뒤로 항상 마음에 연연하더니, 어떻게 이곳에는 오셨습니까?"

하고 묻는다.

뇌횡은 황망히 답례하고 대답한다.

"지현(知縣) 분부로 동창부(東昌府)까지 가서 공간(公幹) 보고 돌아오는 길에 저 앞을 지나려니까, 졸개들이 내달으면서 매로전(買路錢)을 내놓으라고 하더군요. 그래, 나는 아무개라고 이름을 대었더니, 주두령이 나와서 붙들고 나를 못 가게 합니다그려."

"그 참, 이렇게 뵙기가 천행입니다."

송강은 뇌횡을 인도하여 대채로 돌아와 여러 두령들에게 소개한 다음, 닷새 동안이나 연석을 베풀고 그를 관대했다.

닷새 되는 날, 조개가 주동의 소식을 물으니 뇌횡의 대답이 그는 지금 본현 당로절급(當牢節級)이 되어, 신임 지현의 신임을 받고 있다고 한다.

송강은 그의 이야기를 듣고 난 뒤에, 완곡한 언사로 그에게 입당해달라고 권했다.

그러나 뇌횡은,

"집에 노모가 계셔 지금은 어쩔 수 없습니다. 후일 모친께서 천명(天命)이나 마치시거든 그때 다시 찾아오겠습니다."

이같이 사양하고, 조개 이하 여러 두령들이 붙드는 것을 듣지 않고 자리에서 일어난다. 하는 수 없이 여러 두령들이 각기 금은(金銀)을 싸서 그에게 선사하고, 금사탄까지 내려가서 그를 전송했다.

뇌횡을 전송한 뒤 조개와 송강은 산채에 돌아와서 군사 오학구와 더불어 양산박 모든 두령들의 직책을 의논하여 결정한 다음, 이튿날 두령들을 취의청에 모으고서 새로 결정된 부서(部署)를 다음과 같이 발표했다.

　손신·고대수는 본래 술집을 하던 사람이니까, 동위·동맹과 바꾸어 서산(西山) 주점을 맡아보고, 시천은 북산(北山) 주점으로 내려가 석용을 돕고, 악화는 동산(東山) 주점으로 내려가서 주귀를 돕고, 정천수는 남산(南山) 주점으로 내려가서 이립을 돕게 하니, 동서남북 네 군데 주점에 각각 두 명의 두령이 술 팔고 고기 파는 한편, 사방에서 입당하러 오는 호걸들을 맞아들이는 것이 그 직책이요,

　일장청 호삼랑과 왕영은 뒷산에서 마필(馬匹)을 감독하고,

　금사탄 소채(小寨)는 동위·동맹 형제가 파수하고,

　압취탄 소채는 추연·추윤 숙질이 파수하고,

　산전대로(山前大路)는 황신과 연순이 마군을 거느리고서 파수하고,

　해진·해보는 산전 제1관을 파수하고,

　두천·송만은 완자성 제2관을 파수하고,

　유당·목홍은 대채구(大寨口) 제3관을 파수하고,

　원가 삼형제는 산남수채(山南水寨)를 파수하고,

　맹강은 전선(戰船)을 감독 제작하고,

　이응·두흥·장경은 전량과 금백을 총관하고,

　도종왕·설영은 성원(城垣)과 안대(雁臺)를 축조 감독하고,

　후건은 의포(衣袍), 개갑(鎧甲), 정기(旌旗), 전오(戰襖)를 제작 감독하고,

　주부·송청은 연연(筵宴)을 책임 맡고,

　목춘·이운은 옥우(屋宇), 채책(寨柵)을 책임 맡고,

　소양·김대견은 온갖 빈객(賓客)과 서신, 공문을 책임 맡고,

　배선은 군정(軍政)을 전담하여 상공벌죄(賞功罰罪)를 관장하고,

　여방·곽성·손립·구붕·마린·등비·양림·백승 등, 이 사람들은 대채의 팔방을 각각 수비하며,

조개·송강·오용은 중군이라 산정채내(山頂寨內)에 있고,

화영·진명은 좌군으로 산 왼쪽 채(寨)에 있고, 임충·대종은 우군으로 오른쪽 채에 있고, 이준·이규는 전군으로 산 앞채에 있고, 장횡·장순은 후군으로 산 뒤채에 있고, 양웅과 석수는 취의청 양쪽을 수호하기로 했다.

이렇게 모든 두령들의 책임이 분담된 후 그들은 날마다 번갈아가면서 술을 내어 서로 축하했다.

주동과 뇌횡

한편, 양산박을 떠난 뇌횡은 등에 보따리를 울러매고, 손에 박도를 쥐고서 부지런히 걸어서 이튿날 운성현으로 돌아왔다. 그는 먼저 자기 집에 들어가서 노모께 다녀왔습니다 하는 인사를 여쭙고, 옷을 갈아입은 다음 관사로 들어가서, 지현한테 공문비첩(公文批帖)을 바치고 다음 날부터 다시 출사(出司)하는데, 묘시(卯時)에 들어가고 유시(酉時)에는 나온다.

이렇게 며칠이 지났다.

하루는 뇌횡이 아침에 집에서 나와 현아(縣衙)로 들어가는데, 아문(衙門) 앞에 이르렀을 때 별안간 누가 뒤에서,

"도두 어른! 언제 돌아오셨습니까?"

하고 말을 건네는 사람이 있다. 돌아다보니, 이 고을에서 조방군으로 알려져 있는 이소이(李小二)라는 녀석이다.

"응, 자넨가? 나 일전에 돌아왔네."

뇌횡이 대꾸하자, 이소이는 앞으로 다가와서 말했다.

"도두께서 떠나신 뒤 얼마 안 있다가 서울 기생 하나가 여기로 왔지요. 이름은 백수영(白秀英)이라 하고, 인물이 아주 절색이고, 또 재주가 비상하지요. 지금 희대(戲臺)에서 노래를 부르고 춤도 추고 비파도 타는

데, 구경꾼이 연일 인산인해랍니다. 도두 어른, 한번 가보지 않으시렵니까? 참말 절묘하게 생긴 계집이죠."

마침 이날 뇌횡은 한가로운 날인지라, 이 소리를 들은 김에 심심풀이로 그는 이소이를 따라 희대에 가보기로 했다.

희대 앞에 이르러 보니 금자장액(金字帳額)과 깃발이 허다하게 걸려 있다. 안으로 들어가서 청룡두상(靑龍頭上) 제일위(第一位)에 앉아서 무대를 보니, 늙은 사람 하나가 머리에 찌부러진 두건을 쓰고, 몸에 나삼(羅衫)을 입고, 허리에 조조(皁縧) 두르고, 손에 부채를 들고 무대 위에 나와서 사방을 둘러보며 인사를 한다.

"이 늙은이는 서울 태생 백옥교(白玉喬)라는 사람이올시다. 저는 늙고 재주 없습니다만, 저의 어린 딸 수영이가 노래하고 춤추고 비파를 타서 천하 여러분들을 즐겁게 해드리기로 했으니, 보잘것없는 재주나마 허물 마시고 재미있게 보아주십시오."

그가 인사하고 물러가자, 징 소리 요란하게 울리며 수영이 무대 위로 올라오더니, 사방을 둘러보며 예를 한 다음, 계방(界方) 소리가 딱 울리자 앵두 같은 입을 벌려 노래를 부른다.

새 새(鳥)가 조잘조잘
옛 새는 돌아가고, 늙은 양(羊) 말라가고
어린 양 살쪄가네, 인생 의식(衣食) 어려워라.
원앙새에 어찌 비기리.

노래를 마치고 나자 풍악에 맞추어 너울너울 춤을 추니, 입술은 앵두 같다 했거니와 뺨은 살구 같고, 턱은 복숭아요, 허리는 수양버들이요, 노랫소리는 꾀꼬리 울음소리요, 춤추는 자태는 흡사 꽃 사이를 넘나드는 봉황새다.

모든 사람의 박수갈채 소리가 우레같이 일어난다.

백수영은 춤추기를 다하고 나더니, 쟁반을 들고 무대에서 내려와서,

"재문상(財門上)에 일어나서, 이지상(利地上)에 머무르고, 길지상(吉地上)을 지나서, 왕지상(旺地上)으로 갑니다. 제 손이 앞을 지날 때 거저 지나가게 마셔요."

이같이 말하고 먼저 뇌횡 앞으로 간다. 뇌횡이 상전(賞錢)을 주려고 허리에 찬 주머니를 만져보니 돈이 한 푼도 없다.

뇌횡은 부끄러운 생각에 얼굴이 벌게지면서 한마디 했다.

"내가 오늘 마침 가지고 나온 돈이 없네."

"관인(官人)께서 노래를 들으러 오셨는데 안 가지고 오셨겠어요?"

"내 내일 잊지 않고 돈을 후히 줌세."

"제1위에 앉으신 어른이 이러시면 어떡하지요? 내일 후히 주시느니, 오늘 조금만이라도 주시는 게 저한테는 긴합니다."

"글쎄, 내가 마침 안 가지고 나왔으니까 그러는 거지, 결코 주기 싫어서 그러는 게 아니야."

"관인께서 노래를 들으러 오실 때 으레 돈냥이나 지니고 오셨을 텐데 빈 주머니를 차고 오셨다니 그게 무슨 말씀이세요?"

"내, 내일 너덧 냥 갖다줌세. 공교롭게 오늘은 그만 안 가지고 나왔으니 어쩌나?"

"호호호…, 지금 한 푼도 없으시면서 무슨 넉 냥이니 닷 냥이니 하시오. 그림의 떡을 보고 배고픈 것 참으라는 말씀이구먼!"

이때 무대 위에서 그 아비 백옥교가 소리를 지른다.

"얘, 아가! 너는 눈도 없느냐? 성내 양반하고 촌사람을 분간도 못 하니? 경우도 모르는 사람하고는 긴말하는 게 아니다. 어서 다른 점잖으신 어른께 나가서 청해라!"

뇌횡이 이 소리를 듣고 가만히 있을 수 없다.

"아니, 내가 경우를 모르다니!"

"그럼, 모르는 사람이지 뭐요? 당신 같은 사람이 경우를 알면, 개대 가리에 뿔이 날 거요!"

장내에서는 아하하하 웃음소리가 요란하게 터졌다.

뇌횡은 분통이 터졌다.

"이놈! 네가 감히 누굴 보고 욕을 하는 거냐?"

백옥교는 또 한마디 던진다.

"촌구석에서 소나 부리는 놈한테 욕 좀 하기로 어때?"

이때 관중 틈에 뇌횡을 아는 사람이 있어 그가 무대 위 백옥교를 향하여 한마디 일러준다.

"저 관인이 뇌도두(都頭)셔… 함부로 그런 소리 하지 말어!"

"뭐, 여저두(驢猪頭)라고?"

백옥교가 또 이렇게 빈정대므로 뇌횡은 더 참지 못하고 교의에서 벌떡 일어나 무대 위로 뛰어오르더니, 백옥교의 멱살을 움켜잡고 주먹으로 때리고 발길로 찼다. 입술이 터지고 이가 부러진 백옥교는 그만 무대 위에 쓰러져 기절해버렸다.

모든 관중은 이 광경을 보고 너무도 끔찍해서 우르르 일시에 달아나버리고, 그중 몇 사람이 남아서 뇌횡을 말렸다.

본래 백수영은 이 고을 신임 지현이 전일 서울 있을 때 관계했던 계집으로서, 이번에도 지현을 바라고 이곳을 찾아온 터이다. 저의 아비가 뇌횡에게 얻어맞아 생채기가 난 것을 보고, 계집은 곧 교자를 불러 타고서 관가로 들어가 지현에게 호소했다.

"뇌횡이란 놈이 까닭 없이 첩의 노친을 때려 중상을 입히고 희대를 헐어버리니, 이건 그놈이 첩을 업신여겨서 그러는 게 아니겠습니까?"

지현이 듣고서 크게 노해, 백수영더러 곧 고장(告狀)을 내라 하니, 이것은 곧 상말에 '베개머리 송사' 즉 '침변령(枕邊靈)'이라는 것이다.

한편, 뇌횡과 가까이 지내는 친구들은 뇌횡을 위해서 지현에게 관절(關節)을 통하여 사정을 해보았으나 아무 보람이 없다. 계집이 아내(衙內)에 들어가 앉아서 지현을 농락하고 있기 때문이다.

뇌횡은 잡혀 들어가서 문초를 받고, 마침내 옥에 갇히고 말았다.

백수영은 뇌횡을 옥에 가둔 것만으로는 속이 시원치 않아서, 지현에게 말하여, 그에게 칼을 씌운 채 거리로 끌고 나와 조리를 돌려 제 아비의 분을 풀기로 했다.

금자인(禁子人)의 무리들은 모두 뇌횡과 사이가 좋지만 어찌해볼 도리가 없다. 그들은 지현의 분부대로 뇌횡에게 큰 칼을 씌워 잔뜩 결박해가지고 끌고 나와 희대 앞으로 갔다.

이때 백수영은 미리 나와 다방 안에 앉아 있다가 금자인들을 제 앞으로 불러 이렇게 이르는 것이었다.

"당신네들이 아마도 이 죄인한테 인정을 쓰고 싶은 모양이지만, 지현 상공의 분부가 지엄하신 터이니 그런 줄이나 아시오. 만일 눈곱만치라도 분부 거행을 태만하게 하다간, 내가 가만두지 않을 거요."

"염려 마십시오. 저희들은 낭자께서 하라시는 대로 하오리다."

금자인들이 어찌해볼 도리가 없어, 뇌횡을 발가벗겨 앞세우고 거리로 조리를 돌리기 시작하자, 이 골목 저 골목에서 구경꾼이 쏟아져 나왔다.

이때 마침 뇌횡의 모친이 밥그릇을 싸가지고 옥으로 아들을 찾아가는 길에 이 광경을 보고 기가 막혀 사람을 헤치고 앞으로 나와서 금자인의 무리를 꾸짖었다.

"여보, 당신네들이 내 아들과 한 아문(衙門)에 동관(同官)으로 지내면서, 그래 그년한테서 인정을 받았다고 이렇게까지 해야 옳단 말이오?"

금자인들은 민망해서 노친을 보고 가만히 말한다.

"아주머니, 저희들도 이렇게 하고 싶어서 하는 게 아닙니다. 원고(原

告)가 바로 저기 다방에 앉아서 친검(親檢)을 하고 있습니다. 저희들이 자제한테 사정을 쓰기만 하면 지현 상공께 말씀해서 당장 저희들까지 욕을 단단히 뵈겠다고 잔뜩 벼르고 있으니, 이 노릇을 어쩝니까?"

"그래 천하에 원고가 친히 나가서 감죄(監罪)하는 법도 있나?"

"사리(事理)는 그러합니다만 지현 상공이 그 계집의 말이면 안 들으시는 게 없으니 이 노릇을 어쩝니까?"

노친은 더 말하지 않고 앞으로 다가들어서며 손을 빨리 빨리 놀려 아들의 묶인 것을 풀어주고는 큰소리로 말한다.

"그 천한 계집년이 세력을 믿고 그러지만, 나는 겁 안 난다! 제가 어쩔 테냐?"

거기가 바로 다방 앞이라 안에 앉아 있는 백수영의 귀에 이 소리가 그대로 들렸다. 가만히 있을 리가 없는 일이다.

계집은 당장 밖으로 툭 튀어나와서,

"이 늙은 년아! 너 지금 뭐랬니?"

소리를 바락 지른다.

뇌횡의 모친은 백수영을 보자 노기가 더 한층 치솟았다.

"이년아! 이 더러운 년아! 천 사람이 타고, 만 사람이 누르는 너 같은 년이, 누굴 보고 감히 욕을 하느냐?"

계집은 그만 버들 같은 눈썹을 거꾸로 세우고, 별 같은 눈을 부릅뜨면서 대든다.

"이런 빌어먹는 버러지 같은 년이, 어디다 대고 욕지거리를 하는 거야!"

"이년아, 너보고 욕했다! 욕 못할 게 뭐냐? 네가 이 고을 원님이냐? 더러운 년!"

백수영은 발끈해서는 달려들어 그를 왈칵 떠다미니까, 늙은이는 그만 허깨비처럼 나가자빠진다. 계집은 다시 달려들어서 늙은이의 뺨을 이쪽저쪽 철썩철썩 때린다.

뇌횡은 이 광경을 보고 그만 노기가 충천해서, 전후 생각 없이, 칼머리를 번쩍 들어 계집의 대가리를 내리쳤다.

"깩!"

외마디 소리를 지르고 백수영은 땅바닥에 뻐드러져 다시는 움직이지 못한다.

사람들이 내려다보니, 백수영의 두골은 깨어지고, 눈 알맹이는 빠지고, 몸뚱어리는 벌써 송장이다. 금자인들은 즉시 뇌횡을 붙들고 아내(衙內)로 들어가서 지현에게 사실을 고했다. 지현은 즉시 사람을 내보내서 시체를 검시하게 하고, 이정 인우인(里正隣佑人)들을 불러 물어본 다음, 뇌횡을 잡아들여 문초했다.

뇌횡은 조금도 주저하지 않고 모두 초승(招承)했다. 지현은 뇌횡의 모친은 집에 돌아가서 처분을 기다리라 하고, 뇌횡은 큰 칼 씌워 옥에 내리니, 당로절급은 다른 사람 아니라 바로 미염공(美髥公) 주동이다.

주동은 뇌횡이 옥에 들어온 것을 보고 구해낼 생각은 간절하나, 도무지 신통한 꾀가 없다. 그는 다만 약간의 음식을 대접하고, 정결한 방을 한 칸 치우고 거기에 뇌횡을 거처하게 했을 뿐이다.

그렇게 한 후 얼마 있다가 뇌횡의 모친이 밥을 해가지고 옥으로 아들을 찾아왔다.

노친은 주동을 보자 울면서 말한다.

"이 늙은 것이 나이 60에 아들이라곤 저 애 하나뿐일세. 자네가 평소에 내 아들과 친동기처럼 지내던 정리를 생각해서라도, 어떻게 내 아들 살아날 길을 주선해준다면, 참말이지 내가 죽어서라도 결초보은하겠네!"

"아주머니가 부탁하시지 않은들 제가 그런 생각이 없겠습니까? 아무 염려 마시고 댁에 돌아가 계십시오. 어떻게든지 제가 주선해서 자제가 무사하도록 하겠으니, 이제는 밥도 댁에서 가져오지 마십시오. 옥바라지는 제가 잘하겠습니다."

주동은 이렇게 말하고서 뇌횡의 모친을 돌려보낸 후, 다시 이렇게도 생각해보고 저렇게도 궁리해보았으나, 도무지 이렇다 할 묘안이 생각나지 않는다. 그래서 그는 하는 수 없이 잘 되지는 않을 줄 알면서도 사람을 사이에 놓고 지현에게 청을 드리고 또 상하(上下)에 인심도 썼다.

주동은 지현이 매우 사랑하는 사람이다. 그러나 지현은 자기가 신임하는 주동의 청이기는 하지만, 이번 일만은 들어줄 수가 없다. 자기가 정을 두고 지내던 계집을 때려죽인 것이 미운 데다가 계집의 아비 백옥교가 곁에서 부채질을 하는 때문이다.

60일 기한이 차자, 지현은 주안압사(主案押司)에게 문권(文卷)을 갖추어 주고서 제주부(濟州府)로 먼저 떠나게 하고 죄인 뇌횡은 당로절급 주동으로 하여금 제주부로 압송케 했다.

주동은 십여 명 소로자(小牢子)를 데리고 뇌횡에게 큰 칼을 씌워 앞세우고 운성현을 떠났다.

십여 리를 가니까 술집이 하나 보인다.

주동은 수하 소로자들을 보고,

"예서 술 한 잔씩 먹고 가세."

하고, 그들을 술집으로 끌고 들어가 술을 권한 다음에, 그는 죄인을 데리고 잠깐 변소에 갔다 오마고 말하고서, 뇌횡을 데리고 뒤뜰로 나갔다.

아무도 안 보는 곳에 이르러서 그는 얼른 뇌횡의 목에서 칼을 벗기고 손에 묶은 것을 끌러준 후 말한다.

"자아, 뇌도두! 어서 빨리 댁으로 돌아가서 자당 모시고 멀리 도망가시오. 뒷일은 내가 다 담당할 테니까!"

뇌횡이 머리를 좌우로 흔든다.

"나야 도망하면 살겠지만, 나 대신 주절급이 화를 당할 테니 어찌 그렇게 하겠소."

"그건 모르고 하는 말이오. 그 계집년 죽은 것이 분해서 지현이 문서를 쓰기를 꼭 사형(死刑)하기로 꾸며놓았답니다. 이냥 제주까지 갔다가는 뇌도두가 꼭 죽었지 살길은 없는 게고, 나로 말하면 아우님을 놓아 보냈대야 죽을죄는 아니오. 더구나 나한테는 양친이 안 계시니까 마음에 걸리는 게 없지 않소? 어서 전정을 생각해서 빨리 도망가시오."

뇌횡은 주동의 손을 붙잡고 감사한 뜻을 말한 다음, 즉시 뒷문으로 나가서 지름길로 자기 집에 돌아가서는, 약간의 재물을 거두어 보따리를 꾸리고 육십 노모를 모시고서 그길로 양산박을 향하여 걸음을 재촉했다.

한편, 뇌횡이 술집 뒷문으로 빠져나간 뒤, 한참 있다가 주동은 뇌횡이 쓰고 있던 칼을 풀숲에 던져버리고 앞뜰로 나와 소로자들을 둘러보며 큰소리로 말했다.

"뇌횡이 도망을 갔으니, 이걸 어떡하나?"

소로자들이 말한다.

"제가 도망가도 먼저 제 집으로 갔을 것이니까 이길로 뒤를 쫓아가서 잡아야지요."

그러나 주동은 무슨 생각을 하는 체하면서 한동안 지체하다가, 뇌횡이 이미 멀리 달아났을 때쯤 해서야 소로자들을 데리고 고을로 들어와서 지현에게 고했다.

지현은 본래 주동을 사랑하는 터이라 이번 일은 흐지부지 덮어두고 싶었으나, 눈치를 채고 백옥교가 상사(上司)에 고장(告狀)하겠다고 나서는 바람에, 할 수 없이 주동의 죄과를 적어서 제주부에 올리는 동시에 그를 압송했다.

제주부에 압송된 주동은 살인범 뇌횡을 고의로 탈주시킨 죄로 척장이십 대의 매를 맞고, 두 명 방송공인에 이끌려 창주 노성(滄洲牢城)으로 귀양길을 떠나게 되었다.

　운성현을 떠나 창주 횡해군(橫海郡)까지 중로에 아무 일 없이 무사히 왔다. 주아(州衙)에 들어가니, 마침 지부(知府)가 등청해서 공사를 보고 있는 중이다.

　주동을 압송해온 운성현 공인(公人)은 지부에게 공문을 바쳤다.

　지부가 공문을 읽고 나서 주동을 바라보니, 얼굴이 잘생겼고, 빛깔은 대춧빛 같고, 기다란 수염이 배 아래까지 내려졌다.

　지부는 첫눈에 주동이 마음에 들어서 즉시 분부를 내렸다.

　"이 죄인은 노성영(牢城營)으로 보내지 말고, 본부에 두고서 청후사환(廳候使喚)케 하여라."

　이리하여 주동의 몸에서 칼을 벗기고, 회답 공문을 만들어 방송공인에게 주어 돌려보내자, 이날부터 주동은 부중(府中)에 머물러 있게 되어 청전(廳前)에서 사후호환(伺候呼喚)하는데, 창주부중(滄州府中)의 압번(押番)·우후(虞侯)·문자(門子)·승국(承局)·절급(節級)·노자(牢子)의 무리들은 주동의 외양이 잘생긴 데다가 마음이 착하고 너그러운 까닭에 누구나 모두 주동을 좋아했다.

　어느 날,

　본관 지부가 청상에 좌정하고 있을 때, 주동이 뜰아래 양수거지하고 서 있으려니까, 지부가 그를 불러 청상으로 올라오게 한 후, 가만히 묻는다.

　"네가 무슨 이유로 뇌횡을 도망시키고, 그 대신 네가 이처럼 귀양살이를 하게 되었느냐?"

　주동이 아뢰었다.

　"소인이 어찌 감히 죄인을 일부러 도망시키겠습니까. 잠시 조심하지 않고 있다가, 그만 놓쳐버린 것이옵니다."

　"그렇다면 중죄를 입을 일이 아닌데…."

"네, 원고인이 우겨대서 이렇게 되었습니다."

"그런데 너의 일은 알았다만, 뇌횡이는 어찌해서 백수영을 죽였다는 거냐?"

주동은 지부에게 뇌횡이 백수영을 죽이게 된 전후 사정을 자세히 고했다. 지부는 이야기를 듣고서 말한다.

"이제 알겠다. 네가 뇌횡의 효도에 감동해, 의기로써 놓아보낸 게구나."

"아니올습니다. 소인이 감히 기공망상(欺公罔上)하오리까."

이렇게 수작하고 있을 때 병풍 사이로부터 금년에 네 살 되는 지부의 아들이 아장아장 걸어 나오는데, 어여쁘고 영리하게 생겼다. 이 아이는 지부의 친아들로서, 지부가 금옥(金玉)같이 사랑하는 터이다.

대청으로 걸어 나온 아이는 주동을 보더니, 어떻게 생각했는지 그대로 달려들어 주동의 품에 안기는 게 아닌가. 주동은 너무도 귀여워서 덥석 안았다. 아이는 방글방글 웃으면서 주동의 기다란 수염을 쥐고 흔든다.

지부가 그 모양을 보고 꾸짖는다.

"수염을 놓아라! 어른에게 그러는 게 아니다."

그러나 아이는 더 주동의 수염을 꺼들면서 조른다.

"아빠, 나 이 수염 많은 사람 업고 놀래."

이때 주동은 지부에게 아뢰었다.

"소인이 도련님을 업고 밖에 나가 잠깐 구경을 시켜드리고 들어올까 하옵는데…."

"그래, 어린 것이 너와 놀고 싶어 하고 또 너도 그렇게 말하니, 그럼 잠깐 데리고 나갔다 들어오너라."

지부가 이렇게 허락한다.

주동은 아이를 안고 아문(衙門) 밖으로 나와서 이리저리 구경 다니다가, 가늘고 말랑말랑한 과자를 사 먹인 후 돌아왔다.

지부가 물어본다.

"아가, 너 어디 갔다 왔니?"

"저 수염 많은 사람하고 여기저기 갔다 왔어. 사탕, 과자 많이 사줘서 많이 먹었어."

지부는 아이의 말을 듣고 주동을 보며 말한다.

"네가 무슨 돈이 있어서 그런 걸 모두 사줬단 말이냐?"

주동은 허리를 굽실하고 아뢰었다.

"소인의 효순(孝順)한 마음을 조금 표한 것이온데, 그만 일을 가지고 무어 말씀하시지 마옵소서."

지부는 곧 좌우를 보고 술을 내오라고 분부했다. 그러자 즉시 안으로부터 시비(侍婢)가 은병(銀瓶)과 과합(菓盒)을 받쳐들고 나와서 주동 앞에 놓고 권한다. 주동은 황공해서 사양했으나, 지부는 그에게 큰 잔으로 석 잔이나 연거푸 술을 권하고서 말했다.

"이다음에도 아기가 너를 찾거든 데리고 나가서 놀고 들어오너라."

"소인이 어찌 감히 은상(恩相)의 분부를 잊어버리겠습니까. 염려 마시옵소서."

주동은 이렇게 아뢰고 물러나와, 그 후로는 매일같이 도련님을 안고 거리로 나가 여기저기 두루 구경 다니다가 품속에 있는 돈으로 과자를 사서 아이에게 먹이는 것이었다.

이러구러 반달이 지나니, 때는 7월 보름 우란분대재일(盂蘭盆大齋日)이다. 이곳 풍속이 해마다 이날에는 거리마다 등을 달고, 착한 일을 하는 것이었다. 저녁때쯤 되었을 때, 안에서 시비가 나오더니 주동을 보고 말한다.

"주도두, 아이가 지금 등(燈) 구경을 하고 싶다고 그러니, 좀 모시고 나갔다 오시지요. 대방마님 분부시니, 잘 구경시켜드리고 일찌거니 돌아오세요."

주동은 즉시 대답하고 기다리고 있으려니까, 안에서 도련님이 나오는데 초록빛 한삼(汗衫)을 입고, 머리에다 두 줄로 된 진주 구슬을 달고 나온다. 주동은 아이를 번쩍 안아 등에 업고 밖으로 나왔다.

주동이 그길로 바로 지장사(地藏寺)로 가니, 때는 등불이 휘황하게 밝은 초경시분(初更時分)이다. 절을 한 바퀴 돌아보고, 수륙당(水陸堂) 연못가에 이르러 보니, 여기저기 군데군데 달아놓은 등불이 연못물에 비쳐서 자못 휘황찬란하다.

주동은 아이를 정자 위 난간에다 올려놓고, 자기는 그 밑에서 구경하고 있는데, 별안간 누가 자기 뒤에서 소매를 잡아당기는 게 아닌가. 깜짝 놀라 돌아다보니, 뜻밖에도 그는 뇌횡이다.

뇌횡이 돌아다보는 주동을 보고 가만히 말한다.

"주절급, 잠깐 저리로 가십시다. 내가 긴히 할 말씀이 있어 그러오."

주동은 도련님을 보고,

"내가 사탕을 사가지고 올 테니 다른 데 가지 말고 여기 가만히 계시오."

이렇게 당부하니까,

"응, 나 여기 있을게, 얼른 갔다 와."

아이가 이렇게 말한다.

주동은 뇌횡을 따라서 사람이 없는 으슥한 곳으로 갔다.

주동이 먼저 물었다.

"아니, 여기는 어떻게 오셨소?"

뇌횡의 대답이다.

"형님이 나를 구해주신 뒤에, 난 연로하신 어머님을 모시고 어디로 갈 곳이 없기에 양산박으로 올라가 송공명 선생을 뵙고 형님 은덕을 말씀했더니, 송공명도 옛날 은혜를 생각하고 조천왕(晁天王)과 그 밖의 여러 두령들이 모두 감격하면서, 특히 오군사(嗚軍師)하고 나를 보내면서 형님을 만나뵙고 오라 해서, 그래 찾아왔답니다."

듣고 나서 주동이 묻는다.

"그럼 오선생도 여기 오셨소? 지금 어디 계시오?"

말이 끝나기 전에 주동의 등 뒤에서 오학구가 나서면서,

"오용이 여기 있소이다."

하고 절을 하는 게 아닌가.

주동은 황망히 답례하고 물었다.

"여러 해 동안 못 뵈었습니다. 그동안 선생은 일향만강(一向萬康)하셨습니까?"

오학구가 말한다.

"산채에 있는 두령들이 형의 은덕을 모두들 칭송하면서 이번에 나와 뇌도두를 이곳으로 가라 하며, 꼭 형을 뫼시고 올라오라 해서, 그래 형을 만나뵈려고 왔소이다. 제발 나하고 함께 양산박으로 들어가, 조(晁)·송(宋) 두 분 두령이 형을 갈망하는 마음을 위로해드립시다."

오학구의 말을 듣고, 주동은 너무나 뜻밖의 일이라 한참 동안 대답도 못 하다가 입을 열었다.

"선생 말씀이 옳지 않습니다. 뇌도두로 말씀하면 자기가 죽을죄를 지었으니까 어쩔 수 없어서 부득이 산에 올라가 입당했지만, 나는 뇌도두를 놓아 보낸 죄로 이곳에 귀양은 왔어도, 잘하면 내년이나 후년엔 귀양이 풀려 고향으로 돌아가 다시 양민이 될 수 있는데 뭣하러 산에 들어가서 숨어 있겠습니까? 소문나기 전에 두 분은 어서 빨리 돌아가십시오."

그래도 뇌횡은 주동을 보고 권한다.

"형님이 예서 하시는 일이 뭐요? 남의 아래서 절제 받고 자나 깨나 기를 펴지 못하고 지내시지 않소? 그게 어디 대장부의 할 일이오? 내가

형님을 공연히 꼬이는 수작이 아니라, 조두령·송두령이 형님을 앙망하는 정은 참말 간절하니까, 여러 말 하시지 말고 어서 우리하고 함께 가십시다."

그러나 주동은 듣지 않는다.

"나는 연로하신 자당을 생각해서 아우님을 놓아주었던 것인데, 오늘날 아우님은 나를 불의(不義)에 빠지라고 권하니, 그래 이럴 수가 있소?"

옆에서 오학구가 말한다.

"주도두가 저렇게까지 말씀하니, 그럼 우리 이대로 물러갑시다."

그러자 주동은,

"오선생, 그럼 돌아가셔서 여러분께 말씀이나 잘 전해주십시오."

하고, 두 사람과 함께 다리께까지 와서 정자 위를 바라보니까, 정녕코 거기 있어야 할 도련님이 간 곳이 없다. 주동은 깜짝 놀라 미친 듯이 여기저기로 도련님을 찾아보았다. 그러나 아무 데도 도련님의 그림자는 보이지 않는다.

이때 뇌횡이 주동의 소매를 잡고 말한다.

"주도두, 가만 계시오. 우리하고 같이 온 사람이 하나 있는데, 내 생각하니까, 형님이 양산박에 안 가시겠다고 고집하시는 것을 그 사람이 보고, 아마 그 사람이 도련님을 어디로 데리고 간 것 같소. 나하고 가보십시다."

뇌횡은 이같이 말하고 오용과 함께 주동을 데리고서 지장사를 떠나 성 밖으로 나왔다. 주동은 마음이 불안해서 견딜 수 없다.

"그래, 뇌도두하고 같이 온 사람이 대체 도련님을 데리고 어디로 갔다는 거요?"

"우리가 하처(下處)한 곳에 가보면 자연 알게 될 것이니, 가십시다."

"시각이 너무 지체되면, 내가 지부 상공께 꾸중을 들을 텐데…."

"그러니까 어서 가보십시다. 그 사람이 필시 하처로 데리고 갔을 게요."

주동은 속이 타는 것 같아서 뇌횡을 보고 물었다.

"대체 그 사람이라는 게 누구요?"

뇌횡의 대답이다.

"나도 잘 모르는 사람인데, 아마 흑선풍이라는 이규라지."

주동은 이 말을 듣고 펄쩍 뛰었다.

"아니 그럼, 저 강주서 살인귀(殺人鬼) 노릇한 이규가 아니오?"

오용이 천연스럽게 대답한다.

"바로 그 사람이오."

주동이 발을 구르며,

"에구, 이 노릇을 어쩌나!"

하고, 한탄하면서 두 사람을 따라서 성 밖으로 20리가량이나 나왔는데 이때 맞은편에서 어떤 자가 이쪽을 바라보고,

"이제들 오시오? 나 여기 있소."

하고 소리친다. 이자가 흑선풍 이규라고 짐작한 주동은, 한걸음에 그자 앞으로 뛰어가 다짜고짜 물었다.

"여보! 우리 댁 도련님 어디 두었소?"

이규가 넙죽 절하고 나서 대답한다.

"절급 형님! 도련님은 바로 요 근처에 있죠."

"요 근처가 어디요?"

"내가 도련님 입에다가 마약(痲藥)을 물려서는 안고 나와 저 수풀 속에다 뉘어놓았으니, 형님이 가서 보시구려."

달이 휘영청 밝다. 주동은 허둥지둥 수풀 속으로 찾아 들어가서 달빛 아래 살펴보니, 저쪽 풀밭 속에 어린아이 하나가 자빠져 있다. 정녕코 도련님 같아서 주동이 그 앞으로 달려들어 덥석 안아 일으키려니까, 이

게 웬일이냐? 도련님은 벌써 머리가 깨어져 죽어버린 송장이다. 이렇게도 악착스러운 짓을 할 수 있을까?

주동은 가슴이 터질 것같이 분이 나서, 두 주먹을 불끈 쥐고 수풀 밖으로 나와 보니, 세 사람은 간 곳이 없다. 사방으로 찾아다니려니까 저쪽에서,

"이놈아! 너 이리 와서 내 쌍도끼를 받아라!"

하고 외치는 소리가 들린다. 쳐다보니, 바로 흑선풍 이규다.

주동은 그만 눈에서 불이 났다.

"이놈! 도망가지 말고 게 있거라!"

소리를 벼락같이 지르고 쫓아가자, 이규는 얼른 돌아서서 달아난다. 주동은 주먹을 불끈 쥐고 급히 쫓아갔다.

그러나 흑선풍 이규는 본래 산을 타고 고개를 넘기를 잘하는 사람인지라, 주동이 따라가지 못하고 숨이 차서 잠깐 쉬려니까, 이규도 걸음을 멈추고 우뚝 서서 도끼를 휘두르며,

"야! 뭘하고 있냐? 어서 오너라. 이리 와!"

소리 지르는 게 아닌가.

주동은 그만 한입에 삼켜버릴 듯이 쫓아갔다. 그러나 이규는 번개같이 달아난다. 이같이 부지런히 쫓아가는 중에 날이 훤히 밝아온다. 이규는 여전히 대여섯 간 앞서가면서 주동이 빨리 쫓아오면 저도 빨리 달아나고, 천천히 쫓아오면 저도 천천히 달아나고, 안 쫓아오면 저도 주저앉아 기다리다가 다시 달아나기를 되풀이하더니, 어떤 크나큰 장원 안으로 쏙 들어가버린다.

"오냐! 네가 이 집으로 들어갔겠다!"

주동은 속으로 부르짖으며 그대로 쫓아 들어가니 청전(廳前) 마당엔 좌우로 병장기가 수두룩 많이 꽂혀 있다.

'여기가 필시 벼슬 다니는 사람의 집인가 보다!'

주동이 속으로 생각하고 안을 향해서 큰소리로 불렀다.

"여보시오. 아무도 안 계시오?"

말이 떨어지자, 대청 병풍 뒤에서 한 사람이 나타나니, 이 사람이 누구이냐? 이 사람이 당대에 유명한 소선풍 시진이다.

시진이 병풍 뒤에서 나오더니 주동을 보고 묻는다.

"누구시오?"

주동이 바라보니, 인물이 수려하게 잘생겼고 위엄이 있어 보이므로 그는 황망히 예를 하고 말했다.

"소인은 운성현 당로절급 주동이라는 사람이온데, 죄를 짓고 이곳에 귀양 왔습니다. 간밤에 지부 상공의 아기를 안고 등 구경을 나왔다가 흑선풍한테 아이가 맞아죽었습니다. 그래 그놈을 잡으려고 쫓아왔는데, 그놈이 지금 댁으로 들어왔으니 그놈을 잡아내어 관가로 붙들어가게 해주십시오."

이 말을 듣고 시진은 말했다.

"누구신가 했더니, 미염공이시군. 좀 올라와 앉으시오."

"황송합니다. 대관인의 고성대명(高姓大名)이 누구신지요?"

"나요? 나는 시진이라는 사람이오."

주동은 놀라면서,

"대명을 듣자온 지 오래더니, 다행히 오늘 이렇게 우러러 뵈옵니다."

하고 정중히 허리를 굽혀 인사를 드렸다.

시진이 주동의 손을 붙들고 후당으로 들어가서 자리를 권하여 앉게 하자 주동이 묻는다.

"흑선풍 그놈이 어떻게 댁에 와서 숨어 있습니까?"

시진이 대답한다.

"내가 이야기하리다. 내가 본래 천하호걸들과 상종하기를 좋아하지요. 내 집 조상이 원래 진교역(陳橋驛)에서 송태조(宋太朝)에게 양위(讓

位)한 공로가 있는 까닭에, 선조(先朝)에서 일찍이 단서철권(丹書鐵卷)을 칙사(勅賜)하셨으므로, 죄지은 사람을 집안에 감추어두어도 누가 감히 내 집에 들어와서 뒤지지 못하지요. 근자에 양산박의 급시우 송공명이 오학구·뇌횡·흑선풍 이렇게 세 사람을 내 집으로 보내고서, 노형을 산으로 청하여 함께 대의(大義)를 맺고 싶다 했는데 노형이 그들의 청을 듣지 않는 까닭에 부득이 이규를 시켜 지부의 아들을 죽여버림으로써 노형의 돌아갈 길을 끊게 한 것이니, 그리 아시고 과히 노여워 마시오. 오선생, 뇌도두, 이리 나와서 절급께 사죄들 하시구려."

시진의 말이 떨어지자, 옆방에서 오용과 뇌횡이 부리나케 나와서 주동에게 절한다.

"형님! 우리들의 죄를 용서해주시오. 이번 일로 말하면 우리가 송공명의 장령(將令)을 받고 저지른 일이외다. 노염을 푸시고 우리 같이 산채로 올라가십시다."

주동이 대답한다.

"여러분들의 정의(情意)는 알겠소. 그러나 이번 일은 너무 악착하지 않소?"

곁에서 시진이 좋은 말로 주동을 위로하며 양산박에 들어가기를 극력 권하므로 주동은 마음을 돌리고서 말했다.

"그럼, 내가 가기는 가겠지만, 먼저 흑선풍을 좀 보아야겠는데요."

그러자 시진이 옆방을 향하여 큰소리로 부른다.

"이대가(李大哥)! 어서 이리 나오시오."

이 말이 떨어지자, 옆방으로부터 흑선풍이 뛰어나와 주동을 보고 사죄하는 게 아닌가.

주동의 눈에서는 불이 났다. 눈에 안 보일 때는 오히려 참았지만, 당장 눈앞에서 흑선풍을 보고는 분함을 참을 수 없어서, 그는 그냥 흑선풍한테 달려들어 사생을 결단하려 했다. 그러나 시진·오용·뇌횡 세 사람이 가운데 서서 극력 말리고 또 좋은 말로 권하므로, 주동은 한참 만에야 분함을 참고 말했다.

"만약에 나를 기어이 양산박으로 데리고 가겠거든, 한 가지 일을 꼭 들어주시오. 그러지 않고서는 난 죽어도 안 가겠소."

오용이 얼른 나서서 말한다.

"한 가지는 말고 몇십 가지라도 원대로 들어드리리다. 대관절 어떤 일이오?"

"나를 데리고 가시려거든, 우선 이 흑선풍이란 놈을 죽여서 내 원한을 풀어줘야겠소."

이 말을 듣고 흑선풍이 크게 노했다.

"네가 어째서 나만 죽이고 싶다는 거냐? 모든 게 조·송 두 분 두령의 장령대로 시행한 일인데 내가 어째서 모두 뒤집어쓴단 말이냐?"

주동은 다시 달려들어 흑선풍과 싸우려 하므로 세 사람은 또 가운데 서서 두 사람을 뜯어 말렸다.

그래도 끝끝내 주동은 흑선풍이 산채에 있는다면 자기는 죽어도 산에 안 가겠다고 고집하므로, 시진이 마침내 한 가지 방법을 제안했다.

"그렇다면 좋은 도리가 있소. 이대가는 아직 내 집에 머물러 계시고 세 분만 산으로 올라가시구려. 그러면 되지 않소?"

주동이 말한다.

"그런데 걱정이 있습니다. 이 사람이 이번에 큰일을 저질러놓았으니 지부가 필연코 운성현에 공문을 보내서 우리 집 가족들을 붙잡아갈 것이니, 이 노릇을 어떡하지요?"

그러나 오용은 빙그레 웃으면서 말한다.

"그런 염려는 안 하셔도 좋을 것 같소. 아마 송공명이 벌써 댁의 보권(寶眷)을 산으로 모셔갔을 겝니다."

이 말을 듣고 주동은 마음을 놓았다.

시진은 곧 술자리를 벌여 그들을 대접하고, 말 세 필을 준비하여 그
날 저녁으로 그들 세 사람을 떠나게 했다. 오용은 시진과 작별하기 전
에 흑선풍을 보고 간곡하게 당부했다.

"이대가! 얼마동안 이곳에 계시다가 주도두의 화가 좀 풀리거든 시
대관인과 함께 올라오시오. 어느 때고 술은 많이 자시지 말고, 남을 때
리거나 하여 공연히 사단을 일으키지 말고, 조심하고 계시다 오기만 바
라오."

"염려 마시오, 오선생. 내 술도 이제 적게 먹고, 또 남하고 도무지 시
비도 않고 잘 있을 테니까, 마음 놓고 먼저 가시오."

흑선풍이 선선히 대답한다.

오용과 뇌횡은 주동을 데리고 그 자리를 떠나 양산박으로 올라가고,
흑선풍 이규는 소선풍 시진의 장원에 머무르게 되었다.

대아보검

혹선풍 이규가 시진의 장원에 머물러 있은 지도 벌써 한 달이 지났다. 어느 날 시진과 함께 방 안에 앉아 있으려니까, 웬 사람 하나가 바쁜 걸음으로 마당에 들어오더니 뜰아래에서 일봉서찰(一封書札)을 바친다. 시진은 그것을 받아 편지를 펴보더니 놀라운 표정을 지으며,

"이게 웬일이냐! 그럼 내가 얼른 가봐야지!"

이렇게 중얼거린다.

혹선풍이 물었다.

"아니 무슨 일이 생겼습니까?"

시진이 대답한다.

"내 숙부 되시는 시황성(柴皇城)이 고당주(高唐州)에 사시는데, 본주 지부(本州知府) 고렴(高廉)의 처남 되는 은천석(殷天錫)이란 자가 찾아와서 아무 까닭도 없이 화원(花園)을 내놓으라는 바람에 숙부가 그만 화가 나셔서 병상에 누워 계시다는군! 아무래도 오래가지 못하실 것 같다고, 그래 유언하실 말씀이 있다고 날더러 곧 좀 오라셨으니 내가 가봐야 하지 않겠소?"

"대관인이 가신다면 나도 따라가지요."

"그럼 같이 가십시다."

시진과 흑선풍은 행장을 수습해서 좋은 말 십여 필을 끌어내어 6, 7명 장객을 데리고, 이튿날 아침에 집을 떠나 그날 석양 때 고당주에 도착했다.

성내로 들어가 시황성 장원 앞에서 말을 내려, 흑선풍과 장객들은 밖에 머물러 있게 하고, 시진 혼자서 안으로 들어가 숙부 시황성이 누워 있는 병상 곁으로 가서 보니, 숙부의 형용은 말할 수 없이 허약해져서 마른 나무에 종잇조각을 발라놓은 것 같다. 시진은 그만 와탑(臥榻) 앞에 엎드려 통곡을 했다.

그러자 안에서 시황성의 후취 부인이 나와서 시진을 보고 말한다.

"자네가 먼 길을 달려오느라고 몸도 피곤할 텐데, 그렇게 번뇌해서는 안 되겠네. 그만 울음을 그치게."

시진이 마음을 진정시키고, 대체 어떻게 된 사정입니까 하고 물으니까, 부인이 대답한다.

"이 고을에 새로 도임한 지부 고렴이 본주병마(本州兵馬)를 겸관(兼官)하고 있는데, 이자가 서울 고태위(高太尉)의 조카라는군. 그래 이놈이 고태위의 세력을 믿고 못하는 짓이 없는데, 근자엔 또 그자의 처남 되는 은천석이란 놈이 내려왔는데, 사람들이 모두 이놈을 은직각(殷直閣)이라고 부른다네. 그런데 이놈이, 새파란 젊은 놈이, 제 매부 세력을 등대고서 갖은 못된 짓을 다 하는데, 어떤 놈이 이 녀석한테 아첨하느라고, 우리 집 뒤의 화원과 수정(水亭)이 좋으니 그것을 뺏으라고 충동했나보데. 아, 그래 이놈이 백주에 불한당 같은 놈들 수십 명을 데리고 뛰어들어와서 화원을 둘러보더니, 우리더러 나가라고 땅땅 얼러대니 숙부께서 그 꼴을 그냥 보시겠나? 그래 '우리 집도 금지옥엽으로 선조에서 내리신 단서철권(丹書鐵卷)이 있는 터이라 아무도 우리를 업수이 여기지 못하는 터인데, 네가 어찌 감히 우리를 업신여기고 내 집을 뺏고, 날더러 나가라니 대체 네가 정신이 있는 놈이냐?' 하고 꾸짖으셨다네.

그랬더니, 이놈들이 달려들어 막 때리는 게 아닌가. 숙부께서 맞으시기도 많이 맞으셨지만, 그 젊은 놈한테 욕을 당하신 것이 분하셔서, 화기가 드셔 그만 그날부터 자리에 누우신 후 식음을 전폐하시고, 의약도 아무 효험이 없어, 그만 저 모양이 되셨다네."

"원, 저런 변이 어디 있습니까! 그러나 숙모님, 이제는 다른 염려는 마시고, 의원이나 청해다 숙부님 병환이나 잘 치료하십시오. 제가 창주(滄州)로 사람을 곧 보내 '단서철권'을 가져오게 하여 단단히 그놈과 경우를 따져보겠습니다. 관부(官府)는 그만두고, 금상어전(今上御前)엘 가더라도 조금도 두려울 게 없습니다."

시진은 이렇게 숙모를 위로하고 밖으로 나와, 흑선풍과 장객들에게 사정 이야기를 자세히 했다.

흑선풍이 시진의 이야기를 듣더니, 벌떡 일어서면서 말한다.

"그 자식이 어디 그런 자식이 있소? 내가 도끼를 가지고 왔으니까, 우선 그놈들한테 몇 번 도끼 맛을 보이고 나서 경우를 따집시다."

"아니야! 그렇게 조급하게 굴지 마오. 그놈이 아무리 세력을 등대고 그러지만, 내게는 선조 때부터 내려오는 성지(聖旨)가 있으니까, 법도대로 따져서 해볼 일이오."

시진이 이렇게 말하니까, 흑선풍은 또 한 번 펄쩍 뛰면서 말한다.

"아니, 대관인은 '법도' '법도' 하지만, 그래 요새 '법도'라는 게 제대로 되어간답디까? 지금 세상이 '법도'대로만 되어간다면, 천하가 이렇게 어지러울 이치가 어디 있단 말이오? 여러 말 할 거 없고, 내 도끼부터 써본 다음 결판을 내기로 합시다. 그래서 그놈이 관가에 고소하거든, 그땐 관가마저 부셔버리지, 뭘 그래요!"

이 소리를 듣고 시진이 웃으며 말한다.

"내 이제 알겠네. 주도두가 이대가를 안 보려고 한 것도 까닭이 있군! 여기는 금성(禁城) 안이라, 산채에서 행동하듯 그렇게 행동해서는 안 된

단 말이오."

"흥! '금성'이란 게 뭐 말라비틀어진 거야! 난 강주 무위군에서도 사람을 마구 죽였는데!"

"그러지 말고 진정하고서, 좀 동정을 봐가지고 좋도록 합시다. 그러니까 잠깐 방에 들어가서 모른 체하고 좀 앉아 계시오."

이렇게 말하고 있을 때, 안에서 계집 하인이 나오더니,

"대관인, 영감 마님께서 곧 들어오라십니다."

하고 전갈한다.

시진은 다시 안으로 들어가 숙부가 누워 있는 병실의 와탑 앞으로 갔다. 시황성은 두 눈에 눈물이 가득해서는 시진을 향해서 말한다.

"너는 지기헌앙(志氣軒昻)하니까 조상을 욕되게 하지 않을 것이다. 난 은천석이란 놈한테 맞아서 이제 죽는다마는, 너는 골육지정(骨肉之淸)을 생각해서, 단서철권을 싸가지고 서울로 올라가서 난가고장(欄駕告狀)을 해서라도 내 원수를 갚아다오. 그런다면 내 구천지하(九天之下)에서도 네 은덕을 입을 게니, 부디 부디 보중(保重)하여라. 더 부탁하지 않겠다!"

말을 마치자, 이내 시황성은 숨을 거두고 이 세상을 떠났다.

시진은 한동안 통곡한 뒤, 친히 나서서 일을 분부하니, 관제(官制)에 의해서 내관외곽(內棺外槨)을 마련하고, 예(禮)에 좇아서 영위(靈位)를 포설(舖設)하고, 일문(一門)이 중효(重孝)를 몸에 입고서 발상(發喪)하니, 이때 흑선풍은 밖에 있다가 안에서 곡성이 낭자한 것을 듣고, 혼자 주먹을 쥐었다 폈다 하며, 분한 것을 참느라고 안간힘을 쓰면서 같이 온 장객들한테 물어보아도 아무도 이야기해주는 사람이 없다.

안에서는 중을 청해다가 불공을 드리고 있다.

이렇게 시황성이 세상을 떠난 지 사흘째 되는 날이다.

이날, 은천석이란 자는 무뢰배 수십 명한테 탄궁(彈弓), 천노(川弩), 취

통(吹筒), 기구(氣毬), 점간(拈竿), 악기(樂器)를 들려, 말 타고 성 밖으로 나가서 질탕하게 한바탕 논 다음, 조금 취기가 있는 것을 아주 잔뜩 취한 듯이 꾸미고 성내로 들어오자마자 바로 시황성의 집으로 몰려왔다.

문 앞에 이르러서, 은천석이 큰소리로 외친다.

"여봐라. 이 집에 아무도 없느냐? 밖으로 나와서 말대답을 해라!"

시진이 안에서 이 소리를 듣고 상복(喪服)을 입은 채 나오니까, 은천석이란 자는 취안(醉眼)이 몽롱해서는 마상(馬上)에 앉은 채 한마디 던진다.

"자네는 이 집에 어떻게 되는 사람인가?"

시진이 대답한다.

"네, 저는 시황성의 친조카 되는 시진이라는 사람이올시다."

"내가 일전에 이 집 주인을 보고 이 집을 비워놓고 나가라고 분부했는데, 어째서 내 말을 안 듣고 여태껏 집을 비워놓지 않았느냐?"

시진이 겸손하게 대답했다.

"숙부께서 병환으로 자리에 누워 계셨기 때문에 떠나지 못하고 있었는데 그저께 밤에 그만 돌아가셨습니다. 이제 49일이나 지난 뒤 떠날까 하니 그리 아시오."

장례도 모시기 전에 다투고 싶지도 않았고, 더구나 술에 취해 온 놈하고 싸우고 싶지도 않아서 이렇게 온순하게 말했건만 은천석이란 놈은 뜻밖에 발끈 성을 내면서,

"이 자식아! 방귀 같은 소리 내지 마라! 사흘 한을 줄 테니까, 사흘 안에 떠나야지, 만일 사흘이 지나도 안 나갔다간, 네놈을 칼 씌워 신곤(訊棍) 1백 대를 때릴 것이니, 그런 줄 알아라!"

이같이 꾸짖는다. 시진은 기가 막혀서 한마디 했다.

"여보, 직각(直閣)! 사람을 그렇게 업신여기지 마오. 우리도 용자용손(龍子龍孫)이오! 더구나 선조의 단서철권을 가지고 있는데, 함부로 이러

312

지 못하오."

"뭐라고? 단서철권이 있다? 있거든 내다가 날 뵈어라."

"이 집에 있는 게 아니고 창주 내 집에 있는데, 오늘 사람을 보냈으니까 곧 가지고 올 게요."

"이놈아! 어디다 대고 이따위 수작이냐! 네가 정말로 단서철권을 가지고 있다 하더라도 내가 겁내지 않을 텐데 여긴 없고 뭐, 창주로 가지러 보냈다고?"

은천석은 이같이 꾸짖고, 데리고 온 무뢰배들을 돌아보며 소리친다.

"얘들아, 이놈을 때려줘라!"

그러자 수십 명 무뢰배들이 시진을 때리려고 다가오는 순간 아까부터 문틈으로 밖의 동정을 엿보고 있던 흑선풍 이규가 소리를 벼락같이 지르면서 뛰어나와 말 앞에 달려들어 은천석의 팔을 붙들어 말 아래로 끌어내리고서 주먹으로 그자의 얼굴을 쥐어박았다.

"에쿠!"

외마디 소리를 지르고 은천석이 보기 좋게 나가자빠지자, 수십 명 무뢰배가 일제히 흑선풍한테로 달려든다.

수십 명 아니라 수백 명이라도 겁낼 흑선풍이 아니다. 주먹으로 치고 발길로 차서, 삽시간에 5, 6명을 때려눕히니까 놈들은 모두 싹수가 틀린 것을 알고 그냥 달아나버린다.

흑선풍은 달아나는 놈들을 쫓아가지 아니하고 땅바닥에 엎드러진 은천석이를 한 손으로 잡아 일으켜 다시 주먹으로 두들기고, 발길로 찼다.

시진이 말리고 어쩌고 할 겨를도 없었다. 땅바닥에 쓰러진 은천석을 들여다보니 벌써 죽어 자빠진 송장이다.

'이 노릇을 어떡하나?'

시진은 속으로 한탄하고, 즉시 흑선풍을 이끌고 후당으로 들어갔다.

"큰일 났소. 이대가가 저 사람을 죽였으니, 여기 있다간 일을 당하고 말 거요. 관가에서 나오면 뒷일은 내가 감당할 테니, 어서 양산박으로 돌아가시오."

"달아나는 건 쉽지만, 대관인께서 연루될 것이 걱정인데요."

"내게는 단서철권이 있으니까 별로 큰 걱정은 없소. 어서 속히 달아나시오."

흑선풍은 마침내 쌍도끼를 옷 속에 감추고, 뒷문으로 가만히 나가서 바로 양산박을 향하여 달아났다.

그가 도망한 지 얼마 지나지 아니해서, 토병(土兵) 2백여 명이 칼과 창과 몽둥이를 제각기 하나씩 들고 달려와서 시황성의 집을 둘러싸더니, 살인범을 수색한다.

시진이 나서서 말했다.

"그 사람은 지금 여기 없소. 내가 대신 관서에 들어가서 사실을 분별하리다."

토병들은 우선 시진을 묶어놓고, 그리고 안으로 들어가 샅샅이 뒤져 보았으나 살인범으로 지목하고 찾는 흑대한(黑大漢)은 없다. 그들은 하는 수 없이 시진만 잡아서는 주아(州衙) 안으로 들어가 청전(廳前)에 꿇어앉혔다.

이때, 지부 고렴은 자기 처남 은천석이 맞아 죽었다는 말을 듣고, 주먹을 쥐고 이를 갈면서 앉아 있다가, 시진이 잡혀 들어온 것을 보자 즉시 소리를 가다듬어 호령한다.

"너 이놈! 어찌해서 네가 우리 은천석을 죽였느냐?"

시진이 아뢴다.

"소인은 시세종(柴世宗)의 적파자손(嫡派子孫)으로 선조태조께서 내리신 단서철권이 창주에 있는 저의 본집에 있습니다. 숙부 시황성이 병환이 나셔서 위중하다 하시기에 뵈오러 왔더니, 그만 작고하신 까닭에 장사 지내려는 때인데, 돌연히 은직각이 수십 명을 데리고 와서 경우도 없이 집을 내놓고 나가라 하기에, 소인이 경우를 따져서 몇 마디 했습니다. 그랬는데도 은직각이 바른말을 듣지 않고 데리고 온 사람들을 시켜 저를 때리라는 바람에, 소인이 데리고 왔던 장객 중에 이대(李大)라는 자가 보다 못해서 저를 구호한다는 것이, 그만 살이 갔던지, 은직각이 죽어버렸습니다."

고렴이 듣고 또 호령한다.

"그 이대란 놈은 어디 있느냐?"

"그놈이 행흉(行凶)하고 겁이 나서 그만 도망쳐버렸답니다."

고렴은 화를 벌끈 냈다.

"이대가 너의 집 장객이라면서, 네 말이 없는데도 어찌 사람을 함부로 때려죽이며, 또 그리고 네가 그놈을 놓아 보내놓고서 이제 관부(官府)를 속이려는 셈이 아니냐? 아마 네가 매를 맞지 않고서는 이실직고 안 할까 보다! 여봐라, 이놈을 때려라!"

시진은 목소리를 높여 말했다.

"내 집의 장객이 주인을 구하려다 잘못되어서 인명을 상했기로 내가 어째서 책임을 진단 말이오? 더구나 내 집에 단서철권이 있는 터인데, 어찌 함부로 나한테 형벌을 가하려 하신다는 거요?"

"그래, 단서가 어디 있단 말이냐?"

"창주 본가에 있는 까닭으로 어제 그걸 가지러 보냈소."

"저놈이 환장했구나! 네가 어찌 언감생심 관부를 조롱하느냐! 여봐라, 저놈을 어서 힘껏 쳐라!"

이때 노자(牢子)의 무리가 좌우에서 우르르 달려들더니, 매를 들고 사정없이 때리는데, 얼마 맞지 아니해서 시진은 가죽이 터지고 살이 떨어지고, 전신에 유혈이 낭자하게 되었다.

시진은 더 견딜 수 없어서, 자기가 이대를 시켜서 은천석을 때려죽였다고 거짓 초복(招服)해버렸다.

지부 고렴은 즉시 영을 내려, 25근 사수가(死囚枷)를 씌워 시진을 옥에 가두게 하고, 은천석의 시체를 검증한 뒤에 친히 장사지냈다.

지부 상공의 대방마님 은부인(殷夫人)은 저의 오라비 은천석의 원수를 갚으려고, 남편 되는 고렴을 곁에서 자꾸만 충동인다.

시황성의 집은 몰수당하고, 집안 식구들은 모조리 잡혀 갇히고, 시진도 옥중에서 당하는 고초가 이만저만이 아니었다.

한편, 흑선풍 이규는 시진과 작별하고 밤을 새워가며 양산박으로 돌아갔다.

그는 여러 두령들한테 시진을 따라서 고당주까지 갔다가 그곳 지부의 처남 되는 은천석을 때려죽이고 도망해온 전후 사정을 자세히 이야기했다.

이야기를 들은 송강의 놀람은 매우 컸다.

"너는 도망해왔으니까 그만이겠지만, 너 대신 시대관인이 살인 옥사(獄事)에 걸려서 고생하겠으니, 큰일 났다!"

이때 오학구가 곁에서 한마디 한다.

"형장, 너무 걱정하실 거 없소. 대원장(戴院長)이 돌아오면, 하회를 자연 알게 될 거요."

"아니, 대종 형님이 어디를 갔기에 그러시오?"

흑선풍이 이같이 물으니까,

"이대가가 시대관인한테 오래 머물러 있으면 아무래도 일을 저지르기 쉽기에 대원장을 보내서 불러오게 했는데… 대원장이 창주로 가서 이대가를 못 만나면 자연 고당주까지 쫓아갔을 게란 말이오."

오용이 대답하는데 이때 졸개가 들어와서,

"지금 대원장께서 돌아오셨습니다."

라고 보고한다.

여러 두령들은 즉시 대원장을 맞아들여 자리에 앉히고 시진의 일을 물으니까 대원장이 말한다.

"시대관인은 벌써 옥중에 갇혔고 지부는 시황성 집안 식구들을 죄다 구금하고, 그 집 가산을 몰수했는데, 시대관인의 목숨도 경각에 있는 모양입니다."

이 말을 듣고 조개가 화를 벌컥 내며,

"저 시커먼 놈이 또 큰일을 저질렀구나! 넌 번번이 큰일만 저지르니, 대체 어떻게 된 셈이냐?"

하고 흑선풍을 꾸짖었다.

흑선풍은 실쭉해서는 한마디 한다.

"아니 그럼, 시황성이 그놈한테 맞아 죽었고, 그놈이 또 달려와서는 집을 뺏으려 들고, 게다가 시대관인을 때려주려고 드는데 내가 사람이 아니라 부처님이더라도 그건 못 참았을 게요!"

조개는 기색(氣色)을 고치고서, 여러 두령들을 둘러보며 말한다.

"시대관인이 우리 산채에는 그전부터 은덕을 베풀어온 터인데, 이번에 이런 위난(危難)을 당했으니, 우리가 내려가서 꼭 구해내야 되겠소. 아무래도 이번엔 내가 가야겠소."

송강이 이 말에 반대하고 나선다.

"형님은 이곳 산채의 주인이신데 어떻게 여길 떠나십니까? 시대관인과는 제가 오래전부터 친하게 지낸 터이니까, 제가 형님 대신 내려갔다 오지요."

그는 이렇게 말하고, 즉시 오학구와 상의하여 출전(出戰)할 준비를 차렸다. 즉, 임충·화영·진명·이준·여방·곽성·손립·구붕·양림·등비·마린·백승, 이렇게 열두 명의 두령은 마보군병(馬步軍兵) 5천을 영솔하고서 전대선봉(前隊先鋒)이 되고, 송강·오용·주동·뇌횡·대종·이규·장횡·장순·양웅·석수, 이렇게 열 명의 두령은 중군주사(中軍主師)가 되어 마보군병 3천을 거느리고서 책응(策應)하기로 하니, 군졸이 도합 8천 명에 두령이 모두 스물두 명이다.

이같이 작정한 후, 조개 이하 여러 두령과 작별하고 그들은 양산박을 떠나 고당주로 달려갔다.

이때, 고당주 지부 고렴은 양산박 전군(前軍)이 이미 지경까지 왔다는 보고를 받고 놀라기는커녕 도리어 냉소했다.

"흥! 그까짓 초적(草賊)들이 양산박에 숨어 있대서 내가 그놈들을 쳐 무찔러 모조리 잡아 없애려 했는데, 놈들이 제 발로 걸어 들어와서 목숨을 바치려 한다니, 이는 하늘이 나로 하여금 공을 세우게 하시는 게 다."

그는 이같이 혼잣말하고 곧 호령을 내려, 군마(軍馬)를 점검해서 성 밖에 나아가 적을 대적하는 동시에 백성들은 성 위에 올라 지키게 하고, 장전(帳前)의 도총(都總)·감군(監軍)·통령(統領)·통제(統制)·제할(提轄)·군직(軍職) 등 모든 관원은 각각 군마를 교장(敎場) 안에서 점시(點視)한 다음, 진세(陣勢)를 크게 벌여 성 밖으로 나가게 했다.

그리고 이것들과는 달리, 고렴 수하에 있는 '비천신병(飛天神兵)' 3백 명을 동원케 하니, 이것들은 산동(山東)·하북(河北)·강서(江西)·호남(湖南)·양회(兩淮)·양절(兩浙) 지방에서 뽑아낸 정력이 절륜한 장사들이다.

지부 고렴은 갑옷을 입고 칼을 차고 말을 타고서, 3백 명 신병을 거느리고 성 밖에 이르러 진세를 벌인 다음, 신병은 중군(中軍)에 두고, 깃발을 휘두르고 북을 치고 아우성치면서 적군이 오기만 기다렸다.

조금 있다가 양산박의 선봉대 임충·화영·진명 등 5천 명 인마가 당도하여 진을 치고 대적하더니, 북소리 요란하게 울리면서 임충이 장팔사모(丈八蛇矛)를 비껴들고 말을 달려 진전으로 나오며 큰소리로 외쳤다.

"고가란 성을 가진 도둑놈아. 빨리 못 나오겠느냐!"

이 소리를 듣고, 고렴이 부하를 거느리고 말을 달려 진문 앞에 나아가 임충을 손가락질하여 꾸짖는다.

"이놈들, 반적(叛賊)의 무리들이 어찌 감히 나의 성지(城池)를 범한단 말이냐!"

임충도 소리 높이 고렴을 꾸짖었다.

"이놈! 백성을 해치는 강도 같은 놈아! 내가 미구에 서울로 올라가서 기군망상(欺君罔上)하는 간적(奸賊) 고구 놈을 잡아 죽여 내 일생의 한을 풀겠다!"

고렴은 이 소리를 듣고 크게 노해 좌우를 돌아보며,

"누가 나가서 저놈을 잡아라!"

호령하자, 우직(宇直)이라는 통제관이 칼을 휘두르며 말을 박차 진전으로 나간다.

임충이 이를 보고 내달아 싸웠다.

창과 칼이 서로 어우러져 싸우기 불과 5합도 못 되어, 임충은 한소리 크게 지르면서 우직의 가슴을 창으로 찔러 말 아래 거꾸러뜨렸다.

고렴이 이 모양을 보고,

"누가 나가서 우직의 원수를 갚지 못하겠느냐?"

호령을 내리자, 또 한 명 통제관이 한 손에 장창(長槍)을 들고, 말을 달려 나아가서 임충을 상대하니, 이 사람은 온문보(溫文寶)라는 장수다.

임충이 온문보를 맞아 싸우려 할 때, 진명이 큰소리로 외친다.

"형님은 잠깐 쉬시오! 이놈은 내가 맡으리다!"

임충이 말을 멈추고 나가지 아니하자, 진명이 내달아 온문보를 상대하여 싸우기 10합도 못 되어서 진명이 벼락같이 소리를 지르며 낭아봉(狼牙棒)을 내리치는 바람에 온문보는 해골이 부서져 그대로 즉사하고 말았다.

고렴은 수하 장수가 두 사람이나 즉사하는 것을 보고 즉시 대아보검(大阿寶劍)을 빼어들고 앞으로 나섰다. 그리고 속으로 무슨 소리를 중얼

중얼하고서,

"빨리!"

큰소리로 한마디 외친다. 그러자 이상하게도 별안간 고렴의 진중에서 한 줄기 검은 기운이 일어나 공중으로 뻗치더니, 갑자기 모래가 날고, 돌이 구르기 시작하여 삽시간에 하늘과 땅이 온통 뒤집히는 것처럼 일진괴풍(一陣怪風)이 일어나 양산박 진영으로 휩쓸어간다.

임충·화영·진명은 서로 얼굴이 안 보였다. 그보다도 타고 있던 말이 먼저 놀라 뛰는 바람에 부하 군졸들이 모조리 뛰어 달아난다.

고렴은 이를 바라보고 칼을 높이 들어 적군을 가리켰다. 그러자 3백 명 비천신병이 일시에 내달아 쫓아가며, 그 뒤를 또 관군이 치고 들어갔다.

양산박의 장병들은 엎어지며 거꾸러지며 도주하여 50리나 물러나가 하채(下寨)했다. 이 싸움에 양산박 군졸의 손해가 1천여 명이다.

고렴은 멀리 쫓아가지 않고 군사를 거두어 성내로 돌아갔다.

임충·화영·진명이 영채를 꾸미고 좌정하고 있으니까 그제야 송강의 중군 부대가 도착했다.

임충 등 세 사람이 나가서 송강을 맞아들인 후, 싸움에 패한 곡절을 자세히 보고하니까, 송강은 크게 놀란다.

"대체 그게 무슨 요술인가요?"

오용을 돌아다보고 송강이 물으니까, 오학구가 대답한다.

"아마 대수롭지 않은 사술(邪術)일 거예요. 바람을 돌리고 불을 물리치기만 한다면 적을 깨치기 어렵지 않을 거외다."

송강이 이 말을 듣고 가만히 천서(天書)를 펴보니, 바로 '천서 제3권 3'에 '회풍반화파진지법(回風返火破陣之法)'이라는 글이 있다.

그는 대단히 기뻐하면서 거기 쓰인 주어(呪語)와 비결을 잘 읽어 외운 다음, 인마를 정돈하여 그날 5경 때 밥 지어 먹고, 기를 두르고 북을 치면서 성을 향하여 쳐들어갔다.

성중에서는 양산박 군사가 또 쳐들어온다는 보고를 받고서 고렴은
3백 명 신병과 군마를 거느리고 나와 진을 치고, 말안장 위에 취수동패
(聚獸銅牌)를 걸고, 손엔 보검을 쥐고, 문기(門旗) 아래 나섰다.

송강은 칼을 차고 말을 달려 나서면서 고렴을 보고 꾸짖는다.

"내가 어제 미처 오지 못했기 때문에 우리 형제가 너한테 한 번 패했
다마는, 오늘은 내가 꼭 너를 잡아 죽일 테니까 그런 줄 알아라!"

고렴이 송강을 도리어 꾸짖는다.

"이놈, 반적 떼야! 빨리 항복하지 않고 기어코 내 손을 더럽힐 작정이
냐?"

이같이 호령하고 칼을 한 번 휘두르며 속으로 무슨 말을 중얼중얼하
더니,

"빨리!"

하고 외치자, 고렴의 진중으로부터 한 줄기 검은 기운이 일어나면서
일진괴풍이 모래를 휩쓸어 날린다.

송강이 이 모양을 보고, 그 괴풍이 미처 닥쳐오기 전에 자기도 속으
로 진언(眞言)을 외우고, 왼손으로 결(訣)을 지으며 오른손으로 칼을 들
어 고렴을 가리키면서,

"빨리!"

하고 소리치니, 송강한테로 불어오던 바람이 갑자기 고렴의 신병대
쪽으로 되돌아 몰아친다. 송강은 마음에 만족을 느끼고서 급히 인마를
휘동하여 쳐들어가려 했다.

이때, 고렴은 적에게로 불어가던 바람이 되돌아오는 것을 보고, 급히
동패(銅牌)를 흔들며 칼을 쳐들고 또 무슨 진언을 속으로 중얼거렸다.

그러자 고렴의 진중으로부터 굵은 모래가 회오리바람처럼 일어나면
서 한 떼의 괴상스러운 짐승과 벌레가 벌떼처럼 내닫는다.

송강의 진에서 이 광경을 바라보고 모두 놀라 어찌할 줄 모르는 판에, 주장 되는 송강이 남보다 먼저 말을 채쳐 달아나며 그 뒤를 여러 두령들이 따라서 일시에 도망하자 수하 군졸들은 서로 앞을 다투어 도망한다.

고렴의 군사는 송강군을 추격했다.

송강군은 이렇게 대패(大敗)하여 20여 리를 물러가니, 고렴은 그제야 추격을 멈추고 군사를 거두어 성내로 돌아갔다.

송강은 산 밑에 이르러 잔병(殘兵)을 수습하여 하채(下寨)한 후, 군사 오용을 보고 물었다.

"이번에 두 번 싸워서 두 번 다 대패했으니, 앞으로 어쩌면 좋겠소?"

오용이 말한다.

"저놈이 요술을 부리니까 이렇게 된 것인데, 오늘 밤엔 저놈이 필연코 겁채(劫寨)를 하러 올 겝니다. 여기는 군마를 조금만 남겨두고 매복시킨 후 대병(大兵)은 뒤로 물러가 전에 주둔하던 대채(大寨)로 가는 것이 상책일 거외다."

송강은 곧 영을 내려 양림과 백승 두 장수로 하여금 군사 3백 명을 거느리고서 영채를 지키게 하고 자기는 여러 두령들과 함께 대채로 물러갔다.

이날 양림과 백승이 인마를 이끌고 5리 밖에 나가서 풀밭 속에 매복하고 있으려니까, 초경(初更) 때쯤 되어서 구름이 하늘을 덮고, 안개가 사방에 자욱하게 끼며, 모진 바람이 불더니 주먹 같은 빗방울이 쏟아진다.

양림과 백승이 숲속에 엎드려 가만히 살펴보니, 고렴이 앞을 서고 그 뒤에서 고렴의 신병 떼가 아우성치며 몰려온다.

그러나 그들이 영채에 들어가서 그 안에 단 한 명의 그림자도 없는 것을 보고는 그제야 계교에 빠진 줄을 깨닫고서 급히 영채를 나와 도로 회군할 때, 매복하고 있던 양림과 백승이 궁노수(弓弩手)를 시켜 일제히 화살을 쏘게 하고 3백 명 군졸을 휘동하여 고렴의 뒤를 추격했다.

고렴은 왼쪽 어깨에 살을 맞고 크게 패하여 달아났다.

양림과 백승은 감히 멀리 쫓아가지 못하고 군사를 거두었다. 이때에 비는 멈추고 구름이 걷히면서 하늘에 다시 별빛이 보인다.

두 사람은 군사를 이끌고 대채로 돌아와서, 송강과 오용에게 풍우대작(風雨大作)하던 일을 보고했다.

송강과 오용은 놀랐다.

"거기가 여기서 불과 4, 5리밖에 안 떨어졌는데 그게 웬일일까? 그놈이 참 비상한 요술을 가졌구나!"

송강은 이렇게 경탄하고 즉시 영채를 7, 8개 나누어 세워서 대채를 호위하게 하는 한편, 사람을 양산박으로 보내서 구원병을 청하기로 했다.

(4권 계속)

고렴
고태위의 조카로, 고당주 본주지부. 처남 은천석이 이규에게 맞아 죽자 시진을 문초하고, 양산박과 대적한다. 요술에 능한 인물이다.

고상조 시천
몸을 날쌔게 타고나서 두 길이나 되는 남의 집 담도 훌쩍 뛰어넘고, 남의 집 벽을 뚫기도 선수라 별명이 고상조(鼓上蚤)다.

구미귀 도종왕
기운이 장사인 데다가 한 자루 철초(鐵鍬)를 잘 쓰고, 또 창법과 검술이 뛰어나므로 '구미귀(九尾龜)'라 불린다.

귀검아 두흥
외모가 추하게 생겼대서 별명이 귀검아(鬼臉兒)다. 권봉에 능하다.

금표자 양림
창덕부 태생으로, 천하 호걸들과 어울려 지내왔기에 사람들이 금표자(錦豹子)라고 부른다.

낭리백도 장순
강주에서 생선 거간꾼을 하는 인물. 장횡의 동생으로, 물속에서 7일을 버틸 수 있는 재주를 가졌다 해서 '낭리백도'란 별명으로 불린다.

독각룡 추윤
추연의 조카. 신체가 장대하고 뒤통수에 커다란 혹이 하나 있으며, 남과 싸울 때면 대가리로 받기를 잘하기에 독각룡(獨角龍)이라는 별명으로 불린다.

마운금시 구붕
황주 사람으로, 대강군호(大江軍戶)를 파수 보던 중에 본관한테 미움받아 하는 수 없이 산속에 웅거하는 무리 가운데 몸을 던졌다.

박천조 이응
이가장의 주인. 혼철점강창을 잘 쓰고, 등에다 비도 다섯 자루를 감추어 백 보 밖에서 사람에게 던져 맞추는 재주가 신출귀몰하다.

반교운
왕압사한테 시집갔다가 과부가 되어 1년 전 양웅에게로 다시 개가한 여인. 젊은 중 배여해와 정을 통한다.

배여해
용선포의 소란으로 있다가 출가한 젊은 중. 반교운과 정을 통한다.

변명삼랑 석수
불편한 일을 보고는 참을 수 없어 생사를 겁내지 않고 악과 싸우는 까닭에 변명삼랑(拚命三郞)이라 불린다.

병관삭 양웅
숙부 덕에 양원암옥에 시조행형회자를 겸직한 인물. 무예가 출중하고 얼굴이 누른 것이 특징이라 병관삭(病關索)이라 불린다.

병울지 손립
담황색 얼굴에 턱 아래 수염은 엉성하고 키는 8척이나 되며, 강궁(强弓)을 잘 쏘고 사나운 말을 잘 다룬다.

비천호 호성
호가장의 장주 호태공의 아들.

성수서생 소양
제주 태생으로, 송조사절(宋朝四絶)이라 하는 소황미채(蘇黃米蔡) 사가의 자체를 모두 다 잘 쓰는 인물이라 성수서생(聖手書生)이라 불린다.

소면호 주부
주귀의 동생. 기수현 서문 밖에서 술장사를 하고 있다.

신산자 장경
창봉을 잘 쓰고 진 치고 군사를 쓰는 일에 능할 뿐 아니라 서산(書算)에도 정통해서 만(萬)을 쌓고 천(千)을 포개놓더라도 털끝만큼도 틀리는 일이 없으므로 '신산자(神算子)'라 불린다.

신행태보 대종
신행법(神行法) 도술의 주인공. 갑마(甲馬) 두 개를 양쪽 넓적다리에 붙이고 주문을 외우기만 하면 하루에 5백 리를 갈 수 있고, 갑마 4개를 붙이는 때에는 하루에 능히 8백 리를 가는 인물이다.

쌍미갈 해보
양두사 해진의 동생. 형과 마찬가지로 무술이 출중해서 쌍미갈(雙尾蝎)이라 불린다.

양두사 해진
등주에 사는 사냥꾼. 혼철점강차를 잘 쓰며 무술이 출중한 까닭에 양두사(兩頭蛇)로 불린다.

옥번간 맹강
본래 이름난 목수로 배를 잘 만드는 재주가 있다. 허우대가 크고 또 빛깔이 희어 옥번간(玉幡竿)이라 불린다

옥비장 김대견
제주 사람으로, 석비문(石碑文)을 잘 파고 도서(圖書)·옥석(玉石)·인기(印記)도 잘 새기는 까닭에 사람들이 그를 옥비장(玉臂匠)이라고 부른다.

이달
흑선풍 이규의 형. 남의 집 고용살이를 하고 있다.

일장청 호삼랑
호가장의 장주 호태공의 딸. 두 자루 일월쌍도(日月雙刀)를 잘 쓴다.

조태공
한가한 한리(閑吏)로, 셋줄 있고 돈푼이나 가졌다고 기주 촌에서 제법 꺼떡대는 인물이다.

통비원 후건
재봉(裁縫)의 일등 명수. 외양이 새까맣고 몸집은 가냘픈 데다 날쌔기는 몹시 날쌘 까닭에 통비원(通臂猿)이라는 별명으로 불린다.

채구 지부
당조태사 채경의 아홉째 아들로, 강주지부 채득장을 말함. 욕심이 많고 교만한 인물이다.

철규자 악화
풍류를 알고 노래를 잘 불러 사람들이 철규자(鐵叫子)라고 별명 지어 부르며, 무예가 출중하다.

철면공목 배선
육안공문 출신으로 도필(刀筆)에 능하며, 위인이 충직하고 총명할 뿐더러 무예가 출중하다. 특히 쌍검(雙劍)을 잘 쓴다.

철봉 난정옥
축가장의 교사(敎師)로 있는 인물. 만부부당지용이 있다.

철적선 마린
대곤도(大昆刀)를 잘 쓰는 까닭에 장정 백여 명쯤으로는 그를 당해낼 도리가 없으며, 또한 쌍철적(雙鐵笛)을 잘 부는 고로 별명이 '철적선(鐵笛仙)'이다.

청안호 이운
기수현 호걸 도두. 얼굴이 크고, 눈썹은 숱하고, 콧날이 우뚝하고, 눈동자는 푸르러서 생긴 모양이 번인(番人)과 흡사하다.

출림룡 추연
사람됨이 꼿꼿하고 성실할 뿐 아니라 무예가 놀라울 만큼 능숙해서 남의 허물이 있을 때엔 조금도 용서함이 없는 까닭에 출림룡(出林龍)이라 불린다.

화안산예 등비
두 눈이 시뻘건 까닭에 화안산예(火眼狻猊)라고 불리는 인물로, 무예가 출중하며 특히 철련(鐵鏈)을 잘 쓴다.

황공목
채구 지부 아래의 당안공목(當案孔目). 대종과 교분이 두터운 사이로 대종을 돕는다.

황문병
무위군 재간통판(在間通判). 성질이 간사해서 권세 있는 자에게 아첨하고 어진 사람은 투기하며, 저보다 잘난 사람은 해치려 하고 저만 못한 사람은 함부로 농락하니, 황봉자(黃蜂刺)라는 별명으로 불린다.

황문엽
황문병의 형. 동생과 달리 성품이 좋아서 평생 착한 일만 하는 까닭에 사람들이 황불자(黃佛子)라고 부른다.

흑선풍 이규
사람을 때려죽이고 도망 다니다 강주로 들어와 대사령을 받지만, 고향에 돌아가지 않고 대종 수하에 노자로 있는 인물이다. 양손에 도끼 두 자루를 들고 잘 휘두르며, 권술·봉술에도 능하다.